Cuentos completos

Carmen Martín Gaite:
Cuentos completos

El Libro de Bolsillo
Alianza Editorial
Madrid

Primera edición en "El Libro de Bolsillo": 1978
Novena reimpresión en "El Libro de Bolsillo": 1998

© Carmen Martín Gaite
© Alianza Editorial, S. A., Madrid, 1978, 1980, 1981, 1984, 1986, 1989, 1992, 1994, 1998
   Calle Juan Ignacio Luca de Tena, 15; 28027 Madrid; teléf. 393 88 88
   ISBN: 84-206-1704-0
   Depósito legal: M. 17.921-1998
   Impreso en Lavel, S. A., Pol. Ind. Los Llanos
   C/ Gran Canaria, 12. Humanes (Madrid)
   Printed in Spain

Al principiar la década de los cincuenta, cuando un grupo de amigos (Aldecoa, Fernández Santos, Ferlosio, Sastre, Medardo Fraile, Josefina Rodríguez, De Quinto y yo, entre otros) nos acogimos al mecenazgo del difunto hispanista Rodríguez Moñino para fundar, aquí en Madrid, aquella Revista Española de vida tan efímera, donde aparecieron nuestros primeros cuentos, el ejercicio de la literatura, como el de la mayoría de los oficios, estaba jalonado por graduales etapas de aprendizaje. Y, de la misma manera que un carpintero o un fumista, antes de soñar con llegar a maestro, pasaba por aprendiz y oficial, casi nadie que se sintiera picado por la vocación de las letras se atrevía a meterse con una novela, sin haberse templado antes en las lides del cuento. Aprendimos a escribir ensayando un género que tenía entidad por sí mismo, que a muchos nos marcó para siempre y que requería, antes que otras pretensiones, una mirada atenta y unos oídos finos para incorporar las conversaciones y escenas de nuestro entorno y registrarlas. La vida de la calle era entonces menos compulsiva y apresurada, discotecas no había, no circulaban tantos coches, no existía la televisión y la gente tenía menos dinero, paseaba más y bebía vino por los bares de su barrio despacio, mientras charlaba con los amigos y con los desconocidos. Alguna historia de las que afloraban en aquellas conversaciones era con frecuencia, antes de pasar al papel, materia de nuestros comentarios, de los cuentos que nos contábamos unos a otros, a lo largo de aquel tiempo generosamente perdido por los bares con futbolín, por los parques y por los bulevares. La fisonomía, completamente distinta, de aquellos locales y calles, anotada como al descuido en nuestros cuentos, les confiere ahora cierto valor testimonial.

La mayor parte de los relatos que componen el presente volumen están escritos entre 1950 y 1960 y muchos no había vuelto a mirarlos. Invitada ahora, al cabo de los años, a revisarlos, no he conseguido hacer la relectura tan «desde fuera» como para que la irrupción de aquel tiempo olvidado, en que un oficinista vivía con dos mil pesetas al mes, no me pase la factura de mi actual edad.

Lo que más me ha llamado la atención es lo pronto que empezaron a aparecer en mis tentativas literarias una serie de temas fundamentales, que en estos cuentos van casi siempre combinados, a reserva de que predomine o no uno de ellos: el tema de la rutina, el de la oposición entre pueblo y ciudad, el de las primeras decepciones infantiles, el de la incomunicación, el del desacuerdo entre lo que se hace y lo que se sueña, el del miedo a la libertad Todos ellos pertenecen a campos muy próximos y remiten, en definitiva, al eterno problema del sufrimiento humano, despedazado y perdido en el seno de una sociedad que le es hostil y en la que, por otra parte, se ve obligado a insertarse. Me refiero de preferencia (como en el resto de mi producción literaria) a la huella que esta incapacidad por poner de acuerdo lo que se vive con lo que se anhela deja en las mujeres, más afectadas por la carencia de amor que los hombres, más atormentadas por la búsqueda de una identidad que *las haga ser apreciadas por los demás y por sí mismas, hasta el punto de que este conjunto de relatos bien podría titularse «Cuentos de mujeres». Suelen ser mujeres desvalidas y resignadas las que presento, pocas veces personajes agresivos, como trasunto literario que son de una época en que las reivindicaciones feministas eran prácticamente inexistentes en nuestro país. Pero diré también que ese malestar indefinible y profundo sufrido por las protagonistas de mis cuentos, ese echar de menos un poco más de amor, creo que sigue vigente hoy día, a despecho de las protestas emitidas por tantas mujeres «emancipadas», que reniegan de una condición a la que siguen atenidas y que las encarcela.*

El ejemplo de Andrea, la protagonista de «Variaciones sobre un tema», me parece bastante ilustrativo de este conflicto —no sólo femenino, por supuesto— entre la emancipación y la búsqueda de unas raíces que apuntalen la propia identidad. Este cuento es bastante posterior, de finales de los sesenta, y he querido ponerlo en primer lugar, porque tal vez sea el que más me gusta.

La ordenación no está hecha, pues —como puede verse por las fechas anotadas al final de cada cuento—, ateniéndome a un criterio cronológico, sino que he procurado agruparlos más o menos por su asunto, aun contando con la evidente dificultad derivada de que ningún tema se dé en estado puro, como ya he advertido al principio.

En términos generales, diré que he comenzado por los cuentos que podrían llamarse «de la rutina» y he terminado por aquellos en que predomina una especie de alegato contra la injusticia social, pasando por otras gamas que el propio lector descubrirá, si es que vale la pena.

Madrid, junio de 1978.

CARMEN MARTÍN GAITE.

La fisonomía de un invierno, tomado en su conjunto, es de por sí difícil de individualizar, y ya llevaba cinco avecindada en Madrid Andrea Barbero cuando vino a sentirse picada por la comezón de desglosar de aquel que concluía, al calor de los primeros soles de marzo, el perfil de cada uno de los otros.

Para hablar propiamente, más que tal comezón empezó siendo un mero echar la cuenta por sí misma, como si se le presentara por vez primera la necesidad de constatar que habían sido cinco los años transcurridos —aunque ya las conversaciones de su madre, proyectadas de ordinario a la pura evocación y esmaltadas de fechas por doquier, sirvieran para suministrarle sobradas referencias de tiempo y de lugar—; y, si bien es verdad que esta necesidad había llegado a asaltarla de manera bastante reincidente en los últimos meses, interfiriendo incluso de improviso su quehacer habitual, sorbiendo entera su capacidad de concentración, también es la verdad que se trataba de inerte y bien cerril concentración la aplicada por Andrea al repaso mental de los inviernos y que de aquel balance ni ideas ni emociones resultaban, tan sólo la evidencia de confirmar un número. Ni siquiera hubiera sabido dar la razón que la impulsaba a buscar por inviernos en lugar de buscar por primaveras, porque la única imagen invernal que solía pintársele con toda precisión, la de unos árboles del Retiro dibujándose contra un frío atardecer violeta, no pertenecía a ese tiempo de los cinco años en cuyo amasijo revolvía inútilmente, sino al de su primera visita a Madrid desde el pueblo, aún en vida del padre. Muchas veces, acompañada o sola, había vuelto después, cuando ya le era familiar la ciudad, a la glorieta del parque desde donde miró las copas de los árboles aquella tarde antigua, pero nunca había vuelto a estar el tiempo en ellos mismos, en el dibujo de sus ramas contra el cielo como entonces.

—¡Digo dos para leche! Te digo a ti..., dos para leche, ¡dos! —se sentía a menudo interpelar desde que, a raíz de su último cumpleaños, empezó a padecer semejantes ensimismamientos repentinos, de los que a duras penas conseguía salir para reincorporarse al ritmo de la cafetería—. ¿Pero en qué estás pensando?

Y aparte de que, en el seno de tal tráfago, ninguna explicación medio cabal hubiera hallado asilo, quién sabe si tampoco ella, sin más ni más, podría sentirse dispuesta a tan inusitada explicación, aun dando por cesado aquel chocar de platos y cucharas, de tazas y de vasos, ahora al uso, y ya sucios, y otra vez recogidos, y de nuevo lavados bajo el chorro, para volver a emparejarse en pertenencias alternativas y fugaces con sucesivos rostros de peticionarios cuyo único distintivo era la mencionada y casual atribución —«aquel a quien falta un cuchillo», «el de la taza grande», «el que quiere dos terrones», «la del vaso largo con raja de limón»—, rostros inconsistentes, asomados al otro lado de la barra como a un abrevadero; aun suponiendo, digo —y ya era suponer—, que por extraño ensalmo la enojada pregunta con que la compañera de los ojos pintados venía a atosigar no hubiera sonado allí precisamente, desvirtuada entre tantas estridencias, sino en lugar idóneo y sosegado, a ori-

llas, por ejemplo, del arroyo que corría por la ladera de
los cantos en el pueblo donde Andrea nació, lo cual sería
admitir al propio tiempo que el rostro de la amiga, al
lanzar su «¿qué piensas?», no estaría crispado por la
prisa y alejado en verdad de lo que preguntaba, sino
entregado a la pregunta misma; aun entonces, ¿qué habría podido ella responder, de intentar ser honrada? Ni
siquiera, en verdad, «pienso en el tiempo pasado», ya
que los inviernos gastados en Madrid se le presentaban
simplemente como cinco palotes pintados en el aire del
local, sin más decirle nada, fuera de que eran cinco y,
además, apenas aquella terca voluntad de recuento cedía
a las presiones insoslayables del exterior, volvían a amal-
gamarse, incontrolables e indistintos, en el tronco confuso de todo lo vivido, lo cual era como desvivirlos y
darlos por rezagados, por vueltos al claustro de lo no
ocurrido todavía, y éstos eran los momentos en que, tomando su lugar, la imagen aislada de aquella otra tarde
que parecía no tener nada que ver con esto y que ella
llamaba en su recuerdo «la de mi escapatoria» quedaba
sustituyéndolos, clara y estática, como un telón pintado,
delante del cual ninguna función hubiera venido aún a
desarrollarse.

—Estaba contando cinco y tú me espantas el número;
quítate de ahí, que se me va la cuenta y no puedo dejarla de atender —podría haber sido, en todo caso, la
frase más cabal de Andrea a su compañera, aunque de
tan espontánea y directa resultaba en verdad informula-
ble, teniendo en cuenta las inaplazables llamadas del
entorno.

¿Cómo escapar, en efecto, a aquellas voces, gestos y
ruidos que sin cesar interferían, mezclándose a lo propio? Precisamente el tiempo en que esta fórmula «escapar», hoy impracticable, había resultado aún valedera,
era ese tiempo que en vano se intentaba contrastar con
los cinco palotes de ahora y que un poeta chileno cliente
de la cafetería llamó una vez, hablando con Andrea de
su infancia, «edad de lo obvio», significación que, aclara-
da más tarde gracias al diccionario (obvio = muy claro,

que está delante de los ojos), le produjo el placer de sentir identificada con una noción ajena la que ella misma guardaba sin expresar de ese tiempo donde dar un salto y echarse fuera de lo que acosa es algo tan incuestionable como mirar o beber. Pero es que un echarse fuera de los de entonces daba por supuesto, en primer lugar, que había algo que estaba fuera, lo cual ya no era poco: no confundir los campos, dominar los propios límites, saber qué era lo exterior. Y la magia residía en el poder de reducir a exterior cuanto se prefería tener lejos, mientras cabía, por otra parte, volver propio lo que se prefería anexionar. Ahora nada estaba puesto lo suficientemente lejos como para poder saberlo ajeno, es decir, que se presentaba lo ajeno simultáneo, confundido y a la vez incomunicado con lo propio. Por eso el gesto de un brazo desconocido podía derribar, sin más ni más, aquellos cinco años surgidos a intermitencias en el aire estancado del local, acerca de cuya entidad parecía tan importante saber algo. Y aunque la persona a quien pertenecía el brazo algo tenía que ver con lo que derribaba, por haber participado en los mismos esquemas de fiesta y de labor, de sueño y de vigilia padecidos por Andrea a lo largo de los cinco inviernos recién pasados, tal consideración resultaba demasiado abstracta para llegar a dar el más mínimo calor, porque aquellos clientes movedizos no solían dar datos que permitieran imaginarlos como personas vivas en otra circunstancia que no fuera la de su estricta permanencia en el local, y nada inclinaba a sentirlos copartícipes de aquel tiempo cuyo exclusivo y terco manoseo empezaba a dar ya en enfermedad.

Fue la preocupación misma ante la frecuencia morbosa del fenómeno lo que contribuyó a irlo tornando menos ciego. Porque al necesitar preguntarse por el sentido de semejantes vanos recuentos, a fuerza de buceos en su propio pensar, vino a comprender Andrea poco a poco que no era una cronología de su vida a lo largo del período vivido en la ciudad lo que andaba buscando. Se trataba más bien, por el contrario, de una voluntad de rechazar las cronologías aceptadas hasta entonces y rastrear una pista del tiempo menos falaz. Y por este camino llegó a estar clara una cosa: la falta de sincronización entre el lenguaje del reloj o del calendario y el curso real del tiempo, que unas veces anda llevándonos en él y dejándonos habitar los paisajes a que nos asoma, y otras, las más, desconectado de nosotros igual que un tren vacío de cuya llegada a las estaciones llevamos, eso sí, puntual cuenta.

Así resultaba inadmisible aceptar, por ejemplo, que hubiese podido contarse por minutos, como los otros, aquel trozo de vida en el límite de la infancia con la adolescencia, salvado indemne de ese purgatorio adonde van a caer las tardes arrancadas de la edad. Y en el fenómeno de tal resurgir menester era ya detener la atención, como para tratar de descifrar una escritura jeroglífica mirada antes distraídamente.

Cuando el padre, que ahora ya estaba muerto, se levantó y dijo: «Las cuatro y media; me voy a acercar a ese recado y tú espérate, hija, que estarás cansada del madrugón y del trajín de toda la mañana», estaban marcadas, efectivamente, las cuatro y media en un reloj que presidía el gran café bullicioso, «que menudo negocio debía ser y no el bar en el pueblo», y diez minutos habrían pasado a partir de su marcha cuando los novios del asiento de al lado se levantaron también para salir. Andrea no vaciló en imitarlos; desde que se habían sentado allí, atrajeron toda su capacidad de atención, y el pensamiento de que no iba a volver a verlos nunca más se le hizo insoportable.

—Dígale a ese señor, cuando vuelva, que me he ido a dar un paseo y que sé volver a casa de los tíos —le encomendó apresuradamente al camarero—. ¿Se acordará?

—Sí, hija, pero ¿qué señor?

—El que estaba aquí antes, con traje de pana.

Eran las cinco menos cuarto, acababa de cumplir quince años y como regalo venía por primera vez a Madrid, cuyo plano guardaba en el bolsillo junto con cinco pesetas. Pero en cuanto salió a la calle, todas estas referencias se le borraron y no volvió a pensar en el padre ni a preguntar la hora ni a proyectar regreso ninguno hasta que se oscureció completamente el cielo por detrás de los árboles de una plazuela en el parque adonde el rumbo de la pareja que guiaba sus pasos había de depositarla.

Ya aquella noche, en la cama mueble de casa de los tíos, después de haber sufrido una gran reprimenda, al tratar de repasar la tarde con los ojos abiertos en la oscuridad, le parecía a ella misma tan raro como a los demás que hubiese durado tan poco o tal vez tanto, pero aun sin poderla amueblar con acontecimiento alguno, la aceptaba, prestándole el mismo tipo de adhesión y creencia que a aquel cuento manchú del leñador que se pasó trescientos años jugando al ajedrez con unas desconocidas en un claro del bosque y luego volvió al lugar donde estuvo su cabaña, pensando que era aún el mismo día; y así no se sentía precisada a buscar explicaciones de que el tiempo se hubiera gastado como se gastó, ni impulsada a justificar su paso con la atribución de peripecias personales que no habían tenido lugar en absoluto; pero más adelante, al regresar al pueblo, como quiera que su silencio frente a las preguntas que por muchos días le siguieron haciendo sobre su escapatoria diera en interpretarse como ocultación de algún secreto, vino a hacérsele tan pobre el recuerdo de aquellas horas solitarias de paseo, que empezó a imaginarlas albergadoras de una historia cuya gestación le llevó muchas horas; y a medida que se perfilaba, iba ella convirtiéndose en protagonista de aquel secreto que le atribuían. Fue una historia insegura, llena de borradores y de versiones simultáneas, hasta que por fin una tarde se desprendió y vino a ver la luz en la confidencial narración hecha a una amiga, quien, al escucharla, le dio el espaldarazo de verdad definitiva que añade todo interlocutor como ingrediente indispensable para la cristalización de las historias.

Aun hoy, aquel muchacho de unos veinte años y de
pelo negro, tal vez estudiante, a quien había seguido ávidamente por calles y por plazas, sin recibir de él más
que algunos fragmentos de risa, de gestos y de voz dirigidos a otra mujer, era —adornado a veces con atributos
de novios posteriores— el primer acompañante suyo en
la ciudad, y su conversación confidencial, triste y apasionada, mientras miraba junto a ella las copas de los árboles en aquel banco de la invernal glorieta, era más real
que ninguna de las sostenidas después con muchachos
de nombre y apellido; tan real, duradera e inapresable
como las mil ramitas de los árboles que se clavaron en
el atardecer de aquel día y como los incontables ensueños
de cuyas profundidades la despertó el descubrimiento de
la hora tardía, ya a solas en aquel mismo lugar, cuando
los novios hacía rato que habían desaparecido del banco
contiguo.

El tiempo, pues, venía a estar contenido mucho más
en las historias deseadas —narradas a uno mismo o a
otro— que en lo ocurrido en medio de fechas. En las
fechas era donde se cobijaba la mentira. Aquel tiempo
pasado en la glorieta —con el muchacho o ella sola o
las dos cosas superpuestas— nada tenía que ver con edad
ni clasificaciones; nada absolutamente con los esquemas
de la madre, la cual, cuando decía «el año que reñiste con
Manolo», «la primavera en que murió Jesusa», «después
de mi pulmonía» o «el invierno en que empezó a venir
el primo a comer los domingos», aceptaba la total solidaridad de la fecha con el acontecimiento, como si no
pudieran pedirse al tiempo más cuentas que las de su
coincidencia con los sucesos que había patrocinado; y
aunque también ella en muchas ocasiones hubiese tratado de reconstruir el edificio de su edad apuntalándolo
contra semejantes datos, sentía ahora que cualquier referencia anecdótica era un espantapájaros colocado para
desorientar de una búsqueda verdadera.

En efecto, decir de un invierno «el invierno en que empezó a venir el primo los domingos» no era definición que arrojase luz ninguna sobre el paso del tiempo entre domingo y domingo, a lo largo de todo aquel invierno ni de los demás en que había seguido viniendo invariablemente y sostenido parecidas conversaciones. Tales hitos dominicales, mantenidos artificialmente, suponían algo quieto, compacto e inoperante, un muro aislador de todas las preguntas que pudieran surgir acerca del estrago y variación de las cosas.

Pues de la misma manera, ¿significaba algo tener treinta años y llevar cinco en Madrid? ¿O eran simples guarismos? La necesidad de plagarlo todo de fechas había llegado a convertir el caudal navegable del tiempo en los propios canales que simplemente lo debían contener. Ahí estaba el engaño. Se saltaba de una Navidad a una Semana Santa, y de allí a un verano, y luego los letreros decían «cumpleaños», pero estas fechas, a cuyo haber se cargaba el olvido de todas las demás, eran las responsables del tiempo despreciado, escurrido por entre sus intersticios, del tiempo que nadie sentía como río a navegar.

Por eso, aunque Andrea actualmente podía decir bien alto, y sin que fuera propiamente mentira, «trabajo en una cafetería, salgo a la calle, me pierdo entre la gente, nadie me pide cuentas, me compro trajes y zapatos, no me pudro en un pueblo, les gusto a los chicos, sé un poco de inglés», este resumen solamente se volvía significativo al añadirle secretamente la rúbrica del «soy aquella que soñé», como si la imagen de hoy no fuera verdad más que por estar referida al deseo con que empezó a ser acariciada quince años atrás, en la casual glorieta.

Allí, a aquel cielo que fue propagando sus insensibles variaciones entre las ramas de los árboles hasta la total difuminación de toda luz y dibujo, y a las añoranzas de futuro que tal contemplación produjo en su mente de niña pueblerina, a aquellos últimos rojos de la tarde, alumbradores de anhelos y propósitos, era donde había que retroceder, a ese rescoldo —por fin estaba claro—, a buscar el rostro escondido de los cinco años, transformados más tarde, al ser verdad, en esta cuadrícula de fechas y sucesos que cualquier mediocre y ordenado cronista, sin gran esfuerzo, habría podido fielmente reproducir.

Madrid, febrero 1967.

Era Matías Manzano un hombre adormecido, maquinal. Se había acostumbrado a quitar las hojas del calendario, a bostezar, a ponerse bufanda, a oír cómo le daban los buenos días sus compañeros de la oficina y cómo contestaba él; a verse siempre delante, encima de los papeles de la mesa, como reflejadas, unas manos postizas, rutinarias, enjauladas, unas manos que le venían grandes. Se había acostumbrado, sobre todo, a sentir que a su nombre se le iban desgastando las esquinas como a un viejo canto rodado.

—Manzano, páseme esos expedientes.

—Manzano, llame al Banco Central.

Manzano, Manzano, Manzano... Eran como de fantasmas aquellas voces que le perseguían y danzaban siempre alrededor de él. Y detrás de las voces se enganchaba el ruido de los pasos, el tecleteo de las máquinas, el timbre del teléfono, que no paraba nunca de sonar. Algún día, de pronto, él sentía deseos de escaparse. Imaginaba el silencio de alguna calle lateral, muy solitaria, por donde había pasado un domingo por la tarde, y sólo con acordarse creía descansar. Sin embargo, esta calle podía ser muy vulgar, no significar nada, pero así recordada, desde la oficina, parecía tener en alguna parte una ranura por donde mirar más lejos, afuera. Después de estos paréntesis fugaces y espaciados, el trabajo seguía más de prisa. Le amurallaban cientos de papeles añadidos de un día para otro, enhebrados, que nunca tenían fin. Sólo aquellos papeles existían: él era responsable de tan graves asuntos, de tan fenomenales cifras de dinero. Manejaba todo aquello sin saber por qué, como si estuviera pintado dentro de un cuadro y no pudiera salirse. Día tras día, año tras año, llegaba el primero a la oficina, con su traje marrón y su corbata de lazo, como haciendo las veces de otro.

«¡Qué bien cumple este Manzano!», se decía complacido el señor Tortosa, de la Inmobiliaria Tortosa, S. L. Y hasta había decidido subirle el sueldo, a pesar de que él nunca lo pidió. Pero precisamente porque él nunca lo pedía, fue una de estas decisiones que siempre se tienen en la mente sin llevarlas a cabo y que se van dejando de un mes para otro. Y así, cada una de las veces que el señor Tortosa se decía «Este chico merece que yo le suba el sueldo», su conciencia se quedaba tranquila para una temporada, como si ya se lo hubiese subido.

El rostro del señor Tortosa carecía de expresión habitualmente, pero podía adaptarse con extraordinaria rapidez a un molde cualquiera. Así podía aparecer sucesivamente afable y cordial, grave, resuelto, irritado, según el asunto de que se tratase, siempre dentro de los límites de la mayor mesura. El señor Tortosa hablaba en letras mayúsculas, las mismas para cada vez, pero barajadas de distinta manera, como en los titulares de los periódicos: «...Dignidad profesional», «bien entendido», «opinión que respeto». Cuando se quedaba solo, el señor Tortosa inflaba, encorsetaba, adiestraba su ejército de letras mayúsculas, se organizaba con ellas, ensayaba ataques y contraataques. Mientras fingía escuchar a otro que le estaba hablando, perfeccionaba los palotes de sus letras mayúsculas, pendiente de que al soltarlas no se le fueran a salir de la fila. Y nunca se le salían ni temblaban. Cosa de la imprenta. Los demás se estrellaban contra aquella procesión terca, perfecta de las letras mayúsculas; y hasta les gustaba —a los más— verlas salir así, tan tiesecitas y modosas, tan bien imitadas, como si respondieran a algo vivo, y se embobaban con la amabilidad de aquel señor.

Matías, después de bastante pensar, había decidido que el color que le correspondía a su jefe era un azul cobalto. Se distraía poniéndole colores a la gente. Así, por ejemplo, la señorita Mercedes, la mecanógrafa, era entre gris y pardo, de color pluma de perdiz. La señorita Mercedes se sentaba a trabajar en la mesa de enfrente a la de Matías y llevaba los labios pintados por fuera de su sitio. Matías miraba estos falsos labios rojísimos de la señorita Mercedes, y a veces seguía la raya donde parecían terminar los de verdad, imaginando la expresión diferente que darían al rostro. Siempre estaba acariciando la tentación de quitarle la pintura sobrante con un trapito mojado en aguarrás. Si ella se dejara, daría tanto gusto hacerlo. Y se lo quitaría despacio, sin daño ninguno.

La señorita Mercedes, Mercedes García, tan formalita y tan mona, medio empotrada siempre entre un clasificador de tapa ondulada que se bajaba haciendo mucho ruido, y el gran fichero verde, a nadie daba pie para confianzas.

—Vaya, es usted tocaya de la máquina —le decían algunos, cuando sabían su nombre.

—Sí, señor; ya ve usted —contestaba ella sin entusiasmo ninguno ni levantar la cabeza del trabajo más que lo poquito que requería la buena educación.

—Hija, qué parada eres. Tú me parece que te vas a quedar para vestir santos —le repetía muchas veces su amiga.

Mercedes, como todas las mecanógrafas, cuando no les ha salido novio todavía, tenía su amiga íntima que solía llamar por teléfono a eso de las seis.

—¿Está Mercedes?

—Sí, un momento. ¡Señorita Mercedes!

El teléfono estaba sobre la mesa de Matías, y era él quien lo cogía y la avisaba. Mercedes se levantaba casi aun antes de sentirse llamar, como para ser menos vista, y cruzaba la habitación con las manos colgando. Le parecía que hablaba demasiado alto y que todos se callaban para mirarla a ella. La conversación con su amiga era muy breve y se componía en gran parte de monosílabos, que variaban poco de unos días a otros. Se ponían de acuerdo sobre la hora en que iban a salir de sus respectivos trabajos, sobre si podían verse o no aquel día y dónde era mejor. Cuando una de ellas se salía de este tema y quería contar algo más largo, le cortaba la otra en seguida:

—Sí, bueno. Hasta luego. Tengo mucho que hacer.

Mercedes colgaba el teléfono y le decía a Matías:

—Muchas gracias, Manzano.

Y él respondía:

—Nada...

Así todos los días. Quizá la primera vez que Mercedes le dijo esto, lo hizo espontáneamente; tal vez agradeció que no hubiese posado el auricular en la mesa y se lo alargara con su propia mano, como si fuese una carta; seguramente entonces acompañó con un gesto afectuoso aquellas tres palabras llenándolas del significado que tenían. Por ahora ya no podía escoger entre decirlas y dejarlas de decir. Ese primer día quién sabe dónde estaba. Dar las gracias a Matías Manzano al acabar de hablar por teléfono se había convertido para ella en una pieza inevitable, ni más ni menos importante que cualquier otra de las que integraban el engranaje de aquella oficina y mantenían su buen funcionamiento.

Al anochecer, antes de volverse a casa, Mercedes y su amiga se juntaban para dar una vuelta. Desembocaban en las calles del centro, se alistaban a su complicado abejeo, sorteando motocicletas, camiones, cieguecitos; se entretejían en el incierto fluir de la gente, como si se echaran en una crepitante hoguera a formar parte de su resplandor. Eran calles de altivos edificios iluminados con luz

fluorescente, edificios sin risas ni descarnaduras, sin muchachas asomadas, sin persianas verdes ni jaulas de cana-
rios. Edificios valorados en millones de pesetas, gravados
con hipotecas, descritos en expedientes y legajos, acecha-
dos con codicia por importantísimas firmas sociales que
después los poseían ávidamente, como a mujeres en venta.
La gente se echaba a estas calles con los ojos expectan-
tes, abiertos como puertas por ver si les entraba alguna
imagen nueva con que amasar su sueño de aquel día.
En los miles de pares de ojos se detenía el reflejo chillón,
insistente, de los letreros luminosos, y parecían lágrimas
verdes, rojas, azules, a punto de resbalar. Zumbaban las
ruedas, los motores, los voceadores de periódicos, los sil-
batos, las cafeterías; y los rostros atónitos se agolpaban
como racimos dentro de los espejos, en las reverberantes
lunas de los escaparates de lujo, donde abubillas y garzas
disecadas traían en el pico un largo guante malva, una
sandalia dorada o un encendedor de zafiros. El cielo se
replegaba perseguido por luces, bocinas y antenas, herido
contra el filo de altísimos aleros, tupido, estrangulado
por el vaho rojizo de los anuncios, y corría en zigzag
hacia las afueras.

Mercedes se cansaba:

—¿Nos vamos para casa?

—¿Tan pronto?

—Mujer..., para lo que estamos haciendo. Yo tengo
sueño.

Los domingos por la mañana, cuando hacía bueno, iban
de paseo al parque. Caminaban perezosamente, del brazo, mirándose los pies, las ramas de los árboles, el iris
de la manga riega. El parque era como una gran isla de
sol y de silencio cercada de cables, de casas, de tranvías.
Un día se encontraron a Matías allí. Estaba sentado en
el banco de una alameda lateral, un poco oculta, y tenía
en la mano unos trozos de miga de pan. Los deshacía
despacio entre los dedos, y tímidamente acudían los pájaros, a brinquitos. Había hasta una docena de pájaros
alrededor de sus pies, y uno más atrevido había volado
al banco de madera y estaba allí encaramado encima de

un libro y unos periódicos, mirando con susto a Matías, que extendía hacia él la palma de su mano izquierda llena de miguitas. Una raya de sol, filtrada al menearse los árboles del paseo, se balanceaba sobre su cabeza inclinada, sobre su pelo despeinado y oscuro. Mercedes le iba a haber dicho a su amiga: «Mira, ése es Manzano; uno de mi oficina», pero luego le pareció tan poco importante que no dijo nada. Pasaron de largo y él no las vio.

Lo mejor era los sábados por la tarde, y algún día entre semana, cuando iban al cine. Allí mismo, atravesando la calle había un cine; y otro pegando con la oficina, pared por medio. Parecía mentira lo cerca que estaba, lo fácil que era ir. A Mercedes le hubiera gustado tener que preparar un largo viaje y ponerse un vestido completamente distinto, despedirse de todos como si nunca fuera a volver. Se extasiaba con las películas en tecnicolor, de caballos rojizos vadeando ríos, de persecuciones y galopadas, de lejanas montañas tan verdaderas, de carros trashumantes avanzando torpemente a la luz de la luna. Historias de tiros, de indígenas, de cabarets, de naufragios, de mujeres fascinantes que cantan con collares de flores, de hombres duros y arrojados, de muerte y contrabando, de barcos piratas, de amores inconmensurables. Cuando el más alto escapaba de todos los peligros y llegaba, por fin, a besar a la muchacha, se encendían las luces bruscamente, empezaba a chillar una gramola, y era que las echaban. Estaban en un local mal iluminado, que olía a ozonopino, donde se paseaban como fantasmas dos o tres niños arrendados que pregonaban chicle y patatas fritas.

—¿Vamos? —le decía su amiga, levantándose.

Mercedes sentía una sorda irritación que se le enconaba al no saber contra quién dirigirla. Miraba con ojos rencorosos la pantalla, que era sólo una sábana estirada, y se revolvía contra aquella estampada y fría blancura igual que un toro engañado al embestir, ávido de sangre.

—¡El viejo, qué bien trabaja! Es el que hacía de comisario de policía en *La noche de asfalto*. ¿Te acuerdas?

—Sí, ya me acuerdo.

Salían poniéndose los abrigos al frío, a la calle, a la luz, a la rueda de siempre.

Todas las noches, antes de acostarse, Mercedes se ponía los bigudís delante del espejo del lavabo. Aunque estuviera muy cansada, nunca se acostaba sin ponerse los bigudís. Lo hacía casi sin mirar, partiendo el pelo en zonas que envolvía muy de prisa en cada hierrito, como si estuviera liando pitillos. Sobre el espejo estaba la bombilla encendida. Muchas noches, al terminar su tarea, Mercedes se encerraba con pestillo en aquel cuarto y se contemplaba el rostro atentamente, con los codos apoyados en el lavabo. Un rostro ancho, pasmado, de ojos enrojecidos que no expresaban ninguna cosa, un rostro que parecía recortado en cartón. Lo miraba como si lo viese cada noche por vez primera, y necesitaba concentrarse trabajosamente para sentir de verdad que le pertenecía. Durante mucho rato se miraban los ojos de fuera y los del espejo se buscaban hasta acercarse y fundirse. Y los de dentro, pronto tenían a flor el hilo del llanto. Al menor temblor de pestañas, la primera lágrima caía, dejando una huella seca y ardiente en la piel de la mejilla, un cauce tirante de sed que pedía más lágrimas. Era algo necesario y natural, como la lluvia. Lloraban largamente los ojos de Mercedes, sintiendo la compañía de aquellos otros del espejo, que por fin la habían reconocido.

Los clientes que venían a la oficina se clasificaban en dos categorías muy bien definidas: los que pasaban al despacho del jefe y los que no llegaban a verle jamás. Se les distinguía sólo con verlos. Entraban los del primer tipo con el paso seguro, la mirada resuelta y arrogante. Se sentaban sin que nadie les invitase a hacerlo, abrían con parsimonia una pequeña cartera que traían en el bolsillo, y buscaban allí su tarjeta de visita. La sacaban, la tendían con indolencia. Eran tarjetas blancas y primorosas, impresas algunas en letras de relieve que se notaban al tacto, y podían llegar a tener hasta tres direcciones distintas con sus tres teléfonos para cada solo nombre.

Mientras un empleado pasaba estas tarjetas al despacho del señor Tortosa, ellos se distraían hojeando un pequeño bloc y tachando las cosas importantes que llevaban hechas aquella mañana.

Cuantos más apellidos y direcciones tenía la tarjeta, más pronto volvía el empleado:

—Que tenga usted la bondad de pasar.

Al salir saludaban con una alta sonrisa. Eran personas correctas e insolentes, exhibidas detrás de sus apellidos que les protegían de cualquier contacto, como fanales de cristal.

Los clientes del segundo grupo se quedaban en la puerta antes de entrar, mirando con temor y desconcierto las ocho mesas que había en la habitación, como echando a suertes mentalmente para saber a cuál se dirigirían, o tal vez esperando a que de alguna de ellas se alzaran unos ojos, invitándoles a pasar. Siempre venían a preguntar alguna cosa que no sabían explicar bien y se enredaban en largas y confusas historias. Se atropellaban fatigosamente, deseando acabar, y parecían seguros de estar equivocados; hablaban mirando a las carpetas y los teléfonos y lo que iban diciendo se les enfriaba. Los rostros de estos clientes se repetían con frecuencia. Muchos volvían dos o tres veces para cada cosa, porque no se enteraban bien a la primera y les daba vergüenza pedir que se lo explicaran nuevamente. Además, como no tenían tarjeta, les exigían instancias y certificados de otras oficinas para acreditar su personalidad. Se les gastaba todo el día rodando de ventanilla en ventanilla, de mesa en mesa, pidiendo firmas y avales, rellenando impresos, pegando sellos móviles, escribiendo que su padre se llamaba Manuel y su madre Josefa, dando las gracias.

Estos clientes del segundo grupo nunca dejaban propina. Las propinas de los clientes buenos se recogían y repartían con arreglo a los sueldos; es decir, que al que tenía mayor sueldo le tocaba mayor parte de propina, no al contrario.

Estar en la oficina era para Matías Manzano como viajar en un trolebús al lado de personas de las que nada se sabe sino que van por azar a la misma parada. Siempre andaban de broma los compañeros, poniéndose motes unos a otros, riñendo al chico de los recados, comiendo bocadillos de chorizo. Y, sobre todo, la conversación. En cuanto uno levantaba la cabeza de los papeles, ya estaban los demás en guardia, dispuestos a tenderle apresuradamente sus palabras, como a un náufrago. Se quedaban en mangas de camisa para darse mayor confianza, hablaban de sus comidas, de sus aficiones, de sus novias, como por obligación. Los lunes se discutía de fútbol con todo el que entrara por la puerta, que quisiera que no. Daban diversas versiones del partido del domingo, pero hablando cada uno por su cuenta, sin que nadie escuchara a nadie, porque así tiene que ser. Hacían dibujos con tinta en el cristal de las mesas, se tiraban de la manga unos a otros exigiéndose mutua atención, ardían al tiempo todos los explicoteos. A Matías, en los casos extremos, le ponían de árbitro en las discusiones.

—Pero juzgue usted, Manzano. A ver lo que dice Manzano.

Y él, como todos le miraban, decía que sí, que puede ser, que seguramente... Le miraban con pena y extrañeza, igual que a un niño terco que no quiere jugar con los demás.

Al salir del trabajo, Matías cogía el Metro y se iba a casa. Era la misma línea que solía tomar la señorita Mercedes, y se bajaba en una estación anterior a la suya, porque vivían bastante cerca, aunque nunca lo supieron. Alguna vez hasta viajaron en el mismo vagón y entraron por la misma puerta, pero sin llegar a verse de tan apretados como iban, separados por filas y filas de rostros sufridos e impenetrables que apenas parpadeaban, de manos que agarraban cantarillas, niños pequeños, paquetes de libros, maletas, ramos de flores y fuentes de pasteles con su carta para otra persona. Todos se concentraban en los objetos que llevaban en la mano, los empuñaban con fuerza como símbolos o estandartes. Atento cada uno a no perder su objeto, a no olvidar su recado, a no pasarse de su estación.

Matías vivía solo con su madre.

—¿Qué tal por la oficina? —le preguntaba todos los días su madre con idéntico interés.

—Bien, madre. Allí... —contestaba Matías vagamente.

—No sé qué tienes, hijo. Tú estás malo. Levanta la cabeza. Mírame.

—Que no. No tengo nada. De verdad.

—No sé, mi hijo es tan raro —les contaba la madre de Matías a las vecinas—. Siempre me parece que anda malo o que está triste.

La casa de Matías era de renta antigua y tenía cuatro habitaciones. La madre de Matías recorría las cuatro habitaciones de la casa igual que cuando andaba de compras por la calle. Siempre estaba peroleando en la cocina, limpiando los dorados, fregando las baldosas, cambiando de sitio los cromos de las paredes y los tiestos del balcón, esperando la vuelta de su hijo. Cuando venía él, suspiraba, pero le gustaba más reírse. Le gustaba mucho reírse y meterle un codazo a los demás para que se rieran con ella. Le gustaba pegar la hebra y dar a cada momento el parte de lo que estaba haciendo o de lo que iba a hacer: «He abierto la ventana para que se vaya el olor de pescado frito...» «Voy a fregar el retrete...» «Me bajo a por vinagre.» A la madre de Matías le hubiera gustado tener una nuera. La madre de Matías tenía su capacho de hule y todas las mujeres del barrio tenían uno. Lo sacaba colgado del brazo y se saludaban con la mano libre de acera a acera, o en la cola de la carne.

Era aquél un barrio destartalado, incorrecto y alegre. Un barrio de tabernas y solares, de taxis en descanso, de tiovivos. Las casas se levantaban a empujones y hacían montar a las calles unas sobre otras de cualquier manera.

Siempre las andaban empedrando las calles de aquel barrio. Montones de adoquines levantados, de trabajo estacionado y perezoso. Parecía que era siempre el mismo grupo de adoquines que pasaba de calle a calle, que los que quitaban de un sitio servían para remediar otro y siempre tenía que quedar algo destapado. Todas las calles salían a una plaza desnuda, redonda y tirante como un tambor. En la plaza estaba la boca del Metro, y junto a ella muchos tenderetes de avellanas, higos pasos y peladillas con los precios pinchados en un palito. Además de estos frutos secos se vendían zambombas y molinos, caretas, serpentinas, carracas, aleluyas de la Pasión del Señor, pelotitas atadas a una goma y botijos, según la época del año. En torno a estos tenderetes había mucho ruido y alegría, como si todo el barrio anduviese de fiesta.

Matías se paseaba por entre las gentes de su barrio, que algunas veces le decían adiós, miraba las hogueras que hacían los chiquillos en los desmontes, cuando llegaba el frío, andaba con las manos metidas en los bolsillos, por los barrios que recordaba de siempre, a la luz de los faroles, al socaire de aquellos muros que todavía estaban en pie, que todavía le albergaban. El sabía que su barrio era viejo. Algunas noches de agosto lo había mirado desde su balcón, bajo la luna turbia, y le había parecido que se tambaleaba; había sentido en sí las grietas de aquellas casas que resoplaban trabajosamente, que buscaban el aire, la vida, que alzaban la cabeza a lo alto y se apoyaban unas en otras para no caer. Muchas noches, cuando se habían apagado los ruidos y las risas, Matías se asomaba para espiar la respiración de su barrio, como si se acercara de puntillas al cuarto de un enfermo para mirarlo dormir.

A la amiga de Mercedes le salió un novio linotipista y se casaron a fines de verano. Los invitados fueron a celebrar la boda a un merendero que había junto al Manzanares, con sus sillas y mesas de madera debajo de un emparrado medio seco, y organizaron un poco de baile. Era una tarde bochornosa de gordas nubes que se tropezaban vacilando, como si se quisieran caer a la tierra. Mercedes pidió un helado de limón, pero luego le sirvieron *cup,* porque habían hecho mucho y todos lo tomaban. Sabía a sidra y tenía trozos de plátano flotando. Cada vez venía más gente y, como aquello era pequeño, no se cabía para bailar. La música de la orquesta se confundía con otras músicas de altavoces que venían de las casetas de tiro al blanco que había al otro lado del río. También se oían rachas de risas y el chocar de los cochecitos eléctricos. Mercedes bailó mucho aquella tarde. Casi todos le hablaban del calor. Unos brazos la soltaban, la agarraban otros, y ella sentía en su espalda el sudor de aquellas manos sucesivas, a través de la blusa de organdí. «Cómo me la deben de estar arrugando —pensaba—. Y también la voy a tener que lavar. Es una pena. El vestido azul me encogió.» Su pareja decía:

—¿Cómo te llamas tú?

—Yo, Mercedes.

—Qué calor hace, ¿verdad, Mercedes? Debíamos ir a beber algo.

Tenía como un humo delante de los ojos. Le mareaba el olor a churros fritos de la verbena. Algunas conocidas la saludaban desde otras mesas:

—¿Qué tal lo pasas?

—Estupendo; muy bien.

A lo último se dio cuenta de que llevaba tres o cuatro veces seguidas bailando con el mismo. Era un muchacho moreno, silencioso, de ojos pegajosos y tenaces como dos tábanos. La miraba fijamente, con una mirada acre que arañaba. No hablaba una palabra. A Mercedes no le gustaba bailar con aquel chico, pero no encontraba la forma de decírselo.

Le pesaba la lengua, como de suela. Una vez fueron a apoyarse en la barandilla del merendero que daba encima del río. Ya habían encendido las luces y acudían las mariposas de noche a pegarse golpes contra las bombillas. Dentro de su cajón de cemento, el río era un reguero mezquino, avanzando apenas entre costras de eczema y porquería. Hacía un calor insoportable. De pronto el muchacho cogió a Mercedes por la cintura y la atrajo fuertemente hacia sí. Sólo fue un instante, pero ella sintió muy cerca de sus labios la respiración densa y entrecortada de aquel hombre y le subió una violenta náusea. Se desprendió bruscamente, y, metiéndose a codazos por entre los grupos espesos de parejas que bailaban, corrió a encerrar-

se en el lavabo. Oía los pitidos de la orquesta a través
de la puerta cerrada. Por el ventanillo abierto se veía
un manojo de estrellas recientes y agudas como puntas
de alfiler. Mercedes apoyó la frente en el cristal del espejo y estuvo así mucho rato, sin acordarse de nada. Luego
sintió los golpes que daba alguien que quería entrar. Se
lavó la cara con agua fría y se marchó a casa sin despedirse de nadie.

El otoño le pilló a Matías angustiado, febril, sin apetito. Le dolía la espalda y a veces, cuando estaba trabajando, se le nublaban las imágenes de repente. Tenía que
cerrar los ojos. Esto le aterraba, le daba una enorme sensación de inseguridad. ¡Qué cristal tan tenue y maravilloso el de los ojos! Sentir herido, amenazado, el cristal de
sus ojos era como sentir el aviso de que algo fallaba,
de que se podía derrumbar. Solamente por los ojos había
salido y se había alzado alguna vez. Eran las ventanas y
se habían posado allí todas las nubes y viajes, todas las
luces que iluminaban su casa de tierra. «Y cuando se
cieguen —pensaba Matías—, cuando lleguen a ser de
tierra ellos también, uno se habrá muerto sin remedio.»
   El trabajo de la oficina se empezó a volver para él
agotador, como tirar de un carro. Necesitaba apartar de
sí los confusos pensamientos que le asaltaban mientras
había balances y sumas, pero también fijarlos en alguna
parte, dejarlos a buen recaudo para reemprender el hilo
después, cuando hubiera una tregua. Y así, a lo mejor se
quedaba un rato mirando al vacío, repitiendo en su mente
una palabra que le acosaba, como buscando sitio donde
ponerla, y hasta que no la escribía ni se libraba de ella,
no podía seguir trabajando. Se le llegó a hacer indispensable echarle un lazo a las ideas, no dejarse ir ninguna.
Andaba desasosegado, apuntando palabras a escondidas
en puntas de papeles, en trocitos de sobres, guardándose
aquellos pedazos en el bolsillo, sobándolos, arrugándolos
con los dedos mientras sonaban las llamadas del jefe, y
las del timbre de la puerta, y sobre todo las del teléfono,

allí mismo, encima de su mesa, urgente, alevoso, sobre-
cogedor. Lo cogía Matías medio asustado, como si le hubieran sorprendido durmiendo y bajara vistiéndose a toda
prisa.

—¿Inmobiliaria Tortosa?

—Sí, señor; sí...

—Verá usted, Manzano: yo soy el señor Puig.

—Ah, ya... ¿Cómo está usted?

Y los papelitos del bolsillo se iban rompiendo, y las
palabras escritas se borraban.

Casi todas las tardes, medio disimulando, tenía ocasión
Matías de acercarse a la ventana, levantar un visillo y
quedarse con la frente en los cristales, mirando un rato
las chimeneas. La oficina estaba en un sexto piso y aquella ventana daba a un patio con sus ropas colgadas a
secar, con sus desconchados, sus grietas y sus canalones.
La pared de enfrente a la ventana quedaba más baja y
descubría algunas azoteas y tejados de otras casas. Cada
azotea con su fila de tiestos, cada tejado con su fila de
chimeneas. Dos, tres, cuatro chimeneas en cada tejado.
Nacían así, formando grupos, en tiestos de cemento, los
tubos negros con su sombrerito encima; nacían juntos de
dos en dos, de tres en tres, como plantas raquíticas. Matías se asomaba cuando estaba atardeciendo, y allí estaba
siempre el triste, desparramado ejército de las chimeneas
que parecían esqueletos negros contra el cielo, indeciso,
lechoso, vulgar de la ciudad. Era la hora del parpadeo de
las ventanas. Unas encendían la luz, otras cerraban las
maderas, otras se abrían. Se veían a través de los visillos
imágenes confusas de dentro de las habitaciones, y se
movían en el marco de la ventana como en un ojo débil,
lagrimante. Algunas mujeres arremangadas se asomaban
a recoger la ropa tendida y subían por el patio voces de
niños mezcladas con el ruido de motores eléctricos, de máquinas de escribir. Matías miraba las chimeneas tan quie-
tas contra el cielo. De algunas salía un humo recto y leve,
pero casi todas estaban como muertas. Él amaba aquella
paz, aquella muerte de las viejas chimeneas. Miraba todo

aquello como si lo quisiera penetrar. Se sentaba nuevamente a la mesa. Escribía: «chimenea».

Un día tuvo tanta fiebre que no pudo venir a trabajar. Su madre bajó temprano a la lechería y desde allí llamó por teléfono. No hacía más que decirle al que se puso:

—Si hace falta, puedo hablar con el jefe. Porque usted no será el jefe, ¿verdad?

—No, señora. Todavía no ha venido.

—Él no puede moverse en unos días, ya digo. Toda la noche con cuarenta de fiebre y delirando. No le dejo ir yo, aunque quiera. Ustedes ya lo conocen, ya saben lo cumplidor que es. Porque usted será compañero suyo, ¿verdad?

—Sí, señora.

—Pues me gustaría decírselo también al jefe... Ya ve usted, toda la noche delirando. Hasta que yo le oí y me levanté. Porque él ya venía malo de largo; lo que pasa es que es sufrido y nunca se queja... Y el jefe, ¿a qué hora llega, me hace el favor?

—Depende. Pero usted no se apure, porque yo se lo diré en cuanto llegue.

—Muchas gracias. Él está tan preocupado por la oficina... Ya le he dicho yo: «No te apures, hombre; tú qué le vas a hacer. No es culpa tuya...» ¿No le parece a usted?

—Claro, claro, señora...

—Con que ya no tengo que volver a llamar. Usted se lo dice al jefe...

—Sí, señora. Descuide.

—Bueno, pues no le molesto más, que tendrá que hacer. Adiós y muchas gracias.

—Adiós, que se mejore.

Se pasaron ocho días. Claro, sí, fueron ocho. En la oficina el tiempo pasa rápido, lento, no se sabe. A los ocho días de esta conversación se recibió un sobre que traía dentro varias estampitas dobles, rodeadas de cerco negro. Tantas como empleados eran. En sus últimos de-

lirios, Matías había contado varias veces los empleados
de la oficina, y su madre le oyó y supo los que había.
Tardaron bastante rato en abrir aquel sobre, porque era
un día de mucho quehacer y había que terminar urgente-
mente varias cosas. El propio jefe había salido de su
despacho para pedirles a todos que intensificaran el trabajo, que hicieran un esfuerzo, por favor. Pero, por fin,
al cabo de algún tiempo, el empleado encargado de repartir las propinas y las gomas de borrar fue dejando en
cada mesa uno de aquellos recordatorios.

La señorita Mercedes, que torcía un poquito la cabeza
a la izquierda, vio casualmente el suyo. Iba a seguir escribiendo; le pareció un anuncio, cualquier cosa, pero se
fijó bien. Representaba la Virgen Dolorosa, llorando al
pie de la Cruz. Dejó de escribir, lo cogió y leyó dentro:

«Rogad a Dios en caridad por el alma de Matías Manzano Fernández, que falleció en Madrid, a los treinta y
tres años de edad, habiendo recibido los Santos Sacra-
mentos. Su desconsolada madre, Juliana Fernández, ruega
una oración por su alma.»

Y debajo, en letra más pequeña:

«Una lágrima por el muerto se evapora, una flor sobre su tumba se marchita. Una oración por su alma siempre la recoge Dios.»

Mercedes cruzó los ojos enfrente, a la mesa vacía de
Matías Manzano, debajo de una gotera que había en la
pared.

—Sí, hombre; era uno pálido, de gafas, muy sosito,
que se sentaba ahí... —le estaban diciendo los compañeros a uno que venía a cobrar la contribución.

—Eso, sí: el del traje marrón. Ya estaba algo enfermo; éste habló con su madre. Ha sido cosa de ocho días.

La señorita Mercedes no podía escribir. A la señorita
Mercedes le pasaba algo extraño. Con que Matías Manzano, el muerto, tenía una madre —su desconsolada madre, Juliana Fernández...—. Treinta y tres años. Y también una edad. Era mucho más sorprendente enterarse de
estas cosas que de su muerte misma. Solamente ahora,
de un golpe brusco, al calor de estos datos, venía a aper-

cibirse Mercedes de que realmente Matías había estado vivo, tal vez durante años, con su rostro allí enfrente. «El del traje marrón, sí. Y también llevaba bufanda. La llevaba casi todo el año, hasta que entraban los calores. De cuadros. Y un día le vi en el parque, yendo con Rosaura, él solo, echándoles miguitas a los pájaros. ¿Qué pensaría allí? Pude haberme acercado. Su madre, pobrecilla, sola, sin otros hijos... Y ¿por qué miraría tantas veces mis labios?, tantas veces, es cierto.»

Se le representaba aquella mirada cobarde, de animal acorralado, que se clavaba en ella, a lo mejor, a través de la tarde, de los amortiguados ruidos cotidianos. Tal vez años. Allí enfrente. Buceando como ella en la mañana gris y soñolienta de los días, en aquella niebla que iba sumiéndoles. Sí, años. Seguramente muchos. Aunque era tan difícil acordarse.

Mercedes no volvía. «Hoy hay prisa. El jefe nos ha metido prisa.» Pero Mercedes quería acordarse de los ojos de Matías, de la primera vez que los había visto. Las máquinas ya reanudaban su ruido, lentamente al principio, como cascos de caballo al paso. Prisa, prisa. Pero ¿no puede haber un día distinto? «Una lágrima por el muerto se evapora. Por Matías Manzano se evapora.» Mercedes no volvía. Trataba de rezar. El timbre de la puerta, el timbre del teléfono. Para rezar tenía que acordarse de cuando era niña, aguijonear aquella piedad olvidada. También sería bueno localizar los ojos de Matías, acordarse por lo menos de su color. O mejor de la voz. Por ejemplo, cuando decía: «De nada...». Pero era muy difícil acordarse de algo, muy difícil rezar. Los remolinos de imágenes de todos los tiempos, que giraban, como larvas, buscando la salida, se aplastaban sin aliento contra una sucesión de frases opacas, insistentes y vacías, entreveradas como placas de acero. «Condición suspensiva...», «persona de solvencia...», «plazo de un mes...», «con el visto bueno del presidente de la expresada sociedad, don Evaristo Tortosa...» Todas las máquinas funcionaban otra vez. «Padre nuestro que estás en los cielos..., que estás en los cielos..., en los cielos...»

Aquella noche, al mirarse en el espejo, después de ponerse los bigudís, se fijó Mercedes en unas arruguitas que se le señalaban en las comisuras de la boca y de los ojos.

«Treinta y un años cumplo en diciembre —se dijo—. Ya no me casaré.» Lo decidió de pronto, firmemente. Se le impuso esta certidumbre con enorme simpleza, con una clara y terrible seguridad. Lo pensó sin amargura, y ni siquiera sintió extrañeza de no haberlo pensado hasta entonces, como si sólo aquél fuera el momento de caer en la cuenta.

La señorita Mercedes, efectivamente, no se casó. Ya lo decía su amiga. Se le pasó el momento de casarse. Podría haberse casado con Matías Manzano, años atrás, y tal vez hubieran sido bastante felices. Y también Matías Manzano podría no haberse muerto. Pero la señorita Mercedes no se casó. Y la madre de Matías, que nunca tuvo una nuera, seguía bajando a la compra, vestida de negro, con su capacho.

En la mesa de Matías Manzano pusieron a otro empleado de los antiguos. Al principio, alguna vez que lo veía levantarse, pensaba Mercedes: «Ya va a mirar un ratito el patio por los cristales…». Pero luego, al acordarse de que no era Matías, le daba un pequeño vuelco el corazón. Eso era todo. Un vuelco de un instante, que se apagaba. Esto ni siquiera era echarlo de menos. Así es que, realmente, no se notaba nada, y todo siguió igual.

También ella, la señorita Mercedes García, un día se morirá sin avisar a nadie —de gripe y soledad, de cualquier cosa—, y para llenar el hueco que deje entre el fichero verde y el clasificador, pondrán un anuncio en el periódico y vendrá otra muchacha cualquiera.

Madrid, enero de 1954.

Esta tarde, cuando he vuelto a casa, Marta no estaba. La he llamado por el pasillo varias veces, porque no contestaba a la primera; con más urgencia cada vez, mientras miraba en las habitaciones, con una gran urgencia, con angustia, como si hubiera fuego en la escalera. Yo mismo me he sorprendido: ¡Si no la necesito para nada! Precisamente es mejor que no esté. Todo el camino lo he venido pensando, que ojalá pudiera llegar a casa y estar un rato solo. Desde que ando ocultando lo que me pasa, lo peor son los ojos de ella posados sobre mí como moscas inmóviles. Me miran sin esforzarse, resbalando, sólo porque me parezco al que han visto otros días, todos los días. Pero yo, desde ayer, soy un poco distinto. No diré que gran cosa. La diferencia que va de un empleado a un hombre despedido de su empleo. Claro que si esta diferencia, por tenue, por pequeña que sea, es la primera que se produce durante diez años, y uno nota que estaba entumecido, con la cabeza quieta, torcida en una sola dirección —igual que cuando van a retratarnos—, y ahora puede volverla mirando para atrás, de frente y hacia arriba, la cosa cobra un aire de acontecimiento.

¿Qué diría ella si lo supiera? Seguramente nada, durante un largo rato. La parecería mentira y no llegaría a entenderlo. Volvería los ojos alrededor como buscando amparo y confianza en las cosas conocidas, y allí estaría, por ejemplo, el armario de pino que ya no cojea desde que lo calcé yo con unas astillas, y el cajón medio abierto donde se guardan las facturas, y encima de su pañito de ganchillo, el reloj despertador niquelado y azul, parado en las cinco y cuarto. Buscaría el sitio donde está cada mancha en la pared, las grietas, las goteras, mi propia cicatriz junto a la oreja (porque yo estaría allí, de pie, aguardando sus palabras), un baldosín mellado, alguna abolladura o ñica en las cazuelas. Todo en su sitio de siempre. Recorrería estas cosas despacio, minuciosamente, casi palpándolas, y las iría reconociendo con alegría, como los repliegues y valles de un terreno donde se supiese segura, al abrigo de todo temor. ¡Dios mío!, y cuando volviesen a mirarme, sus ojos serían ya las dos moscas ajenas e inertes, se les habrían sumido la lucecilla de sobresalto que los encendió un momento, y extenderían de nuevo por todo el rostro, como una niebla, el apagado gesto habitual. Y a través de esta niebla diría lo primero: «¿Y cómo lo has arreglado?», o tal vez: «Me figuro que te habrán vuelto a admitir». Daría por supuesto que todo el día lo he dedicado a gestionar una solución rápida y eficaz.

Pero yo me he levantado a las ocho, como de costumbre, he tomado el café con leche, y me he ido a la calle. Por primera vez he visto cómo es la calle a esas horas. Es una inmensa urna vacía, resonante, con parquet de museo. Sobra por todos lados y se ve que es del día anterior, que se aprovecha de un día para otro como una decoración. Da hasta risa tomarse luego la ciudad tan en serio; a esas horas se ve la preparación que tiene y parece que se va a desteñir o a fallarle algún muelle. Aquí el sitio para dejar los coches, aquí el espacio de los peatones, desde la raya amarilla; por aquí irá el trolebús, des-

pacio en los lugares de mucho tráfico, y debajo de la
costra delgada que pisan nuestros pies, el ferrocarril sub-
terráneo con puertas que se abren ellas solas. Aquí el
espacio para que suba el humo de las chimeneas, un poco
más arriba pueden volar los pájaros —sin chillar demasiado—, y por encima de ellos circularán los aviones. Allí
las palomas, en cuanto se despierten, con un trocito de
añadidura por delante para los fotógrafos, los niños junto
a esta fuente, sin pisar los jardines, los perros y los gol-
fos por donde caiga el sol; aquí se formará la cola de los
cines, la de misa de una, la de marcharse a casa a comer
cuando se vive lejos. Da risa. Ya se lo sabe uno todo.
De memoria. Con los ojos cerrados.

Luego, a mediodía, me he encontrado rodeado de hombres que pasan aprisa con sus carteras, y me he sentido
al descubierto, sin saber adónde ir. He ensayado a ir más
de prisa, a sacarme las manos de los bolsillos, pero me
ha parecido que todos notaban que era mentira, que no
lo sabía hacer. Entonces pensé que iban a echárseme encima como policías pidiéndome la chapa verde, esa etiqueta de algo que siempre hay que llevar. Y me imaginaba palpándome los bolsillos, balbuciendo excusas. Y el
asunto pendiente se volvía grave, se hinchaba como un
tumor, y veía alejarse de prisa a los hombres de las carteras con una mezcla de alivio y desconcierto.

Esta tarde me he pasado por la taberna para charlar
un rato con Luis. Estaba muy alarmado con lo que dicen
los periódicos franceses. Me lo ha estado leyendo. Parece
ser que pronto tendremos una guerra, mejor dicho, la
guerra, esa que siempre tiene que venir cuando hace unos
años que se ha acabado la anterior. Estaba él solo sentado en la banqueta de siempre. Se ha alegrado de verme
y hemos bebido una botella de vino. Luis ha hablado de
la guerra todo el tiempo, de las tragedias y calamidades
de los japoneses. Me ha dado vergüenza contar lo de mi
empleo, y no he dicho nada.

No tengo conciencia de estar obligado a haber hecho
una cosa precisa en mi primer día de libertad. No he
pensado. No he decidido nada.

Entro en el comedor, que es la última habitación del
pasillo, y me siento allí con la frente apoyada en las manos. La casa está fresca y en penumbra. Brillan las baldosas, los pestillos, la cara de los muebles, con un brillo
amortiguado, fijo y enervante. Me aflojo la corbata. Todavía estoy como sobresaltado. Hace mucho tiempo que
no llamaba a Marta de esta manera. Quizá no la había
llamado nunca así, con esta violenta necesidad de verla,
de cogerla por los hombros y sacudirla diciendo muchas
veces su nombre hasta que despertara, hasta que tuviese
miedo y lo aguantase a pie firme y sollozara abrazándose
conmigo. Con aquellos hipos de niña. Quién sabe el
tiempo que hace. Cuando éramos novios lloraba porque
yo llevaba los puños rotos y no ganaba dinero. Otras
veces, porque me exaltaba hablando de cosas que ella no
entendía. Me miraba con ojos muy atentos y asombrados,
como si estuviera en el teatro, y decía: «...no sé, no me
embarulles», y metía la cara en mis manos, y alguna vez
me las besaba diciendo: «pobrecito, pobrecito...», como
se lo diría a un niño o a un enfermo. Y yo me irritaba,
porque siempre me parecía importante lo que estaba
diciendo.

«Pobrecito, ¿por qué?, ¡por qué!», le dije un día.
Y ella me miraba turbada entre las lágrimas, sin saberlo
explicar, porque siempre se expresa torpemente. Luego
aprendí taquigrafía, me dieron el empleo y nos casamos.

Miro el reloj. Ya casi son las nueve. Después de llevar
un rato sentado, se nota calor. Voy a levantar las persianas. A estas horas ya entra un poco de fresco. En verano,
las casas a poniente, ya se sabe, si nos las tiene uno muy
cuidadas se recalientan mucho. Por la noche, abrir de par
en par; durante el día, mantenerlo todo cerrado, con
alguna ranura en ciertos sitios para que haya un poquito
de corriente.

Me asomo al balcón. Vivimos en un ático. Las mujeres
han sacado sus sillas a la calle y forman pequeñas tertulias. Los niños corren, se pegan, se montan en la grupa
de los tranvías. Los novios se sientan en los aguaduchos
a sorber su horchata. Sube de no sé dónde un fuerte

olor a pescado frito, se entrelaza con el sonido de una
risa, de una bocina, de algún grillo que canta dentro de
su bote agujereado. Levanto la cabeza. El cielo es hondo,
inmenso, sin color. Los ojos se lo sorben y siempre queda más. Ya va a venir la noche. Entre las rayas de humo
de dos chimeneas lejanas, detrás de unos andamios, se
está gestando una luna enrojecida y escasa, sin piel todavía. Mañana también hará calor.

Como ayer. Qué horrible calor el de ayer por la tarde.
Un calor casi sólido, encerrado, rabioso, que se apretaba
contra mis sienes y sobre mi espalda, mientras escribía
en la oficina. No digo yo que el calor tuviera la culpa,
pero yo sí que no necesito justificarme. Apenas me siento
mezclado en lo que ocurrió. Además, ¿por qué había de
tener alguien la culpa? Pero hacía un horrible calor. Sentía la camisa empapada, y me acordaba de un recodo que
hace el río de mi ciudad cerca de una pequeña presa, donde iba a bañarme de chico con mis primos. No he vuelto
nunca allí. Primero me acordaba débilmente. Me sonaban
por dentro de las sienes las teclas de la máquina, a patadas, arrancándome gotas de sudor, y rasgando esforzada-
mente, desesperadamente, este telón compacto y uniforme, se abrían paso otros ruidos, otras sensaciones. El
agua fresca y movediza del río, amasada de sol y sombra.
Con sombras largas de álamos largos... Y nosotros nadando, abriendo el agua, «plas-plas..., plas-plas...». Venían ráfagas de aire que recorrían la superficie en culebrillas, como el frío sobre una piel. «El río tiene carne
de gallina», decíamos nosotros.

El jefe de personal me estaba dictando unos oficios en
francés. Tenía prisa por acabar para marcharse con la
rubia que le llamó antes por teléfono; ésa a la que él
contesta: «sí, querida», «desde luego, querida», y que
huele como a violetas. Me equivoqué dos veces y me
quedé atrás; él se impacientó y me repetía las últimas
frases con voz agria, insultante. No pensaba yo insolen-
tarme, a pesar de todo. Nunca lo he hecho, ni siquiera
lo he tenido en la mente como algo posible. Pero seguía

pensando en nuestros baños del río, y se me acercaban
los ruidos, las imágenes con una mayor claridad. Me parecía oír los gritos que dábamos al zambullirnos y sentir
aquel gozoso cansancio de la salida. Nos tumbábamos
chorreando sobre una playa de piedrecitas grises, mirando las hojas de los chopos que al separarse dejaban pasar
el sol. El sol nos ponía por dentro de los párpados dibujos de rojas chispas y estrellas enlazadas girando sobre
un fondo negro, perla, de oro.

Algunas veces jugábamos a los indios. Nos perseguía-
mos con los tiradores, medio desnudos, entre los árboles.
Yo me llamaba el indio *Pies de plata*. Eso era, exactamente. Qué alegría, ya tengo el nombre. Jamás hasta
ahora lo había recordado. «¡Rendíos! *Pies de plata* arra-
sará vuestros poblados y arrancará vuestras cabelleras.»
Los niños asomaban la cabeza por detrás de los troncos.
Alguno se reía, pero casi todos respondían a mi reto en
el fiero lenguaje de sus tribus. Me temían bastante porque yo era más alto. De pronto, sin saber cómo, me
tropecé con el día en que encontramos la culebra... Cruzó el recuerdo como una ráfaga y se quería volver a en-
terrar para siempre. Pero yo no me lo podía dejar ir. Me
acerqué de puntillas, decididamente, excluyendo cualquier
otra ocupación, como si fuera hacia una mariposa que
se va a echar a volar.

Empecé a escribir tan flojo, tan distraído, que sólo
cogía las últimas palabras y ellas se enhebraban a su
antojo. Fue Germán el que nos avisó. Eso es... Él pisó
la culebra, me parece. Yo estaba en el agua y le oí gritar.
Decía, ¿cómo dijo lo primero?

Miré a la ventana. El jefe estaba de espaldas, y, cuando
se volvió, extrañado por mi silencio, le miré a él tenazmente, tal vez sonriendo.

—¿Qué? —dijo. Y en dos zancadas se acercó a mi
espalda. Leía seguramente por encima de mi hombro lo
que llevaba escrito.

Hubo una pequeña pausa en la que me concentraba
casi dolorosamente para recordar.

—¡Pero está usted loco! —exclamó el jefe enfurecido, dando un golpe en la mesa—. ¿Qué rayos está usted poniendo? ¿Se puede saber lo que le pasa?

Yo todavía no pensaba que iba a enfadarme. Creo que no había mudado de expresión.

—Déjeme ahora, por favor —susurré apenas, con voz suplicante y un gesto de la mano, como queriendo alejarle. Me pareció bastante explicación. Llevo diez años en la casa y nunca he pedido un favor. Creo que tengo derecho a algunas consideraciones.

Rápidamente traté de volver a anudar la escena de la culebra, no se me fuera a pasar de rosca ahora que ya casi la tenía, después de que había estado perdida años enteros. Perdida no sé dónde.

Germán chilló: «¡¡A mí la tribu!!», y ya estaban a su alrededor tres o cuatro con palos cuando yo salí...

Segundo puñetazo atronador sobre la mesa. El jefe estaba rojo de cólera. Levanté la cabeza y esta vez nos quedamos mirándonos de verdad.

—¡¡A mí no me ha tomado nadie el pelo!! ¡Nadie! ¿Lo oye? ¡Nadie! —articuló fuera de sí. Tenía el rostro congestionado, los ojos turbios de ira, y adelantaba hacia mí su gran dedo índice amenazador y tembloroso.

Entonces ocurrió algo insólito. Le miré y vi que era un extraño. Absolutamente, al pie de la letra. Me daba cuenta de ello con una súbita e indiscutible seguridad. Se apoderó de mí esta sensación, esta certeza, a pesar de que vagamente me esforzaba por recordar que durante diez años había tenido su rostro delante del mío. Pero esto se me hacía tan inconsistente y falaz como un espejismo, no respondía a algo real. Quizá si no le mirara desde la playa de piedrecitas grises, con los pies desnudos, el día en que Germán encontró la culebra, nunca hubiera podido comprenderlo. Era un ser absolutamente extraño, de otra tribu; yo no podía depender de él. El descubrirlo me proporcionaba una enorme alegría.

Entonces fue cuando me puse de pie, le aparté de mi lado con un ademán mesurado y distanciante, y dije:

—Perdone, no le entiendo. No tengo absolutamente
nada que ver con usted. Debe haber un error en todo
esto. Un lamentable error. Pero, gracias a Dios, ya está
salvado. Yo a usted no lo conozco.

Había empezado a hablar contra mi voluntad, confuso
todavía por la gran transformación que dentro de mí se
estaba operando, vacilante y respetuoso en cierto modo,
y me abrumaba el peso de lo que iba saliendo de mis
labios. Pero, al llegar a las últimas palabras: «yo a usted
no lo conozco», me apercibí de que había adquirido una
total autonomía; era yo quien decía realmente aquellas
palabras, las aceptaba, me hacía solidario de ellas, las hubiera defendido con mi vida. Sentía mi triunfo. Miré
orgullosamente alrededor. De todas las mesas se levantaban para mirarme los rostros estupefactos de mis compañeros. ¿Quién me había traído a esta oficina? ¿Por
dónde entré? ¿Con qué ojos había mirado esto durante
diez años para no haberlo visto nunca hasta hoy? El jefe
se había quedado inmóvil con la boca entreabierta. No se
había movido ni una pulgada del lugar a donde había
retrocedido cuando yo me levanté. Apoyaba una mano
en la pared y cerraba la otra contra su manojo de cuar-
tillas. Los lentes se le habían escurrido ligeramente hacia
el extremo de la nariz, pero no se preocupaba de levan-
tarlos. Me daba cuenta del silencio expectante de todos,
de cómo contenían la respiración, igual que cuando se
ha alzado el telón en el teatro, pendiente de mis nuevas
palabras. Porque yo tenía que seguir adelante, por donde
fuera. Me alentaban, me acuciaban. «Van a romper a
aplaudir», pensé.

Y seguí. Añadí muchas más cosas, cada vez más seguro y expedito, traspasado de entusiasmo. Uno no se explica por qué muchas veces que quiere gritar la voz no
le viene; se le estanca como en las pesadillas, cuando
lucha por despertarse, y en cambio un día, de repente,
con la mayor naturalidad, sin pretenderlo, sin que apa-
rentemente haya cambiado ninguna cosa, la voz acierta
a salir como por un grifo abierto y alcanza a salpicar
vigorosamente a todas partes, y se ve lo fácil que era.

Hablaba de egoísmo y rutina, de injusticia social, de hipocresía, hablaba de la muerte y de la guerra. Yo mismo me sorprendía de mi elocuencia, y no me parecía incoherente o disparatado mi discurso. A medida que hablaba, lo hacía con mayor entusiasmo, con una desconocida libertad, con una fuerza nueva y desbordante que me estremecía. Era una ocasión única. Allí, a mi alrededor, se alzaban hacia el mío los rostros de mis compañeros de diez años, como despertados de una larguísima siesta, y el del jefe, redondo e inmóvil como un enchufe, rostros esculpidos, atónitos, con una mueca fija en los ojos entornados, soñolientos, injertos en una masa de carne muerta, que trataban de abrirse para mirarme mejor. Hablaba a sacudidas, a trallazos. «Ya estoy despedido —pensaba de cuando en cuando—. Ya estoy despedido, diga lo que diga.» Y no me podía parar. Sentía un placer vivísimo que crecía como una borrachera.

Luego, en un cierto momento, que no sé cuál fue, ni a qué distancia estaba del comienzo, cogí mi carpeta, abrí la puerta y me fui a la calle.

La verdad es que he perdido un buen empleo. Casi salía por las dos mil pesetas, y luego las horas extraordinarias, que las pagaban aparte. Además, pensándolo bien, me consideraban bastante. Y, en cierto modo, era agradable sentirse llamar por el apellido y que le dieran a uno la mano. Era yo de los más antiguos en la casa. Sé que los clientes decían a sus amigos: «Tú vas y preguntas por J., uno muy amable».

Estoy inquieto. He vuelto a entrar en el comedor y he dejado el balcón abierto. Detrás del cristal del aparador hay un retrato de mi mujer con mantilla española. Parece que me está mirando intrigada, a ver en qué paran mis reflexiones, o a ver si paran en alguna parte. Como si me dijera: «Bueno, y entonces, ¿qué?».

Ahora me gustaría tener cogidas sus manos un poco ásperas, oliendo a guiso y a lejía, sus manos agrietadas, caseras, conocidas, que son dos útiles de trabajo, como dos mangos abrillantados por el uso diario, y que un día se astillarán y quedarán cruzadas en reposo. Sus manos llenas de inercia.

«Verás, Marta, mujer. Lo cierto es que he perdido un buen empleo. Pero está bien gritar en la ocasión que sea, por lo que sea, y no puede uno volverse. Compréndelo, todo lo que sea un cambio debemos saludarlo como una cosa buena. Y ha ocurrido tan sencillamente esto de ayer, si vieras, que debíamos haberlo tenido previsto como un accidente natural. Como cuando uno va por una calle y se encuentra en la última casa o con una pared y tiene que torcer a la derecha. Lo que ha pasado ayer podía haber pasado cualquier otro día del año pasado, o del anterior, o del año que viene. Claro que también podía no haber pasado nunca, en eso estoy de acuerdo.

»Sin cambiar de raíles, de señas ni de horario podía haberme sorprendido la muerte —¿te das cuenta?—. Sin cambiar de postura, inclinado en cualquiera de las horas de oficina (de nueve a una o de cuatro a siete). En una de las vueltas, en uno de los números del juego, se habría parado la muerte, silenciosa, poco a poco, como la rueda de los barquilleros... ¿Te das cuenta? Me habría muerto sin gritar, sin sentir este violento deseo de llamarte, de coger tus manos y besarlas. Y sin conocer esta zozobra de estar destapado, al desamparo, entre los transeúntes de las carteras. La zozobra de haber perdido mi etiqueta, mi casillero. Y de no tener más que la noche y el día. Como cuando te conocí.

»Ahora, en cambio, podemos emprender cualquier cosa. Con alegría y riesgo. Los dos juntos, absolutamente juntos. Romper amarras. Escapar. Tenemos algún dinero ahorrado, bastante, ¿no es así? Podíamos irnos lejos, desentendernos de todo lo que nos ha rodeado estos años: vender los trastos, la casa, hacer un largo viaje.

»Ya ves lo que ha dicho Luis. Que nos meterán en la guerra. Que sin remedio nos meterán. Y nos quedan por ver tantos países, ahora que no nos hemos muerto todavía. Tiene uno la sed como embotada.

»Trabajaríamos para no pasar hambre, para irnos mereciendo cada día. Siempre se puede uno ganar el pan en cualquier parte, con lo que vaya saliendo. A la aventura. A la buena de Dios. Mejor es presentarle batalla a la muerte, salirle al encuentro, que esperarla dormidos. Y al fin tiene que venir un día u otro. Fíjate cuántos japoneses se estarán muriendo en este momento. Ya lo sé. Japón está muy lejos. Pero también allí se le podrá tomar amor a un trocito de calle, al sabor de una fruta, a una mujer. Y la vida de ellos es tan importante como la nuestra, aunque estén lejos y no sepamos sus nombres. Tan digna de condolencia su muerte como la de algún conocido, cuya esquela encontrada en el periódico te hace exclamar: "¡El pobre! Con lo joven que era…"

»Pero ahora todavía a nosotros no nos ha tocado la suerte. El tiempo es una brillante moneda. Estás, te tengo, deseo huir contigo. Prender una alegre hoguera para quemar reliquias, muebles, facturas, tarjetas de visita, botones, ovillos de lana, periódicos. Y escapar de las llamas al desnudo, como recién nacidos, ahora que todavía no somos tierra.»

El retrato se cansa de escucharme. Me levanto, abro las puertecitas del aparador y lo pongo del revés.

«Estudio Jiménez.—San Pablo, 14, 1.°»

«En prueba de cariño de tu Marta.» En letra inglesa. Una dedicatoria sensata, contra la que no tengo nada que objetar. Contra nada de lo suyo se puede generalmente objetar ninguna cosa. Todo en ella es normal, apacible, de sentido común. Ella le encierra a uno, le va haciendo capitular sin que lo note. Tengo que reconocerlo: En esta casa se vive a gusto. Todo en tono menor, nunca una voz más alta que otra. Sería inconcebible enfadarse con mi mujer. Le condiciona a uno la vida, se la limita, pero hay que dar las gracias. Todo está a punto. Ordenado, dispuesto. De cuando en cuando hay que devolver una visita. Ella dice: «Si no quieres no vengas». Pero yo, claro está, siempre voy. A casa de su hermano Julián a jugar al tresillo, a casa de los López, a ver a la tía Clara, que nos regala lilas en primavera. Marta las reparte en cacharros con bastante arte, para decir la verdad, poniendo los tallos alternativamente largos y cortos y secando los cacharros por debajo para que no dejen marca en los muebles. Se pone la casa preciosa.

¿Qué explicación daríamos a toda esta gente de lo de mi despido, de lo del pretendido viaje al extranjero sin tener una cosa fija? Nos lloverían sus consejos, y nada hay más temible que los consejos de la gente equilibrada, de buen criterio. Tendríamos que irnos sin decir adiós a nadie.

Las diez menos cuarto. La luna ha palidecido y va subiendo, membranosa y rígida, como un globo inflado. Se asoma a los aleros, a las buhardillas, a las azoteas. En la calle unas niñas que no se quieren acostar todavía cantan agarradas de las manos:

> *Quisiera ser tan alta como la luná,*
> *¡ay, ay!, como la luná,*
> *como la - lu - ná...*

Estoy tan abstraído que no he oído venir a mi mujer. Ni el chirrido de la llave en la puerta de entrada, ni su taconeo por el pasillo. Alzo los ojos y la veo de pie delante de mí.

—Hola, ¿qué haces aquí tan a oscuras?

Es verdad. Ya casi no se ve en la habitación, aunque mis ojos se han ido acostumbrando gradualmente. Y ni siquiera tengo cerca el periódico para que se dé cuenta de que hasta hace unos instantes he podido estar leyendo. Me siento turbado, como cogido en falta.

—Nada, te estaba esperando, ¿Por dónde has andado?

Se ha sentado a contraluz entre el balcón y yo, y, mientras habla, se saca los zapatos con un gesto de alivio.

—He ido al cine con Julián y Pura. Vinieron un rato esta tarde y me animaron. Era sesión continua; llegamos con la película empezada y yo quería verla entera. Por eso he tardado un poco.

—¿Qué tal era?

—Bonita. Del Oeste.

Ahora se levanta descalza, con los zapatos en la mano.

—¡Ay! ¡Qué gusto! Me hacen un daño horrible. Ya ni para andar poco los soporto. Los negros, fíjate, los que me compraste por mi cumpleaños. ¡Me da una rabia!

Se ha acercado a la puerta.

—¿Adónde vas?

—A preparar la cena. ¿Has merendado algo?

—No.

—En la fresquera había cosas.

—No he tenido gana.

Sale. La luz del pasillo. Luego la de la alcoba. (Se está poniendo las zapatillas.) La apaga. Apaga también la del pasillo. Da la de la cocina. Un rectángulo de luz, a través de la puerta abierta, revela en el suelo del pasillo el dibujo marrón y verde de los baldosines. Todavía permanezco un rato solo, a oscuras. Luego, me levanto atraído por el resplandor de ese rectángulo, como una mariposa de noche.

La cocina es pequeña y cuadrada. Reluce de tan limpia. Me siento en una silla de enea. Mi mujer manipula en el fogón, se acerca a los vasares, a la ventana, se inclina.

—¡Vaya! Otra cucaracha. Es mi perdición. A ver si le dices de una vez a ese amigo tuyo representante que te dé el insecticida haciéndote el descuento.

—Bueno, mañana mismo.

—Pero no se te olvide; si no, lo compro yo. Y para qué vamos a tirar cuatro pesetas.

—Claro, mujer. Descuida.

Ahora se lo diré. Ahora, cuando se ponga a encender el hornillo de gas. Ahora, que está de espaldas.

—Marta.

—¿Qué?

Apenas la he oído. Tal vez no me ha contestado siquiera. No se vuelve. No se lo digo. No se lo puedo decir.

Pequeña pausa. Ya ha prendido la cerilla. Se levantan las llamitas azuladas y lamen los costados de la sartén.

—¿Qué pasa? ¿Qué querías?

Ahora se ha vuelto ella y busca algo en unos estantes que hay sobre mi cabeza. Podría abrazarla por la cintura, apretar la cabeza contra su regazo, pedirle que en mucho rato no se separara.

—No quería nada. Nada. ¿Por qué no me cuentas la película que has visto?

—¿La película? Bueno —se sonríe—. No sé si te la sabré contar bien. Es de unos que roban ganado.

—Cuéntala, por favor.

Sin dejar de moverse por la cocina, empieza mi mujer su narración. De cuando en cuando se olvida de algunos detalles y tiene que volver para atrás. Se interrumpe, me mira y se ríe, como con azaro.

—Anda, sigue, mujer

Tiene una voz monótona, pequeña, refrescante, voz para adormecer, para hacer regresar, para marcar los días todos iguales de una vida larga, voz de grillo en la margen de un camino. Sus manos van y vienen acompasadamente de una tapadera a otra como si se movieran a los acordes de su voz.

Es ella, mi mujer. Cuando se mueve es igual que si muevo un brazo mío. Y a un brazo de uno se le tiene amor, aunque casi nunca se sepa. De un brazo propio no se puede prescindir. No importa que sea flaco, o a lo mejor peludo, o que tenga incluso varias cicatrices. Y para colocarse en cualquier sitio hay que contar también con el lugar que él ocupará. No voy a prescindir de mi mujer. No puedo prescindir de ella. De ella precisamente, de la mía. Esta que se divierte en las películas del Oeste, la que mira las esquelas del periódico para consolarse cuando se ha muerto algún conocido, y quiere ahorrar cuatro pesetas del insecticida. La que si supiese que me han despedido del empleo, diría lo primero: «Me figuro que ya lo habrás arreglado otra vez». Porque es a ella a la que yo escogí, pudiendo haber escogido a otra. A ésta quiero. A la de voz de grillo en la margen de un camino.

—¡Ah, verás!, porque a todo esto el viejo había dicho que tenían que llegar antes del amanecer con todos los carros, y que él era el que más mandaba...

Nada. Decididamente no le digo nada. Tengo que arreglarlo. Mañana mismo. Iré a pedir perdón. Es lo mejor. Hoy mismo debía haber ido. Hubiera sido más eficaz. A lo mejor todavía me admiten de nuevo. (Qué malestar tengo, qué náusea.) Aunque no sé; metí demasido la pata. Diré que fue el calor. Le echaré la culpa al calor.

En fin, Y si no, iré a hablar con el señor Cano. Él una vez me dijo que le tenía a mi disposición para todo. Incluso me ofreció un empleo bastante bueno en su empresa.

—Y entonces la rubia, como estaba enamorada de Gary Cooper, dio el soplo de lo que había oído decir al malo de que les esperaban antes de llegar al poblado...

Sí. Lo tengo que arreglar. Mañana, en seguida. Volver al cauce, al carril, al sueño. (¡Qué malestar, Dios mío!) Primero iré, por si acaso. Y si no, Cano. Después, cuando ya haya pasado, se lo puedo contar a ella. Cano me da otro empleo, seguro. A lo mejor hasta con más sueldo. O, por lo menos, igual. Si no pensara ayudarme, no me lo hubiera dicho. Y yo conozco muy bien el francés; y soy buen mecanógrafo. Y taquígrafo. De mucha práctica. Para español y francés. Indistintamente. No todos sirven, qué demonio.

Mañana, mañana mismo. Un viaje a cualquier sitio ya lo haremos en las vacaciones de otoño, si Dios quiere. La guerra puede venir; y también no venir. Nunca se sabe. En todo caso, aquí la esperaremos. Es mejor así, bien mirado. Morir en la tierra de uno. (¡Qué gana tengo de llorar!) Y en la cama de uno, si se puede. Con Marta a la cabecera.

Realmente, me despedí yo solo. Nadie me dijo que me marchara. A lo mejor me readmiten, si cuento lo del calor. Diez años es mucho tiempo (un infinito, incalculable tiempo), y nunca han tenido queja de mí. Siempre,

J. para arriba, J. para abajo... Así no le tendría que explicar nada a ella.

Sí, sí. Lo arreglaré. Volver al cauce, al sueño. ¿Por qué no habré ido hoy? Con tanto tiempo libre...

Pero mañana mismo. A primera hora. Lo tengo que arreglar, Dios mío. Lo tengo que arreglar.

Puerto de Navacerrada, julio de 1953.

La niña se había muerto en enero. Aquel mismo año, al empezar los calores, reñíamos mucho Lorenzo y yo, por los nervios, decíamos. Siempre estábamos hablando de nervios, de los míos sobre todo, y era un término tan inconcreto que me excitaba más.

—Estás nerviosa —decía Lorenzo—. Cada día estás más nerviosa. Date cuenta, mujer.

A veces se marchaba a la calle; otras se sentaba junto a mí y me pasaba la mano por el pelo. Me dejaba llorar un rato. Pero el malestar casi nunca desaparecía.

Es muy curioso que no consiga recordar, por mucho que me esfuerce, ni uno solo de los argumentos que se trataban en aquellas discusiones interminables. Tan vacías eran, tan inertes. En cambio puedo reconstruir perfectamente algunas de nuestras actitudes o posturas, el dibujo que hacía la persiana en el techo.

También discutíamos en la calle. Principalmente en la terraza de un bar que estaba cerca de casa, donde yo solía ir a sentarme para esperarle, cuando salía de su última clase. Venía cansado y casi nunca tenía ganas de

hablar. Fumaba. Mirábamos la gente. La calle, anoche-
ciendo, tenía en esos primeros días de verano un significado especial. Miraba yo la luz de las ventanas abiertas, las letras de la farmacia, los bultos oscuros de las
mujeres alineadas en sillas al borde de la acera, de cara
a sus porterías respectivas, y seguía los esguinces que
hacían los niños correteando por delante de ellas, por
detrás, alrededor. Pasaban pocos coches por aquel trecho
y había siempre muchos niños jugando. Arrancaban a
correr, cruzaban la calle entre risas. También a ratos
descansaban junto a las delgadas acacias del paseo, con
las cabezas juntas, inclinadas a mirar minúsculos objetos que se enseñaban unos a otros. Me parecía que
los conocía a todos y sabía sus nombres, que había estado en sus casas. A veces me daba por imaginar, no sé
por qué, lo que harían con ellos si viniese una guerra;
dónde los esconderían. Chillaban, parecían multiplicar-
se. Lorenzo abría el periódico y yo, de cuando en cuando, le echaba un vistazo a los titulares. «Una barriada
de 400 viviendas.» «Peregrinación juvenil.» «Nuevo em-
bajador británico.» No lo podía soportar. Detrás de un
silencio así, sin motivo, estallaba la riña. No le podía
decir que me irritaba que leyese el periódico. Nos habíamos reído tantas veces de los matrimonios de los
chistes. Me empezaba a quejar de soledad, de cualquier
cosa, ya no recuerdo. Todo lo mezclaba: iba formando
un alud confuso con mis palabras y bajo él me sentía
aplastada e indefensa.

—No se sabe qué hacer contigo, mujer, qué palabra
decirte —se dolía Lorenzo—. Contrólate, por Dios. No
hay derecho a ser así, como tú eres ahora, a estarte
compadeciendo y analizando durante todo el día. Lee,
busca un quehacer, no sé... No puedes estar viviendo
en función de mí; tú tienes tu vida propia. Te la estás
deshaciendo y amargando.

De la niña no habíamos vuelto a hablar nunca, ni
hablábamos tampoco del nuevo embarazo. A veces me
preguntaba él: «¿Qué tal te encuentras hoy?», y yo le
contestaba que muy bien —porque en realidad de salud

estaba muy bien—; pero no decíamos nada más ni él
ni yo, procurábamos cambiar de tema, y pienso que era
por miedo.

Lorenzo tenía mucho trabajo aquel verano. Se había
quedado más delgado.

—Yo no puedo cuidar de ti —me decía—. Ya sabes
todo el trabajo que tengo. Pero vete a ver a tu hermana. O llámala más. No estés siempre sola.

A mi hermana no me gustaba llamarla. Se eternizaba
al teléfono, se ponía a darme consejos de todas clases.
Después de su cuarto hijo, se había convertido en un
ser completamente pasivo y rutinario, cargado de sentido común, irradiando experiencia. No me daba la menor
compañía y evitaba verla. Ella, que creía entender siempre todo, achacaba mi despego a la desgracia reciente,
de la que hablaba con una volubilidad de mujer opti-
mista.

—Te cansarás de tener hijos —decía—. Te pasará
lo que a mí. Y a aquélla la tendrás siempre en el cielo,
rezando por sus hermanos. Un ángel, velando por la
familia.

Y este sentido egoísta de querer sacar provecho y
consuelo de lo más oscuro, era precisamente la cosa que
más me rebelaba. Era terrible, disparatado lo que había
ocurrido, y ella, con sus adobos, lo hacía más siniestro
todavía.

Sin embargo, y a pesar de no tener ningún objeto,
algunas tardes, durante la hora de la siesta, la inercia
de otras veces me condenaba a telefonear a mi hermana,
la pura indecisión que me llevaba de una habitación a
otra. Le explicaba, por ejemplo, la pereza que me estaba
dando de empezar a meter la ropa de invierno en naf-
talina; y ella corroboraba y alentaba mi apatía, mani-
festando una pasmosa solidaridad con mis sensaciones.
No sabíamos si emplear los sacos de papel o comprar
otros de plástico. Los del año anterior se habían roto
un poco.

—Lo peor es cepillarlo todo, chica. Eso es lo peor.
Tenerlo que sacar para que se airee. Yo llevo tres días

intentando ponerme con ello, y no encuentro momento bueno.

—Lo mismo que yo. Igualito.

—Si quieres que vaya a ayudarte una de estas mañanas.

Pero yo daba largas, ponía un pretexto. Cuando colgaba el teléfono, después de hablar con mi hermana, tenía la lengua pastosa como si fuera a vomitar, y me aburrían el doble que antes los problemas de la polilla y similares, en los cuales me habían mostrado absolutamente de acuerdo con ella y respaldada por su testimonio.

A partir de las cinco empezaban a oírse los golpes de los albañiles que trabajaban en la casa de al lado. Solamente después de estos golpes —eran como una extraña señal— conseguía dormirme algunas veces, y ellos me espantaban el miedo, cuando lo tenía. Me entraban unos miedos irracionales y furibundos, mucho más que de noche. Me parecía que la niña no se había muerto, que estaba guardada en el armario del cuarto de la plancha, donde crecía a escondidas, amarillenta, y que iba a salir a mi encuentro por el pasillo, con las uñas despegadas. Eran lo peor, las siestas. Pasaba todo el tiempo decidiendo pequeños quehaceres que inmediatamente se me hacían borrosos e inútiles, tumbándome en la cama y volviéndome a levantar, empezando libros distintos, dejando resbalar los ojos por las paredes y los muebles.

Una de estas tardes, inesperadamente, fue cuando me quedé dormida y soñé con Ramón.

Yo iba de prisa por una calle muy larga, llena de gente, y lo vislumbré, en la acera del otro lado, medio escondido en un grupo que corría. Llevaba barba de varios días, el pelo revuelto, y eran sus ropas descuidadas y grandes como si se las hubiera quitado a otra persona. Pero le reconocía. Se separó de los demás y quedamos uno enfrente del otro, con la calzada en medio, por la cual no circulaban coches, y sí, en cambio, muchas personas apresuradas y gesticulantes. A través de los claros que dejaban estas personas, nos miramos un rato

fijamente, los dos muy quietos, como para asegurarnos,
y él parecía una estatua con ojos de cristal. La gente
empezó a aglomerarse y a correr gritando, como si hu-
yeran de algún peligro, y retrocedí a apoyarme en la
pared para que no me arrastraran con ellos. Durante
un rato muy largo tuve miedo de que me aplastaran.
«¿Se habrá ido?» —pensaba entretanto, sin moverme,
porque no me lo dejaban ver—. Pero cuando todo quedó
solitario, él estaba todavía enfrente y se había hecho de
noche. Estaban encendidos unos faroles altos de luz verdosa. Cruzó despacio por la calzada. Acababa de pasar
una gran guerra, una gran destrucción: había cascos
rotos y trozos de alambradas y metralla. Llegó a mi
lado y dijo: «Por fin te vuelvo a ver.» Y era como si
aquella guerra desconocida de la que había restos en la
calle, hubiera servido para que nosotros volviéramos a
vernos. No le pregunté nada. Me cogió del brazo y echamos a andar. Se oían canciones que venían del final de
la calle, y me dijo él que allí había un puerto con barcos anclados, a punto de zarpar. «Vamos de prisa, no
se nos vaya a escapar el último» —apremió—. Íbamos,
pues, hacia aquel puerto, los dos juntos, en línea recta,
sin ninguna vacilación. Sonaban nuestros pasos en la
calle.

De pronto ocurrió algo extraño. Fue, tal vez, un crujido en el suelo de la habitación. Yo seguía con los ojos
cerrados, pero supe que estaba soñando. Las pisadas per-
dieron consistencia, todo iba a desaparecer. Sin embargo,
me quise comportar como si no supiera nada. «Dime
dónde has estado estos años. Dime dónde vives» —le
pedí con prisa a Ramón, apretándome fuertemente contra su costado—. Y todavía lo veía, lo sentía conmigo.
Dijo algo que no entendí. La calle se estrechaba tanto
que por algunos sitios rozábamos las paredes, y ya no
había faroles. La noche era ahora absolutamente oscura.
Delante de nuestros ojos, igual que asomadas al sumi-
dero de un embudo, temblaban en pequeños racimos las
luces de aquel puerto desconocido, que en vez de acercarse, se alejaban. «Si nos da tiempo de llegar a lo ilu-

minado —pensaba yo con un deseo ardiente—, entonces todo será verdad. Allí hay gente. Seguro. Nos per-
deremos entre la gente.» Pero la calle era muy larga.
Y tan irreal. Ya no había calle siquiera. Solamente chispas de colores dentro de mis ojos, aún cerrados, Ramón,
nada. Me moví. La almohada estaba húmeda debajo de
mi nuca. Una mano me tocó la frente. El aliento de
Lorenzo.

—Dormilona. ¿Sabes qué hora es?

Cualquier hora. No sabía. Sólo pensaba que se había ido el último barco.

—¿Hace mucho rato que estás ahí? —le pregunté,
a mi vez, sin abrir todavía los ojos.

—Nada. Acabo de entrar. No sabía si despertarte.
Pero son las nueve, guapa. No vas a dormir a la noche.

Me incorporé. Me froté los ojos. Estaba dada la luz
del pasillo.

—¿Las nueve? Entonces, ¿no he ido a buscarte?

—No, claro —se reía—. Vaya modorra que tienes,
hija.

—¿Me has estado esperando?

—Sí, pero no importa. Tienes mucho calor aquí,
mujer.

Le miré, por fin, en el momento en que avanzaba
para levantar la persiana. Entró un piar de vencejos, una
claridad última de día.

—Ni siquiera he bajado a comprar cosas para la cena.
No sé qué me ha pasado —me disculpé.

—Bueno, qué más da. Bajamos a comer un bocadillo.

Me fui a lavar la cara. El sueño no se me despegaba
de encima. No era un peso todavía, era una luz. Me
movía dentro de aquella luz, en la estela que el sueño
había dejado.

—¿Tienes dinero?

—No. Coge tú.

Bajamos la escalera. Era un sábado y los bares estaban llenos de gente. Miramos dos o tres desde la puerta, y a Lorenzo ninguno le gustaba. Por fin decidió quedarse en el más incómodo y aglomerado.

—Total, para un bocadillo —dijo.

Yo no decía nada. Nos sentamos. Había muchos novios comiendo gambas a la plancha, mirándose a los ojos cuando se rozaban los dedos al limpiarse en la servilleta. Me empezó a entrar el malestar.

—Estás dormida todavía. ¿Por qué no te tomas primero un café?

—Bueno.

—Y eso que no, porque te va a quitar el sueño.

—Claro, es verdad.

—Pero, ¿qué te pasa?

El camarero estaba parado delante de nosotros.

—Nada, no me pasa nada. Voy a tomar lo que tomes tú.

Pedimos dos bocadillos con cerveza y estuvimos en silencio hasta que nos los trajeron. Me acuerdo del trabajo que me costaba masticar y que no era capaz de apartar los ojos de un punto fijo de la calle.

—Oye —dije por fin a Lorenzo—; ¿sabes lo que me gustaría? Volver a Zamora. Pero contigo. ¿No te gustaría?

Él no contestó directamente. Se puso a decir que ya se había enterado seguro de que le era imposible tomarse ni tres días de vacaciones por la preparación intensiva de la academia. Tenía una voz átona y se pasaba la mano por los ojos. Había dejado las gafas sobre la mesa, junto al bocadillo, aún sin empezar.

—Estoy más cansado —dijo.

—Pero come, hombre.

—Ahora comeré. Lo siento por ti, lo de no poder ir unos días a algún sitio. Por ti lo siento más que por mí; me lo puedes creer. ¿Por qué no te vas tú donde vaya tu hermana? ¿O no salen ellos?

—No sé nada. Pero si además, da igual.

Lorenzo se puso a comer. Sólo después de un rato se acordó de mi sugerencia del principio. Se me quedó mirando.

—Oye, ¿qué decías tú de Zamora? Algo has dicho.

—Nada, me estaba acordando, no sé por qué, de lo
bien que se estaba allí en el río. Me gustaría que fuéramos juntos alguna vez para enseñarte los sitios que
más quiero. Hay un parque pequeño al lado de la Catedral..., ¡qué cosa es aquel parque, si vieras!

—A lo mejor ahora, después de los años, ya no te
gustaba.

—A lo mejor. Pero tú, ¿no tienes curiosidad por co-
nocerlo? Eso es lo que me extraña, con tanto como te
hablo siempre.

En el rostro de Lorenzo no se reflejaba la menor
emoción.

—A ti te gusta Zamora porque has pasado un tiempo
allí —dijo con la misma voz sin matices—, pero no
tiene sentido que yo intente compartir esos recuerdos y
nunca me los podría incorporar. En cuanto a Zamora
en sí misma, no creo que tenga gran interés. Ya sabes
que a mí me angustian las pequeñas ciudades muertas.

Nos pusimos a discutir sobre si Zamora era o no
una ciudad muerta, y hasta qué punto era lícito apli-
carle este concepto de muerte a las ciudades. Yo me
acordaba de los muchachos que bajaban en bicicleta a
las choperas, de la huerta de tía Luisa, de las Navidades, cuando esperábamos con emoción la vuelta de los
amigos que habían ido a estudiar a Salamanca, a la Universidad. Ramón se quedó allí todo un verano después
de conocerme, casi sin dinero, sin escribir a sus padres.
Decía que Zamora era la ciudad más alegre del mundo,
y no se quería ir. Nos bañábamos en el Duero. Yo tenía
diecisiete años. Nunca lo volví a ver.

La discusión con Lorenzo que ya se había iniciado
floja, languideció completamente y, tras un silencio, volvimos a casa.

Al llegar al portal, vino el cartero con el correo. A mí
nunca me escribe nadie, pero ese día tenía una carta sin
remitente, y traía mi nombre de soltera escrito a mano
en una caligrafía que me parecía recordar. En el ascensor, tanta era mi zozobra, que no hacía más que apretar
el sobre contra el pecho, sin abrirlo.

—¿Quién te escribe? —preguntó Lorenzo—. ¿Esperabas carta de alguien?

—No, de nadie —me apresuré a decir—, por eso me extraña.

Y en un acto de valor, rasgué el sobre. Era una cartulina de una modista mía antigua, anunciando que se había cambiado de domicilio. Me temblaban un poco los dedos al alargársela a Lorenzo que me estaba mirando.

Él se quiso acostar pronto aquella noche porque estaba cansado, y yo me quedé asomada al balcón. Vino a darme las buenas noches con el pijama puesto.

—¿No te acuestas tú?

—Todavía no.

—¿Vas a tardar mucho? Yo es que me caigo, oye.

—Ya veré. Ahora no tengo sueño.

Abajo, en el bulevar, los novios tardíos venían abrazados del barrio de los desmontes. Traían un ritmo inconfundible, lentísimo.

—Bueno, entonces no te parece mal que me acueste.

—¿Por qué, hombre? Claro que no.

—Pero tú lee un poco o haz algo, mujer. No te quedes ahí pasmada, mirando, que luego te entran las melancolías.

—Bueno.

Se metió, después de haberme besado, y casi en seguida volvió. Me asusté un poco.

—Tonta, si soy yo. Quién va a ser.

—No sé. Nadie.

—Que digo, oye, que tú puedes ir a Zamora o adonde quieras. Lo estaba pensando. A lo mejor te gusta volver sola allí. Tendrás amigos.

Me tenía cogida por los hombros. El sueño truncado, desde que había vuelto a casa, me estaba asaltando como una basca; lo tenía muerto en la entrada de la garganta. Me decidí a libertarme de él.

—No —dije con la voz más normal que supe—; no tengo ya amigos. Si además, fíjate, el recuerdo de Zamora me ha venido esta tarde por una tontería, por un sueño que he tenido en la siesta.

—Qué molestos son los sueños de la siesta —dijo Lorenzo—. Dejan un dolor de cabeza. A mí por eso no me gusta dormir siesta. Por la noche nunca sueño nada. Se descansa mejor.

Me iba a callar definitivamente, pero seguía necesitando decir el nombre de Ramón, para que perdiera aquel hechizo absurdo. Necesitaba decirlo fuerte y casi con risa, como si tirara piedras contra un cristal.

—Pues yo hoy he soñado con un chico que conocí allí, en Zamora. Aquel tal Ramón, uno medio chiflado que me hacía versos, ¿no te acuerdas que te he contado cosas de él?

Lorenzo se dio una palmada en la cara y separó pegado en la mano un mosquito muerto. Sonreía.

—No sé —dijo—, no me acuerdo.

Y luego bostezó. Pero, al mirarme, debió ver en mis ojos la ansiedad que tenía por oírle responder otra cosa, porque rectificó, con un tono amable:

—Ah, sí mujer, ya me acuerdo de quién era ése. Uno que construía cometas.

—¿Cometas? Por Dios, si éste era el primo Ernesto, qué tendrá que ver. ¿Ves por lo que me da rabia contarte nunca nada? Lo oyes como quien oye llover, estás en la luna. De Ernesto te he hablado mil veces, ¿es posible que no te importe nada lo que te cuento? ¿Ves cómo es verdad lo que te decía ayer?...

Casi estaba al borde de las lágrimas.

—No empecemos, María —cortó Lorenzo con voz dura—. No tienes motivo de empezar a hacerte la víctima porque haya confundido a dos de tus amigos de la infancia a los que no conozco, y que carecen de importancia para mí, como comprenderás.

Hubo una pequeña pausa. Se había levantado algo de fresco. Yo miraba tercamente las luces del bulevar.

—Bueno, mona, me meto —dijo Lorenzo después, esforzándose por volver a tener una voz dulce y atenta—, no me vaya a enfriar. ¿No te pones una chaqueta tú?

—No. No tengo frío.

—Pues buenas noches.

—Adiós.

Me quedé mucho rato asomada. Se empezó a quedar sola la calle. De vez en cuando alguien llamaba al sereno con palmadas, y él cruzaba de una acera a otra, corriendo, con su blusón y su palo, entre los coches velocísimos. La luna, que se incubó roja detrás de un barrio barato en construcción, había subido a plantarse en lo alto, manchada, difusa, y parecía que, en el esfuerzo por irse aclarando, se desangraba y hacía más denso el vaho sofocante que empañaba su brillo. Me sentía desmoronar, diluir. Igual que si la luna desprendiera un gas corrosivo. Pero no quería dejar de mirarla. De codos en su ventana, al otro lado del paseo, también había una chica que alzaba sus ojos a la luna, y creo que me había descubierto a mí. En el interior de la habitación había luz, pero debía estar sola. Estuvimos mucho tiempo; ella se metió primero y apagó. En el bulevar las motos ametrallaban con sus escapes.

Cuando me acosté eran casi las dos y sabía muy bien que no iba a dormir. No había hecho caso a Lorenzo; no había leído una línea ni había tenido un solo pensamiento organizado, constructivo. Me debatía, encerrada en vaguedades.

Varias veces me levanté de mi cama a la de Lorenzo, que apenas se había movido cuando entré, y allí sentada sobre la alfombra de su lado, mirándole dormir, luchaba entre el deseo de despertarle y la certeza de que sería inútil para los dos. Le cogí, por fin, una mano; se la estuve besando, y él, sin despertarse, me acarició, la puso de soporte para mi cabeza. Solamente hizo un gesto de impaciencia cuando empezó a notarse el brazo mojado por mis lágrimas.

—Pero, mujer, ¿ya estamos?, ¿ya estamos?, ¿qué te ocurre, por favor? —repetía con una voz pastosa, de borracho.

Se volvió a dormir, de bruces hacia la ventana.

Entonces me asaltó una furia especial, un deseo de salir, de rasgar, de librarme de todo. Me tumbé en la cama, boca arriba, con los ojos abiertos, y el recuerdo del sueño de la siesta me empezó a caer gota a gota, potente y luminoso, sin que intentara ahuyentarlo. Al principio era un gran aliciente intentar reconstruirlo, irle añadiendo fragmentos nuevos; y cerraba los ojos con la esperanza rabiosa de meterme otra vez por aquella calle de los faroles a recobrar la compañía de mi amigo, camino de aquel barco que escapaba. Pero lo que quería era llegar, seguir el sueño. A ratos, de tanto intentarlo, la calle reaparecía, me colaba en ella por no sé qué ranura, y me volvía a ver del brazo de Ramón, pero todo estaba quieto, tenía una luz falsa de escenario. Solamente a la fuerza conseguía mover las figuras, que repetían exactamente el pequeño argumento y después se paraban como si no tuvieran más cuerda. Al final, las imágenes habían perdido todo polvillo de luz. Me di por vencida.

No sé cuántas veces me volví a levantar y a asomar al balcón. Contra la madrugada ya era incapaz de aguantar en casa, y había tomado mi decisión de salir en cuanto abrieran los portales. Me vestí sin que Lorenzo se despertara. Era domingo. Él no tenía prisa de levantarse; seguramente dormiría hasta mediodía. Podía yo, incluso, tomar un tren de los que salen temprano a cercanías y tal vez volver antes de que se hubiera levantado él. ¡Dios, pasarme un rato echada entre los pinos, no acordarme de nadie ni de nada, salirme del tiempo! Esta idea, que me vino ya en la calle, después de haber deambulado sin rumbo, se afianzó en mí, apenas nacida, y me llevó en línea a la estación del Norte, donde ya bullía alrededor de las ocho el hormigueo de las familias con niños y fiambreras, que se agrupaban alborotadamente para coger los trenes primeros. Me dejé ir entre ellos. Algunos todavía tenían sueño y se sentaban un momento, mirando el andén sin verlo, entre los bultos dispersos, mientras los otros cogían el billete. Presenta-

ban un aspecto contradictorio con sus ojos adormilados
bajo las viseras, los pañuelos de colorines.

Iba a ser un día de mucho calor. Todavía en el bar,
junto a algunos de estos excursionistas, antes de tomar
un tren que me iba a llevar no sabía dónde, y sin haberme decidido del todo, me acordaba de Lorenzo, de si no
habría sido mejor avisarle por si acaso tardaba en volver; imaginaba su despertar sudoroso. Pero en cuanto
me subí al tren y se puso en marcha, en cuanto me
asomé a la ventanilla y me empezó a pegar el aire en la
cara, se me borró todo pensamiento, me desligué.

Hice todo el viaje asomada a la ventanilla. Había
tomado billete para el primer pueblecito donde el tren
se detenía, pero seguí más allá. El revisor ya había pasado y me resultaba muy excitante continuar sin tener
billete, desnuda de todo proyecto y responsabilidad. El
tren corría alegremente. Algunos de los excursionistas
habían empezado a cantar. Yo cerraba los ojos contra
mi antebrazo. En un cierto momento, una señora me
preguntó que si sabía cuánto faltaba para Cercedilla.

—No lo sé —contesté—, pero ya nos lo dirán.

—Ah, usted va también a Cercedilla.

Y le contesté que sí, como podía haberle contestado
que no. Pero de esta manera me sentí comprometida a
apearme en ese sitio y no en otro, y de esta manera vine
a pasar en Cercedilla aquel domingo de junio.

No me puedo explicar cómo se me pasó el día tan
de prisa. Por la mañana, encontré un pinar que me
gustó y me adentré, trepando a lo más solitario. Desde
allí veía tejados de chalets y oía risas de personas que
estaban lejos, más abajo. Me quedé dormida con un
ruido de pájaros sobre la cabeza.

Desperté a las tres de la tarde y bajé al pueblo.
Vagamente volví a pensar en Lorenzo, pero ya no tenía
intención de volver hasta la noche. Estaba alegre y sentía
una gran paz. Las calles del pueblo estaban casi desier-
tas; los que venían en el tren a pasar el domingo habrían buscado, sin duda, para comerse sus tortillas, rincones apartados y sombríos que ya conocerían de otras

veces. Pasé por una calle pequeña a la sombra de grandes árboles, donde daban las traseras de muchos jardines de chalets ricos. No se oía un ruido. No se veía a nadie. Sólo chorreaba una fuente. Me senté allí un rato, en una piedra que había, mirando asomar madreselvas por encima de una verja alta que tenía enfrente. Me gustaba estar allí. En parajes semejantes a éste había yo situado los cuentos de mi infancia.

Cuando me entró apetito eran más de las cuatro, y en los cafés del pueblo ya no daban comidas calientes. Pedí un bocadillo y un refresco en la terraza de un hotel de media categoría. En una mesa cercana había dos señoras y una chica como de diecisiete años, vestida de negro. Hablaban las señoras de la muerte del padre de la chica, hermano también de la más sentenciosa de ellas dos, mujer refranera. La otra escuchaba y suspiraba con mucha compasión, mientras que la chica, de la cual hablaban como de un objeto, sin el menor cuidado de herirla, miraba a lo lejos con una mirada tristísima, las manos cruzadas sobre la falda negra, sin intervenir. Supe la situación económica tan precaria en que se había quedado y me enteré de vicios de su padre. Una vez se cruzaron sus ojos con los míos. Yo ya había acabado de comer y pensaba dar un largo paseo. No me hubiera importado llevármela de compañera aquella tarde, y me daba pena levantarme y dejarla con su tía y la otra, condenada a aquella conversación de recuerdos y reflexiones sobre el muerto. Más allá, junto a la barandilla que daba a la carretera, un chico de pantalones vaqueros ensayaba gestos de hombre interesante, delante de un libro que tenía abierto sobre la mesa. Pero no lo leía. Echaba bocanadas de humo, cruzaba las piernas y las descruzaba, y, sobre todo, me miraba sin cesar, primero disimuladamente, luego ya de plano. Hasta que se levantó y vino a apoyarse en mi mesa.

—Oye —dijo con aire desenvuelto—. Para qué vamos a andar con presentaciones. Yo vivo en este hotel y me aburro mucho. ¿Tú has venido a veranear aquí también?

—No. Estoy de paso.

Se rio. Tenía pinta de estudiante de primero de carrera.

—No lo digas tan seria, mujer. Sólo quería preguntarte por las buenas si te gusta estar sola o prefieres que me pase yo la tarde contigo. Si me dices que sola, pues tan amigos; pero si me dices que conmigo, más, y además me haces un favor. Te puedo enseñar muchos sitios bonitos, porque ya estuve el año pasado.

La chica de luto nos miraba atentamente.

—Muchas gracias, pero prefiero estar sola.

—¿Es rubio o moreno tu novio? —preguntó.

Yo me puse a mirar el vaso vacío de mi refresco, sin contestar nada. Y me divertía.

—Bueno, tengo buen perder —dijo separándose—. Pero me dejarás que te diga que eres muy guapa, ¿no? Yo creo que eso no ofende a nadie.

Levanté los ojos con simpatía.

—A nadie. Muchas gracias.

Al poco rato me levanté para irme, y, al pasar al lado de su mesa, le sonreí como si fuéramos amigos. Era rubio, muy guapo y muy joven. Seguramente no había notado mi embarazo.

A partir de ese momento, empezó a descender el día. Quiero decir que sentí cómo se precipitaba hacia su desembocadura. Di un paseo por una carretera que subía entre pinares, y llegué bastante lejos, hasta un merendero donde había muchos matrimonios. Allí me senté y vi cómo atardecía poco a poco; allí pregunté los horarios de los trenes que regresaban, y desde allí, ya casi de noche, salí para la estación. Los matrimonios habían merendado como fieras. Sardinas en lata, chorizo, tortilla y mucho vino. Estaban todos en pandilla y se daban bromas al final los maridos unos a otros, y también unos a las mujeres de los otros. Supe el nombre de todos, y me daban pena porque creían que se estaban divirtiendo muchísimo. De vez en cuando me echaban una mirada entre curiosa y compasiva.

En el tren, ya de vuelta, me volvió la atadura de Madrid, la preocupación por Lorenzo, y me parecía, al contrario de lo que me pareció al ir hacia allí, que el tren andaba despacísimo. Iba lleno hasta los topes, y, a medida que nos acercábamos a Madrid, se notaba más el ahogo, el aire denso y quieto, aumentada esta sensación por las apreturas del pasillo y por el sudor de la gente que bebía en sus botijos y botellas, sin dejar de cantar.

Salí por los andenes con la riada de todos aquellos compañeros de domingo, y tomé el Metro con ellos. Ya eran casi las once cuando llegué a mi barrio, con un nudo de desazón en la garganta. En el primer semáforo que hay, camino de casa, esta angustia por Lorenzo se hacía tan irresistible que no podía esperar y puse el pie en la calzada antes de que se apagara la luz roja. Di dos pasos.

—¡¡María!! —gritó una voz alterada, desde la otra acera—. ¡Ten cuidado!

Pasó una moto, casi rozándome, y el ocupante volvió la cara para decirme no sé qué. Retrocedí, aturdida. Miré al otro lado de la calzada y vi a Lorenzo que me hacía gestos de susto y amenaza, señalándome la luz roja, que no se acababa de apagar. Sin duda había salido a esperarme a la esquina y desde allí me había descubierto. Estaba serio y no se había afeitado. Tenía los ojos hundidos, como los de Ramón, en el sueño.

—Estás loca —me dijo, cuando llegué a su lado—, loca completamente. No sabes ni cruzar una calle. Luego quieres que me quede tranquilo contigo. No me puedo quedar nunca tranquilo, ¿cómo quieres? Te pueden pasar mil cosas cuando vas sola, atolondrada. Te ha podido matar esa moto, no sabes cómo te ha pasado.

Hablaba aceleradamente, abrazándome. Luego se separó y nos pusimos a andar hacia casa. Yo no esperé a que me preguntara nada y empecé a contarle de un tirón todo lo del viaje a la sierra después de la noche de insomnio, cómo lo había decidido de repente por la

mañana y pensaba haber vuelto a mediodía, pero que
se me habían ido las horas volando, no sabía cómo.

—¿Tú has estado preocupado por mí? —le pregunté
con cierto regodeo.

Y entonces él se detuvo y nos miramos. Tenía los
ojos con cerco; lo sabía yo cuánto habría llorado pensando lo peor, porque es pesimista; me imaginé, ahora
de pronto, su tarde interminable, sus llamadas a casa de
mi hermana. Sin embargo, no hizo alusión a nada de esto
ni contestó a mi pregunta. Me desasosegaba sentir su
mirada grave sobre mí.

—Di algo, por favor —le pedí.

—Que no eres seria, María, eso te digo —dijo tris-
temente—. Parece mentira que todavía no hayas aprendido a ser seria. Lo he pensado toda la tarde. Necesitas
encender hogueras, dar saltos, hacer lo que sea para que
uno esté pendiente de ti. No piensas más que en eso.
Si no estuviéramos esperando un hijo, te diría que no
volvieras conmigo, si es que te has cansado de estar en
mi compañía, como me parece. También esto lo he pensado muy seriamente esta tarde, porque me agobia, me
desespera, verte como te veo. Y no poder hacer nada
por ti.

Le quise interrumpir con mis protestas, me apreté
contra él, pero seguía serio.

—Y, aún esperando un hijo, tú sabrás —continuó—;
tú dirás si lo prefieres, a pesar de todo.

—Pero si prefiero ¿qué?, ¿irme? ¿Hablas en serio?

—Irte, sí. Aún, al hijo, no le hemos visto la cara
ni nos ata. Ni siquiera sabemos si va a nacer o no. Puedes tomar la decisión que quieras, y yo la tomo contigo, me hago solidario de ella desde ahora mismo. Se
hará lo que tú digas. Pero que yo no tenga que volver
a pasar una tarde como la de hoy.

Me eché a llorar.

—¿Cómo puedes decir que no sabemos si va a nacer
o no? —estallé—. ¿Por qué lo dices? Va a nacer, claro
que lo sabemos. Tiene que nacer. ¿Tú por qué has dicho

eso? ¿Te ha pasado algo, has tenido algún sueño, alguna corazonada? Di, por Dios.

—Pero, mujer, qué bobadas dices, qué corazonada ni qué sueño voy a tener.

—¿Entonces?

—Nada. Lo digo porque cabe en lo posible.

—Pues no lo digas, no lo puedo oír, no lo digas. Me pongo mala sólo de pensarlo.

Lorenzo me cogió por los hombros. Andábamos pequeños trechos y nos volvíamos a detener.

—Anda, calla, no seas extremosa —dijo—. Se debe poder decir todo. Lo que sea, va a pasar igual, diga yo lo que diga. Pero deja de llorar, ¿por qué lloras?

—Habías dicho que no querías que naciese, que no lo querías —decía yo, sollozando contra su chaqueta—, dijiste que no te hacía ilusión..., y por eso lloro, porque se te ve muy bien que no te hace ilusión.

—Pero la ilusión qué es, mujer. Parece mentira que todavía no sepas a lo que queda reducida la ilusión. Había dicho que no quería más hijos, pero ahora ya eso, qué importa; háblame de cosas reales. Cuando lo vea lo aceptaré y lo querré, supongo. Y tendré miedo. Más que ahora todavía. Y procuraré que crezca, y esas cosas. Ilusión, ¿cómo la voy a tener?, ¿para qué?

—Para que yo me consuele. Para que no esté sola. No me consuelas nunca tú; todo me lo dices crudamente.

—Porque quiero que seas una mujer, que te hagas fuerte. La fuerza la tienes que buscar en ti misma, aprender tú sola a levantarte de las cosas. Si te consuelo y te compadezco y te contemplo, cada vez te vuelves más débil. Tienes que aceptar las cosas duras, cuando son duras, y no pedirme que te las haga yo ver de otro color más agradable, pero falso.

Yo ya no lloraba. Avanzamos un rato en silencio. Estábamos llegando a casa, y él me rodeaba con su brazo derecho.

—Lo que no sabía —dijo con dulzura— es que tú tuvieras tantas ganas de este hijo. ¿Tantas ganas tienes de verlo, realmente?

Me paré. Me ahogaba de emoción. Había esperado mucho esta pregunta.

—Lorenzo.

—Dime.

—Será un niño, esta vez, ¿verdad que sí? ¿Tú qué dices? Yo ya parece que le estoy viendo la cara. Un niño, es un niño, estoy segura. Lo siento, eso se siente, de la otra vez no me equivoqué.

—Olvida la otra vez —dijo—. Qué mas da lo que sea.

Nos estábamos mirando. Tropezamos con algo entre los pies.

—Señorita, haga el favor, no nos pise la casita.

Unas niñas del barrio habían pintado en el suelo con tiza varias habitaciones de una casa, y en algunas tenían cacharros y flanes de tierra. Nosotros nos habíamos metido en su casa y estábamos parados allí. Levantaban a nosotros sus ojos enfadados. Una estaba en la cocina, agachada, machacando teja, y, cuando nos salimos, vino detrás, andando con mucho cuidado entre los tabiques estrechos para no pisar raya. Nos siguió hasta la puerta.

—Ris ras —hizo, cuando cerró. Y luego, a las otras—: Era el cartero. Dos cartas había. Tome.

Seguimos en silencio, bordeando las terrazas de los bares.

—¿A ti te gusta más que sea una niña? —le pregunté a Lorenzo.

—Lo que sea, ya lo es —dijo él—, ya lo tienes ahí dentro. Yo quiero lo que sea, lo que es. No significa nada decir «quiero».

Pero yo continuaba, tercamente.

—Las niñas sufren más. Un niño, será un niño. Pablo, Marcos, Alfonso...

—No te lances, mujer. No vuelvas a lanzarte en el vacío.

—Bueno. Pero si a ti te da igual, seguro que es un niño.

—Bueno, bueno. Lo que importa, mujer, es que se te pasen estos nervios que tienes ahora, y que tengas un parto bueno. Que mires por dónde vas. No pienses ahora en nada de mañana. Ya vendrá. Vendrá todo lo que tenga que venir. Te tienes que cuidar este verano.

Madrid, octubre 1958.

El año pasado estuve con los de Ibérica Films en el pueblo donde estudié los primeros cursos del bachillerato, cuando mi padrino era juez de allí. Hay una catedral muy interesante y restos de muralla romana. También es hermosísimo el paisaje del contorno, ya cercano a la frontera de Portugal. Fui yo quien había sugerido la idea de hacer un documental de esta zona y era mío el guión literario.

Después de cinco días un poco malgastados por culpa de ratos de lluvia, cuando ya habíamos terminado de rodar lo del pueblo, amaneció una mañana sin nubes y Torres con los otros aprovechó para ir a tomar las fotografías que faltaban del campo. Salieron temprano y dijeron que a lo mejor lo terminaban todo en aquel día y que por la noche nos volvíamos a Madrid.

Julián y yo nos quedamos en la fonda y dormimos hasta bastante tarde. Era el cumpleaños de Julián y estaba de muy mal humor porque contaba con haber estado ya de vuelta aquel día para celebrarlo con su plan

de entonces, una tal Silvia, muy guapa, que ahora trabaja en televisión y está liada conmigo.

—¡Qué más da un día que otro! —le dije—. Lo ce-
lebráis mañana.

—Ya; pero era un pretexto para irnos por ahí a bailar. Sin pretexto, no hay ambiente. Mañana ya no tiene
gracia.

—¿Y estás seguro de que iba a tener gracia hoy?
—insistí.

Ya un rato antes me había estado riendo del entusiasmo con que aseguraba estar enamorado de la tal Silvia
y se molestó. Dijo que no estaba seguro de nada más
que de que le dolía la cabeza y de que yo era un tío
aguafiestas. A lo cual sucedió un silencio, torvo únicamente por su parte. Yo, en cambio, estaba alegre y tranquilo. Me gustaba ver el sol después de tantas mañanas
nubladas. Comimos, como en los días anteriores, en el
restaurante que tenía el futbolín, y luego volvimos a la
fonda porque nos habíamos olvidado el tabaco y los periódicos. Habíamos bebido algo. Yo tenía ganas de pasear.

—¿Más paseos? —protestó Julián cuando se lo pro-
puse—. ¿No tienes ya más que aborrecido el dichoso
pueblecito?

Se echó en la cama y, al poco tiempo, le empezó a entrar sueño. Dijo que cuanto más se duerme, más se quiere dormir. También habló de las ganas que tenía de
darse una ducha en un cuarto de baño decente. La gente de cine se queja, por sistema, de lo que no es muy
refinado, y en aquellos días me habían hartado un poco
entre todos con sus continuas ruedas de protestas. Abrí
el balcón y avanzó un rectángulo de sol hasta las mismas patas de hierro de la cama. Me senté y metí allí
los pies como en un barreño de agua templada. Era
marzo. Veía toda la plaza que tantas veces crucé de pequeño para ir al Instituto. Dieron las cuatro.

—Me dan ganas de llamar a ese amigo que te dije el
otro día —le comuniqué a Julián.

—Pero, ¿no le llamaste ya?

—Sí. Es que no estaba. Me dieron el teléfono de la oficina donde trabaja, pero luego lo pensé mejor y me entró pereza.

—Claro. Como que es una lata reanudar relaciones —dijo Julián—. No sabes qué decir. Luego te pesa.

No le contesté nada y seguí sin moverme. Sin embargo, la nostalgia iniciada los otros días se hacía cada vez más aguda. Empezaron a sonar campanadas leves del convento de las monjitas. Enfrente, el hombre gordo de la tienda-bar-pastelería vino a levantar el cierre. Lo dejó a medias y volvió la cabeza para hablar con uno que pasaba y que se paró para decirle algo. No se despedían. Con los ojos entornados los veía manotear, entre destellos de iris, como si estuvieran mucho más lejos. Había dos galgos echados en medio de la plaza.

A las cuatro y media salí al pasillo para telefonear. Julián levantó los ojos de una novela policíaca que había cogido.

—¿Dónde vas?

—A llamarle por fin a ése. Para lo que estamos haciendo...

El teléfono estaba al lado de la puerta de nuestro cuarto.

Cuando ya había marcado, oí a Julián que todavía me disuadía, a través de la puerta entreabierta.

—Venga, no seas, déjalo. Si ni se acordará de ti...

Pero, casi inmediatamente, para desmentirlo, me llegó del otro lado del hilo una voz que se encendió jubilosamente al oír mi nombre. ¿No acordarse de mí? ¿Estaba yo loco?... ¡Pero, hombre; pero, hombre, qué alegría! Que cuándo había llegado.

—Hace unos días. Me voy esta noche.

—¿Esta noche? Con que me llamas a lo último por cumplir. Muy bonito. Pero no te creas que te vas a librar de verme, eso ni hablar, te lo aviso. ¿Y a qué has venido? No serás de los del cine.

Le dije que sí con cierta timidez y pareció muy emocionado. Él lo había dicho siempre que yo llegaría lejos. ¡Pero mira que era faena no haberle llamado an-

tes! Seguro que incluso nos habíamos visto en la calle
sin reconocernos.

Se oía un roce de papeles, un cercano tecleo de máquina de escribir. Seguros Rosillo. El edificio de la esquina
de la plaza. Ya estaba allí hacía cinco años. Y contento.
Le daban libertad.

—Verás, vamos a hacer una cosa... ¡Es que también
te gastas unas horas para llamar a un desgraciado chupa-
tintas! ¿Tú tienes la tarde libre?

—Sí. Puedo ir un rato. Estoy en la fonda de enfrente.

No, no. Allí, a la oficina, mejor que no fuera. Era
como solemne, antipático volvernos a encontrar allí. Pediría que hoy le soltaran pronto, y yo, mientras tanto,
daría un paseo con su hermana Amparo que también
iba a ponerse muy contenta de volverme a ver. ¡Cuando
supiera que había venido el largo! Le quise interrumpir,
pero no pude. Él la iba a avisar inmediatamente para
que viniera a recogerme.

—¡El largo —decía—, pues no es nadie! ¡Volver de
pronto el largo, por sorpresa, metido en cosas de cine!
Ya no te enfadarás de que te llamen largo.

Se reía. Venía su risa hasta mi oído en culebrillas,
como un calambre nervioso.

—No. Ya no me lo llama nadie. Pero escucha, Rafa...

Nada. No me oía. Resumiendo: hasta que a él le soltaran, vendría Amparo a buscarme. ¿Estábamos de acuerdo? Dentro de un cuarto de hora. Protesté en cuanto
pude. Por Dios, cuánta complicación. Amparo tendría
sus quehaceres. Pero la voz de mi amigo se alzaba inexo-
rable, como la rúbrica a los pies de un edicto. Yo, a
callar, ¿lo había oído? Me callaba. En Madrid, cuando
ellos fueran, organizaría las cosas yo. Dentro de un
cuarto de hora, pasaba Amparo. La fonda grande, ¿no?,
la de la Estrella.

Se lo dije a Julián, cuando colgué. Que me habían
liado los amigos aquellos y que no había podido decirles
que no.

—¿Cómo amigos? ¿No era uno solo?

—Sí, pero primero viene su hermana. No he podido rechazar.

—Ya. No te dejaba ni meter baza. ¿Qué te decía tanto tiempo?

—Nada. Que qué alegría.

Me puse a peinarme delante del espejo, mientras él me miraba divertido, echando el humo del pitillo hacia la alta lámpara de platillos verdosos.

—Con que me abandonas por dos niñitos que han crecido. Sólo a ti se te ocurre...

—Vente con nosotros si quieres —le ofrecí.

Julián frunció el entrecejo.

—¿Yo? ¡Pues vaya un plan que me preparas! Lo que voy a hacer es dormirme. Pero telefonea dentro de un rato, tú, no vengas ésos, que yo estoy deseando largarme.

—Bueno, hasta luego.

—Hasta luego. Y que, por lo menos, esté bien la chica. Cierra un poco ahí. ¿Estaba bien de pequeña?

—Eran dos hermanas. Ya ni me acuerdo.

Hoy he pasado todo el día con Silvia. Enlazamos desde anoche, así que después de comer en un restaurante de la carretera de La Coruña estábamos los dos algo cansados. Sin embargo, aún no hemos llegado a la etapa en que esto se puede decir sin que el otro se ofenda, sino que es necesario fingir que se ha olvidado todo proyecto y preocupación ante la maravillosa realidad del ser deseado.

De sobremesa miré disimuladamente el reloj y decidí borrar de mi mente una cita que tenía con los de la productora para la que ahora trabajo. Silvia se estuvo arreglando en el tocador y vino muy guapa. Yo, que había terminado el coñac, miraba mi Seat aparcado fuera y del que aún no he tenido tiempo de aburrirme. Me repetía: «Es mío». Dejé de mirarlo para atender a las caderas de mi amiga, cuando se sentaba, y vagamente las relacioné con el Seat. Tal vez porque tampoco me he aburrido de ellas aún.

Me sonrió y al cabo de un rato me estaba acariciando
la mano en la que sostenía el pitillo, y diciéndome por
enésima vez lo mucho que para ella ha significado nuestro encuentro del invierno. Con lo cual salió a relucir
Julián. A las cinco ya me había contado no sé cuántas
historias relacionadas con él y conmigo. Muchas me las
ha contado también otras veces. Le extraña que yo no
le tenga antipatía por el hecho de haberme precedido
en recibir sus favores amorosos. Además afirma que conmigo se portó muy mal y para esclarecer este criterio
se lanza, haciendo paralelos y diferencias entre el comportamiento de él y el mío, a un exaltado examen retrospectivo de una historia que para mí es insignificante. Dentro de algún tiempo (al ritmo que vamos puede
calcularse en un mes y pico) notará que me aburre con
estos chismes y se enfadará. Dirá que no la oigo. Pero
hoy, a pesar del silencio con que eran acogidos sus abundantes «¿no te parece?», se limitó a afirmar encendidamente que soy un buen amigo y que nunca hablo mal
de nadie.

—No, mujer. Lo que pasa es que Julián no es mi
amigo ni mi enemigo. Sólo un conocido del que me importa más bien poco. Desde el documental del año pasado, ya sabes que apenas si lo veo...

Por ahí se desvió la conversación y nos pusimos a
hablar del documental que, por haber obtenido un brillante puesto en clasificación, dio arranque, al ser estrenado, a una serie de circunstancias fulminantemente favorables para mi carrera. A Silvia le parece mentira no
conocerme de antes, dice que desde siempre estoy en
su vida.

De pronto me acordé de Amparo, con un súbito remordimiento, de nuestro paseo de hace un año. A estas
horas, todavía no habíamos llegado al río. La eché de
menos.

—Precisamente hoy es el cumpleaños de Julián —dijo Silvia—. No tengas celos, me acuerdo sólo porque también es el de mi hermano Carlos...

No contesté. Arrimó su silla a la mía y se puso a acariciarme el cogote.

—Eres un niño, los hombres sois como niños. Capaz serás de haberte enfadado. Vamos...

Repitió varias veces «vamos, vamos», espaciadamente, como una melodía a la que daba dulces reflexiones, y, a pesar de que no la miraba, me sentía a disgusto bajo el intenso haz apasionado con que detallaba mi perfil. Sobre todo por la interferencia que suponía para mis recuerdos, concretados ahora en el esfuerzo de reproducir el texto de la única carta que Amparo me escribió, a los pocos días de mi vuelta a Madrid. Una carta poética. «Ya sé que cada una de las personas que te conozca —decía— se habrá hecho de ti una idea y que esta idea será distinta de la que yo me he formado. Pero todas estas imágenes son las que componen tu ser, y por eso yo, aunque nunca volviera a verte, he reflejado y guardo una parte de tu ser. Solamente te pido que me escribas una vez para decirme si tú también has guardado algo de mí. Escríbeme en seguida porque luego vendrá el tiempo a echar nuevas imágenes encima y todo se borrará. Ha sido tan endeble nuestro conocimiento y, sin embargo, ¡cuántas cosas...!»

—¡Cuántas cosas han pasado en un año!, ¿verdad, mi vida? —interrumpió Silvia, y los pedazos de la carta sin contestar se esparcieron al viento—. Por lo menos para mí. ¿Para ti?

Me encogí de hombros. También Amparo, como esta mujer, pensará que me han pasado muchas cosas en este año. Pero es un poco triste tener que decir que a uno le han pasado cosas porque se ha comprado coche y un apartamento.

—¿En qué piensas? —me apremió Silvia, al cabo de un rato.

—En nada.

—En algo pensarás.

—Pues sí. Me estaba acordando de una chica.

Silvia cesó instantáneamente en su operación de acariciarme.

—¿Una chica? ¿Y a eso llamas «nada»? ¿Quién es?

—No la conoces.

—¡Pero dime por qué te acuerdas de ella! Yo soy muy celosa. Me pongo mala si piensas en otra. Mala, lo que se dice mala. Y me alegro de que salga en la conversación para que lo sepas —me miraba; hubo un silencio—. Di algo. ¿No eres celoso tú?

A una mujer como Silvia se sabe que le tienen que halagar los hombres celosos, así que habría tenido que responderle afirmativamente si quería aceptar la nueva regla recién propuesta para continuar con interés el juego en que andamos metidos y cuyo círculo no hemos rebasado aún. Ese círculo donde se da por supuesta una magia de amor que se siente uno comprometido a no empañar, y más aún que tiene obligación de alimentar con un fluido permanente lubrificante de cada palabra y cada mirada.

Yo sabía perfectamente todo esto y también lo que habría tenido que responder en aquella ocasión, igual que sabe un jugador profesional el naipe que conviene enseñar a cada instante. Pero sentí todo mi ser entumecido por tantas horas de postura mantenida a la fuerza y tuve ganas de abandonar el juego. Así que cuando dije secamente: «No, no soy celoso. Los celos son una estupidez», era como si me estuviese levantando y tirase las cartas sobre el tapete verde.

Silvia se quedó tan resentida como era de esperar. Es la primera vez que le he hablado en este tono.

—Entonces es que yo soy una estúpida —aventuró, aun sin rencor, como si lanzase un cable para que yo me agarrara.

—No sé. Podría ocurrir. No te he tratado lo bastante.

—Vaya. Muchas gracias, rico.

También es la primera vez que ella ha puesto en este adjetivo con que suele endulzar sus transportes amorosos una nueva carga de enemistad y agresión. Dejé que la carga estallara, y su eco quedó vigente en el silencio tenso y largo que se sucedió. Fue ella quien, incapaz de soportarlo, preguntó con una voz entre sarcástica y deportiva, demasiado parecida a la que tantas veces se ha escuchado en el cine:

—¿Y quién es esa chica tan maravillosa, si se puede saber?

—Yo no he dicho que fuera maravillosa.

—Hombre, pero se nota. Acordarte de ella y hablarme con despego ha sido todo uno. A ver si te crees que he nacido ayer.

No dije nada. Silvia me hizo mirarla con un gesto brusco de levantarme la barbilla.

—¿Tan guapa es? —preguntó.

La miré. Tenía una seriedad estólida. Me pareció alguien con quien no se puede llegar jamás a establecer ni remotamente algo parecido a la comunicación.

—No era guapa —dije tan sólo, como si hablara de una muerta con otra muerta.

Luego pagué al camarero y salimos.

A Rafa no le llegué a ver, y desde las seis dejé de mirar la hora. Su hermana me entretuvo, prendiéndome e intrigándome poco a poco con lo que decía y lo que callaba, primero de paseo por el río, luego en varias tabernas.

—Te quiero llevar a las menos finas —repetía en el umbral de cada una, con reto y avaricia, como si defendiera su honra—. ¡Aquí no pisan nunca señoritas!

En la última donde estuvimos, ya de noche, nos vinieron a encontrar Torres y los otros que andaban buscándome locos desde media tarde. Tenían el coche aparcado fuera, pero a la urgencia con que me instaban a emprender el viaje de regreso, se mezclaba un cierto azaro, al verme sentado en un rincón con aquella chica de ojos medio llorosos que enlazaba su mano con la mía. Le dejé unas líneas de excusa para Rafa, y ella, sentada aún en la misma postura en que nos habían encontrado los ami-

gos y desde la cual les había alargado la mano sucesivamente en silencio, murmuraba, mientras me miraba tra-
zar las líneas de aquel mensaje apresurado para su hermano:

—¡Y qué más da Rafa ahora! ¡Qué más da! ¡Qué más
da todo!

Hice silencioso el viaje de regreso, como arrancado a la
fuerza de un mundo al que empezaba a asomarme, y
apenas me enteraba de las bromas de Julián, que no
hacía más que reírse con los otros. Hasta que me hice el
dormido para que me dejaran en paz. Por dentro de
los ojos cerrados, Amparo, o sea, el fragmento de su imagen que me había sido dado poseer, revivía para mí
solo.

Amparo tenía los ojos azules. Es la primera y tal vez
la única seña que alguien podría haber dado de ella:
ojos azules. Unos grandes ojos solitarios, estancados seguramente en la mirada que habrían tenido para el novio
primero. Pálida, aséptica mirada, como de llama de al-
cohol.

Cuando la esperaba a la puerta de mi pensión, como
había convenido con Rafa, y la vi cruzar la plaza, estirán-
dose un poco la chaqueta, atenta a sus tacones, me pesó
de antemano como una condena el tiempo que íbamos
a tener que pasar juntos. Y cuando me preguntó, ya
caminando a mi lado, que dónde prefería ir, y que si
me gustaba la parte del río, le dije que me gustaba
todo y me lancé a hacerle un elogio del pueblo y de las
tardes de primavera con frases ampulosas y convencio-
nales que se enlazaban unas con otras, conforme íbamos
andando. Hablé bastante rato. Siempre que me enfrento
con alguien cuyo mundo sospecho que puede serme demasiado distante, echo sin tino palabras como piedras a
esa zanja que siento abrirse en medio, en lugar de tratar
de entenderla y salvarla, o mejor de mirar a ver si en
realidad se ha abierto. Amparo se echó a reír.

—A mí eso no me lo digas con tanto calor. Díselo a
tus amigos de Madrid cuando vuelvas.

Era una risa rara y tuve miedo de haberla ofendido.
Me cortó. Comprendí que mis palabras habían sido piedras tiradas al azar y que podría haberla alcanzado con
alguna, no sabía con cuál ni cómo porque se me borraba
—tan inútil era— todo lo que había dicho.

Bajábamos por una callecita mal empedrada que termina en el barrio del río. Ella miraba frente a sí como si
caminara sola. Nos paramos en la plaza del Instituto.

—Te acordarás —dijo.

—Claro. Ya vine ayer.

Me sentía en falta, apesadumbrado.

—¿Lo sacáis en el documental? —preguntó.

—No. Vine por mi cuenta. Porque me gustaba venir.

Estábamos quietos, mirando fijamente la puerta del
Instituto cuyo umbral habíamos surcado tantas veces en
racimo, corriendo. Todo estaba silencioso. Solamente se
oían los golpes acompasados que daban dentro del patio
unos hombres que estaban picando piedra.

—Ya. Para eso está bien este pueblo —dijo Amparo—. Para acordarse. Y para sacarlo en un documental.
Para eso, bueno. ¿Vamos?

—Como quieras.

Al llegar al arrabal del río, las casas son bajas y desiguales. Algunas mujeres nos miraban por las ventanas
abiertas; otras, desde la puerta, levantando los ojos de su
costura. Se vislumbraban algunos interiores, camas con
muñeca echada sobre la colcha, floreros. Amparo se torcía sobre los guijarros en cuesta y le ofrecí mi brazo. Se
cogió sin mirarme. Niños jugando, barreños de agua,
gallinas se fueron quedando atrás. Sentía el roce de sus
dedos oprimiéndome la manga de la chaqueta. Al enfilar
el puente se soltó.

—¡El río! —exclamó impetuosamente.

Y me precedió con un taconeo firme. Nos acodamos
en la barandilla ancha del puente romano, a mirarlo.
¡Qué bueno hacía! Casi calor. En la aceña se alborota-
ba el agua y las espumas venían deshaciéndose hacia
nosotros.

—Todavía el mes pasado arrastraba trozos de hielo —dijo Amparo—. ¿Quieres que vayamos allí, a la chopera? Se está muy bien.

Y, al proponerlo, me miró y tenía una chispa de alegría en los ojos azules. Pero luego, sentados en la chopera, le volvió aquel particular encogimiento, como si temiera haber sido demasiado espontánea, y se puso, sin transición, a hablarme de cine. Le gustaban mucho los documentales. Me pasmó que conociera los títulos de los más recientes, premiados en certámenes de todo el mundo, el nombre de sus directores y el tema de cada uno. Se gozaba en opinar acerca de ellos casi como si los hubiera visto. Estaba abonada a las mejores revistas. Dijo que el documental era tan interesante o más que las películas con argumento, que, o bien eran incapaces de dar la sensación de realidad, o la camuflaban. Teníamos enfrente, en la otra orilla, la silueta del pueblo rematado por la catedral.

—Por ejemplo —dijo—, el que quisiera hacer una película buena de la vida de este pueblo tendría que ser un genio. Pero en un documental se pueden sacar las cosas que no cambian. Las que están siempre ahí, a la vista, como cuando éramos pequeños. Y si está bien hecho, es arte. Es verdad.

Yo convine en que sí, pero que era un género más limitado. Sin embargo, no me gustaba aquella conversación. El tono de amargura que había en el fondo de todo lo que decía Amparo me hacía desear acercarme a conocerla un poco, pero me sentí torpe. Aproveché un silencio para tirar del hilo de los recuerdos de infancia y evocar los días en que andábamos por aquel mismo sitio, cazando lagartos. Nombré a Rafa, a Joaquín y a otros niños de la pandilla. Ella movió lentamente la cabeza. Dijo que no se acordaba.

—Sí, mujer —insistí—. Cuando hacíamos novillos. ¿No te acuerdas de cuando remábamos? Estoy seguro de que venías también tú.

—Yo nunca he hecho novillos —dijo, seria—. Ya suponía que me estabas confundiendo con mi hermana. Yo soy Amparo, la mayor.

Nos estábamos mirando. De pronto abatió los ojos, como si no soportaran mi inspección, y se puso a jugar con unas hierbas del suelo. Precisamente acababa de reconocerla. Era una niña mayor que yo, muy lista, de trenzas rubias. La otra hermana era más guapa y tenía mi edad. Amparo sacaba siempre sobresalientes y estuvo enferma del pecho. La tuvieron casi un año en la cama y aquel curso se examinó por libre. Un día fui a buscar a Rafa y entramos al cuarto de ella a recoger algo. Yo avancé apenas: me daba aprensión. Estaba sentada en la cama con almohadones a la espalda y muchos libros sobre la colcha. Me fijé en las manos larguísimas y delgadas, las mismas que ahora arrancaban briznas de hierba.

—Clara se ha casado —informó—. Yo soy cuatro años mayor. ¿A que tú decías Clara?

Estaba turbado de haberla confundido con la otra. Pero creía que ella había venido también con nosotros al río. Insistía con falsa seguridad para disimular mi turbación.

—No —dijo, terca—. Yo no. Lo puedes jurar.

—Pero, ¿qué pasa con el río? —intenté bromear—. Hablas de él como de un lugar maldito.

—No, no. ¡Qué disparate! Es lo más mío del pueblo. Siempre lo ha sido.

Sus manos arrancaban hierbas cada vez más de prisa.

—¿Entonces?

—Nada. Que no había aprendido a remar, como vosotros. Y cazar lagartos me horrorizaba. Venía, pero sola. Eso es todo.

Cogió un pitillo que le encendí, después de dos tentativas. Se inclinó al cuenco de mis manos y rocé con ellas su mejilla. Ya fumando, parecía tranquila y ausente.

—Cuéntame por qué no venías con nosotros —reanudé.

—No sé. Me daba vergüenza. Y envidia, en el fondo. Andar sola era una defensa como otra cualquiera.

—¿Y qué hacías?

—Estudiar. Y hacer versos, hijo, lo siento.

—¿Por qué lo sientes? Ni que fuera algo malo.

—Tampoco es bueno, si se queda crónico. Yo tuve un novio que decía que los versos en una mujer son síntoma de mala salud.

—¡Qué bruto!

—No; tenía razón en eso. Y en otras cosas. También decía que a mí sólo pueden aguantarme los niños. Vámonos de aquí, ¿quieres? —cortó, levantándose—. Me quedo un poco fría.

Se sacudió la falda mirando, hierática, el contorno del pueblo al otro lado del río, anaranjado y duro contra el poniente que se iniciaba.

—¿Por qué los niños? —le pregunté con dulzura—. Todas las conversaciones te gusta dejarlas cortadas.

Me miró con un titubeo.

—Los niños, porque soy maestra, maestra nacional. Esa es la clave de todo.

Me contó luego en la carta que estaba muy a disgusto, sin confesarme que era maestra; es una dedicación que está desprestigiada y, aunque ella la adora, se deja influir por la opinión de los demás. Le alivió mucho que yo dijese, mientras la cogía del brazo:

—Anda, vamos a beber un poco de vino por ahí y deja de defenderte. Me gusta mucho estar con mi amiga la maestra, y todavía queda algo de tarde.

Eran casi las seis. Las oímos dar en el reloj de la catedral cuando entramos en aquella tabernita. Había notado ella el deseo que me asaltó de acompañarla, y me pidió que no fuéramos a buscar a Rafa todavía, que no volviéramos a mirar el reloj. Se reía.

—Queda mucha tarde, la tarde es joven —dijo al beber el primer vaso de vino.

Al salir de allí íbamos del brazo por calles en cuesta. Me quería llevar a las tabernas que nunca pisa la gente fina. Ella iba cuando quería. Y también con los niños de su escuela en verano a bañarse al río. La criticaban, la criticaban por todo. Levantaba con empeño, exhibiéndola para mí, la bandera de las malas lenguas. La con-

versación se me desmenuza en el recuerdo. Le hablaba
también yo de mi trabajo, de los esfuerzos que hay que
hacer en el mundo del cine para conseguir una labor decente. Montaba para ella un personaje puro, incontami-
nado de las intrigas que urdían los demás para me-
drar. Lo veía reflejado en el brillo de sus ojos azules
como en un espejo, destacándose de Torres, Julián y
de todos mis compañeros habituales a los que había olvidado por completo, a pesar de que aludía a ellos. Me
gustaba ser aquel personaje para Amparo, y el vino bebido con ella, en los sucesivos locales, tomaba entidad por
sí mismo, dejando de ser un recurso de aquel poco de
tiempo que me faltaba para alcanzar mi mundo interrumpido. Este mundo de fantasmas. Amparo tenía las manos frías y el rumor de los locales nos aislaba, acercán-
donos uno a otro.

Durante algunos días, Julián, Torres y los demás me
parecieron más mediocres y aburridos que nunca.

De la carta de Amparo, que tardé algún tiempo en
romper, no me reí, como ella tal vez habrá temido, y
hasta incluso busco de nuevo su lectura en los ratos
de abatimiento, con la avidez con que se quiere escuchar
una voz diferente, cuando por todas partes nos agobia un
clamor demasiado sabido y uniforme. Pero solamente se
podría haber contestado con un telegrama que dijese:
«Ven. Me caso contigo», o con una visita para reanudar
lo que había quedado suelto. A una carta sentimental,
del tipo de la suya, no habría habido derecho y, además, era difícil. Un hombre atareado de la ciudad re-
chaza toda introspección y sutileza, y yo tenía muchos
asuntos que reclamaban mi tensión todo el día. Pensé
mandarle algún libro o regalo, pero me parecía pobre e
inoportuno. Lo fui dejando.

Por la cuesta de las Perdices la pierna de Silvia empezó a rozar la mía. La miré y, como estaba lloriqueando,
le pedí perdón por mis brusquedades. Sacó una voz do-
lida para concedérmelo.

—¿Vamos a tu piso?

—Sí.

Por Puerta Hierro ya me miraba tiernamente.

—De verdad, ¿qué hubo con esa chica, Juanjo?

—Nada, mujer, te lo aseguro.

—Pero, ¿nada, nada?

—Nada en absoluto. Era una muchacha provinciana, más bien feíta. Sólo di un paseo una tarde con ella el año pasado.

—¿Y por qué te acordaste?

—Por lo del documental.

—¿Me lo juras?

—Te lo juro.

Silvia pareció quedarse tranquila. Llegados a Madrid, en una parada de semáforo de la calle de la Princesa, me preguntó todavía, como al descuido, mientras encendía un pitillo:

—¿Cómo se llamaba?

—¿Quién?

—La chica esa.

—¡Ah!, Amparo. O Clara. Ya ni me acuerdo.

Madrid, primavera 1962.

—No puedo dormir, no puedo. Da la luz, Herminia —dijo el viejo maestro, saltando sobre los muelles de la cama.

Ella se dio la vuelta hacia el otro lado y se cubrió con las ropas revueltas.

—Benjamín, me estás destapando —protestó—. ¿Qué te pasa?, ¿no te has dormido todavía?

—¿Qué quieres que me pase? Ya lo sabes, ¿es que no lo sabes? ¡Quién se puede dormir! Sólo tú que pareces de corcho.

—No vuelvas a empezar ahora, por Dios —dijo la voz soñolienta de la mujer—. Procura dormir, hombre, déjame, estoy cansada del viaje.

—Y yo también. Eso es lo que tengo atragantado, eso. Ese viaje inútil y maldito, me cago en Satanás; que si se pudieran hacer las cosas dos veces...

—Si se pudieran hacer dos veces, ¿qué?

—Que no iría, que me moriría sin volverla a ver, total para el espectáculo que hemos visto; que irías tú si te daba la gana, eso es lo que te digo.

—Sí, ya me he enterado; te lo he oído ayer no sé cuántas veces. ¿Y qué? Ya sabes que a mí me da la gana y que iré siempre que ella me llame. También te lo he dicho ayer. Creí que no querías darle más vueltas al asunto.

—No quería. ¿Y qué adelanto con no querer? Me rebulle. Tengo sangre en las venas y me vuelve a rebullir; me estará rebullendo siempre que me acuerde.

—Vaya todo por Dios.

—Da la luz, te digo.

La mujer alargó una muñeca huesuda y buscó a tientas la pera de la luz. Los ojos del viejo maestro, foscos, esforzados de taladrar la oscuridad, parpadearon un instante escapando de los de ella, que le buscaron indagadores, al resplandor que se descolgó sobre la estancia. Se sentó en la cama y la mujer le imitó a medias, con un suspiro. Asomaron las dos figuras por encima de la barandilla que había a los pies, a reflejarse enfrente, en la luna del armario. Toda la habitación nadaba con ellos, zozobraba, se torcía, dentro de aquel espejo de mala calidad, sucio de dedos y de moscas. Se vio él. Miró en el espejo, bajo la alta bombilla solitaria, el halo de sus propios pelos canosos alborotados, el bulto de la mujer, apenas surgido para acompañarle, el perfil de tantos objetos descabalados, ignorados de puro vistos, de tantas esquinas limadas por el uso, y se tapó los ojos. Dentro de ellos estalló un fuego colorado. Alina, niña, se sacudía el cabello mojado, riendo, y dejaba las brazadas de leña en la cocina, allí, a dos pasos; su risa trepaba con el fuego. Ahora un rojo de chispas de cerezas: Alina, en la copa de un cerezo del huerto, le contaba cuentos al niño del vaquero. Ahora un rojo de sol y de mariposas; ahora un rojo de vino.

La mujer se volvió a hundir en la cama.

—Herminia, ¿qué hora es?

—Las seis y cuarto. Anda, duérmete un poco. ¿Apagamos la luz?

Por toda contestación, el maestro echó los pies afuera y se puso a vestirse lentamente. Luego abrió las ma-

deras de la ventana. Se cernía ya sobre el jardín una
claridad tenue que a él le permitía reconocer los sitios
como si los palpara. Cantó un gallo al otro lado de la
carretera.

—Tan a gusto como podían vivir aquí esos niños
—masculló con una voz repentinamente floja—. Tantas
cosas como yo les podría enseñar, y las que ellos verían,
maldita sea.

—Pero, ¿qué dices, Benjamín? No vuelvas otra vez...

—No vuelvo, no; no vuelvo. Pero dímelo tú cómo
van a prosperar en aquel cuartucho oliendo a tabaco y
a pintura. Ya; ya te dejo en paz. Apaga si quieres.

Ella le había seguido con los ojos desde que se levantó. Ahora le vio separarse de la ventana, cerrar las
maderas y coger su chaqueta, colgada en una silla. Le
hizo volverse en la puerta.

—¿Adónde vas?

—Por ahí, qué más da. Donde sea. No puedo estar
en la cama.

Ya en el pasillo, no escuchó lo que ella contestaba,
aunque distinguió que era el tono de hacerle alguna ad-
vertencia. Tuvo un bostezo que le dio frío. La casa estaba inhóspita a aquellas horas; se le sentían los huesos, crujía. Y el cuerpo la buscaba, sin embargo, para
abrigarse en alguna cosa.

Entró en la cocina: ni restos del fuego rojo que había llenado sus ojos cerrados unos minutos antes. Pasó la
mirada por los estantes recogidos. Todo gris, estático.
El tictac del despertador salía al jardín por la ventana
abierta. Sacó agua de la cántara con un cacillo y la bebió directamente Se sentó en el escaño de madera, lió
un pitillo. Allí estaba la escopeta, en el rincón de siempre. Fumó, mirando al suelo, con la frente en las manos.
Después de aquel cigarro, otros dos.

Eran ya las siete cuando salió a la balconada de
atrás, colgada sobre un techo de avellanos, con el retrete
en una esquina, y bajó la escalerilla que daba al jardín.
Era jardín y huerta, pequeño, sin lindes. Las hortensias
y las dalias crecían a dos pasos de las hortalizas, y sola-

mente había un paseo de arena medianamente organizado, justamente bajo la balconada, a la sombra de los
avellanos. Lo demás eran pequeños caminillos sin orden
ni concierto que zurcían los trozos de cultivos y flores.
Más atrás de todo esto había un prado donde estaban
los árboles. Ciruelos, perales, manzanos, cerezos y una
higuera, en medio de todos. El maestro cruzó el corro
de los árboles y por la puerta de atrás salió del huerto
al camino. La puerta de la casa daba a la carretera,
ésta a un camino que se alejaba del pueblo. A los pocos
pasos se volvió a mirar. Asomaba el tejado con su chimenea sin humo, bajo el primer albor de un cielo neutro
donde la luna se transparentaba rígida, ya de retirada.
Le pareció un dibujo todo el jardín y mentira la casa;
desparejada, como si no fuera hermana de las otras del
pueblo. Las otras estaban vivas y ésta era la casa de un
guiñol, de tarlatana y cartón piedra. Y Herminia, pobre
Herminia, su única compañera marioneta. Con la mano
en el aire le reñía, le quería dar ánimos, llevarle a ras-
tras, pero sólo conseguía enhebrar largos razonamientos
de marioneta.

«Hoy tampoco ha venido carta. No nos va a escribir
siempre, Benjamín.»

«Hay que dejar a cada cual su vida. Lo que es joven,
rompe para adelante.»

«No estés callado, Benjamín.»

«¿Por qué no vas de caza?»

«No ha escrito, no. Mañana, a lo mejor. A veces se
pierden cartas.»

Y en invierno llueve. Y las noches son largas. Y las
marionetas despintadas se miran con asombro.

«Ella, Benjamín, no era para morirse entre estas cuatro paredes.»

Dio la vuelta y siguió camino abajo. Ya iba a salir
el sol. A la derecha, un muro de piedras desiguales, cubierto de musgo y zarzamoras, separaba el camino de
unos cultivos de viña. Más adelante, cuando se acababa
este muro, el camino se bifurcaba y había una cruz de
piedra en el cruce. No se detuvo. Uno de los ramales

llevaba a la iglesia, que ya se divisaba detrás de un corro de eucaliptos; pero él tomó el otro, una encañada del ancho exacto de un carro de bueyes y que tenía los rodales de este pasaje señalados muy hondo en los extremos del suelo. Oyó que le llamaban, a la espalda, y se volvió. A los pocos metros, cerca del cruce, distinguió al cura que subía, montado en su burro, hacia el camino de la otra parroquia.

—Benjamín —había llamado, primero no muy fuerte, entornando los ojos viejos, como para asegurarse.

Y luego detuvo el burro y ya más firme, con alegría:

—Benjamín, pero claro que es él. Benjamín, hombre, venga acá. Mira que tan pronto de vuelta.

El maestro no se acercó. Le contestó apagadamente sin disminuir la distancia:

—Buenos días, don Félix. Voy de prisa.

El burro dio unos pasos hacia él.

—Vaya, hombre, con la prisa. Temprano saltan los quehaceres. Cuénteme, por lo menos, cuándo han llegado.

—Ayer tarde, ya tarde.

—¿Y qué tal? ¿Es muy grande París?

—Muy grande, sí señor. Demasiado.

—Vamos, vamos. Tengo que ir una tarde por su casa, para que me cuente cosas de la chica.

—Cuando quiera.

—Porque como esté esperando a que usted venga por la iglesia...

Se había acercado y hablaba mirando la cabeza inclinada del maestro, que estaba desenterrando una piedra del suelo, mientras le escuchaba. Salió un ciempiés de debajo, lo vieron los dos escapar culebreando. A Alina no le daba miedo de los ciempiés, ni cuando era muy niña. De ningún bicho tenía miedo.

—¿Y cómo la han encontrado, a la chica?

—Bien, don Félix, muy bien está.

—Se habrá alegrado mucho de verles, después de tanto tiempo.

—Ya ve usted.

—Vaya, vaya... ¿Y por fin no se ha traído a ningún nietecito?

—No señor, el padre no quiere separarse de ellos.

—Claro, claro. Ni Adelaida tampoco querrá. Maja chica Alina. Así es la vida. Parece que la estoy viendo correr por aquí. Cómo pasa el tiempo. En fin... ¿Se acuerda usted de cuando recitó los versos a la Virgen, subida ahí en el muro, el día de la procesión de las Nieves? No tendría ni ocho años. ¡Y qué bien los decía!, ¿se acuerda usted?

—Ya lo creo, sí, señor.

—Le daría usted mis recuerdos, los recuerdos del cura viejo.

—Sí, Herminia se los dio, me parece.

—Bueno, pues bien venidos. No le entretengo más, que también a mí se me hace tarde para la misa. Dígale a Herminia que ya pasaré, a ver si ella me cuenta más cosas que usted.

—Adiós, don Félix.

Se separaron. La encañada seguía hacia abajo, pero se abría a la derecha en un repecho, suave al principio, más abrupto luego, resbaladizo de agujas de pino. Llegado allí, el maestro se puso a subir la cuesta despacio, dejando el pueblo atrás. No volvió la vista. Ya sentía el sol a sus espaldas. Cuanto más arriba, más se espesaba el monte de pinos y empezaban a aparecer rocas muy grandes, por encima de las cuales a veces tenía que saltar para no dar demasiado rodeo. Miró hacia la cumbre, en línea recta. Todavía le faltaba mucho. Trepaba de prisa, arañándose el pantalón con los tojos, con las carquejas secas. Pero se desprendía rabiosamente y continuaba. No hacía caso del sudor que empezaba a sentir, ni de los resbalones, cada vez más frecuentes.

—Alina —murmuró, jadeando—, Alina.

Le caían lágrimas por la cara.

* * *

—Alina, ¿qué te pasa?, me estás destapando. ¿No te has dormido todavía? ¿Adónde vas?

—A abrir la ventana.

—Pero, ¿no te has levantado antes a cerrarla? Te has levantado, me parece.

—Sí, me he levantado, ¿y qué?, no estés tan pendiente de mí.

—¿Cómo quieres que no esté pendiente si no me dejas dormir? Para quieta; ¿por qué cerrabas antes la ventana?

—Porque tosió Santiago. ¿No le oyes toda la noche? Tose mucho.

—Entonces no la abras otra vez, déjala.

La ventana da sobre un patio pequeño. Una luz indecisa de amanecer baja del alto rectángulo de cielo. Alina saca la cabeza a mirar; trepan sus ojos ansiosos por los estratos de ropa colgada —camisetas, sábanas, jerseys, que se balancean, a distintas alturas—, y respira al hallar arriba aquel claror primero. Es un trozo pequeño de cielo que se empieza a encender sobre París esa mañana, y a lo mejor ella sola lo está mirando.

—Pero, Adelaida, cierra ahí. ¿No has dicho que Santiago tose? No se te entiende. Ven acá.

—Me duele la cabeza, si está cerrado. Déjame un poco respirar, Philippe, duérmete. Yo no tengo sueño. Estoy nerviosa.

—Te digo que vengas acá.

—No quiero —dice ella, sin volverse—. Déjame.

Por toda respuesta, Philippe se incorpora y da una luz pequeña. En la habitación hay dos cunas, una pequeñísima, al lado de la cama de ellos, y otra más grande, medio oculta por un biombo. El niño que duerme en esta cuna se ha revuelto y tose. Alina cierra la ventana.

—Apaga —dice con voz dura.

La luz sigue encendida.

—¿Es que no me has oído, estúpido? —estalla, furiosa, acercándose al interruptor.

Pero las manos de él la agarran fuertemente por las muñecas. Se encuentran los ojos de los dos.

—Quita, bruto. Que apagues, te he dicho. El niño está medio despierto.

—Quiero saber lo que te pasa. Lo que te rebulle en la cabeza para no dejarte dormir.

—Nada, déjame. Me preocupa el niño; eso es todo. Y que no puedo soportar el olor de pintura.

—No, eso no es todo, Alina. Te conozco. Estás buscando que riñamos. Igual que ayer.

—Cállate.

—Y hoy si quieres riña, vas a tener riña, ¿lo oyes?, no va a ser como ayer. Vamos a hablar de todo lo que te estás tragando, o vas a cambiar de cara, que ya no te puedo ver con ese gesto.

Ella se suelta, sin contestar, y se acerca a la cuna del niño, que ahora lloriquea un poco. Le pone a hacer pis y le da agua. Le arregla las ropas. A un gesto suyo, Philippe apaga la luz. Luego la siente él cómo coge a tientas una bata y abre la puerta que da al estudio.

—¿Qué vas a buscar? ¡Alina! —llama con voz contenida.

Alina cierra la puerta detrás de sí y da la luz del estudio. Es una habitación algo mayor que la otra y mucho más revuelta. Las dos componen toda la casa. Sobre una mesa grande, cubierta de hule amarillo, se ven cacharros y copas sin fregar, y también botes con pinceles. Junto a la mesa hay un caballete y, en un ángulo, una cocina empotrada tapada por cortinas. Alina ha ido allí a beber un poco de leche fría, y se queda de pie, mirándolo todo con ojos inertes. Por todas partes están los cuadros de Philippe. Colgados, apilados, vueltos de espalda, puestos a orear. Mira los dos divanes donde han dormido sus padres y se va a tender en uno de ellos. Apura el vaso de leche, lo deja en el suelo. Luego enciende un pitillo.

En el caballete hay un lienzo a medio terminar. Una oleada de remiendos grises, brochazos amarillentos, agujas negras.

Philippe ha aparecido en la puerta del estudio.

—Alina, ¿no oyes que te estoy llamando? Ven a la cama.

—Por favor, déjame en paz. Te he dicho que no tengo sueño, que no quiero.

—Pero aquí huele mucho más a pintura. ¿No dices que es eso lo que te pone nerviosa?

—Tú me pones nerviosa, ¡tú!, tenerte que dar cuenta y explicaciones de mi humor a cada momento, no poderme escapar a estar sola ni cinco minutos. Señor. ¡Cinco minutos de paz en todo el día!... A ver si ni siquiera voy a poder tener insomnio, vamos..., y nervios por lo que sea; es que es el colmo. ¡¡Ni un pitillo!! ¡Ni el tiempo de un pitillo sin tenerte delante!

Ha ido subiendo el tono de voz, y ahora le tiembla de excitación. Él se acerca.

—No hables tan alto. Te estás volviendo una histérica. Decías que estabas deseando que se fueran tus padres porque te ponían nerviosa, y ahora que se han ido es mucho peor.

—Mira, Philippe, déjame. Es mejor que me dejes en paz.

—No te dejo. Tenemos que hablar. Antes de venir tus padres no estabas así nunca. Antes de venir ellos...

Alina se pone de pie bruscamente.

—¡Mis padres no tienen nada que ver! —dice casi gritando—. Tú no tienes que hablar de ellos para nada, no tienes ni que nombrarlos, ¿lo oyes? Lo que pase o no pase por causa de mis padres, sólo me importa a mí.

—No creo eso; nos importa a los dos. Ven, siéntate.

—No tienes ni que nombrarlos —sigue ella tercamente, paseando por la habitación—, eso es lo que te digo. Tú ni lo hueles lo que son mis padres, ni te molestas en saberlo. Más vale que no los mezcles en nada, después de lo que has sido con ellos estos días; mejor será así, si quieres que estemos en paz.

—¡Yo no quiero que estemos en paz! ¿Cuándo he querido, Alina? Tú te empeñas en tener siempre paz a la fuerza. Pero cuando hay tormenta, tiene que estallar, y si no estalla es mucho peor. Dilo ya todo lo que andas escondiendo, en vez de callarte y amargarte a solas. ¿Por qué me dices que no te pasa nada? Suelta ya lo que sea. Ven.

Alina viene otra vez a sentarse en el sofá, pero se queda callada, mirándose las uñas. Hay una pausa. Los dos esperan.

—Qué difícil eres, mujer —dice él, por fin—. Cuántas vueltas le das a todo. Cuando se fueron tus padres, dijiste que te habías quedado tranquila. Recuérdalo.

—Claro que lo dije. No hay nervios que puedan aguantar una semana así. ¿Es que no has visto lo desplazados que estaban, por Dios? ¿Vas a negar que no hacías el menor esfuerzo por la convivencia con ellos? Los tenías en casa como a animales molestos, era imposible de todo punto vivir así. ¡Claro que estaba deseando que se fueran!

—Adelaida, yo lo sabía que iba a pasar eso, y no sólo por mi culpa. Te lo dije que vinieran a un hotel, hubiera sido más lógico. Ellos y nosotros no tenemos nada que ver. Es otro mundo el suyo. Chocaban con todo, como es natural. Con nuestro horario, con la casa, con los amigos. No lo podíamos cambiar todo durante una semana. Yo les cedí mi estudio; no eres justa quejándote sólo de mí. La hostilidad la ponían ellos también, tu padre sobre todo. ¡Cómo me miraba! Está sin civilizar tu padre. Alina. Tú misma lo has dicho muchas veces; has dicho que se le había agriado el carácter desde que te fuiste a estudiar a la Universidad, que tenía celos de toda la gente que conocías, que al volver al pueblo te hacía la vida imposible. Y acuérdate de nuestro noviazgo.

Alina escucha sin alzar los ojos. Sobre las manos inmóviles le han empezado a caer lágrimas. Sacude la cabeza, como ahuyentando un recuerdo molesto.

—Deja las historias viejas —dice—. Qué importa eso ahora. Ellos han venido. Te habían conocido de refilón cuando la boda, y ahora vienen, después de tres años, a vernos otra vez, y a ver a los niños. ¿No podías haberlo hecho todo menos duro? Ellos son viejos. A ti el despego de mi padre no te daña, porque no te quita nada ya. Pero tú a mi padre se lo has quitado todo. Eras tú quien se tenía que esforzar, para que no se fueran como se han ido.

—Pero, ¿cómo se han ido? Parece que ha ocurrido una tragedia, o que les he insultado. ¿En qué he sido despegado yo, distinto de como soy con los demás? Sabes que a nadie trato con un cuidado especial, no puedo. ¿En qué he sido despegado? ¿Cuándo? ¿Qué tendría que haber hecho?

—Nada, déjalo, es lo mismo.

—No, no es lo mismo. Aprende a hablar con orden. A ver: ¿cuándo he sido yo despegado?

—No sé; ya en la estación, cuando llegaron; y luego, con lo de los niños, y siempre.

—Pero no amontones las cosas, mujer. En la estación, ¿no empezaron ellos a llorar, como si estuvieras muerta, y a mí ni me miraban? ¿No se pusieron a decir que ni te conocían de tan desmejorada, que cómo podías haberte llegado a poner así? Tú misma te enfadaste, acuérdate. ¿No te acuerdas? Di.

—Pero si es lo mismo, Philippe —dice ella con voz cansada—. Anda, vete a acostar. No se trata de los hechos, sino de entender y sentir la postura de mis padres, o no entenderla. Tú no lo entiendes, qué le vas a hacer. Estaríamos hablando hasta mañana.

—¿Y qué?

—Que no quiero, que no merece la pena.

Se levanta y va a dejar el vaso en el fregadero. Philippe la sigue.

—¿Cómo que no merece la pena? Claro que la merece. ¿Crees que me voy a pasar toda la vida sufriendo tus misterios? Ahora ya te vuelves a aislar, a sentirte incomprendida, y me dejas aparte. Pero, ¿por qué sufres tú exactamente, que yo lo quiero saber? Tú te pasas perfectamente sin tus padres, has sentido alivio, como yo, cuando se han ido... ¿no?

—¡Por Dios, déjame!

—No, no te dejo, haz un esfuerzo por explicarte, no seas tan complicada. Ahora quiero que hablemos de este asunto.

—¡Pues yo no!

—¡Pues yo sí...! Quiero que quede agotado de una vez para siempre, que no lo tengamos que volver a tocar. ¿Me oyes? Mírame cuando te hablo. Ven, no te escapes de lo que te pregunto.

Alina se echa a llorar con sollozos convulsos.

—¡¡Déjame!! —dice, chillando—. No sé explicarte nada, déjame en paz. Estoy nerviosa de estos días. Se me pasará. Ahora todavía no puedo reaccionar. Mis padres se han ido pensando que soy desgraciada, y sufro porque sé que ellos sufren pensando así. No es más que eso.

—¡Ay Dios mío! ¿Pero tú eres desgraciada?

—Y qué más da. Ellos lo han visto de esa manera, y ya nunca podrán vivir tranquilos. Eso es lo que me desespera. Si no me hubieran visto, sería distinto, pero ahora, por muy contenta que les escriba, ya nunca se les quitará de la cabeza. Nunca. Nunca.

Habla llorando, entrecortadamente. Se pone a vestirse con unos pantalones de pana negros que hay en el respaldo de una silla, y un jersey. Agarra las prendas y se las mete, con gestos nerviosos. Un reloj, fuera, repite unas campanadas que ya habían sonado un minuto antes.

—Tranquilízate, mujer. ¿Qué haces?

—Nada. Son las siete. Ya no me voy a volver a acostar. Vete a dormir tú un poco, por favor. Vamos a despertar a los niños si seguimos hablando tan fuerte.

—Pero no llores, no hay derecho. Libérate de esa pena por tus padres. Tú tienes que llevar adelante tu vida y la de tus hijos. Te tienes que ocupar de borrar tus propios sufrimientos reales, cuando tengas alguno.

—Que sí, que sí...

—Mujer, contéstame de otra manera. Parece que me tienes rencor, que te aburro.

La persigue, en un baile de pasos menudos, por todo el estudio. Ella ha cogido una bolsa que había colgada en la cocina.

—Déjame ahora —le dice, acercándose a la puerta de la calle—. Tendrás razón, la tienes, seguramente; pero, déjame, por favor. ¡¡Te lo estoy pidiendo por favor!!

—¿Cómo?, ¿te vas? No me dejes así, no te vayas enfadada. Dime algo, mujer.

Alina ya ha abierto la puerta.

—¡Qué más quieres que te diga! ¡Que no puedo más! Que no estaré tranquila hasta que no me pueda ver un rato sola. Que me salgo a buscar el pan para desayunar y a que me dé un poco el aire. Que lo comprendas si puedes. Que ya no aguanto más aquí encerrada. Hasta luego.

Ha salido casi corriendo. Hasta el portal de la calle hay solamente un tramo de escalera. La mano le tiembla, mientras abre la puerta. Philippe la está llamando, pero no contesta.

Sigue corriendo por la calle. Siente flojas las piernas, pero las fuerza a escapar. Cruza de una acera a otra, y después de una bocacalle a otra, ligera y zozobrante, arrimada a las paredes. Hasta después de sentir un verdadero cansancio, no ha alzado los ojos del suelo, ni ha pensado adónde iba. Poco a poco, el paso se le va relajando, y su aire se vuelve vacilante y arrítmico, como el de un borracho, hasta que se detiene. Se ha acordado de que Phillippe no la seguirá, porque no puede dejar solos a los niños, y respira hondo.

Es una mañana de niebla. La mayor parte de las ventanas de las casas están cerradas todavía, pero se han abierto algunos bares. Ha llegado cerca de la trasera de Nôtre Dame. Las personas que se cruzan con ella la miran allí parada, y siguen ajenas, absortas en lo suyo. Echa a andar en una dirección fija. Está cerca del Sena, del río Sena. Un río que se llama de cualquier manera: una de aquellas rayitas azul oscuro que su padre señala-

ba en el mapa de la escuela. Éste es su río de ahora.
Ha llegado cerca del río y lo quiere ver correr.

Sale a la plaza de Nôtre Dame, y la cruza hacia el
río. Luego va siguiendo despacio el parapeto hasta llegar
a las primeras escaleras que bajan. El río va dentro de
su cajón. Se baja por el parapeto hasta una acera ancha
de cemento y desde allí se le ve correr muy cerca. Es
como un escondite de espaldas a la ciudad, el escenario
de las canciones que hablan de amantes casi legendarios.
No siente frío. Se sienta, abrazándose las rodillas, y los
ojos se le van apaciguando, descansando en las aguas
grises del río.

* * *

Los ríos le atrajeron desde pequeñita, aún antes de
haber visto ninguno. Desde arriba del monte Ervedelo,
le gustaba mirar fijamente la raya del Miño, que riega
Orense, y también la ciudad, concreta y dibujada. Pero
sobre todo el río, con su puente encima. Se lo imaginaba
maravilloso, visto de cerca. Luego, en la escuela, su padre le enseñó los nombres de otros ríos que están en
países distantes; miles de culebrillas finas, todas iguales:
las venas del mapa.

Iba a la escuela con los demás niños, pero era la más
lista de todos. Lo oyó decir muchas veces al cura y al
dueño del Pazo, cuando hablaban con su padre. Aprendió a leer en seguida y le enseñó a Eloy, el del vaquero, que no tenía tiempo para ir a la escuela.

—Te va a salir maestra como tú, Benjamín —decían
los amigos del padre, mirándola.

Su padre era ya maduro, cuando ella había nacido.
Junto con el recuerdo de su primera infancia, estaba
siempre el del roce del bigote hirsuto de su padre, que
la besaba mucho y le contaba largas historias cerca del
oído. Al padre le gustaba beber y cazar con la gente
del pueblo. A ella la hizo andarina y salvaje. La llevaba
con él al monte en todo tiempo y le enseñaba los nombres de las hierbas y los bichos. Alina, con los nombres

que aprendía, iba inventando historias, relacionando colores y brillos de todas las cosas menudas. Se le hacía un mundo anchísimo, lleno de tesoros, el que tenía al alcance de la vista. Algunas veces se había juntado con otras niñas, y se sentaban todas a jugar sobre los muros, sobre los carros vacíos. Recogían y alineaban palitos, moras verdes y rojas, erizos de castaña, granos de maíz, cristales, cortezas. Jugaban a cambiarse estos talismanes de colores. Hacían caldos y guisos, machacando los pétalos de flores en una lata vacía, los trocitos de teja que dan el pimentón, las uvas arrancadas del racimo. Andaban correteando a la sombra de las casas, en la cuneta de la carretera, entre las gallinas tontas y espantadizas y los pollitos feos del pescuezo pelado.

Pero desde que su padre la empezó a aficionar a trepar a los montes, cada vez le gustaba más alejarse del pueblo; todo lo que él le enseñaba o lo que iba mirando ella sola, en las cumbres, entre los pies de los pinos, era lo que tenía verdadero valor de descubrimiento. Saltaba en las puntas de los pies, dando chillidos, cada vez que se le escapaba un vilano, una lagartija o una mariposa de las buenas. La mariposa paisana volaba cerca de la tierra, cabeceando, y era muy fácil de coger, pero interesaba menos que una mosca. Era menuda, de color naranja o marrón pinteada; por fuera como de ceniza. Por lo más adentrado del monte, las mariposas que interesaban se cruzaban con los saltamontes, que siempre daban susto al aparecer, desplegando sus alas azules. Pero Alina no tenía miedo de ningún bicho; ni siquiera de los caballitos del diablo que sólo andaban por lo más espeso, por donde también unas arañas enormes y peludas tendían entre los pinchos de los tojos sus gruesas telas, como hamacas. Los caballitos del diablo le atraían por lo espantoso, y los acechaba, conteniendo la respiración.

—Cállate, papá, que no se espante ése. Míralo ahí. Ahí —señalaba, llena de emoción.

Había unas flores moradas, con capullos secos enganchados en palito que parecían cascabeles de papel. Éstas eran el posadero de los caballitos del diablo; se monta-

ban allí y quedaban balanceándose en éxtasis, con un
ligero zumbido que hacía vibrar sus alas de tornasol, el
cuerpo manchado de reptil pequeño, los ojos abultados
y azules.

Un silencio aplastante, que emborrachaba, caía a mediodía verticalmente sobre los montes. Alina se empezó
a escapar sola a lo intrincado y le gustaba el miedo que
sentía algunas veces, de tanta soledad. Era una excitación incomparable la de tenderse en lo más alto del monte, en lo más escondido, sobre todo pensando en que
a lo mejor la buscaban o la iban a reñir.

Su madre la reñía mucho, si tardaba; pero su padre
apenas un poco las primeras veces, hasta que dejó de
reñirla en absoluto, y no permitió tampoco que le volviera a decir nada su mujer.

—Si no me puedo quejar —decía, riéndose—. Si he
sido yo quien le ha enseñado lo de andar por ahí sola,
pateando la tierra de uno y sacándole sabor. Sale a mí
clavada, Herminia. No es malo lo que hace; es una her-
mosura. Y no te apures, que ella no se pierde, no.

Y el abuelo Santiago, el padre de la madre, era el
que más se reía. Él sí que no estaba nunca preocupado
por la nieta.

—Dejarla —decía—, dejarla, que ésta llegará lejos
y andará mundo. A mí se parece, Benjamín, más que a
ti. Ella será la que continúe las correrías del abuelo.
Como que se va a quedar aquí. Lo trae en la cara escrito
lo de querer explorar mundo y escaparse.

—No, pues eso de las correrías sí que no —se alarmaba el maestro—. Esas ideas no se las meta usted en
la cabeza, abuelo. Ella se quedará en su tierra, como
el padre, que no tiene nada perdido por ahí adelante.

El abuelo había ido a América de joven. Había tenido una vida agitada e inestable y le habían ocurrido
muchas aventuras. El maestro, en cambio, no había salido nunca de unos pocos kilómetros a la redonda, y se
jactaba de ello cada día más delante de la hija.

—Se puede uno pasar la vida, hija, sin perderse por
mundos nuevos. Y hasta ser sabio. Todo es igual de

nuevo aquí que en otro sitio; tú al abuelo no le hagas caso en esas historias de los viajes.

El abuelo se sonreía.

—Lo que sea ya lo veremos, Benjamín. No sirve que tú quieras o no quieras.

A medida que crecía, Alina empezó a comprender confusamente que su abuelo y su padre parecían querer disputársela para causas contradictorias, aunque los detalles y razones de aquella sorda rivalidad se le escapasen. De momento la meta de sus ensueños era bajar a la ciudad a ver el río.

Recordaba ahora la primera vez que había ido con su padre a Orense, un domingo de verano, que había feria. La insistencia con que le pidió que la llevara y sus juramentos de que no se iba a quejar de cansancio. Recordaba, como la primera emoción verdaderamente seria de su vida, la de descubrir el río Miño de cerca, en plena tarde, tras la larga caminata, con un movimiento de muchas personas vestidas de colores, merendando en las márgenes, y de otras que bajaban incesantemente de los aserraderos de madera a la romería. Cerca del río estaba la ermita de los Remedios, y un poco más abajo, a la orilla, el campo de la feria con sus tenderetes que parecían esqueletos de madera. Estuvieron allí y el padre bebió y habló con mucha gente. Bailaban y cantaban, jugaban a las cartas. Vendían pirulís, pulpo, sombreros de paja, confites, pitos, pelotillas de goma y alpargatas. Pero Alina en eso casi no se fijó; lo había visto parecido por San Lorenzo, en la fiesta de la aldea. Miraba, sobre todo, el río, hechizada, sin soltarse al principio de la mano de su padre. Luego, más adelante, cuando el sol iba ya bajando, se quedó un rato sentada en la orilla («...que tengo cuidado. Déjame. De verdad, papá»...); y sentía todo el rumor de la fiesta a sus espaldas, mientras trataba de descubrir, mezcladas en la corriente del Miño, las pepitas de oro del afluente legendario, el Sil, que arrastra su tesoro, encañonado entre colinas de pizarra. No vio brillar ninguna de aquellas chispas maravillosas, pero el río se iba volviendo, con el atardecer, cada vez más sonrosado y sereno, y se sentía, con su fluir, la despedida del día. Había en la otra orilla unas yeguas que levantaban los ojos de vez en cuando, y un pescador, inmóvil, con la caña en ángulo. El rosa se espesaba en las aguas.

Luego, al volver, desde el puente, casi de noche, se veían lejos los montes y los pueblos escalonados en anfiteatro, anchos, azules, y, en primer término, las casas de Orense con sus ventanas abiertas, algunas ya con luces, otras cerradas, inflamados aún los cristales por un último resplandor de sol. Muchas mujeres volvían de prisa, con cestas a la cabeza, y contaban dinero, sin dejar de andar ni de hablar.

—Se nos ha hecho muy tarde, Benjamín; la niña va con sueño —decía un amigo del padre, que había estado con ellos casi todo el rato.

—¿Ésta? —contestaba el maestro, apretándole la mano—. No la conoces tú a la faragulla esta. ¿Tienes sueño, faragulla?

—Qué va, papá, nada de sueño.

El maestro y su amigo habían bebido bastante, y se entretuvieron todavía un poco en unas tabernas del barrio de la Catedral.

Luego anduvieron por calles y callejas, cantando hasta salir al camino del pueblo, y allí el amigo se despidió. La vuelta era toda cuesta arriba, y andaban despacio.

—A lo mejor nos riñe tu madre.

—No, papá. Yo le digo que ha sido culpa mía; que me quise quedar más.

El maestro se puso a cantar, desafinando algo, una canción de la tierra, que cantaba muy a menudo, y que decía: «...aproveita a boa vida — solteiriña non te cases — aproveita a boa vida — que eu sei de alguna casada — que chora de arrepentida.» La cantó muchas veces.

—Tú siempre con tu padre, bonita —dijo luego—, siempre con tu padre.

Había cinco kilómetros de Orense a San Lorenzo. El camino daba vueltas y revueltas, a la luz de la luna.

—¿Te cansas?

—No, papá.

—Tu madre estará impaciente.

Cantaban los grillos. Luego pasó uno que iba al pueblo con su carro de bueyes, y les dijo que subieran. Se tumbaron encima del heno cortado.

—¿Lo has pasado bien, reina?

—¡Uy, más bien!

Y, oyendo el chillido de las ruedas, de cara a las estrellas, Alina tenía ganas de llorar.

A Eloy, el chico del vaquero, le contó lo maravilloso que era el río. Él ya había bajado a Orense varias veces porque era mayor que ella, y hasta se había bañado en el Miño, pero la escuchó hablar como si no lo conociera más que ahora, en sus palabras.

Eloy guardaba las vacas del maestro, que eran dos, y solía estar en un pequeño prado triangular que había en la falda del monte Ervedelo. Allí le venía a buscar Alina muchas tardes, y es donde le había enseñado a leer. A veces el abuelo Santiago la acompañaba en su paseo y se quedaba sentado con los niños, contándoles las sempiternas historias de su viaje a América. Pero Alina no podía estar mucho rato parada en el mismo sitio.

—Abuelo, ¿puedo subir un rato a la peña grande con Eloy, y tú te quedas con las vacas, como ayer? Bajamos en seguida.

El abuelo se ponía a liar un pitillo.

—Claro, hija. Venir cuando queráis.

Y subían corriendo de la mano por lo más difícil, brincando de peña en peña hasta la cumbre.

¡Qué cosa era la ciudad, vista desde allí arriba! A partir de la gran piedra plana, donde se sentaban, descendía casi verticalmente la maleza, mezclándose con árboles, piedras, cultivos, en un desnivel vertiginoso, y las casas de Orense, la Catedral, el río estaban en el hondón de todo aquello; caían allí los ojos sin transición y se olvidaban del camino y de la distancia. Al río se le reconocían las arrugas de la superficie, sobre todo si hacía

sol. Alina se imaginaba lo bonito que sería ir montados
los dos en una barca, aguas adelante.

—Hasta Tuy, ¿qué dices? ¿Cuánto tardaríamos hasta Tuy?

—No sé.

—A lo mejor muchos días, pero tendríamos cosas de
comer.

—Claro, yo iría remando.

—Y pasaríamos a Portugal. Para pasar a Portugal
seguramente hay una raya en el agua de otro color más
oscuro, que se notará poco, pero un poquito.

—¿Y dormir?

—No dormiríamos. No se duerme en un viaje así.
Sólo mirar; mirando todo el rato.

—De noche no se mira, no se ve nada.

—Sí que se ve. Hay luna y luces por las orillas. Sí
que se ve.

Nunca volvían pronto, como le habían dicho al abuelo.

—¿A ti qué te parece, que está lejos o cerca, el río?

—¿De aquí?

—Sí.

—A mí me parece que muy cerca, que casi puede
uno tirarse. ¿A ti?

—También. Parece que si abro los brazos, voy a poder bajar volando. Mira, así.

—No lo digas —se asustaba Eloy, retirándola hacia
atrás—, da vértigo.

—No, si no me tiro. Pero qué gusto daría, ¿verdad?
Se levantaría muchísima agua.

—Sí.

El río era como una brecha, como una ventana para
salir, la más importante, la que tenían más cerca.

Una tarde, en uno de estos paseos, Eloy le contó que
había decidido irse a América, en cuanto fuese un poco
mayor.

—¿Lo dices de verdad?

—Claro que lo digo de verdad.

Alina le miraba con mucha admiración.

—¿Cuándo se te ha ocurrido?

—Ya hace bastante, casi desde que le empecé a oír contar cosas a tu abuelo. Pero no estaba decidido como ahora. Voy a escribir a un primo que tengo allí. Pero es un secreto todo esto, no se lo digas a nadie.

—Claro que no. Te lo juro. Pero, oye, necesitarás dinero.

—Sí, ya lo iré juntando. No te creas que me voy a ir en seguida.

—Pues yo que tú, me iría en seguida. Si no te vas en seguida, a lo mejor no te vas.

—Sí que me voy, te lo juro que me voy. Y más ahora que veo que a ti te parece bien.

Alina se puso a arrancar hierbas muy de prisa, y no hablaron en un rato.

Luego dijo él:

—¿Sabes lo que voy a hacer?

—¿Qué?

—Que ya no te voy a volver a decir nada hasta que lo tenga todo arreglado y te vea para despedirme de ti. Así verás lo serio que es. Dice mi padre, que cuando se habla mucho de una cosa, que no se hace. Así que tú ya tampoco me vuelvas a preguntar nada, ¿eh?

—Bueno. Pero a ver si se te pasan las ganas por no hablar conmigo.

—No, mujer.

—Y no se lo digas a nadie más.

—A nadie. Sólo a mi primo, cuando le escriba, que no sé cuándo será. A lo mejor espero a juntar el dinero.

No volvieron a hablar de aquello. Eloy se fue a trabajar a unas canteras cercanas, de donde estaban sacando piedra para hacer el Sanatorio y se empezaron a ver menos. Alina le preguntó al abuelo que si el viaje a América se podía hacer yendo de polizón, porque imaginaba que Eloy iría de esa manera, y, durante algún tiempo, escuchó las historias del abuelo con una emoción distinta. Pero en seguida volvió a sentirlas lejos, como antes, igual que leídas en un libro o pintadas sobre un telón de colores gastados. En el fondo, todo aquello de los viajes le parecía una invención muy hermosa, pero sólo una invención, y no se lo creía mucho. Eloy no se iría; ¿cómo se iba a ir?

Muchas veces, desde el monte Ervedelo, cuando estaba sola mirando anochecer y se volvía a acordar de la conversación que tuvo allí mismo con su amigo, aunque trataba de sentir verdad que el sol no se había apagado, sino que seguía camino hacia otras tierras desconocidas y lejanas, y aunque decía muchas veces la palabra «América» y se acordaba de los dibujos del libro de Geografía, no lo podía, en realidad, comprender. Se había hundido el sol por detrás de las montañas que rodeaban aquel valle, y se consumía su reflejo en la ciudad recién abandonada, envuelta en un vaho caliente todavía. Empezaban a encenderse bombillas. Cuántas ventanas, cuántas vidas, cuántas historias. ¿Se podía abarcar más? Todo aquello pequeñito eran calles, tiendas, personas que iban a cenar. Había vida de sobra allí abajo. Alina no podía imaginar tanta. Otros países grandes y florecientes los habría, los había sin duda; pero lo mismo daba. Cuando quedaban oscurecido el valle, manso y violeta el río; cuando empezaban a ladrar los perros a la luna naciente y se apuntaba también el miedo de la noche, todo se resumía en este poco espacio que entraba por los ojos. El sol había soplado los candiles, había dicho «buenas noches»; dejaba la esperanza de verlo alzarse mañana. Alina en esos momentos pensaba que tenía razón su padre, que era un engaño querer correr detrás del sol, soñarle una luz más viva en otra tierra.

Cuando cumplió los diez años, empezó a hacer el bachillerato. Por entonces, la ciudad le era ya familiar. Su madre bajaba muchas veces al mercado con las mujeres de todas las aldeas que vivían de la venta diaria de unos pocos huevos, de un puñado de judías. Alina la acompañó cuestas abajo y luego arriba, adelantando a los otros grupos, dejándose adelantar por ellos o pasando a engrosarlos, y escuchó en silencio, junto a su madre, las conversaciones que llevaban todas aquellas mujeres, mientras mantenían en equilibrio las cestas sobre la cabeza muy tiesa, sin mirarse, sin alterar el paso rítmico, casi militar. Ellas ponían en contacto las aldeas y encendían sus amistades, contaban las historias y daban las noticias, recordaban las fechas de las fiestas. Todo el cordón de pueblecitos dispersos, cercanos a la carretera, vertía desde muy temprano a estas mensajeras, que se iban encontrando y saludando, camino de la ciudad, como bandadas de pájaros parlanchines. A Alina le gustaba ir con su madre, trotando de trecho en trecho para adaptarse a su paso ligero. Y le gustaba oír la charla de las mujeres. A veces hablaban de ella y le preguntaban cosas a la madre, que era seria y reconcentrada, más amiga de escuchar que de hablar. Habían sabido que iba a ingresar la niña en el Instituto. La niña del maestro.

—Herminia, ¿ésta va a ir a Orense al Ingreso?

—Va.

—Cosas del padre, claro.

—Y de ella. Le gusta a ella.

—¿A ti te gusta, nena?

—Me gusta, sí señora.

Después, según fueron pasando los cursos, los comentarios se hicieron admirativos.

—Dicen que vas muy bien en los estudios.

—Regular.

—No. Dicen que muy bien. ¿No va muy bien, Herminia?

—Va bien, va.

Alina estudiaba con su padre, durante el invierno, y en junio bajaba a examinarse al Instituto por libre. Solamente a los exámenes de ingreso consintió que su padre asistiera. Lo hizo cuestión personal.

—Yo sola, papá. Si no, nada. Yo bajo y me examino y cojo las papeletas y todo. Si estáis vosotros, tú sobre todo, me sale mucho peor.

Se había hecho independiente por completo, oriunda del terreno, confiada, y era absolutamente natural verla crecer y desenredarse sola como a las plantas. Benjamín aceptó las condiciones de la hija. Se jactaba de ella, la idealizaba en las conversaciones con los amigos. Cada final de curso, varias horas antes del regreso de Alina, lo dejaba todo y salía a esperarla a la tienda de Manuel, que estaba mucho antes del pueblo, al comienzo de los castaños de Indias de la carretera, donde las mujeres que regresaban del mercado, en verano, se detenían a descansar un poco y a limpiarse el sudor de la frente debajo de aquella primera sombra uniforme. Casi siempre alguna de ellas, que había adelantado a Alina por el camino arriba, le traía la noticia al padre antes de que llegara ella.

—Ahí atrás viene. Le pregunté. Dice que trae sobresalientes, no sé cuántos.

—No la habrán suspendido en ninguna.

—Bueno, hombre, bueno. ¡La van a suspender!

—¿Tardará?

—No sé. Venía despacio.

Alina venía despacio. Volvía alegre, de cara al verano. Nunca había mirado con tanta hermandad y simpatía a las gentes con las que se iba encontrando, como ahora en estos regresos, con sus papeletas recién dobladas dentro de los libros. Formaban un concierto aquellas gentes con las piedras, los árboles y los bichos de la tierra. Todo participaba y vivía conjuntamente: eran partículas que tejían el mediodía infinito, sin barreras. En la tienda de Manuel se detenía. Estaba Benjamín fuera, sentado a una mesa de madera, casi nunca solo, y veía ella desde lejos los pañuelos que la saludaban.

—Ven acá, mujer. Toma una taza de vino, como un hombre, con nosotros —decía el padre, besándola.

Y ella descansaba allí, bebía el vino fresco y agrio. Y entre el sol de la caminata, la emoción, el vino y un poquito de vergüenza, las mejillas le estallaban de un rojo bellísimo, el más vivo y alegre que el maestro había visto en su vida.

—Déjame ver, anda. Trae esas papeletas.

—Déjalo ahora, papá. Buenas notas, ya las verás en casa.

—¿Qué te preguntaron en Geografía?

—Los ríos de América. Tuve suerte.

—¿Y en Historia Natural?

—No me acuerdo, ...ah, sí, los lepidópteros.

—Pero deja a la chica, hombre, déjala ya en paz —intervenían los amigos.

En casa, el abuelo Santiago lloraba. No podía aguantar la emoción y se iba a un rincón de la huerta, donde Alina le seguía y se ponía a consolarle como de una cosa triste. Le abrazaba. Le acariciaba la cabeza, las manos rugosas.

—Esta vez sí que va de verdad, hija. Es la última vez que veo tus notas. Lo sé yo, que me muero este verano.

Al abuelo, con el pasar de los años, se le había ido criando un terror a la muerte que llegó casi a enfermedad. Estaba enfermo de miedo, seco y nervioso por los insomnios. Se negaba a dormir porque decía que la muerte viene siempre de noche y hay que estar velando para espantarla. Tomaba café y pastillas para no dormir, y lloraba muchas veces, durante la noche, llamando a los de la casa, que ya no hacían caso ninguno de sus manías, y le oían gemir como al viento. Alina tenía el sueño muy duro, pero era la única que acudía a consolarle, alguna vez, cuando se despertaba. Le encontraba sentado en la cama, con la luz encendida, tensa su figurilla enteca que proyectaba una inmensa sombra sobre la pared; en acecho, como un vigía. Efectivamente, casi todos los viejos de la aldea se quedaban muertos por la noche, mientras dormían, y nadie sentía llegar estas muertes, ni se molestaban en preguntar el motivo de ellas. Eran gentes delgadas y sufridas, a las que se había ido nublando la mirada, y que a lo mejor no habían visto jamás al médico. También el abuelo había estado sano siempre, pero era de los más viejos que quedaban vivos, y él sabía que le andaba rondando la vez.

Las últimas notas de Alina que vio fueron las de quinto curso. Precisamente aquel año la abrazó más fuerte y lloró más que otras veces, tanto que el padre se tuvo que enfadar y le llamó egoísta, le dijo que aguaba la alegría de todos. Alina tuvo toda la tarde un nudo en la garganta, y por primera vez pensó que de verdad el abuelo se iba a morir. Le buscó en la huerta y por la casa varias veces aquella tarde, a lo largo de la fiesta que siempre celebraba el maestro en el comedor, con mucha gente. Merendaron empanada, rosquillas y vino y cantaron mucho. Por primera vez había también algunos jóvenes. Un sobrino del dueño del Pazo, que estudiaba primero de carrera, tocaba muy bien la guitarra y cantaba canciones muy bonitas. Habló bastante con Alina, sobre todo de lo divertido que era el invierno en Santiago de Compostela, con los estudiantes. Ya, por entonces, estaba casi decidido que Alina haría la carrera de Letras en Santiago, y ella se lo dijo al chico del Pazo. Era simpático, y la hablaba con cierta superioridad, pero al mismo tiempo no del todo como a una niña. Alina lo habría pasado muy bien si no estuviera todo el tiempo preocupada por el abuelo, que había desaparecido a media tarde, después de que el maestro le había reprendido con irritación, como a un ser molesto. No le pudo encontrar, a pesar de que salió a los alrededores de la casa varias veces, y una de ellas se dio un llegón corriendo hasta el cruce de la iglesia y le llamó a voces desde allí.

Volvió el abuelo por la noche, cuando ya se habían ido todos los amigos y había pasado la hora de la cena, cuando la madre de Alina empezaba a estar también muy preocupada. Traía la cabeza baja y le temblaban las manos. Se metió en su cuarto, sin que las palabras que ellos le dijeron lograsen aliviar su gesto contraído.

—Está loco tu padre, Herminia, loco —se enfadó el maestro, cuando le oyeron que cerraba la puerta—. Debía verle un médico. Nos está quitando la vida.

Benjamín estaba excitado por el éxito de la hija y por la bebida, y tenía ganas de discutir con alguien. Siguió diciendo muchas cosas del abuelo, sin que Alina ni su madre le secundaran. Luego se fueron todos a la cama.

Pero Alina no durmió. Esperó un rato y escapó de puntillas al cuarto del abuelo. Aquella noche, tras sus

sobresalientes de quinto curso, fue la última vez que
habló largo y tendido con él. Se quedaron juntos hasta
la madrugada, hasta que consiguió volver a verle confiado, ahuyentado el desamparo de sus ojos turbios que
parecían querer traspasar la noche, verla rajada por chorros de luz.

—No te vayas, hija, espera otro poco —le pedía a
cada momento él, en cuanto la conversación languidecía.

—Si no me voy. No te preocupes. No me voy hasta
que tú quieras.

—Que no nos oiga tu padre. Si se entera de que estás
sin dormir por mi culpa, me mata.

—No nos oye, abuelo.

Y hablaban en cuchicheo, casi al oído, como dos
amantes.

—¿Tú no piensas que estoy loco, verdad que no?

—Claro que no.

—Dímelo de verdad.

—Te lo juro, abuelo. —Y a Alina le temblaba la
voz—. Me pareces la persona más seria de la casa.

—Me dicen que soy como un niño, pero no. Soy
un hombre. Es que, hija de mi alma, la cosa más seria
que le puede pasar a un hombre es morirse. Hablar es
el único consuelo. Estaría hablando todo el día, si tuviera quien me escuchara. Mientras hablo, estoy todavía
vivo, y le dejo algo a los demás. Lo terrible es que se
muera todo con uno, toda la memoria de las cosas que
se han hecho y se han visto. Entiende esto, hija.

—Lo entiendo, claro que lo entiendo.

Lloraba el abuelo.

—Lo entiendes, hija, porque sólo las mujeres entien-
den y dan calor. Por muy viejo que sea un hombre, delante de otro hombre tiene vergüenza de llorar. Una
mujer te arropa, aunque también te traiga a la tierra
y te ate, como tu abuela me ató a mí. Ya no te mueves
más, y ves que no valías nada. Pero sabes lo que es la
compañía. La compañía de uno, mala o buena, se la eli-
ge uno.

Desvariaba el abuelo. Pero hablando, hablando le resucitaron los ojos y se le puso una voz sin temblores. La muerte no le puede coger desprevenido a alguien que está hablando. El abuelo contó aquella noche, enredadas, todas sus historias de América, de la abuela Rosa, de gentes distintas cuyos nombres equivocaba y cuyas anécdotas cambiaban de sujeto, historias desvaídas de juventud. Era todo confuso, quizá más que ninguna vez de las que había hablado de lo mismo, pero en cambio, nunca le había llegado a Alina tan viva y estremecedora como ahora la desesperación del abuelo por no poder moverse ya más, por no oír la voz de tantas personas que hay en el mundo contando cosas y escuchándolas, por no hacer tantos viajes como se quedan por hacer y aprender tantas cosas que valdrían la pena; y comprendía que quería legársela a ella aquella sed de vida, aquella inquietud.

—Aquí, donde estoy condenado a morir, ya me lo tengo todo visto, sabido de memoria. Sé cómo son los responsos que me va a rezar el cura, y la cara de los santos de la iglesia a los que me vais a encomendar, he contado una por una las hierbas del cementerio. La única curiosidad puede ser la de saber en qué día de la semana me va a tocar la suerte. Tu abuela se murió en domingo, en abril.

—¿Mi abuela cómo era?

—Brava, hija, valiente como un hombre. Tenía cáncer y nadie lo supo. Se reía. Y además se murió tranquila. Claro, porque yo me quedaba con lo de ella —¿tú entiendes?—, con los recuerdos de ella —quiero decir—, que para alguien no se habían vuelto todavía inservibles. Lo mío es distinto, porque yo la llave de mis cosas, de mi memoria, ¿a quién se la dejo?

—A mí, abuelo. Yo te lo guardo todo —dijo Alina casi llorando—. Cuéntame todo lo que quieras. Siempre me puedes estar dando a guardar todo lo tuyo, y yo me lo quedaré cuando te mueras, te lo juro.

Hacia la madrugada, fue a la cocina a hacer café y trajo las dos tazas. Estaba desvelada completamente.

—Abuelo, dice papá que yo no me case, siempre me está diciendo eso. ¿Será verdad que no me voy a casar? ¿Tú qué dices?

—Claro que te casarás.

—Pues él dice que yo he nacido para estar libre.

—Nunca está uno libre; el que no está atado a algo, no vive. Y tu padre lo sabe. Quiere ser él tu atadura, eso es lo que pasa, pero no lo conseguirá.

—Sí lo consigue. Yo le quiero más que a nadie.

—Pero no es eso, Alina. Con él puedes romper, y romperás. Las verdaderas ataduras son las que uno escoge, las que se busca y se pone uno solo, pudiendo no tenerlas.

Alina, aunque no lo entendió del todo, recordó durante mucho tiempo esta conversación.

A los pocos días se encontró con Eloy en la carretera. Estaba muy guapo y muy mayor. Otras veces también le había visto, pero siempre de prisa, y apenas se saludaban un momento. Esta vez, la paró y le dijo que quería hablar con ella.

—Pues habla.

—No, ahora no. Tengo prisa.

—¿Y cuándo?

—Esta tarde, a las seis, en Ervedelo. Trabajo allí cerca.

Nunca le había dado nadie una cita, y era rarísimo que se la diera Eloy. Por la tarde, cuando salió de casa, le parecía por primera vez en su vida que tenía que ocultarse. Salió por la puerta de atrás, y a su padre, que estaba en la huerta, le dio miles de explicaciones de las ganas que le habían entrado de dar un paseo. También le molestó encontrarse, en la falda del monte, con el abuelo Santiago, que era ahora quien guardaba la única vaca vieja que vivía, «Pintera». No sabía si pararse con él o no, pero por fin se detuvo porque le pareció que la había visto. Pero estaba medio dormido y se sobresaltó:

—Hija, ¿qué hora es? ¿Ya es de noche? ¿Nos vamos?

—No, abuelo. ¿No ves que es de día? Subo un rato
al monte.

—¿Vas a tardar mucho? —le preguntó él—. Es que
estoy medio malo.

Levantaba ansiosamente hacia ella los ojos temblones.

—No, subo sólo un rato. ¿Qué te pasa?

—Nada, lo de siempre: el nudo aquí. ¿Te espero entonces?

—Sí, espérame y volvemos juntos.

—¿Vendrás antes de que se ponga el sol?

—Sí, claro.

—Por el amor de Dios, no tardes, Adelaida. Ya sabes
que en cuanto se va el sol, me entran los miedos.

—No tardo, no. No tardo.

Pero no estaba en lo que decía. Se adentró en el pinar
con el corazón palpitante, y, sin querer, echó a andar
más despacio. Le gustaba sentir crujir las agujas de pino
caídas en el sol y en la sombra, formando una costra
de briznas tostadas. Se imaginaba, sin saber por qué,
que lo primero que iba a hacer Eloy era cogerle una
mano y decirle que la quería; tal vez incluso a besarla.
Y ella, ¿qué podría hacer si ocurría algo semejante?
¿Sería capaz de decir siquiera una palabra?

Pero Eloy sólo pretendía darle la noticia de su próxi-
mo viaje a América. Por fin sus parientes le habían re-
clamado, y estaba empezando a arreglar todos los papeles.

—Te lo cuento, como te prometí cuando éramos pequeños. Por lo amigos que éramos entonces, y porque
me animaste mucho. Ahora ya te importará menos.

—No, no me importa menos. También somos amigos
ahora. Me alegro de que se te haya arreglado. Me alegro
mucho.

Pero tenía que esforzarse para hablar. Sentía una especie de decepción, como si este viaje fuera diferente
de aquel irreal y legendario, que ella había imaginado
para su amigo en esta cumbre del monte, sin llegarse a
creer que de verdad lo haría.

—¿Y tendrás trabajo allí?

—Sí, creo que me han buscado uno. De camarero. Están en Buenos Aires y mi tío ha abierto un bar.

—Pero tú de camarero no has trabajado nunca. ¿Te gusta?

—Me gusta irme de aquí. Ya veremos. Luego haré otras cosas. Se puede hacer de todo.

—¿Entonces, estás contento de irte?

—Contento, contento. No te lo puedo ni explicar. Ahora ya se lo puedo decir a todos. Tengo junto bastante dinero, y si mis padres no quieren, me voy igual.

Le brillaban los ojos de alegría, tenía la voz segura. Alina estaba triste, y no sabía explicarse por qué. Luego bajaron un poco y subieron a otro monte de la izquierda, desde el cual se veían las canteras donde Eloy había estado trabajando todo aquel tiempo. Sonaban de vez en cuando los barrenos que atronaban el valle, y los golpes de los obreros abriendo las masas de granito, tallándolas en rectángulos lisos, grandes y blancos. Eloy aquella tarde había perdido el trabajo por venir a hablar con Alina y dijo que le daba igual, porque ya se pensaba despedir. Se veían muy pequeños los hombres que trabajaban, y Eloy los miraba con curiosidad y atención, desde lo alto, como si nunca hubieran sido sus compañeros.

—Me marcho, me marcho —repetía.

Atardeció sobre Orense. Los dos vieron caer la sombra encima de los tejados de la ciudad, cegar al río. Al edificio del Instituto le dio un poco de sol en los cristales hasta lo último. Alina lo localizó y se lo enseñó a Eloy, que no sabía dónde estaba. Tuvo que acercar mucho su cara a la de él.

—Mira; allí. Allí...

Hablaron del Instituto y de las notas de Alina.

—El señorito del Pazo dice que eres muy lista, que vas a hacer carrera.

—Bueno, todavía no sé.

—Te pone por las nubes.

—Si casi no lo conozco. ¿Tú cuándo le has visto?

—Lo veo en la taberna. Hemos jugado a las cartas. Hasta pensé: «A lo mejor quiere a Alina».

La miraba. Ella se puso colorada.

—¡Qué tontería! Sólo le he visto una vez. Y además, Eloy, tengo quince años. Parece mentira que digas eso.

Tenía ganas de llorar.

—Ya se es una mujer con quince años —dijo él alegremente, pero sin la menor turbación—. ¿O no? Tú sabrás.

—Sí, bueno, pero...

—¿Pero qué?

—Nada.

—Tienes razón, mujer. Tiempo hay, tiempo hay.

Y Eloy se rió. Parecía de veinte años o mayor, aunque sólo le llevaba dos a ella. «Estará harto de tener novias —pensó Alina—. Me quiere hacer rabiar.»

Bajaron en silencio por un camino que daba algo de vuelta. Era violento tenerse que agarrar alguna vez de la mano, en los trozos difíciles. Ya había estrellas. De pronto Alina se acordó del abuelo y de lo que le había prometido de no tardar, y se le encogió el corazón.

—Vamos a cortar por aquí. Vamos de prisa. Me está esperando.

—Bueno, que espere.

—No puede esperar. Le da miedo. Vamos, oye. De verdad.

Corrían. Salieron a un camino ya oscuro y pasaron por delante de la casa abandonada, que había sido del cura en otro tiempo y luego se la vendió a unos señores que casi no venían nunca. La llamaban «la casa del camino» y ninguna otra casa le estaba cerca. A la puerta, y por el balcón de madera carcomida, subía una enredadera de pasionarias, extrañas flores como de carne pintarrajeada, de mueca grotesca y mortecina, que parecían rostros de payasa vieja. A Alina, que no tenía miedo de nada, le daban miedo estas flores, y nunca las había visto en otro sitio. Eloy se paró y arrancó una.

—Toma.

—¿Que tome yo? ¿Por qué? —se sobrecogió ella sin coger la flor que le alargaba su amigo.

—Por nada, hija. Porque me voy; un regalo. Me miras de una manera rara, como con miedo. ¿Por qué me miras así?

—No; no la quiero. Es que no me gustan, me dan grima.

—Bueno —dijo Eloy. Y la tiró—. Pero no escapes. Corrían otra vez.

—Es por el abuelo. Tengo miedo por él —decía Alina, casi llorando, descansada de tener un pretexto para justificar su emoción de toda la tarde—. Quédate atrás tú, si quieres.

—Pero ¿qué le va a pasar al abuelo? ¿Qué le puede pasar?

—No sé. Algo. Tengo ganas de llegar a verle.

—¿Prefieres que me quede o que vaya contigo?

—No. Mejor ven conmigo. Ven tú también.

—Pues no corras así.

Le distinguieron desde lejos, inmóvil, apoyado en el tronco de un nogal, junto a la vaca, que estaba echada en el suelo.

—¿Ves cómo está allí? —dijo Eloy.

Alina empezó a llamarle, a medida que se acercaba:

—Que ya vengo, abuelo. Que ya estoy aquí. No te asustes. Somos nosotros. Eloy y yo.

Pero él no gemía, como otras veces, no se incorporaba. Cuando entraron agitadamente en el prado, vieron que se había quedado muerto, con los ojos abiertos, impasibles. Las sombras se tendían pacíficamente delante de ellos, caían como un telón, anegaban el campo y la aldea.

A partir de la muerte del abuelo y de la marcha de Eloy, los recuerdos de Alina toman otra vertiente más cercana, y todos desembocan en Philippe. Es muy raro que estos recuerdos sean más confusos que los antiguos, pero ocurre así.

Los dos últimos cursos de bachillerato, ni sabe cómo fueron. Vivía en la aldea, pero con el solo pensamiento de terminar los estudios en el Instituto para irse a Santiago de Compostela. Ya vivía allí con la imaginación, y ahora, después de los años, lo que imaginaba se enreda y teje con lo que vivió de verdad. Quería escapar, cambiar de vida. Se hizo huraña y estaba siempre ausente. Empezó a escribir versos que guardaba celosamente y que hasta que conoció a Philippe no había enseñado a nadie, ni a su padre siquiera. Muchas veces se iba a escribir al jardín que rodeaba la iglesia, cerca de la tumba del abuelo. Aquello no parecía un cementerio, de los que luego conoció Alina, tan característicos. Cantaban los pájaros y andaban por allí picoteando las gallinas del cura. Estaban a dos pasos los eucaliptos y los pinos, todo era uno. Muchas veces sentía timidez de que alguien la encontrase sola en lugares así, y se hacía la distraída para no saludar al que pasaba, aunque fuese un conocido.

—Es orgullosa —empezaron a decir en el pueblo—. Se le ha subido a la cabeza lo de los estudios.

A las niñas que habían jugado con ella de pequeña se les había acercado la juventud, estallante y brevísima, como una huella roja. Vivían todo el año esperando las fiestas del Patrón por agosto, de donde muchas salían con novio y otras embarazadas. Algunas de las de su edad ya tenían un hijo. Durante el invierno se las encontraba por la carretera, descalzas, con sus cántaros a la cabeza, llevando de la mano al hermanito o al hijo. Cargadas, serias, responsables. También las veía curvadas hacia la tierra para recoger patatas o piñas. Y le parecía que nunca las había mirado hasta entonces. Nunca había encontrado esta dificultad para comunicarse con ellas ni había sentido la vergüenza de ser distinta. Pero tampoco, como ahora, esta especie de regodeo por saber que ella estaba con el pie en otro sitio, que podría evadirse de este destino que la angustiaba. Iba con frecuencia a confesarse con don Félix y se acusaba de falta de humildad.

—Pues trabaja con tu madre en la casa, hija —le decía el cura—, haz trabajos en el campo, habla con toda la gente, como antes hacías.

Luego, rezando la penitencia, se pasaba largos ratos Alina en la iglesia vacía por las tardes, con la puerta al fondo, por donde entraban olores y ruidos del campo, abierta de par en par. Clavaba sus ojos, sin tener el menor pensamiento, en la imagen de San Roque, que tenía el ala del sombrero levantada y allí, cruzadas dos llaves, pintadas de purpurina. Le iba detallando los ojos pasmados, la boca que asomaba entre la barba, con un gesto de guasa, como si estuviera disfrazado y lo supiera. Llevaba una esclavina oscura con conchas de peregrino y debajo una túnica violeta, que se levantaba hasta el muslo con la mano izquierda para enseñar una llaga pálida, mientras que con la derecha agarraba un palo rematado por molduras. El perro que tenía a sus pies, según del lado que se le mirara, parecía un cerdo flaco o una oveja. Llevantaba al santo unos ojos de agonía.

—Se me quita la devoción, mirando ese San Roque —confesaba Alina al cura—. Me parece mentira todo lo de la iglesia, no creo en nada de nada. Me da náusea.

—¡Qué cosa más rara, hija, una imagen tan milagrosa! Pero nada —se alarmaba don Félix—, no vuelvas a mirarla. Reza el rosario en los pinos como hacías antes, o imagínate a Dios a tu manera. Lo que sea, no importa. Tú eres buena, no te tienes que preocupar tanto con esas preguntas que siempre se te están ocurriendo. Baila un poquito en estas fiestas que vienen. Eso tampoco es malo a tu edad. Diviértete, hija. —Se reía—. Dirás que qué penitencia tan rara.

El maestro, que siempre había sido bastante anticlerical, empezó a alarmarse.

—Pero, Herminia, ¿qué hace esta chica todo el día en la iglesia?

—Que haga lo que quiera. Déjala.

—¿Que la deje? ¿Cómo la voy a dejar? Se nos mete monja por menos de un pelo.

—Bueno, hombre, bueno.

—Pero ¿cómo no te importa lo que te digo, mujer? Tú no te inmutas por nada. Eres como de corcho.

—No soy de corcho, pero dejo a la hija en paz. Tú la vas a aburrir, de tanto estar pendiente de lo que hace o lo que no hace.

—Pero dile algo tú. Eso son cosas tuyas.

—Ya es mayor. Díselo tú, si quieres, yo no le digo nada. No veo que le pase nada de particular.

—Sí que le pasa. Tú no ves más allá de tus narices. Está callada todo el día. Ya no habla conmigo como antes, me esconde cosas que escribe.

—Bueno, y qué. Porque crece. No va a ser siempre como de niña. Son cosas del crecimiento, de que se va a separar. Se lo preguntaré a ella lo que le pasa.

Y Alina siempre decía que no le pasaba nada.

—¿No será que estudias demasiado?

—No, por Dios, papá. Al contrario. Si eso es lo que más me divierte.

—Pues antes comías mejor, estabas más alegre, cantabas.

—Yo estoy bien, te lo aseguro.

—Verás este año en las fiestas. Este año nos vamos a divertir. Va a ser sonada, la romería de San Lorenzo.

Aquel verano, el último antes de empezar Alina la carrera, se lo pasó Benjamín, desde junio, haciendo proyectos para la fiesta del Patrón que era a mediados de agosto. Quería celebrar por todo lo alto que su hija hubiese acabado el bachillerato y quería que ella se regocijase con él, preparando las celebraciones. Pidió que aquel año le nombrasen mayordomo de la fiesta. Los mayordomos se elegían cada año entre los cuatro o cinco mejor acomodados de la aldea y ellos corrían con gran parte del gasto. En general todos se picaban y querían deslumbrar a los demás; pensaban que el San Lorenzo que patrocinaban ellos había de tener más brillo que ninguno, aunque las diferencias de unos años a otros fueran absolutamente insensibles y nadie se percatara de que había variado alguna cosa. El maestro, aquel año, soñaba con que su nombre y el de la hija se dijeran en Verín y en Orense.

—Nos vamos a arruinar, hombre —protestaba Herminia, cada vez que le veía subir de Orense con una compra nueva.

—Bueno, ¿y qué si nos arruinamos?

—No, nada.

Compró cientos de bombas y cohetes. Alquiló a un pirotécnico para los fuegos artificiales, que en el pueblo nunca se habían visto. Contrató a la mejor banda de música del contorno, atracciones nuevas de norias y tiovivos. Mandó adornar todo el techo del campo donde se iba a celebrar la romería con farolillos y banderas, instaló en la terraza de su propia casa un pequeño bar con bebidas, donde podía detenerse todo el mundo, a tomar un trago gratis.

—El maestro echa la casa por la ventana —comentaban.

—La echa, sí.

Días antes había bajado a la ciudad con Adelaida y había querido comprarle un traje de noche en una tienda elegante. La llevó al escaparate con mucha ilusión. Era azul de glasé y tenía una rosa en la cintura.

—Que no, papá. Que yo eso no me lo pongo, que me da mucha vergüenza a mí ponerme eso. No te pongas triste. Es que no puedo, de verdad. Anda, vamos.

—Pero ¿cómo «vamos»? ¿No te parece bonito?

—Muy bonito, sí. Pero no lo quiero. No me parece propio. Compréndelo, papá. Te lo agradezco mucho. Parece un traje de reina, o no sé.

—Claro, de reina. Para una reina.

No lo podía entender. Insistía en que entrase a probárselo para que se lo viese él puesto, por lo menos unos instantes. Pero no lo consiguió. Terminaron en una de aquellas tiendas de paños del barrio antiguo, hondas y solitarias como catedrales, y allí se eligió Alina dos cortes de vestido de cretona estampada que le hizo en tres días la modista de la aldea. Volvieron muy callados todo el camino, con el paquete.

No fueron para Alina aquellas fiestas diferentes de las de otros años, más que en que se tuvo que esforzar mucho para esconder su melancolía, porque no quería nublar el gozo de su padre. No sabía lo que le pasaba, pero su deseo de irse era mayor que nunca. Se sentía atrapada, girando a disgusto en una rueda virtiginosa. Se reía sin parar, forzadamente, y a cada momento se encontraba con los ojos del padre que buscaban los suyos para cerciorarse de que se estaba divirtiendo. Bailó mucho y le dijeron piropos, pero de ningún hombre le quedó recuerdo.

—Ya te estaba esperando a ti en esa fiesta —le dijo a Philippe poco tiempo más tarde, cuando le contó cosas de este tiempo anterior a su encuentro—. Era como si ya te conociera de tanto como te echaba de menos, de tanto como estaba reservando mi vida para ti.

Benjamín perdió a su hija en aquellas fiestas, a pesar de que Philippe, el rival de carne y hueso, no hubiese aparecido todavía. Pero no se apercibió. Anduvo dando vueltas por el campo de la romería, de unos grupos a otros, desde las primeras horas de la tarde, y estaba orgulloso recibiendo las felicitaciones de todo el mundo. Descansaba del ajetreo de los días anteriores.

La romería se celebraba en un soto de castaños y eucaliptos a la izquierda de la carretera. Los árboles eran viejos, y muchos se secaban poco a poco. Otros los habían ido cortando, y dejaron el muñón de asiento para las rosquilleras. Las que llegaban tarde se sentaban en el suelo, sobre la hierba amarillenta y pisoteada, y ponían delante la cesta con la mercancía. En filas de a tres o cuatro, con pañuelos de colores a la cabeza. Vendían rosquillas de Rivadabia, peras y manzanas, relojitos de hora fija, pitos, petardos. Estaban instaladas desde por la mañana las barcas voladoras pintadas de azul descolorido y sujetas por dos barras de hierro a un cartel alargado, donde se leía: «LA ALEGRÍA — ODILO VARELA». Otros años las ponían cerca de la carretera, y a Odilo Varela, que ya era popular, le ayudaban todos los niños del pueblo trayendo tablas y clavos. Pero esta vez habían venido también

automóviles de choque y una noria, y las barcas voladoras pasaron a segundo término.

También desde por la mañana, muy temprano, habían
llegado los pulperos, los indispensables, solemnes pulperos de la feria. Este año eran tres. El pulpero era tan
importante como la banda de música, como la misa de
tres curas, como los cohetes que estremecían la montaña.
Los chiquillos rondaban los estampidos de los primeros
cohetes para salir corriendo a buscar la vara. Y también
acechaban la llegada del primer pulpero para salir corriendo por la aldea a dar la noticia. El pulpero, entretanto,
preparaba parsimoniosamente sus bártulos, consciente de
la dignidad de su cargo, de su valor en la fiesta. Esco-
gía, tras muchas inspecciones del terreno, el lugar más
apropiado para colocar la inmensa olla de hierro renegri-
do. La cambiaba varias veces. Un poco más arriba. Donde
diera menos el aire. Una vez asentada definitivamente,
sobre sus patas, la llenaba de agua y amontonaba debajo
hojas secas, ramas y cortezas que iban juntando y recogiendo con un palo. A esto le ayudaban los chiquillos,
cada vez más numerosos, que le rodeaban. Luego prendía
la hoguera, y, cuando el agua empezaba a hervir, sacaba
el pulpo para echarlo a la olla. Este era el momento más
importante de la ceremonia, y ya se había juntado mucha
gente para verlo. El pulpo seco como un esqueleto, con
sus brazos tiesos llenos de arrugas, se hundía en el agua
para transformarse. El pulpero echaba un cigarro, y contestaba sin apresurarse a las peticiones de las mujeres que
se habían ido acercando y empezando a hacerle encargos,
mientras, de vez en cuando, revolvía dentro de la olla
con su largo garfio de hierro. El caldo del pulpo despe-
día por sus burbujas un olor violento que excitaba y al-
canzaba los sentidos, como una llamarada.

Por la tarde, este olor había impregnado el campo y se
mezclaba con el de anguilas fritas. También venían de
cuando en cuando, entre el polvo que levantaban las parejas al bailar, otras ráfagas frescas de olor a eucaliptos
y a resina. Alina las bebía ansiosamente, respiraba por
encima del hombro de su compañero de baile, miraba

lejos, a las copas oscuras de los pinos, a las montañas, como asomada a una ventana.

—Parece que se divierte tu chica —le decían al maestro los amigos.

—Se divierte, sí, ya lo veo. No deja de bailar. Y lo que más me gusta es que baila con todos. No está en edad de atarse a nadie.

—Se atará, Benjamín, se atará.

—Pero hay tiempo. Ahora, en octubre, va a la Universidad. Hará su carrera. Buena gana tiene ella de pensar en novios. Ésta sacará una oposición, ya lo veréis. Le tiran mucho los estudios.

Desde la carretera hasta donde estaba el templete de los músicos, con su colgadura de la bandera española, todo el campo de la romería estaba cuajado a ambos lados de tenderetes de vinos y fritangas, con sus bancos de madera delante, y sobre el mostrador se alineaban los porrones de vino del Ribeiro y las tacitas de loza blanca, apiladas casi hasta rozar los rabos de las anguilas que pendían medio vivas todavía, enhebradas de diez a doce por las cabezas. El maestro no perdía de ojo a la chica, ni dejaba de beber; se movía incesantemente de una parte a otra. Alina sonreía a su padre, cuando le pasaba cerca, bailando, pero procuraba empujar a su pareja hacia la parte opuesta para esquivar estas miradas indagadoras que la desasosegaban. Contestaba maquinalmente, se reía, giraba. («Bailas muy bien.» «Perdona, te he pisado.» «¿Y vas a ser maestra?») Se dejaba llevar, entornando los ojos. A veces tropezaba con una pareja de niñas que se ensayaban para cuando mozas, y que se tambaleaban, mirándolos muertas de risa. Anochecía. Los niños buscaban los pies de los que bailaban con fuegos y petardos, y después escapaban corriendo. Ensordecía el chillido de los pitos morados que tienen en la punta ese globo que se hincha al soplar y después se deshincha llorando. Casi no se oía la música. Cuando se paraba, sólo se enteraba Alina porque su compañero se paraba también. Se soltaban entonces.

—Gracias.

—A ti, bonita.

Y el padre casi todas las veces se acercaba entonces para decirle algo, o para llevársela a dar una vuelta por allí con él y los amigos, hasta que veía que los músicos volvían a coger los instrumentos. La llevó a comer el pulpo, que pedía mucho vino. Le divertía a Benjamín coger él mismo la gran tijera del pulpero y cortar el rabo recién sacado de la olla. Caían en el plato de madera las rodajitas sonrosadas y duras, por fuera con su costra de granos amoratados. El pulpero las rociaba de aceite y pimentón.

—Resulta bien esto, ¿eh, reina?

—Sí, papá.

—Me gusta tanto ver lo que te diviertes. ¿Ves?, ya te lo decía yo que ibas a bailar todo el tiempo.

—Sí, bailo mucho.

—Es estupenda la banda, ¿verdad? Mejor que ningún año.

—Sí que es muy buena, sí.

Pero la banda era igual que siempre, con aquellos hombres de azul marino y gorra de plato, que de vez en cuando se aflojaban la corbata. Alina hubiera querido escucharles sin tener que bailar. Todo lo que tocaban parecía lo mismo. Lo transformaban, fuera lo que fuera, en una charanga uniforme que no se sabía si era de circo o de procesión. Porque pasaba por ellos; le daban un conmovedor aire aldeano. Lo mismo que saben casi igual los chorizos que las patatas, cuando se asan en el monte con rescoldo de eucaliptos, así se ahumaban los pasodobles y los tangos al pasar por la brasa de la romería. Esta música fue la más querida para Alina y nunca ya la olvidó. Y, sin saber porqué, cuando pasó el tiempo la asoció, sobre todo, a la mirada que tenía un cordero que rifaron cuando ya era de noche. Ella y su padre habían cogido papeletas para la rifa, y estaban alrededor esperando a que se sortease. El animal se escapó, balando entre la gente, y no lo podían coger con el barullo. Cuando por fin lo rescataron, se frotaba contra las piernas de todos y los miraba con ojos tristísimos de persona. A Ali-

na toda la música de la fiesta se le tiñó de la mirada de
aquel cordero, que la pareció lo más vivo e importante
de la fiesta, y que en mucho tiempo no pudo olvidar
tampoco.

En los primeros días de soledad e inadaptación que
pasó al llegar a Santiago, todos estos particulares de la
aldea recién abandonada los puso en poemas que luego
entusiasmaron a Philippe. El, que venía a encontrar colores nuevos en el paisaje de España y a indignarse con
todo lo que llamaba sus salvajismos, se sintió atraído
desde el principio por aquella muchacha, salvaje también,
casi una niña, que poco a poco le fue abriendo la puerta
de sus recuerdos. Una muchacha que nunca había viajado,
a la que no había besado ningún chico, que solamente
había leído unos cuantos libros absurdos; romántica, ig-
norante, y a la que, sin embargo, no se cansaba uno de
escuchar.

—Pero es terrible eso que me cuentas de tu padre.

—¿Terrible por qué?

—Porque tu padre está enamorado de ti. Tal vez sin
darse cuenta, pero es evidente. Un complejo de Edipo.

—¿Cómo?

—De Edipo.

—No sé, no entiendo. Pero dices disparates.

—Te quiere guardar para él. ¿No te das cuenta? Es
monstruoso. Hay cosas que sólo pasan en España. Ese
sentido de posesión, de dependencia. Te tienes que soltar de tus padres, por Dios.

Philippe se había ido de su casa desde muy pequeño.
No tenía respeto ninguno por la institución familiar. Desde el primer momento comprendió Alina que con sus
padres no podría entenderse, y por eso tardó mucho en
hablarles de él, cuando ya no tuvo más remedio porque
iba a nacer el pequeño Santiago.

Pero, aunque esto solamente ocurrió a finales de curso, ya en las primeras vacaciones de Navidad, cuando
Alina fue a la aldea, después de demorarse con miles de
pretextos, comprendió Benjamín que existía otra persona que no era él; que Alina había encontrado su verda-

dera atadura. Y tanto miedo tenía de que fuera verdad, que ni siquiera a la mujer le dijo nada durante todo el curso, ni a nadie; hasta que supieron aquello de repente, lo del embarazo de la chica, y se hizo de prisa la boda.

Así que Adelaida no llegó a dar ni siquiera los exámenes de primero. Aquellos cursos que no llegaron a correr, toda la carrera de Alina, se quedó encerrada en los proyectos que hizo su padre la última vez que habló con ella de estas cosas, cuando fue a acompañarla en octubre a la Universidad. Hicieron el viaje en tren, una mañana de lluvia. Alina estaba muy nerviosa y no podía soportar las continuas recomendaciones con que la atosigaba, queriendo cubrirle todos los posibles riesgos, intentando hacer memoria para que en sus consejos no quedase ningún cabo por atar. En los silencios miraban los dos el paisaje por la ventanilla pensando en cosas diferentes.

Benjamín no había ido nunca a Santiago, pero tenía un amigo íntimo, en cuya pensión se quedó Alina.

—Dale toda la libertad que a los otros, Ramón, pero entérate un poco de la gente con quien anda y me escribes.

—Bueno, hombre, bueno —se echó a reír el amigo—. Tengo buena gana. La chica es lista, no hay más que verla. Déjala en paz. Se velará ella sola.

Y a Benjamín le empezó a entrar una congoja que no le dejaba coger el tren para volverse.

—Pero papá, mamá te está esperando.

—¿Es que te molesto, hija?

—No. Pero estás gastando dinero. Y yo ya estoy bien aquí. Ya voy a las clases. Ni siquiera puedo estar contigo.

Se demoró casi una semana. El día que se iba a marcar, dieron un paseo por la Herradura antes de que Alina le acompañase al tren. Aquellos días habían hablado tanto de las mismas cosas, que ya no tenían nada que decirse. Por primera vez en su vida, Alina vio a su padre desplazado, inservible, mucho más de lo que había visto nunca al abuelo Santiago. Luchaba contra aquel sentimiento de alivio que le producía el pensamiento de que

se iba a separar de él. En la estación se echó a llorar, sin
asomo ya de entereza, se derrumbó sollozando en brazos
de la hija que no era capaz de levantarle, que le tuvo que
empujar para que cogiera el tren casi en marcha.

—Pero no te pongas así, papá. Si vuelvo en Navidades. Y además os voy a escribir. Son dos meses, total,
hasta las Navidades.

Alrededor de quince días después de esta despedida,
Alina conoció a Philippe.

* * *

Ha empezado a llover sobre el río. Menudos alfilerazos sobre el agua gris. Alina se levanta. Tiene las piernas un poco entumecidas, y muchas ganas de tomarse un
café. Y también muchas ganas de ver a Philippe. Ahora
hace frío.

Camino de casa, compra una tarjeta, y en el bar donde entra a tomar el café pide prestado un bolígrafo y,
contra el mostrador, escribe:

«Queridos padres: os echo mucho de menos. Estamos
contentos porque nos han hablado, hoy, de un apartamento más grande y seguramente lo podremos coger para
la primavera. Santiago está mejor y ya no tose. Philippe
ha empezado a trabajar mucho para la exposición que
va a hacer. Casi no hablamos cuando estuvisteis aquí,
siempre con el impedimento de los niños y del quehacer de la casa. Por eso no os pude decir cuánto quiero
a Philippe, y a lo mejor no lo supisteis ver en esos días.
Os lo explico mejor por carta. Ya os escribiré algo.

»Estoy alegre. He salido a buscar el pan y se está levantando la mañana. Pienso en lo maravilloso que será
para los niños ir a San Lorenzo y ver las casas de Orense
desde Ervedelo. Iremos alguna vez. Pronto. Os abraza.
Alina.»

Le corre una lágrima, pero se aparta para que no caiga encima de lo escrito. Levanta los ojos y va a pagar al
camarero, que la está mirando con simpatía.

—*Ça ne vaut pas la peine, de pleurer, ma petite* —le dice al darle el cambio.

Y ella sonríe. Le parece que es un mensaje de Eloy, su amigo, desde un bar de Buenos Aires.

* * *

Benjamín se despertó con la cara mojada de lluvia y miró alrededor, aturdido. De pie, a su lado, estaba Herminia, con un gran paraguas abierto.

—Vamos a casa, anda —le dijo—. Sabía que te iba a encontrar aquí.

Benjamín se frotó los ojos. Se incorporó. Le dolía la espalda de dormir sobre la piedra.

—¿Qué hora es? —preguntó.

—Las tres de la tarde. Tienes la comida allí preparada y la cama hecha, por si quieres descansar. He aireado bien el cuarto.

—No, no. Debo haber dormido aquí bastante, era por la mañana cuando me dormí. Y hacía sol.

Miró abajo, cuando se levantaba. Ahora estaba gris Orense, gris el río. La lluvia era mansa y menuda.

—Vamos.

·Bajaron del monte despacio.

—Mira que haberte quedado dormido en la peña —dijo ella—. Para haberte caído rodando. Estás loco.

—Anda, anda, ten cuidado donde pisas y deja los sermones. Siempre te tengo que encontrar detrás de mí.

No volvieron a hablar, atentos a no resbalar en la bajada. Al llegar al camino llovía más fuerte, y se juntaron los dos dentro del paraguas.

—A ver si no he hecho bien en venir. Para que luego empieces con los reumas como el otro invierno. Si no hubiera visto que se nublaba, no hubiera venido, no. Al fin, ya sé dónde te voy a encontrar cuando te pierdas.

—Bueno, ya basta. Has venido. Está bien, mujer.

Pasaron por el sitio donde Benjamín se había encontrado al cura. Dejaron atrás el prado donde se había quedado muerto el abuelo.

—Qué manía me está entrando con dormir por el día, Herminia. ¿Por qué será? Me parece que duermo más amparado si hay luz y se oyen ruidos. Tanto como me metía con tu padre, y me estoy volviendo como él.

—Que va, hombre. Que te vas a estar volviendo como él.

—Te lo digo de verdad que sí. Estoy viejo. Antes me he encontrado con don Félix y casi he estado amable. Me daba pena de él. Me parecía tan bueno.

—Siempre ha sido bueno.

—¡Pero no entiendes nada, rayo, qué tiene que ver que siempre haya sido bueno! A mí antes me ponía nervioso, lo sabes, no le podía ni ver. Y ahora casi me dan ganas de ir a misa el domingo. Tengo miedo a morirme. Como tu padre.

Cuando llegaron al sendero que llevaba a la parte trasera de la casa, por donde había venido, Benjamín se quiso desviar y tomarlo de nuevo.

—No, hombre —se opuso la mujer—. Vamos por la carretera. Debajo de los castaños nos mojamos menos. ¿No ves que está arreciando? Estamos a un paso.

—No sé que te diga, es que...

—Es que, ¿qué?

—Nada, que a lo mejor nos encontramos a alguien y nos pregunta del viaje, y eso.

—¿Y qué pasa con que nos pregunten? Si nos preguntan, pues contestamos. No sé qué es lo que tenemos que esconder. ¿Que si está bien la hija? Que sí. ¿Que si son guapos los nietos? Que sí. ¿Que si se lleva bien con el yerno?...

—Bueno, venga —cortó el maestro—. Cállate ya. Vamos por donde quieras y en paz.

Del muro que terminaba, a la entrada de la carretera, salió volando un saltamontes y les pasó rozando por delante.

—Buenas noticias —dijo Herminia—. A lo mejor nos mandan a los niños este verano. ¿Tú qué dices?

—Nada, que yo qué sé. Cualquiera sabe lo que pasará de aquí al verano. Nos podemos haber muerto todos. O por lo menos tú y yo.

—¿Tú y yo, los dos juntos? ¿Nada menos? Pues sí que das unos ánimos. Muérete tú, si quieres, que yo no tengo gana de morir todavía.

Sacaba Herminia una voz valiente y tranquila que el maestro le conocía muy bien.

—Desde luego, Herminia —dijo, y estaba muy serio—, no me querría morir después que tú. Sería terrible. De verdad. Lo he pensado siempre.

—Pero bueno, será lo que Dios quiera. Y además, cállate ya. Qué manía te ha entrado con lo de morirse o no morirse.

—Es que sería terrible. Terrible.

Sonaba la lluvia sobre los castaños de Indias que les cubrían como un techo. Ya llegando a la casa, el maestro dijo:

—No me voy a acostar. No dejes que me acueste hasta la noche. A ver si cojo el sueño por las noches otra vez. Me estoy volviendo como tu padre, y ahora que va a venir el invierno, me da mucho miedo. No quiero, Herminia, no quiero. No me dejes tú. Al verano le tengo menos miedo, pero el invierno...

—Tenemos que empezar a hacer el gallinero —dijo ella.

Madrid, octubre 1959.

Un alto en el camino

El niño se durmió un poco antes de llegar a Marsella. Había habido una pequeña discordia entre los viajeros porque unos querían dejar encendido el piloto azul y otros lo querían apagar. Por fin, el más enconado defensor de la luz en el departamento, un hombre maduro y muy correcto, que hasta aquella discusión no había abierto la boca ni apartado los ojos de un libro muy grueso, bajó su maleta de la rejilla y se marchó, dando un resoplido. Desde la puerta recalcó unas ofendidas «buenas noches a todos», y una vez ido él, los demás se quedaron en calma, como si ya fuera indiferente cualquier solución.

Emilia permaneció unos instantes mirando a la puerta. El marido se apoyaba enfrente, contra la otra ventanilla, y dejaba escapar una respiración ruidosa; también a él le miró.

—Si a ustedes no les importa —resumió luego, tímidamente, dirigiéndose a las siluetas de los otros— apagamos la luz. Lo digo por el niño, que va medio malo.

Unos se movieron un poco, otros dijeron que sí con la cabeza, y algunos emitieron un sonido confuso. Pero ella, sin esperar contestación ninguna, ya se había levantado para apagar la luz.

—Anda, Esteban, mi vida. Ahora que se ha ido ese señor córrete y ponte más cómodo —se la oyó después decir en lo oscuro—. Así, encima de las rodillas de Emilia; ¿ves cuánto sitio? Pero, bonito, si es que vas mejor... ¿No vas bien? Te quito los zapatos.

El niño tendría unos seis años. Se puso a llorar fuerte al ser meneado, y su llanto, entre soñoliento y caprichoso, coincidió con movimientos de protesta de los viajeros; cambios airados de postura. Ella se inclinó hasta rozar el oído de aquella cabeza de pelo liso y revuelto, y la acomodó mejor en su regazo.

—Pero ¿no vas bien? Si vas muy bien. No, no, mi niño; ahora no llorar —susurró—. Ya estamos llegando a Marsella y no se tiene que despertar tu papá. Emilia no quiere, hazlo para que no llore Emilia. Tú no querrás que llore...

—¿Qué le pasa al muchacho? —preguntó el padre, sin abrir los ojos.

—Nada, Gino. Va bien, va muy bien.

Las manos se le hundieron en el pelo de Esteban.

—Calla, duérmete por Dios, por Dios... —pronunció apenas.

Y reinó durante largo rato el silencio.

Un poco antes de llegar a Marsella, Gino ya roncaba nuevamente. Durante este tiempo, que no fue capaz de calcular, había contenido Emilia la respiración, escrutando con ojos muy abiertos y fijos la oscuridad de enfrente, al otro lado de la mesita de madera, donde sabía que venía acurrucado su marido; como si temiera oír otra pregunta suya de un momento a otro. El único movimiento, casi imperceptible, era el de sus dedos, peinando y despeinando los cabellos del niño; y concentraba toda su ansiedad en el esmero que ponía en esta caricia, hasta el punto de sentir bajar una especie de fluido magnético a desaguarle en las puntas de las uñas. Empezaban a dolerle, de tan tensas, las articulaciones, cuando los ronquidos de Gino vinieron a aliviar aquella rigidez de su

postura. Aún se podía dudar de los primeros, y por eso
los escuchó sin moverse nada, pero luego entró en la
tanda de los amplios y rítmicos, no tan sonoros, completamente tranquilizadores ya. Los ronquidos de Gino ella
los conocía muy bien. En cinco años había aprendido a
diferenciarlos. Le marcaban los pasos lentísimos de la
noche durante sus largos insomnios, y solamente a aquel
ruido podía atender, incapaz de sustraerse a su cercanía
que la apagaba cualquier otro pensamiento. Llegaban a
desesperarla, a provocarle deseos de muerte o de fuga.
A veces, aterrada de querer huir o matar, tenía que despertarle, para no estar tan sola en la noche. Pero nunca
le servía nada; Gino se enfadaba de ser despertado sin
una razón concreta y ella, a la mañana siguiente, se iba
a confesar: «Estuve pensando toda la noche, padre, en
que puedo matarle sin que se entere; cuando ronca de
una determinada manera, sé que podría hacer cualquier
cosa terrible en el cuarto, sin que se enterara de nada.
Y aunque no lo desee, saber que puedo hacerlo me ob-
sesiona.»

Dejó de acariciar el pelo de Esteban, que también se
había dormido, respiró hondo y desplazó la cabeza hacia
la derecha, muy despacio. Ahora ya podía correr un poco
la cortinilla y acercar la cara al cristal. Avanzaba; allí
debajo iban las ruedas de hierro, sonando. Bultos de árboles, de piedras, luces de casas. ¿Qué hora podría ser?

Alguien encendió una cerilla, y, a su resplandor, distinguió un rostro, despierto, que la miraba —una señora sentada junto a Gino—; y quiso aprovechar esta mirada.

—¿Sabe usted si falta mucho para Marsella? —le preguntó.

—Unos cinco minutos escasos —contestó el viajero
que había encendido la cerilla.

—¿Sólo? Muchas gracias.

—Si no le molesta, enciendo un momento —dijo otra
voz; y el departamento se iluminó tenuemente—, porque tengo que bajar mi equipaje.

—¿Usted va a Marsella? —le preguntó a Emilia la señora que la miraba tanto.

Ahora podía ver bastante bien su rostro que, sin saber por qué, le recordaba el de un lagarto. Gino seguía profundamente dormido; no le había alterado ni la trepidación de aquella maleta al ser descolgada. Emilia suspiró y se inclinó hacia la señora.

—No, no voy a Marsella, pero...

Escrutó su rostro para calibrar la curiosidad de la pregunta y vio que la seguía mirando atentamente. Sí, se lo diría. Era mejor decírselo a alguien, tener —en cierto modo— a un aliado. Los ronquidos de Gino le daban valor.

—...pero es que, si puedo, querría apearme allí unos instantes —dijo bajito.

—Claro que puede; se detiene, por lo menos, un cuarto de hora.

Empezó a entrar mucha luz de casas por la rendija de la cortinilla y el tren aminoró la marcha resoplando. El viajero que se bajaba sacó su maleta al pasillo, y otros salieron también. Del pasillo venía, por la puerta que dejaron entreabierta, un revivir de ruidos y movimientos de la gente que se preparaba a apearse. Desembocaba el tren y se ampliaban las calles y las luces, rodeándolo. Luces de ventanas, de faroles, de letreros, de altas bombillas, que entraban hasta el departamento y algunas se posaban sobre el rostro dormido de Gino, girando, resbalando hasta su boca abierta. Pero ni estos reflejos ni el rumor aumentado de la gente, cuando el tren se paró, ni tampoco este golpe seco de la parada le despertaron.

El niño, en cambio, se quejó rebullendo entre sueños, pero luego se tapó los ojos con el codo y volvió a quedar inmóvil.

Ya estaba toda la gente en el pasillo, y Emilia no se había levantado. No miraba al padre ni al hijo, evitaba mirarlos, como siempre que tenía miedo de intervenir en una cosa. Ella sabía que con sus ojos lo echaría todo a perder —tan fuerte se almacenaba el deseo en ellos—.

Ahora los dirigía hacia una caja grande que había en la rejilla, medio oculta detrás de su maleta.

—¿No tenía usted que bajarse? —le preguntó la señora con curiosidad.

—Sí, gracias…, pero es que no sé… Tengo miedo por el niño. Como va medio malito.

La señora miró a Gino.

—Dígaselo a su esposo. ¿Es su esposo, no?

—Sí; pero no, por Dios; él duerme, está fatigado. Lo dejaré, lo puedo dejar —resumió angustiosamente.

La señora de rostro de lagarto adelantó el cuerpo hacia ella.

—Señora, ¿quiere usted que me ponga yo ahí, en su sitio? Yo le puedo cuidar al niño si no es mucho tiempo.

—¡Oh!, sí. Si es tan amable. Me hace un favor muy grande, un gran favor. Venga con cuidado.

Se levantó y cedió su asiento a la señora. La cabeza de Esteban fue izada y depositada en el nuevo regazo, pero no tan delicadamente como para que no abriera los ojos un instante.

—Emilia, ¿adónde vas?

—Calla un minuto, a un recado; cállate.

—¿Con quién me quedo? ¿Dónde está papá?

—Te quedas con esta señora, que es buenísima, muy buena. Y con papá. Pero cállate; papá va dormido.

—¿No tardas, Emilia?

—¡No!… Ay, no sé si irme —vaciló Emilia nerviosísima.

—Por favor, váyase tranquila, señora, no tema. Yo me entiendo muy bien con los niños.

Emilia se subió al asiento y bajó con cuidado la caja de cartón, sin dejar de mirar a su marido, al cual casi rozó con el paquete. El niño la seguía con los ojos.

—Emilia, ¿esta señora cómo se llama?

—Juana me llamo, guapo, Juana. Pero a tu mamá no la tienes que llamar Emilia; la tienes que llamar mamá.

Emilia hizo un saludo sin hablar y salió al pasillo.

—No es mi mamá, es la mujer de mi papá —oyó todavía que decía Esteban.

* * *

Apenas puesto el pie en la estación, le asaltó un bullicio mareante. Otro tren parado enfrente le impedía tener perspectiva de los andenes. Vendedores de bebidas,
de almohadas, de periódicos, eran los puntos de referencia para calcular las distancias y tratar de ordenar dentro
de los ojos a tanta gente dispersa. Echó a andar. ¡Qué
estación tan grande! No le iba a dar tiempo. A medida
que andaba, sentía alejarse a sus espaldas el círculo caliente del departamento recién abandonado y con ello
perdía el equilibrio y el amparo. Rebasada la máquina
de aquel tren detenido, descubrió otros cuatro andenes
y se los echó también a la espalda, añadiéndolos a aquella distancia que tanto la angustiaba. Luego salió a un
espacio anchísimo, desde el cual ya se veían las puertas
de salida y allí se detuvo, y dejando el paquete en el
suelo, se sacó del bolsillo una carta arrugada. En la carta
venía un pequeño plano y lo miró: «...Ves? —decía, a
continuación, la letra picuda de Patri—, es bien fácil.
Debajo del anuncio de Dubonet.» Alzó los ojos a una fila
de letreros verdes y rojos que centelleaban. No lo veía.
Preguntó, en mal francés, a un mozo que pasaba con
maletas y él logró entenderla, pero ella en cambio no le
entendió. Le pareció que se reía de ella, aunque no le
importó nada, porque en ese momento había visto encenderse el nombre del letrero. Serpenteaban las letras
debajo de un hombre que agitaba los brazos a caballo
sobre una botella gigantesca. Bueno, o sea, que...

—¡Emilia! Aquí, chica, ¡qué despiste!

¿Era Patri aquella que venía a su encuentro? ¡Pero
qué guapísima, qué bien vestida! Vaciló unos segundos
y ya la otra la estaba abrazando y sacudiendo alegremente. Sí que era.

—Patri, Patri, hermana...

—¿Qué tal, mujer? Creí que ya no venías. Pero venga, no te pongas a llorar ahora. Anda, ven acá... ¿Nos sentamos?

—Sí, bueno, como quieras. Creí que me perdía, oye.

Se dejó abrazar y conducir, encogida de emoción y pequeñez. Patri era mucho más grande y pisaba seguro con sus piernas fuertes sobre los altos tacones. Se sentaron en un café lleno de gente, junto a un puesto de libros y revistas.

—¿Qué tomas? ¿Café?

Emilia escuchaba los anuncios por el altavoz, diciendo nombres confusos. Oyó el pitido de una máquina. ¿Se habría despertado Gino?

—Café con leche, bueno. Oye, ¿se me irá el tren?

—No, por favor, no empieces con las prisas. Por lo menos diez minutos podemos estar bien a gusto. Lo acabo de preguntar.

Emilia sonrió entre las lágrimas. Algunas le resbalaban por la cara. Puso la caja encima de las rodillas, y, mientras trataba de desatarle la cuerda, se le caían a mojar el cartón.

—Mujer, pero no llores.

—Te te traído esto.

—¿Qué es eso? Dame.

—Nada. Ya lo abrirás en casa, si no. Son cosas de ropa interior de las que hacen en la fábrica de Gino.

—¿Ropa interior? ¡Qué ilusión! Sí, sí, dámelo. Prefiero abrirlo en casa, desde luego.

—Las combinaciones, sobre todo, son muy bonitas. Te he traído dos. Creo que serán de tu talla. Aunque estás más gorda.

—¿Más gorda? No me mates.

—No, si estás estupendamente así. Estás guapísima. Hasta más joven pareces.

—Más joven es difícil, hija, con cinco años encima. ¿Son cinco, no? —Emilia asintió con la cabeza—. A ti, desde luego, bien se te notan, mujer. Estás muy estropeada.

Trajeron los cafés. Patri cruzó las piernas y sacó una pitillera de plata. Le ofreció a Emilia, que denegó con la cabeza.

—¿Por qué no te cuidas un poco más? —dijo, mirándola, mientras encendía el pitillo—. Tienes aspecto de cansada. ¿No te va bien, verdad?

—Sí, sí... Es por el viaje.

—Qué va, yo te conozco. Cómo te puede ir bien con ese hombre. También fue humor el tuyo, hija; perdona que te lo diga.

—No empieces, Patri. ¿Por qué me dices eso?

—Hombre, que por qué te lo digo. Porque no lo he entendido nunca. Se carga con hijo ajeno y con todo lo que sea, cuando no sabe una dónde se mete. Pero tú de sobra lo sabías cómo era él, por la pobre Anita. A ver si no se murió amargada.

—Yo le quiero a Gino, aunque tú no lo entiendas. Y es bueno.

—¿Bueno? Pues, desde luego, lo que hace conmigo de no dejar ni que te escriba, vamos, no me digas que es de tener corazón. Dos hermanas que han sido siempre solas, y sabiendo lo que tú me quieres. A quien se le diga que no nos hemos podido ver en cinco años, que la última vez que fui a Barcelona te estuvo vigilando para que no me pudieras dar ni un abrazo.

Patri había aplastado el pitillo con gesto rabioso. Emilia bajó los ojos y hubo un silencio. Después, dijo con esfuerzo:

—También es que tú...

—¿Yo, qué?

—Nada —le salía una voz tímida, temerosa de ofender—. Que la vida que llevas no es para que le guste a nadie. Desde que te viniste de Barcelona, él ha sabido cosas de ti por alguna gente, y siempre son las mismas cosas. También tú, ponte en su caso.

—Pero, a él ¿qué le importa? ¿Y qué vida hace él? Seguro que no seré peor que muchas de las amigas que tenía. Ahora no sé, perdona; pero amigas las ha tenido siempre.

—El no te tiene simpatía —dijo Emilia con desaliento—. Pero es que es imposible, tú tampoco le quieres ver a él nada bueno.

—Es que no aguanto a la gente como él. Yo seré una tirada, chica, pero es cosa que se sabe. No aguanto a la gente que deja los sermones para dentro de casa... Perdona, no llores, soy una bruta. Pero ¿ves?, es que tampoco aguanto que te trate mal a ti. Y lo sé, me lo estás diciendo ahora, lo llevas escrito en la cara...

—Te digo que no —protestó Emilia débilmente.

—Ojalá sea como dices.

—Además tengo al niño. El le dice siempre que no soy su madre, y hace bien, si vas a mirar. Pero yo le quiero como si fuera su madre. Y él a mí.

Patri miraba el perfil inclinado de su hermana, escuchaba su voz mohína y caliente.

—Y a ti, mujer, quién no va a quererte. Tú te merecías un príncipe, lo mejor de este mundo.

—La felicidad no está en este mundo, Patri, siempre te lo he dicho.

—Calla, Emi, guapa, déjame de historias. Si tú vieras cómo vivo yo ahora. Como una reina. Tengo de todo. ¡Una casita!... Qué pena me da de que no vengas a verla!

—Cuánto me alegro. ¿Sigues con aquel Michel?

—Sí. Ya lleva un año conmigo. Quería venir a conocerte, pero no he querido yo. Así hablamos mejor, ¿no te parece?

—Sí. ¿Tienes alguna foto?

Patri se puso a rebuscar en el bolsillo. Tenía una cara alegre mientras buscaba. Sacó tres fotos chiquititas y se las enseñó a su hermana. En las tres estaban los dos juntos. Era un hombre joven y sonriente. Una estaba hecha en el campo y se besaban contra un tronco de árbol.

—Está muy bien. ¿Quién os hacía las fotos?

—Es una máquina que se dispara sola. ¿Verdad que es guapo?

—Sí, es muy guapo. Y parece que te quiere.

—Sí que me quiere, Emilia —dijo Patri con entusiasmo—. Me quiere de verdad. Si no fuera por su madre, nos casábamos.

—¿De verdad? —preguntó Emilia, con el rostro súbitamente iluminado—. Por Dios, Patri ¿es posible? Qué estupendo sería. ¿Por qué no me das las señas de la madre? Yo le puedo escribir, si tú quieres; lo hago encantada. Le puedo contar todo lo que vales tú.

Patri se echó a reír ruidosamente.

—No digas cosas, anda, mujer. Quién me va a querer a mí de nuera. Más bien haz una novena para que palme pronto.

—Si te conociera, te querría igual que él te quiere.

—Que va, mujer. Si además nos da igual. Mejor que ahora es imposible estar. Y así, cuando nos cansemos, tenemos la puerta libre. Pero no pongas esa cara.

—No pongo ninguna cara.

—Si vieras qué sol de casita. Con mi nevera y todo. Dos habitaciones. Es aquí, cerca de la estación. ¿No te daría tiempo de salir conmigo para verla?

Emilia dio un respingo y miró el reloj iluminado al fondo, lejísimo. ¿Dónde estaría su tren?

—Oye, Patri, no; salir, imposible. Me tengo que ir. ¿Cuánto tiempo habrá pasado?

—Es verdad, ya habrán pasado los diez minutos. Pero no te apures. Te da tiempo.

—No, no; no me da tiempo. Está lejos mi tren. Dios mío, dame un beso.

—Espera, mujer, que pague y te acompaño yo.

—No, no espero, de verdad. Como no salga corriendo ahora mismo, lo pierdo, seguro.

—¿Vais a Milán, no? A ver a la familia de Gino.

—Sí. Es en el cuarto andén, me parece. Me voy, Patri, me voy.

—Mujer, qué nerviosa te pones. No se puede vivir así, tan nerviosa como vives tú. Oiga, camarero, ¿el tren para Italia?

El camarero dijo algo muy de prisa, mientras recogía los servicios.

—¿Qué dice, por Dios?

—Que debe salir ahora mismo, dentro de dos minutos.

—Ay, que horror, dos minutos...

Abrazó fugazmente a su hermana y escapó de sus brazos como una liebre. Patri intentó detenerla, diciendo que la esperase, pero solamente la vio volver la cabeza llorando, agitar un brazo, tropezarse con un maletero y, por fin, perderse, a la carrera, entre la gente.

Corría lo más de prisa que podía, desenfrenadamente. Iba contando. Hasta sesenta es un minuto. Luego, otros sesenta y ya. Perdía el tren, seguro. Cincuenta y tres... Con lo lejos que estaba. Le dolían los costados de correr. Algo sonó contra el suelo. Un pendiente. No sabía si pararse a buscarlo o seguir; miró un poco y no lo veía. Uno de los pendientes de boda, Dios mío. Ciento catorce... Si perdía el tren, volvía para buscarlo. Reemprendió la carrera. El altavoz rugía palabras nasales.

—¿El tren de Italia?

—*Celui-la. Il est en train de partir*.

Apresuró todavía la carrera y alcanzó el último vagón, que ya se movía. Se encaramó a riesgo de caerse. Alguien le dio la mano.

—Gracias. ¿Esto es segunda?

—No, primera.

Respiró, apoyada contra una ventanilla. Los andenes empezaban a moverse, llevándose a la gente que los poblaba. Todo se le borraba, le bailaba en las lágrimas.

—¿Se encuentra mal, señora?

—No, no; gracias.

Echó a andar. Era larguísimo el tren. Pasaba los fuelles, como túneles temblorosos, y a cada nuevo vagón, iba mirando los departamentos. Desde la embocadura al pasillo del suyo, divisó a Gino, asomado a una ventanilla, con medio cuerpo para afuera, oteando el andén. Se secó las lágrimas y le temblaban las piernas al acercarse. Le llegó al lado. Salían de la estación en aquel momento, y él se retiraba de la ventana, con gesto descompuesto.

—¡Loca! ¡Estás loca! —le dijo al verla, apretando los puños—. ¿Se puede hacer lo que haces? Te escapas como una rata, dejando al niño en brazos del primer desconocido.

—Calla, Gino, no te pongas furioso. Había ido al tocador.

—¡Embustera! Lo sé que has bajado. Y también sé para qué.

—Calla, Gino, no armes escándalo ahora.

—Lo armo porque sí, porque me da la gana. Todo por ver a ésa. Porque eres como ella, y sin ir a verla, no podías vivir.

Emilia corrió la puerta del departamento y entró, sorteando piernas en lo oscuro. La señora ya se había vuelto a su sitio, y Esteban lloriqueaba, acurrucado contra la ventanilla. Lo cogió en brazos.

—Ya está aquí Emilia, no llores, mi vida.

—Ha llorado todo este rato —dijo Gino con voz ronca, mientras se acomodaba enfrente—, pero entonces te importaba poco. Tenías bastante embeleso con oír a esa tía, a esa perdida.

—Papá, no riñas a Emilia; no la riñas, papá. Ya ha venido.

—Por favor, Gino, no hagas llorar a Esteban, pobrecito. Me dirás lo que quieras al llegar. Mañana.

—No hables del niño, hipócrita, no te importa nada del niño —insistía él fuera de sí.

Algunos viajeros los mandaron callar, y Gino se volvió groseramente contra el rincón mascullando insultos todavía. Emilia se tropezó con los ojos de la señora de enfrente y le dio las gracias con un gesto. Luego acomodó a Esteban en su regazo, igual que antes y se puso a besarle los ojos y el pelo. Volvía a reconocer el departamento inhóspito como un ataúd, y a todos los viajeros, que le parecían disecados, petrificados en sus posturas. El tren corría, saliendo de Marsella. Pasaban cerquísima de una pared con ventanas. Emilia había apoyado la cabeza contra el cristal. Más ventanas en otra pared. Las iba mirando perderse. Algunas estaban iluminadas y se vislumbraban escenas en el interior. Cualquiera de aquéllas podía ser la de Patri. Duraron todavía algún rato las paredes y ventanas, hasta que se fueron alejando por otras calles, escasearon y se dejaron de ver. El tren iba cada vez más de prisa y pitaba, saliendo al campo negro.

Madrid, diciembre 1958.

Anda, levántate, habías dicho que esta tarde salíamos contigo si hacía bueno, y ahora Juana nos quiere llevar ella. Dile tú que no; ¿verdad que nos lo has dicho ayer que vamos contigo? Ríñela, que no nos deja entrar y dice que nos va a pegar si entramos, y a Ernesto le ha empujado y está llorando ahí afuera, ¿no lo oyes? Venga, ¿por qué te echas?, siempre te estás echando, eres una pesada.

—Jesús, qué niña, eso a la mamá no se le dice, qué pecado. Perdone, señora, no puedo con ellos, se me escapan aquí. Vamos, guapita, a tu mamá le duele la cabeza, Juana os lleva al parque.

—Mentira podrida, no está mala, antes ha estado hablando por teléfono mucho rato y se reía. Es que se cree que llueve porque no ve la luz, te subo la persiana, verás cómo hace bueno, nos llevas a la película de la selva, anda, levántate, ésa del oso que le enseña al niño a bailar y luego va y se come los plátanos del cocotero y llora el oso no sé por qué.

149

—Esa es la que vieron el domingo conmigo. Deja esa persiana, ¡ay, qué niña!, venga, vamos al parque te he dicho. Esa película ya la habéis visto.

—Sí, pero Ernesto no la entendía y mamá se la explica, ¿verdad, mamá?; a papá le dices que nos lo explicas todo y que te gustan las películas de niños, y él quiere que vengas y nos las expliques, pero si viene Juana sólo sabe reírse y pasarlo bien ella y decir que ése es el oso, pues eso ya, pero digo que por qué lloraba el oso. Mamá, me empuja Juana, que no me empuje.

—Ay, no empecéis, Anita hija, dejadme en paz. Quítate de encima, más valía que te peinaras. Otro día vamos.

—Sí claro, siempre dices «otro día», pues yo al parque no voy porque me aburro con Marisolín, y si no va, peor.

—Mire, no les haga caso, en ese cajón hay dinero; los lleva a ver la casa de fieras, si se aburren jugando, y luego pueden merendar de cafetería, que les gusta a ellos. Péineles un poco.

—Yo con Juana no voy a la cafetería porque se hace la fina y me da vergüenza.

—Basta, ya estoy harta. Vais con Juana donde ella os lleve y hemos terminado de hablar. ¿Hace bueno, Juana?

—Sí, señora, buenísimo.

—Hala, dame un beso, y dile a Ernesto que no llore, que mañana salimos.

—Mentira, mentirosa, no te quiero, ni Ernesto tampoco.

—Cállate, niña, si le dices esas cosas a la mamá te lleva Camuñas. Le cojo cien pesetas. Venga, vamos. Que descanse, señora. ¿Le recojo esta ropa que tiene revuelta por aquí?

—No, déjelo, Juana. Es que me he estado probando antes los trajes de verano, déjelo ahora por favor, tengo que ver primero lo que hace falta llevar al tinte y a la modista, ¡ay, qué pesadez de niños!, lléveselos de una vez que no los oiga, ¡no recoja nada, le digo!, ¿no le estoy diciendo que se vayan de una vez?, cállate, Anita, por amor de Dios, ¡iros!, ¿me queréis dejar en paz? ¡Dejadme en paz!

Aún largo rato después de los últimos ruidos que han precedido a la marcha de los niños (¿un cuarto de hora?, ¿media?), la palabra paz se ha quedado rebotando contra las paredes del cuarto como un moscardón encerrado que insistiera en bordonear principalmente sobre el montón de trajes veraniegos esparcidos por la butaca y la cama. En la media penumbra se distinguen unos de otros como las fisonomías olvidadas de amigos que se vuelven a encontrar. El azul, el de rayas, el pantalón vaquero, el rojo, la blusa que no le gustaba a Antonio... Habrá que hacer algo con ellos, por lo menos con el de rayas que costó tres mil pesetas. La mujer se remueve, mira al techo. La visión de una gotera cuyo dibujo recuerda el de una foca la distrae momentáneamente de la idea de los trajes, luego piensa que así tirada se le puede pasar la tarde y que mejor sería llegarse a casa de la modista por pereza que dé y decirle las reformas que quiere. Tiene toda la tarde por delante, los niños hasta las siete y media no vienen, y al fin no se va a dormir; tendría que proponérselo mucho, pero el mismo silencio de la casa en paz la ha puesto nerviosa, el mismo hipo de la palabra paz que ella disparó y que se ha quedado subiendo y bajando por las paredes, desbaratando el sueño que parecía preludiar. No, no tiene sueño; los ojos que miran ese techo, pensando ahora que habría que volver a pintarlo, no albergan sueño alguno. Aunque tampoco sosiego; dan vueltas, encerrados en sí mismos, sin saber dónde posarse. Dormir sería, desde luego, una solución, ese vicio rutinario y seguro sería deseo postizo acariciado sin deleite ni alegría, en nombre solamente de objetivos secundarios, como podrían ser en este caso los de dejar de ver el techo y de imaginar el posible pintor que hará sacar todos los trastos al pasillo el día que por fin venga, o dejar de sentir también ese revoltijo acuciante de ropas a los pies de la cama que evidencian un año transcurrido y sugieren proyectos para otro. No, cansada no está, se destapa, mueve las piernas largas y blancas, se las mira complacida, qué lástima que no hubiera la moda de la minifalda por los años cuarenta; nada, es evidente que no tiene ganas de dormir. Pero, ¿es que tiene ganas de ir a la modista? Se levanta, por lo menos el de rayas valdría la pena arreglarlo, ha cambiado tanto la moda; lo palpa, lo separa de los otros; sería bueno sacar ganas de llegarse hasta Ríos Rosas, a casa de Vicenta, el autobús 18 no deja mal, probarse el traje en aquella habitación con bibelots pasados de moda que huele a cerrado y dejar eso resuelto esta misma tarde, decidir allí con ella: «Verá usted, lo que yo quiero...», pero es que ataca los nervios Vicenta con su impasibilidad y sus ojos de rana, verla allí detrás en el espejo, de pie, mirándote como un palo, y con aquella voz de sosera: «Pues no le está a usted mal... no, si yo, por deshacérselo, se lo deshago... yo, lo que me diga... bueno, bien... entonces ¿cómo? ¿con un bies?». No se toma interés por nada, no te ayuda a decidir. Distinto de Carmen, la peluquerita, qué cielo de mujer, es verte entrar y ya te está animando a lo que sea, como tiene que ser, porque un oficio no consiste sólo en saber coser o peinar, es también interpretar lo que quiere el cliente, o hasta hacerle que quiera algo. Se ha puesto el traje de rayas, la tela sigue siendo preciosa, pero está arrugadísimo y así tan blanca no favorece; la cremallera sube, además, con dificultad, sobre todo de cintura para arriba; se palpa el estómago, trata de contraerlo y esto le repercute en la cara, que adquiere una expresión de ansiedad y asco. Se ve horrible y comprende que lo que necesita es consuelo y que Vicenta no le sirve. Se quita el traje y lo deja caer al suelo, va hacia la ventana, la carne que separa el borde inferior del sostén del norte del ombligo se relaja a sus anchas, libre de la mirada vigilante de hace unos segundos. Por la ventana, abierta ahora de par en par, entra el rumor de la tarde soleada y cansina, un eco de bocinas y estridencias y ese primer sofoco de mayo. La palabra paz deja de zumbar definitivamente y se escapa a la calle como un moscardón que era.

A esta luz cruda se revelan netamente los cuarenta
años de la mujer que, despeinada y en combinación ante
el espejo, se pasa ahora los dedos con desaliento por otra
importante zona de su cuerpo donde el tiempo ha hecho
estragos: la cabeza, rematada por un pelo no muy abundante y teñido de color perra chica de las que había
antes de la guerra. ¿Y si se lo cortara? Se fortalece y,
además, rejuvenece mucho. La ventaja que tiene, además, la peluquería es que está tan cerca que no da tiempo a cambiar de idea. Se pone un traje cualquiera y se
larga a la calle. Lo ha dejado todo revuelto, pero ya lo
recogerá Juana.

Por el camino, aunque la peluquería está cerca, ha tenido tiempo de ver un puesto de periódicos. Desde las
portadas de todos los semanarios ilustrados, las veinte-
añeras del mundo entero, las que estaban naciendo o ges-
tándose en Turín, la Unión Soviética, Oslo o Miami
cuando ella tenía, a su vez, veinte años y cantaba canciones que ahora vuelve a traer el vaivén de la moda, la
asaetan burlonamente con los ojos lánguidos o sonrientes y sus pelos lisos y largos, con moños, con trenzas,
con pelucas, con tirabuzones. Piensa que puede ser una
bobada cortarse el pelo, que lo más fácil es que no le
guste a Antonio, y vuelven a derrumbarse sus nacientes
propósitos. Llega mohína a la peluquería.

—Hombre, cuánto tiempo sin verla. ¿Qué se va a
hacer?

—Lavar y marcar; pero no sé si cortarme también un
poco. No mucho, como le cortaron el otro día a la señora de Soriano, ¿sabe cómo le digo?, así las puntas de
delante un poco más largo, pero que quede liso, aunque
no sé qué tal me estaría a mí..., es que no sé qué hacerme con el pelo, Carmen, le digo la verdad.

—Usted no se preocupe que le quedará muy bien, ya
le he entendido lo que me dice. Pero además, hágame
caso, usted lo que debía de hacer era ponerse mechas,
siempre se lo estoy diciendo, le irían de fenómeno unas
mechas; ya lo vería.

—¿Usted cree?

—Claro, como que se las voy a poner hoy mismo.

—Hoy no sé, Carmen…, no me decido.

—Ah, pero yo sí, que soy quien se las tiene que poner. Usted quiere verse guapa, ¿no?

—Hombre, claro.

—Pues eso, si quiere verse guapa, no tiene que preocuparse de más. Me deja a mí, que yo la pongo guapa.

—Bueno, luego si se enfada mi marido, la culpa es suya.

—De acuerdo, nos lo manda usted aquí. Pero ¿cómo se va a enfadar un marido de ver a su mujer guapa?

—No sé, ¿no me entretendré mucho?

—Nada, qué se va a entretener, déme la chaqueta. Pepi, vete lavando a la señora.

De debajo de todos los secadores se han levantado rostros a mirarla pasar con su melena sucia y rala. Todavía podía irse, decir que vuelve luego, pero sabe que no lo hará. Es un maleficio conocido este de seguir andando, a pesar del miedo que empieza a invadirla al imaginarse tan cambiada, ese miedo excitante a lo desconocido y concretamente al juicio de Antonio. «No sabes qué inventar. Y siempre echándole la culpa a los nervios. Pero nervios ¿de qué, y cansancio de qué?, pregunto yo. Asistenta, chica y los niños en el colegio toda la mañana; la verdad, Isabel, es que no te entiendo, sólo piensas en gastar, con la cantidad de problemas y desgracias de verdad como tiene la gente por ahí, necesitarías mirar a tu alrededor…» Eso dirá; si no le gustan las mechas o viene cansado de la consulta, seguro que saca a relucir lo de las desgracias ajenas y a contarle casos de enfermos graves, como si fuera un cura. ¿Y qué tiene que ver ella con los demás? Sólo se vive una vez y la vida se va, a cada cual se le va la suya. La gente sufre mucho, de acuerdo, pero cada uno sufre lo suyo, sus propias sensaciones y se acabó.

—¿Le hago daño?

—No, guapa.

—Le he puesto champú de huevo.

Qué bien lava la cabeza esta chica, cómo descansa esa
presión de los dedos casi infantiles sobre el cuero cabe-
lludo. Es simpática la gente que hace bien lo que hace;
ya que lo cobran, que lo hagan bien.

—Ya está, pase allí.

Las señoras de los secadores se vuelven a mirarla pasar
con la toalla arrollada a la cabeza y un poco de pelo, todavía color perra chica de las de antes de la guerra, aso-
mando. Luego no la reconocerán; quedará mejor o peor,
pero estará distinta. Se desvanecen todas sus indecisio-
nes. Carmen la ha llamado: «Venga acá», y ha atajado
una primera insinuación suya con cierta dureza: «Usted
déjeme a mí.» Se siente realmente abandonada en sus
manos expertas que con toda eficacia y atención empiezan a trabajar y manipular en su cabeza. Era lo que necesitaba esta tarde; buena gana de seguir fingiendo una
voluntad que no tiene, si precisamente lo que quería era
ser sustituida: buscaba esta sensación de abandonarse a
otro que manda, la misma que, de niña, la empujaba
a elegir siempre el papel de enfermo cuando jugaban a
los médicos; pero de médico bien pocas niñas sabían hacer. Ya tiene el pelo cortado, se ve rara, pero no importa, se fía de Carmen. Ahora se lo va separando en
grupitos que humedece cuidadosamente con un pincel
untado en un líquido grisáceo. El líquido lo tiene echado
en un tarro de yogur. Piensa vagamente que los niños
estarán merendando, que lo de las mechas entretiene,
y que no van a encontrarla en casa a la vuelta, pero es
una idea neutra, sin carga alguna de remordimiento ni
de inquietud. Llegar a este lugar es pudrirse en terreno
sabido y placentero, aquietar la conciencia, dejar de flo-
tar entre diversas posibilidades, fijar por unas horas esa
pompa de aire que es la propia imagen, soplada de acá
para allá. Ahora Carmen le pasa un cestito con las pinzas
y los rulos, y le pide que se los vaya dando; ella obedece
sumisamente; no comentan nada, es suficiente una leve
sonrisa de complicidad cuando sus ojos se encuentran en
la luna del espejo. Las dos saben de sobra que la que

manda es la de atrás. Ahora le pone la redecilla y las orejeras de plástico.

—Ya está. Pase al secador. Pepi, revistas para la señora.

Y ahora, a esperar, pasando revista a los rostros de actualidad, a las modas de actualidad. Cada mes sube y baja la moda vertiginosamente, es tan difícil ya apuntarse a todo, enterarse de todo. La gente que sale en los periódicos ilustrados continuamente se transforma, estrena vida y amor. Con lo apasionantes que son las transformaciones, aunque sean estas transformaciones alquiladas de peluquería. Para ella todo es igual, cenar los sábados con los mismos amigos, dormir con el mismo hombre, reñir a los mismos niños por las mismas cosas; si cambia de algo es de criada o de fontanero. Por mucho que cobren, ¿cómo puede ser caro este rato de alquimia, esta espera de algo nuevo mientras te manipulan, te atienden y dirigen?

—¿Se lo pongo más bajo?

—Sí, me quema mucho. Ya casi debo estar.

—No, no; le falta un poco. ¿Quiere otras revistas?

Jacqueline Onassis en todas viene. Escudada tras sus gafas oscuras, desayunando en un puerto y durmiendo en otro, balanceándose sobre las olas del Adriático, en su yate escrutado por el teleobjetivo de todos los fotógrafos del mundo, como la protagonista de aquella canción ya antigua: «Rumbo al Cairo va la dama / en su yate occidental»... Entonces se llamaban mujeres fatales y había menos, casi siempre del cine, prohibidas y lejanas, en papeles que hacían Marlene o Joan Crawford, ¡cómo le emocionaban a ella, cuando iba al Instituto, las mujeres fatales!, pero era una envidia alegre, que no hacía daño... Revueltas de estudiantes en Roma, en París, en Inglaterra. Pero ¿qué pedirán?, ¿qué querrán, teniendo veinte años? Se les ve retratados en revoltijo, tirando piedras, pegando a los guardias, debatiéndose a patadas y mordiscos con el pelo sobre los ojos, tan guapos y atrevidos. Se quejen de lo que se quejen, ¡quién estuviera en su piel!

Sale del secador como si hubiera bebido mucho, enrojecida, con los oídos zumbando. Ha caído la tarde y el local está vacío. Le da pena que no puedan verla las otras señoras. Es el momento mejor. Dejarse quitar los rulos, dejarse peinar, cardar y cepillar, y ver cómo va componiéndose el rostro nuevo bajo el pelo nuevo. Pone ojos soñadores. Se gusta.

—¿Cómo se ve?

—Me veo rara.

—Eso pasa siempre. Pero no me diga que le están mal las mechas.

—No, mal no.

—¿Más laca?

—No, está bien. ¿Puedo llamar un momento por teléfono?

—Sí, cómo no, pase.

En un cuartito interior donde guardan los pedidos de tintes y de champú, está el teléfono. Se sienta en una banqueta y marca el número. Una voz joven de mujer pronuncia el «Dígame» afectado y musical de las secretarias de ahora. Es la enfermera nueva.

—¿El doctor Cuevas?

—Está ocupado. ¿Es de alguna sociedad o particular?

—Es de parte de su señora.

—Espere un momento. No sé si se podrá poner.

Tiene que esperar un rato, al cabo del cual oye la voz de Antonio.

—Dime.

Es un tono seco y distraído, el de siempre. ¿Por qué esperaba otra cosa? ¿Por haberse puesto unas mechas grises en el pelo?

—¿Qué haces, trabajas mucho?

—Sí, claro. Estoy pasando consulta.

—Ya. ¿A qué hora vuelves a casa?

—Tarde. Hay un parto en el Sanatorio. A cenar no me esperes.

—Ya. ¿No lo puedes dejar?

—¡Qué preguntas, Isabel! ¿Es que pasa algo?

—No, nada, que tenía ganas de salir esta noche. Hace bueno.

—Ya salimos anoche. Yo estoy cansadísimo.

—¿No terminarás pronto?

—¡Cómo lo voy a saber! Me voy al Sanatorio en cuanto acabe aquí.

—Ya. Bueno, pues nada.

—Hasta luego.

—Adiós.

Cuelga el teléfono y sale. Carmen se ha quitado la bata blanca y ha dejado de ser mago. Es una chiquita insignificante y algo cursi. Le repite que está guapísima con las mechas y le cobra trescientas ochenta pesetas. Se despiden. Ella se vuelve en la puerta.

—No sé si que me venda usted también una redecilla. A lo mejor esta noche no salgo y no querría que se me deshiciera mucho durmiendo.

—Pues sí. Se pone usted unos algodones, en vez de rulos, como le dije la otra vez, y luego la redecilla encima.

Se le envuelve y se le da.

—Adiós, Carmen, hasta otro día.

—Adiós, señora Cuevas. Y ya le digo, que nos mande usted a su marido, si protesta, que así le conocemos.

—Ni hablar, que es muy guapo.

—Tal para cual entonces. Ya verá los piropos que le echa.

—Veremos. Adiós, Carmen.

—Adiós, señora Cuevas.

Es todavía de día porque ya anochece tarde. Y está tan cerca de casa. Volver es lo peor. Camina lentamente, perezosamente, parándose a cada paso a mirarse en las lunas de los escaparates. Los niños se estarán bañando. Y Jacqueline Onassis, ¿qué hará? Unos vencejos altos y chillones revolotean por encima de las terrazas de los edificios. Cruza la calle. Ya se ve su portal.

Madrid, junio 1970.

Algunas tardes, volver del parque por la calle empina-
na, a sol depuesto, era como volver de una escaramuza
inútil y totalmente exenta de grandeza, a la zaga de un
ejército rebelde y descontento que se había alzado ale-
vosamente con el mando, sentir barro y añicos las aren-
gas triunfales. Y en la retirada a cuarteles de aquella
tarde de marzo, cuya repetida y engañosa tibieza había
vuelto por centésima vez a seducirla y encandilarla, casi
odiaba no sólo el estandarte hecho ahora jirones donde
ella misma se empeñó en bordar con letras de oro la
palabra primavera, sino principalmente a los soldados
sumidos en el caos y la indisciplina para quienes había enarbolado sólo tres horas antes el estandarte aquel.
Odiaba, sí, la belleza y el descaro de aquellos dos reclutas provocativos, intrépidos y burlones que la precedían
dando saltos de través sobre los adoquines desiguales de
la calzada —«imbo-cachimbo-ganso-descanso... piripí-glo-
ria-piripí-descanso... ganso-cachimbo-imbo y afuera»—,
abriendo y cerrando las piernas al son de aquel himno
disparatado y jeroglífico, desafiando las leyes del equili-

brio y de la gravedad que deben presidir cualquier desfile acompasado, osando ignorar la consistencia de los transeúntes contra los que se tropezaban, aquel insoportable y denso caldo de vocerío y de sudor que emanaban los cuerpos enquistados en plena calle, en plena tarde, tan presentes e insoslayables que su evidencia era una puñalada, por favor, pero ¿cómo no verlos?, era como no ver los coches, las esquinas y paredes, las fruterías que aún no habían echado el cierre, y ahora no, pero luego en seguida tendría que bajar, patatas no quedaron; qué más querría ella que olvidarse de si quedaron o no quedaron patatas, dejar de ver el habitual muestrario de colores, formas y volúmenes que se lo traía a la memoria, pero era imposible que los ojos no se topasen con aquella ristra de imágenes cuyos nombres y olores difícilmente disparaban hacia ningún islote mágico donde pudiese reinar el idioma del «imbo-cachimbo».

—Usted perdone, señora; mirar por donde vais, hijas... ¡Pero Niní!

Y casi le irritaban más que los ojos reflejando enfado, aquellos otros sonrientes y benignos que hasta podían llegar a acompañar la sonrisa con una caricia condescendiente sobre las cabezas rubias de los dos soldaditos por el hecho de serlo; ¡qué beaterio estúpido!, ella había abjurado por completo de semejantes sensiblerías patrioteras y la actitud de aquella gente le traía a las mientes el entusiasmo con que emprendió la expedición y embelleció ella también los rostros de los soldados, su perfil, su ademán, «impasible el ademán», bajo el sol de primavera, calle abajo, cara al sol, sí, hasta música de himno se le podía poner al comienzo marcial del desfile que inauguró la tarde, y ahora aquellas gentes paradas en la acera que los miraban volver conseguían echarle en cara su apostasía. Porque la verdad es que ya no tenía credo, que le parecían patraña las consignas que animaron su paso y su talante al frente de la tropa calle abajo total tres horas antes, no parecía ni la misma calle, ni la misma tarde, ni el mismo ejército, en nada era posible adivinar punta de semejanza; pero, sobre todo, ¿dónde ha-

bían ido a parar las consignas y la fe en ellas, dónde
estaba la música del himno? La primavera era una palabra sobada, un nombre con *pe* lo mismo que patata, que
portal, lo mismo que peseta y que perdón señora, un
nombre como esos, que nada tenía que ver con la ninfa
coronada de flores del cuadro de Boticelli; la moral falla
a veces, mejor reconocerlo y confesar que la tentación
de herejía venía incubándose en su sangre casi desde que
entraron en el parque y el ejército se desmandó cam-
pando por sus fueros y respetos, desde que vio a los otros
jefes cotilleando al sol inmersos en la rutina de sus re-
taguardias, desde aquel mismo momento le empezó a
bullir el prurito de la retirada, aun cuando consiguiera
todavía mantenerlo a raya bajo el imperio del himno, a
base de echarle leña a aquel fuego retórico que la con-
vertía a ella en un capitán distinto de los demás, esfor-
zado, amante del riesgo, inasequible al desaliento, en-
gañosas consignas, bien a la vista estaba ahora que la
retirada era patente, de inasequible nada, un puro desaliento era este capitán. Precisamente poco antes de
abandonar definitivamente el puesto, en una tregua de
las escaramuzas, hurgando en su imaginación, que ya des-
fallecía, a la busca y captura de recursos, vino a propo-
nerles de pronto a los soldaditos suyos y a otros que
habían venido a unírseles de otras filas, que, en vez de
efectuar aquellas consabidas maniobras de acarreo de
arena, fingieran otro tipo de acarreo, de nombres, por
ejemplo, que es ficción bien antigua, sustituir un menester por otro, la tierra por los nombres, palabra en vez
de tierra, que todo es acarreo al fin y al cabo.

—¿Jugamos a los nombres?
—Bueno, sí. Pero estos niños no saben.
—Sí sabemos, te crees que somos tontos.
—Tontos y tontainas y tontirrí.

Amagaban con reanudar la escaramuza inútil, enarbo-
laban puñados de arena polvorienta.

—Venga, elegid la letra. No riñáis. «De La Habana ha
venido un barco cargado de...»

Y se aburrieron pronto, volvieron en seguida a la espantada, a las hostilidades y a la indisciplina. Pero duró un ratito aquella última prueba de concordia. Quisieron con la *de*. Y había sido horrible, porque ¡cuantas palabras como cuervos oscuros y agoreros anidaban con *de* en su corazón, al acecho, dispuestas a saltar! Tenía que hacer esfuerzos inauditos para decir dedal, dulzura o dalia al tocarle a ella el turno, las que se le ocurrían de verdad eran desintegrar, derrota, desaliento, desorden, duda, destrucción, derrumbar, deterioro, dolor y desconcierto; eran una bandada de demonios o duendes o dragones —siempre la *de*— confabulados en torno suyo para desenmascararla y deprimirla —también con *de,* todo con *de.*

Pues bien, ¡fuera caretas!, ahora ya de regreso, cuesta arriba, ¿a quién iba a engañar?, mejor reconocerlo: estaba presidida por el cuervo gigante y conductor de la bandada aquella, el de la deserción, mejor era dejarse arrastrar por su vuelo atrayente y terrible, conocer el abismo, apurar la herejía hasta las heces. Se sentía traidora, empecatada, sí, ganas tenía de hundirse para siempre en uno de aquellos sumideros oscuros que le brindaban al pasar sórdidas fauces oliendo a lejía, a berza, a pis de gato, guardia y escondrijo de cucarachas viles como ella; se quedaría allí quieta por tiempo indefinido en el portal más lóbrego, oculta en sus repliegues, vomitando y llorando sin que nadie la viera sobre un sucio estandarte hecho jirones.

Y hubiera, por supuesto, pasado inadvertida su deserción, la vuelta a la caverna que el cuerpo le pedía con apremio: durante un largo trecho, los soldados habrían continuado avanzando calle adelante al son de sus cantos cifrados, alimentando a expensas de su mero existir aquella irregular y empecinada guerrilla que los erigía en dioses arbitrarios y sin designio, en individuos fuera de la ley. Ni siquiera se dignaban volverse a mirar a aquel remedo de capitán zaguero y vergonzante; ignoraban, tanta era su ingravidez, que eran ahora ellos quienes tiraban como de un carro vencido de aquel arrogante jefe, ignoraban la transformación que lo había traído a ser cenizas, el quiebro que había dado su voz, el desmayo en su andar, la sombra en sus pupilas; el poder de ellos residía en que cantaban victoria sin saberlo, gustaban de su anárquica victoria ignorando el sabor de la palabra misma, la letra de su himno decía «imbo-cachimbo» no «victoria». Victoria se llamaba la portera, una de aquellas manchas movedizas que se veían ya a lo lejos, pasada la primera bocacalle, Victoria, lo dirían al llegar: «Ya venimos Victoria, cara de zanahoria»; «imbo-cachimbo» era un galimatías afín a las burbujas de su sangre, a su pirueta absurda, improvisada. A caballo del «imbo-cachimbo» podían llegar a perderse por la ciudad y salir hasta el campo anochecido, sin echar de menos a capitán, maestro o padre alguno, montarse en el trineo de la reina de las nieves y amanecer en un país glacial sin saber ni siquiera dónde estaban ni quién les había echado encima un abrigo de piel de foca o de oso polar, todo lo aceptaban y lo ignoraban, todo excepto el ritmo desafiante de su cuerpo. Iban, con el incubarse de la noche, hacia un terreno irreal y al mismo tiempo nítido que a ella le producía escalofrío y que a duras penas se negaba a admitir, país donde dormían las culebras y abejas de la propia infancia y que apenas en intuición sesgada e inquietante osaba contemplar de refilón, indescriptible reino de luz y de tormenta, donde el lenguaje cifrado empieza a proliferar subterráneamente hasta hacer estallar la corteza de la tierra y llenar el mundo de selvas, ella bien lo sabía, avanzaba con miedo detrás de sus soldados; no se encaminaba a casa, no, por la cuesta arriba, hacían como que iban allí, pero no. «Ya venimos Victoria, cara de zanahoria» sería abracadabra, santo y seña capaz de franquearles acceso a ese otro reino y en él se instalarían después de remolonear un poco y de tomarse la cena a regañadientes, en cuanto ella se metiera en la cocina a recoger los cacharros sucios y a esperar la llegada de Eugenio que vendría cansado y sin ganas de escuchar estos relatos del parque —«Mujer, es que todos los días me cuentas lo mismo, que las niñas te aburren»—, en cuanto les oyeran ponerse a discutir a ellos y las estrellas se encendieran ya descaradamente, los soldaditos estos que aún fingía ahora capitanear entrarían por la puerta grande de la noche a ese reino triunfal, diabólicos fulgurantes, espabilados, alimentándose de la muerte que, sin sospecharlo, promovían y escarbaban en ella, crueles e insolentes.

—Cuidado, Celia, no os salgáis de la acera.

Celia era el soldado mayor, el más avieso e intrépido, el más bello también. Y se volvió unos instantes a mirarla sacudiendo los rizos rubios que coronaban aquel cuello incapaz de cerviz, la fulminó con sus ojos seguros; pasaban junto al puesto de tebeos.

—Yo quiero un pirulí y Niní quiere otro.

Y el soldado menor asentía, después de un conciliábulo al oído.

—Nada, os digo que no, nada de pirulís que os quitan la gana. Venga, vamos, se hace tarde.

Pero se habían parado los reclutas aquellos con los ojos de acero y las manos al cinto, prestos a disparar invisibles revólveres, y ella ya echaba mano al monedero, les daba las monedas.

Arrancan a correr chupando el pirulí, sin mirar a los coches; ya están en el portal, ya se han metido. Victoria caradezanahoria ha tenido apenas tiempo de acariciarles al pasar la cabeza, pero ha sido bastante, bajo el espaldarazo de la victoria van. El cielo está muy blanco, a punto de tiznarse con las primeras sombras. Ya llega ella también.

—Buenas tardes, señora. Vaya tiempo tan bueno que tenemos.

Ha bajado los ojos. Voz de capa caída, de acidia y de derrota ya pura y sin ambages es la que, como remate a la expedición de esa tarde, hace un último esfuerzo para pronunciar apagadamente la salutación vespertina de la retirada:

—Buenas noches, Victoria.

Madrid, octubre de 1974.

Muchas veces he acompañado a mis amigos, innumerables veces. He entrado con ellos en portales desconocidos y oscuros, y hemos subido los gastados peldaños de la escalera, o en alguna ocasión, poco frecuente, por el hueco arriba, montados en un renqueante ascensor. Les he seguido silenciosamente a inconcretos negociados con mucho espacio libre, piso de madera manchada de tinta, mamparas de cristales y algún banco vacío; a vestíbulos modestos de pensión o casa particular, a agencias donde se recogen y envían paquetes. En todos estos lugares, hemos tenido que esperar mucho, y nos hemos entretenido viendo entrar y salir por las diversas puertas del pasillo a personas apresuradas y seguras, a veces demasiado sonrientes, que no han reparado siquiera en nosotros. Si pasaba demasiado tiempo sin que nos atendieran, nos levantábamos y nos íbamos con el propósito de volver otro día, o bien alguno de mis amigos nos decía que esperásemos allí y se aventuraba por las dependencias de la casa o de la oficina para ver si encontraba a la persona que supiera darle razón acerca del

asunto que allí nos había llevado. Luego volvía y decía:
«Ya nos podemos ir», sin explicarnos ninguna otra cosa,
ni nadie de nosotros se lo preguntaba. Los demás quizá
lo sabían para qué habíamos ido allí. Yo, más o menos,
me lo figuraba. Siempre se trata de recoger algún recado
que manda uno de provincias, o de protestar de un im-
puesto o de una multa, o de localizar a un individuo
que puede darnos informes acerca de una colocación.
O, sobre todo, de tratar de cobrar algún dinero.

Luego, cuando hemos acompañado a nuestro amigo
a hacer el recado del día, ya nos podemos ir a la taberna a terminar la tarde. Casi nunca hacemos más de
un recado en la misma tarde, porque es muy fatigoso;
y, si alguno de los demás necesita hacer también una
cosa suya ese día, suele, a pesar de todo, demorarla para
el siguiente. Esto, más que nada, porque las siete de la
tarde en seguida se echan encima, y a esa hora todos
los ciudadanos tienen derecho de ir a sentarse en algún
lugar. Y, además, porque, dada la poca esperanza de
éxito que nos suele acompañar en estas enredosas y confusas diligencias, el dejarlas para mañana es como dar
un respiro a esta esperanza, permitir que se asiente, asegurar el sueño de esa noche y darle sentido a la luz que
amanezca en nuestra ventana al siguiente día.

Yo hoy he venido con Ambrosio. A mí me han hecho
pasar a este despacho que ya conozco de otros días, y
él está esperando fuera. Por todo lo que acabo de explicar, no me violenta nada que espere y apenas me
acuerdo de él. Sin embargo, es seguro que ya habrá encontrado cosa con qué distraerse. Esperar es tan habitual
en mis amigos, que han llegado a ser maestros en esta
ocupación tan monótona y amarga para muchos.

En el despacho hay dos mecanógrafas bastante guapas.
Una de ellas está hablando por teléfono en voz muy
baja, lo que me hace suponer que sostiene una conversación de amor. De vez en cuando hace un pequeño giro
en su silla y se queda de medio perfil mirando sabe Dios
adónde, y se sonríe. Parece que huye, que se echa a
volar de la habitación. La otra chica está más cerca de

mí, pero tampoco me ha mirado ni una sola vez. En cambio, se mira mucho las uñas. Escribe a desgana y hace grandes pausas en su trabajo. En realidad, deben ser más de las seis; a estas muchachas ya les debían dar suelta para que se marcharan con el novio. No hay derecho a que sigan encerradas. Desde las seis en adelante sólo se trabaja por el qué dirán, en función de la hora de salir, y no puede contar nada de lo que se haga, si es que se hace algo. Es como al final de un partido de fútbol, cuando los jugadores echan las pelotas fuera del campo.

Se ha abierto la puerta y ha entrado el individuo que se fue antes, el que dijo que iba a enterarse de lo de mi asunto. Me parece demasiado pronto para que venga ya con una contestación y no me muevo siquiera. No es que haya otras personas esperando ni, a lo que parece, ningún trabajo en absoluto, pero esto no tiene nada que ver. Es demasiado pronto de todos modos. Por eso me sorprende mucho ver que se dirige a mí y mucho más todavía que me tiende unos papeles cuidadosamente unidos por una grapa.

—Ya está, ¿quiere firmar aquí, por favor?

Saco la pluma estilográfica. No pensé que la iba a tener que usar esta tarde.

—¿Aquí?

—Sí. Y aquí, por favor. Y aquí también, y aquí.

Los papeles son cuatro. No me fijo demasiado en ellos, pero así, al pasar, me parece que en todos pone lo mismo. Para lo que los quieran, allá ellos. Cuando termino de poner las firmas, levanto los ojos y le miro con curiosidad. Está estampando un móvil en el primero de los papeles. Lo arranca; me lo da.

—Ahora pase a caja, al final del pasillo.

—Muchas gracias. ¿Me van a pagar?

—Sí, señor.

Salgo. Tiro por el pasillo adelante. El hombre de la caja bosteza en su jaula. Coge el papel con parsimonia.

—¿Usted es Pedro Álvarez?

—Sí señor.

—Así que doscientas cincuenta. Menos el cinco por ciento, doscientas treinta y siete con cincuenta, ¿no es eso?

—Sí, sí, eso.

Como que me voy a molestar yo en andar haciendo la cuenta. Que me dé lo que sea. Con dos duros mismo me conformaría para esta tarde. Todo me cae como un regalo.

—Pues aquí tiene. ¿No tendrá usted los dos reales?

—Pues... no. Pero déjelo, es lo mismo.

—No, no, tome. Mire a ver si está bien.

—Sí, bién está. Adiós.

En el vestíbulo recojo a Ambrosio y salimos. Da gusto respirar el aire de fuera.

—¡Qué poco has tardado, oye!

—¿Sí? ¿Qué hora es?

—Antes oí las siete menos cuarto.

—Ya ves, pues me han pagado.

—¿Te han pagado? ¡Qué bien!

—Después de casi un año. Yo venía por inercia, por venir.

—Sí, claro. Siempre se viene igual.

No me pregunta qué cosa me han pagado, ni creo que lo sepa. La tarde está nublada, de un gris rojizo, con nubes por poniente, allá al final de la calle, encajonadas entre las casas, como bocas rasgadas y sombrías. Cruzamos las calles céntricas mirando los anuncios luminosos que han empezado a brillar en las fachadas, oyendo pedazos de conversaciones de la gente, que nos roza con sus cuerpos en las aceras, esperando la señal del guardia para pasar: «...un fenómeno el tipo ése, un verdadero fenómeno.» «...la falda en gris y amarillo, ¿sabes?, con mucho vuelo...» «Y yo le dije, ¡ay hijo, de ninguna manera!...» «...sí, sí, salió anteayer del hospital.» «...conque le oí gritar, porque vivimos tabique, y le dijo a Jesús...» La gente se va envuelta en sus trozos de conversación, arrastrada por ellos; se esfuma, desaparece, dejando por el aire minúsculos jirones de lo que va diciendo, de voz, de risa, como pedacitos de serpentina.

Ambrosio y yo nos metemos por una calle peor iluminada, de aceras estrechas. Estas calles laterales son las de uno, calles de niños, de vecinos, de algún perro, y en ellas se descansa. Dan ganas de pararse y liar un cigarro debajo del primer farol. Vamos andando uno al lado de otro, despacio, sin hablar. Realmente, no tenemos muchas cosas que decirnos. Ambrosio anda ligeramente encorvado, un poquito delante de mí, con las manos metidas en los bolsillos de la gabardina. De vez en cuando, si viene una ráfaga de aire más frío, parece que se amontona la masa de su cuerpo, que se hace más dura y consistente. Tiene un contorno rotundo, palpable. A su lado se va en compañía, pero no se siente uno comprometido a nada por el hecho de ir con otro: va uno tan libre como solo, aunque sin tanta soledad. En la primera esquina está nuestra taberna con su viejo letrero encima de la puerta:

NÚMERO 5.   TIENDA DE VINOS.   NÚMERO 5.

Hemos llegado. En la acera de enfrente todavía están iluminadas las verdulerías y las tiendas de carbón. Ambrosio empuja la puerta y entra soplándose los dedos. Yo, detrás.

—Buenas tardes, Ramón.

El tabernero, que está enjuagando una frasca detrás del mostrador, levanta los ojos y nos mira. Luego hace el gesto de siempre, señalando con la barbilla la única mesa del fondo que está ocupada.

—Allí están.

De la mesa se han alzado unos rostros que nos saludan.

Cuando vamos a pasar, por delante del mostrador, el tabernero me hace una seña a mí para que me acerque. Me separo del otro, me detengo.

—Oye, Pedro, ha llamado tu mujer.

—¿Mi mujer? ¿Qué quería?

—No sé; no me lo ha dicho.

—¿Va a volver a llamar?

—Me parece que no. Sólo dijo: «Dígale que he llamado... o mejor no, no le diga nada.» Pero yo te lo digo por si acaso. Parecía que estaba nerviosa.

Se ha apoyado de codos en el mostrador y me está espiando el rostro. Me molesta este tipo con su aire de misterio, de barruntar tragedias. Parece como si esperase de mí una urgente decisión, pero yo no tengo por qué tomar ninguna. ¿Qué motivo de alarma puede haber? Le alargo un cigarro y yo cojo otro.

—Muchas gracias, Ramón, voy a ver qué cuentan estos.

Cojo un vaso vacío. Arrastro un taburete hasta la mesa de los amigos. Hay uno rubio de gafas, que no conozco.

—Hola, ¿qué hay?

—Ya ves...

Me sirvo vino de la botella que está en el centro de la mesa. Mi mujer, ¿qué querría? Solamente ha llamado a la taberna en dos ocasiones, cuando tuvo el aborto y cuando me fueron a buscar aquellos tipos. Pero Ramón ya la conoce por la voz. El primer día, para darme a entender que la compadece, me dijo que tenía voz de santa. Hoy dice que estaba nerviosa. Ella siempre habla con esa voz dulce, como martirizada. En el fondo, me gusta que haya llamado. Es buena señal. Se somete otra vez, ya se arrepiente del enfado de anoche, de sus escenas histéricas. Me echa de menos, me llama. No hay cosa mejor que no aparecer por casa en todo el día para que los nervios se apacigüen. Me estaré un ratito aquí con los amigos, y luego voy.

—Oye tú, Pedro, qué callado estás. Servirle más vino a Pedro, a ver si se espabila.

Los amigos están sentados en corro y chupan sus cigarros con indolencia. Juegan con los dedos encima de la mesa, hacen dibujos con las briznas de tabaco desparramado. Siempre esperando a que alguno de los demás diga algo, pero con pausa, sin importarles mucho que lo diga o lo deje de decir. Se abisman en el color transparente del vino, dejan los ojos allí, a buen recaudo, como si los refugiaran. Los ojos se columpian en la superficie lisa del vaso de vino. Hoy el rubio nuevo habla más que los otros. De lo que dicen saco en limpio que es un holandés y que lo ha traído Dámaso. Pregunta muchas cosas acerca de España. Piden otra botella, empiezan a estar animados. Yo, en cambio, lo estoy menos cada vez; me empieza a disminuir la seguridad fanfarrona con la que me quiero cubrir siempre. A lo mejor a Marcela le pasaba algo realmente serio. No estoy a gusto aquí. Ella habrá telefoneado desde la tienda de ultramarinos, pero allí no adelanto nada con llamar; ni nos conocerán por el nombre.

Ahora están hablando de que nosotros, los españoles, somos un pueblo desordenado y altivo, de fuertes contrastes. Alguien hace una comparación con el pueblo ruso. Hablan de literatura rusa. Yo he leído casi todo Dostoyewsky; podría intervenir mucho en esta conversación; pero no tengo ganas.

Vienen unas aceitunas negras y son recibidas calurosamente. Lo mejor será que me vaya cuanto antes, porque hoy esto se va a liar. Ya no queda nada en la nueva botella. Traen otra. Si no fuera por la riña de anoche, no tendría esta inquietud, pero es que pocas veces he visto a Marcela con el coraje de anoche. Cogió una manta y se fue a dormir a la cocina. Y lo malo es que no lloró ni una lágrima, estaba terriblemente seria, sobre todo cuando dijo: «Esto es el final. Alguna vez las cosas llegan al final. Acuérdate de lo que te digo.» Durante todo el día, en que no he aparecido por casa, no había vuelto a recordar, hasta ahora, la mirada que tenía al decir estas palabras. Me sirvo otro vaso de vino y lo apuro de un trago. Después otro y otro. Dámaso se ríe y dice:

—Vaya, Pedro, parece que te animas.

—Es que me tengo que ir y no quiero pasar frío en la calle.

—¿Que te quieres ir? ¿Ahora?

Han levantado la cabeza y me miran con asombro.

—Pero oye, si son las siete y media.

Yo sé que, aunque me vaya, aquí, en este rincón de la taberna las cosas seguirán el mismo curso que si me quedase, y ellos lo saben también, pero les desconcierta lo insólito del caso. Siento un cosquilleo de pereza rodillas arriba. Me gusta sentirme retener por los amigos. Es pronto. Luego de estar en casa, ya no sabe uno con qué pretexto volver a salir. Termino el vaso. Verdaderamente, qué a gusto podría estar yo hoy aquí.

—Vamos, quédate, ¿qué prisa tienes?

—No, de verdad. Tengo que ir un momento a casa. Seguramente volveré a venir.

Ea, ya estoy de pie. Levantarse era lo más difícil. Pongo dos duros encima de la mesa, y me despido.

—Adiós, hasta luego o hasta mañana.

—Pero hombre, procura volver.

—Sí, sí, seguramente. Adiós. Adiós, Ramón.

Por éste lo siento tener que marcharme. Se quedará pensando que voy a cumplir con mi obligación, y tonterías por el estilo.

Al salir me levanto el cuello de la gabardina. Viene un aire hostigado y ha empezado a llover. Echo a andar a buen paso. Debajo de las bombillas, contra las paredes negras, se marcan los hilos oblicuos de la lluvia, luego desaparecen en los trechos sin luz; allá danzan de nuevo fugazmente; se borran a mi paso. Otra vez se amontonan en la boca del Metro delante de los bultos de la gente que sale. Bajo las escaleras. A mí me gusta este olor, me gusta viajar con luz artificial debajo de la tierra, y acordarme de que encima está entera la ciudad, que puede derrumbarse toda con sus luces y aplastarnos. Se siente vértigo y escalofrío, una enorme emoción, el riesgo, la prisa de escapar. Acaba uno deteniéndose en los rostros de los viajeros que van más cerca, considerándolos con cierto afecto y compasión, como a posibles compañeros de muerte. A estas horas el Metro va muy lleno, pero me he podido sentar.

Enfrente de mi asiento van dos mujeres con niños agarrados entre las piernas. Los niños se mueven sin cesar, le tiran de la manga a la madre, miran el techo, los letreros, la cara de la gente, el túnel largo y misterioso. Darían, sin duda, cualquier cosa por poderse bajar en ruta a lo oscuro y jugar a bandidos, a la cueva del tesoro. Pero sería de mucho miedo. Las madres hablan a voces, esquivando las cabezas de los niños para poder verse la cara. «Éste es más listo que el hambre; el año pasado... ¡quita hijo que me despeinas!...» En los ojos de la otra hay un gesto muy raro entre esquivo y atento, como si estuviera concentrada en poner cara de escuchar. Me aburro de mirarlas.

A mi lado, junto a la ventanilla, también va sentada una persona. Desde que el Metro se ha puesto en movimiento, me siento captado por la presencia de esta persona, pero no la he mirado todavía. Siento, sin embargo, la impresión de que ella me está mirando a mí. Tal vez por eso he intentado liberarme atendiendo a las mujeres que viajan enfrente, que no han conseguido hacerme olvidar a esta otra. Yo pertenezco a la órbita de esta otra. Es, también, una mujer.

He fingido mirarme las manos y he visto sus rodillas cubiertas con una falda negra, de paño tosco. Unas rodillas abultadas, irregulares, como si hubieran tenido demasiado uso. Luego ha dejado asomar uno de los pies, calzado pobremente, lo ha levantado un poco, y he visto que tenía la suela del zapato completamente desprendida y la superficie manchada de costras de barro. Lo ha dejado un poquito en el aire y lo ha vuelto a posar en el suelo, exactamente cuando ha comprendido que yo ya lo había visto. Me lo estaba enseñando a mí. Era el gesto de enseñármelo a mí, ella, su pie. No cabía duda. Me sentí sobrecogido al darme cuenta. Aquella mujer desconocida, cuyo rostro ni siquiera había visto, me mostraba su pie como en un extraño saludo hecho a un amigo de otros tiempos; o más todavía, como si llevase a cabo una contraseña. Aquella mujer —estaba seguro— me miraba fijamente esperando que levantara

mis ojos hacia ella. Allí cerca. A mi lado. Me estaba
mirando. ¿Por qué me daba miedo levantar la cabeza?
Era miedo, realmente. Y estábamos todavía dentro del
mismo túnel interminable. Soy imbécil —pensé—; me
estoy volviendo imbécil. Y decidí mirarla. La miré bruscamente, con desafío.

Ella torcía la cabeza hacia mi lado, y en sus ojos había
un terrible espanto. Eran unos ojos negros, atrozmente
grandes y el rostro parecía mucho más viejo que ellos,
pálido como era, borroso, surcado de arrugas contradictorias. No distinguí boca, ni pómulos ni apenas nariz.
Solamente los ojos estaban vivos en aquel rostro que
era como de otra persona. Gritaban, pedían algo, se
prendían en mí, igual que dos teas encendidas. ¿Será
muda? —pensé. Durante un cierto tiempo mis ojos se
fundieron con los de aquella mujer y me entró todo el
desasosiego de su mirada. Luego ella hizo un gesto, apenas perceptible, de bajar un poco la vista, y me pareció
que quería enseñarme algo que llevaba en las manos.
Vi entonces que apretaba contra su pecho un envoltorio del tamaño de un niño recién nacido y que lo tapaba
celosamente con el mantón que llevaba puesto. También
sus manos y sus brazos se ocultaban enteramente dentro de él. Sacó una mano y aflojó la presión que hacía
contra el envoltorio. Abrió una pequeña ranura en el
mantón y se acercó más a mí. Mis piernas estaban pegadas a las suyas y sentía su aliento. Miré dentro del
bulto —no podía hacer otra cosa—, y apenas pude aho-
gar un grito de horror. En seguida ella lo volvió a tapar
y recobró su postura primitiva. Había sido sólo un instante, pero ya no puede volver a alzar la cabeza para
mirarla; estaba paralizado. Dentro del mantón de aquella mujer había visto un niño de pecho muerto a cu-
chilladas. Tenía una en el cuello y otra en un lado de la
cara, hacia la sien, y el resto del cuerpo lo llevaba ta-
pado con toallas o trapos manchados de sangre por algunos sitios. Del lado herido, la cabeza se vencía, blanda
y fofa. Tenía la boca completamente abierta, y por toda
la piel, engurruñada y violácea, se extendían unas man-

chas mohosas como las que se ven en algunas frutas
pasadas.

Despacio, sin mover el cuerpo, dirigí los ojos al asiento de enfrente y experimenté cierto consuelo al darme
cuenta de que las otras mujeres seguían hablando de
sus cosas sin haberse percatado de nada. Ahora los niños
andaban por el pasillo y se reían. Tampoco ellos habían
visto lo que iba en el envoltorio. Nadie. Nadie más que
yo. Esto, por otro lado, aumentaba mi malestar. Me
sentía cómplice de aquel asunto porque deseaba con
toda mi alma que nadie lo descubriera. Todavía faltaban dos estaciones para llegar a la mía, pero me levanté
y eché a andar hacia el fondo del vagón. No podía estar
allí sentado más tiempo. Eché a andar sin volver la cabeza. Tenía la certeza de que la mujer también se había
levantado y me había seguido, pero no miré para atrás
y me apreté entre las personas que esperaban cerca de
la puerta. Se abrieron las dos hojas y luego empezó el
otro túnel. Qué largo. No se terminaba. Ya llego. Ya,
allí, las luces rojas. Y las puertas, ¿qué pasa que no
se abren? ¡Venga! ¿Pasará algo?... No, ya parece que
las abren; ya las abren. Ya estoy fuera. Ya.

He subido las escaleras de dos en dos hasta la calle.
La lluvia ha arreciado y hace mucho frío. Me meto aceleradamente por las callejas menos frecuentadas y por
algunos trechos casi voy corriendo. A la gente que me
vea no le puede extrañar. Como llueve tanto. Cada vez
llueve más fuerte. Todavía queda un poco de camino
hasta mi casa, pero es un camino familiar, sabido de
memoria. La mercería, el hombre de los periódicos, el
olor a pescado. Me voy sosegando. Un crimen corriente. Tantos motivos se pueden tener para hacer las cosas.
Lo de que la mujer me miraba, pueden haber sido figu-
raciones. Estoy algo bebido. Y a lo mejor ni siquiera
era un crimen, podía estar vivo el niño, padecer alguna
enfermedad espantosa. Después de todo, a mí qué me
importa. Nunca más voy a volver a ver a esta mujer.
A mí me importa lo mío. Ya estoy llegando a casa. Me
importa Marcela. La lluvia me empapa el pelo y me

chorrea por la cara. Me despeja, me hace mucho bien.
He aflojado el paso. Era una mujer con ojos de loca.
A lo mejor estaba loca. A lo mejor el niño había nacido defectuoso y no lo podía mantener. Después de
matarlo se habrá vuelto loca. Lo pensará tirar al río.
Ya estoy llegando a casa. Los ultramarinos, la soldadu-
ra autógena, la bocacalle y el portal. Hoy ya no salgo
más, no vuelvo a la taberna. Si Marcela quiere, bajamos
al cine. Tengo dinero, la puedo llevar al cine. Eso sí.
   Subo las escaleras y llamo a la puerta de casa. El
corazón me salta de impaciencia. Me gusta que ella abra
creyendo que soy otro. Aquí mismo, en la puerta, haremos las paces. Lo primero, enseñarle el dinero y decirle que se arregle, que vamos a ir al cine. No abren,
no se oye nada. Son más de las ocho, ¿dónde puede
haber ido?, las tiendas ya están cerradas. Saco la llave
y al meterla en la cerradura me tiembla la mano. Soy
un estúpido; qué imbécil soy. ¿Es que no voy a poder
ver por la calle a una mujer con un niño muerto, o herido, o lo que sea? ¿Voy a tener el temple de los lec-
tores de «El Caso»? Cualquiera se reiría de mí.
   Entro en la casa. No hay luz en ninguna habitación.
Se habrá quedado dormida. La alcoba es la puerta de
la derecha. Doy la vuelta al interruptor. Está vacía y la
cama deshecha, como yo la dejé al salir esta mañana,
con el pijama tirado y los calcetines sucios por el suelo.
Me quedo perplejo en el umbral, sin avanzar ni marcharme, con la sensación de haber llegado a punto muerto, a un callejón cerrado. Luego, de pronto, veo en la
pared un papel clavado. Me acerco y lo despego. Está
escrito por mi mujer. Dice: «Pedro, me voy. Tú no me
necesitas para nada y te alegrarás. Yo, por mi parte,
podré encontrar alguna paz lejos de ti. He ido al Banco.
Del poco dinero que quedaba de lo de mi madre, me
llevo lo indispensable para algunos gastos que pueda
tener al principio, y el resto lo dejo en el armario, en
el sitio de siempre. Tú sabes muy bien que me arreglaré, así que desde este momento no te vuelvas a preocupar más por mí. Lo que hago es lo mejor que se puede

hacer en nuestra situación, y me figuro que estarás de acuerdo. No te guardo ningún rencor. Que Dios te proteja. M.»

Paulatinamente, a medida que leía, me ha ido creciendo un furor insolente, que ahora casi me hace temblar. Arrugo la carta, la pisoteo. «¡¡Cretina —digo muchas veces—, tía cretina!!» No puedo resistir este tono de renunciación y sacrificio, me irrita hasta lo insoportable imaginármela llorando y sintiéndose heroína, incomprendida. Ya volverá, si quiere. Con su pan se lo coma. No me durarán mucho las vacaciones, no. Como que va a dormir tranquila acordándose de que yo estoy aquí solo, de que puedo traerme a otra para que me haga compañía. A lo mejor vuelve esta misma noche. Lo habrá decidido cuarenta veces y otras cuarenta se habrá vuelto a arrepentir. Es capaz de estar escondida por ahí en alguna habitación. Esta idea me sacude y recorre todo el cuerpo. Me pongo a llamarla y a buscarla por todos los rincones de la casa, fuera de mí, renegando y maldiciendo, dando portazos, abriendo armarios, levantando faldillas y cortinas. La casa es pequeña y acabo en seguida mi búsqueda inútil. Vuelvo a la alcoba. Estiro el papel y lo releo, sentado en la cama. Me tiemblan las manos. No sé lo que me pasa. A mi furor ha sucedido un bache de miedo, de sentirme en atroz soledad. Pienso en la taberna como en un refugio, pero me acuerdo de la mujer del Metro y no soy capaz de salir al pasillo para irme. Sin embargo, el deseo de escaparme es más fuerte que nada. Me da náusea estar parado en la habitación sin ventilar, que huele a cataplasma fría, a exvoto de cera; es urgentísima la huida. Llegar a la calle que está llena de gente, meterse en el ruido, en la luz y olvidarse de todo. Perderse.

Salgo sin apagar las luces, bajo atropelladamente la escalera. Ya estoy fuera del portal. Sigue lloviendo con fuerza. Los zapatos me calan y tengo los pies fríos. También la mujer del Metro tenía los zapatos muy viejos, con la suela desprendida. Ella me enseñó sus pies. Es horrible lo que pasa, ¿me iré a volver loco?: a la mu-

jer del Metro la relaciono absurdamente con Marcela.
Creo que son la misma, que me intentan desconcertar.
¡Qué nervioso estoy! Querría estar ya borracho, vertiginosamente borracho para que todo se confundiera y
fuese a la vez verdad y mentira, para no sentir este desamparo, ni el peso de mi cuerpo, ni la molestia de los
calcetines mojados; para montar en ira y reírme y ser
el rey del mundo.

Voy andando tan abstraído que he tropezado con alguien que está apoyado en la pared, en la primera esquina. Instintivamente me agarro al codo de esta persona, porque el encontronazo ha sido muy fuerte y voy
a alzar la cabeza para excusarme; pero antes de llegar a
la altura de su rostro, ya se me ha helado el «usted
perdone» que quisiera decir, porque he reconocido los
pies y las rodillas de la mujer del Metro. Ya no lleva
en brazos al niño muerto, y me ha agarrado con sus
manos lentas y angulosas, como de juguete mecánico.
No lo he podido evitar porque el terror me inmoviliza-
ba. Casi estamos abrazados en mitad de la acera, bajo
la lluvia, y ella se ríe mirándome. Está muy cerca de
mí. Le arden las manos, le refulgen los ojos, desbocados,
implorantes, estampados sin piedad como boquetes de
metralla en el rostro marchito. Se ríe a carcajadas, sollozando. No se puede sufrir. Me vienen a la cara las
oleadas de su aliento asqueroso. Consigo soltarme y echo
a correr despavorido, sin mirar por dónde voy, chocando contra los transeúntes, contra las paredes, contra los
postes y los árboles. Yo no la conozco, no sé quién es,
tiene la cara de carne podrida. Si me preguntan, diré
que ella me persigue, que ella me llamó y me abrazó, que
en la vida la había visto hasta hoy. A lo mejor nos han
espiado. La estarán buscando. Quizá no fuera convenien-
te correr de esta manera. Quizá corriendo así me estoy
mezclando más en el asunto. Me tiemblan las manos y
los dientes; ni siquiera me fijo por dónde voy. Por allí
va un coche vacío. ¡Taxi!... Que no me ha visto, que
se me va... ¡Taxi..., taaxi!...

Llegué a la taberna fuera de mí. Abracé alborotadamente a los amigos y eché todo el dinero que tenía encima de la mesa. No me acuerdo de lo que dijeron ni
de lo que dije yo. Sólo quería beber en seguida. Les pro-
hibí que se fueran a cenar a sus casas y creo que casi
todos se quedaron. Trajeron mucho vino, pero en seguida estaban vacías las botellas. Yo estaba sentado justo
en el rincón, empotrado entre mis amigos, y nadie me
podía sacar de allí. Veía la luz reflejada en los rostros
pacíficos y alegres, y las cosas empezaban a girar y a
perder consistencia. Si alguien me entraba a buscar, no
me podría identificar entre aquel manojo de rostros iguales que zumbaban y se confundían. Había mucha gente
sentada en nuestra mesa: siete, diez, catorce. Que venga
más gente, que toda la gente de la taberna venga a sentarse aquí, que tapen el rincón, que nadie vea mi rostro,
que se amontonen y me cubran; yo pago todo el vino.

Luego nos fuimos de aquel sitio a otro, y a otro, y
a otro, y era maravilloso caminar con tanta facilidad
y ligereza por las calles que tal vez eran enormes y vacías, tal vez minúsculas y aglomeradas, que eran de acero
o de corcho, o de tela amarilla. Yo me sentía agitado
por abstractos furores. No sabía distinguir si estábamos
en un día de fiesta o de luto, pero de todas maneras
era un día distinto, grandioso, tal vez el último que se
pudiera aprovechar. Tampoco sabía a quién quería dominar y dirigir con mi impulso. Me había vuelto insolente y valentón, y arengaba a las gentes con las que
nos tropezábamos, que me parecían muñecos de un tea-
trito de feria, a punto de desaparecer detrás del telón
de colores. Me reía a carcajadas y ellos pasaban de largo
o acaso me miraban con ojos de prisa y de sueño, sin
pararse. Hubiera podido incluso golpearlos y se habrían
venido al suelo sin oponer resistencia, como trapos in-
flados de aire. Mis amigos y yo formábamos una teme-
raria, invencible escuadrilla.

No sé qué hora sería cuando volví a casa. Nos habíamos quedado solos Ambrosio y yo en la esquina de
un solar, y él estaba menos borracho. Me cogió del bra-

zo y me iba llevando a pequeños tironcitos. Luego no
sé por dónde fuimos. En la puerta de casa me devolvió
dinero que había sobrado y me acuerdo que yo no se
lo quería coger, quería que nos lo gastáramos con el sereno, pero ellos cerraron la puerta y me dejaron solo
en el portal oscuro, interrumpiendo el festejo de las cucarachas. Me costaba un trabajo horrible ponerme a subir las escaleras. La cabeza me había engordado enorme-
mente y se me había vuelto de piedra. Tenía que hacer
un verdadero esfuerzo para mantenerla rígida, porque
el cuello se conservaba tierno y flexible como un tallo
y era soporte insuficiente. Con gran cuidado y atención
fui subiendo peldaño por peldaño como si transportara
en equilibrio un cántaro lleno: mi cabeza de piedra. Tenía que llevarla hasta la alcoba. Luego, en la cama, ya
no me importaba que se desprendiese y rodase por el
suelo, porque yo de todas maneras me iba a quedar
dormido. Ya estaba en mi piso. Era cada vez más difícil sostener la cabeza, se me agrandaba más y más.
Conseguí agacharme flexionando poco a poco las rodillas
y meter el llavín en la cerradura. Ya estaba casi todo.
Ahora el pasillo, a la derecha, y tumbarse en la cama.
Me guardé la llave, empujé la puerta y entré.

El pasillo de mi casa se ensancha aquí en un pequeño vestíbulo que tiene enfrente de la entrada, por todo
mobiliario, un banco de madera. A la luz que se colaba
por la ventana del patio, distinguí contra la pared clara,
el bulto negro de una mujer sentada en este banco. No
había más que la ventana, el banco de madera y la mujer. No quise dar la luz para no despertarla; en el patio
debía haber alguna ventana encendida, y así la mujer,
aunque débilmente, tenía la figura y el rostro iluminados. Llevaba un envoltorio muy apretado contra el pecho, arropado en su manto negro, y sacaba una mano
blanquísima por la abertura de este mantón. Vi que no
estaba dormida. Miraba de frente a un punto fijo, con
sus enormes ojos abiertos sin expresión ni pestañeo. Me
moví buscando la dirección de sus ojos, hice ruido, pero
su rostro permanecía inmutable. Me planté delante de

ella, muy cerca, y entonces comprendí que no me veía, que no me podía ver. Era una mujer de cera. A la luz que entraba por la ventana, distinguí la sustancia de sus mejillas amarillentas y la de su mano lisa y pálida, distinguí la raya naranja por donde tenía pegado a la frente el pelo de verdad, que se le enmarañaba polvoriento; vi la mueca de sus labios inmóviles y el socavón de las ojeras pintadas de un crudo color violeta. Y vi, sobre todo, sus ojos. Sus grandes ojos brillantes sin movimiento. Sus ojos fosilizados, terribles, que no miraban a ningún sitio, que era peor que si mirasen. No había alzado la cabeza, no se extrañaba de verme entrar borracho; no me pedía explicaciones. Ni me las daba. Por lo demás, era igual que de verdad. Me acerqué hasta rozar el borde de su falda de tela gorda y tiesa, que dejaba asomar el viejo zapato manchado y bajé mi mano hasta tocar la suya, fría y resbaladiza, de un tacto pegajoso, como si desprendiera escamillas de polvo o de piel seca. Luego miré su rostro por última vez y enjareté un confuso discurso de bienvenida. Cada vez me costaba más trabajo mantenerme de pie con la cabeza encima. Agarrándome a las paredes, tropezando, conseguí enfilar el pasillo y alcanzar la puerta de mi alcoba. Sin encender la luz ni desnudarme, me metí en la cama deshecha y me quedé dormido.

Contra la madrugada me desperté sobresaltado, con la boca seca. Apuntaba un conato de luz en la ventana, una luz encogida que nadaba vagamente por el cuarto y confundía las sombras y los bultos, que le dejaba a uno desnudo de sus sueños, amenazando inseguro, alerta; que cernía nuevos cuidados y afilaba los ruidos más leves. Sudaba y sentía náuseas. Me quise incorporar. Pero en el mismo instante en que iba a cambiar de postura, me pareció oír un pequeño crujido en el pasillo, y me quedé con los brazos fuera, paralizado de espanto. Bruscamente se me vino a la memoria la mujer de cera con su niño asesinado, oculto dentro del mantón, con su peluca rojiza y sus ojos vacíos, con aquella mano colgante que yo había tocado, tibia y asquerosa mano de esperma. Allí fuera, en el pasillo, a poquísimos pasos de mí, estaba la mujer de cera, acechando mi salida, alzándose en mi despertar. Alargué la mano, buscando ansiosamente el cuerpo de Marcela para abrazarme a él, para guarecer mi espanto en su calor, en su movimiento; busqué con avidez y ni siquiera había la huella. Entonces me acordé de que estaba solo en la casa con la mujer de cera, y mi horror se redobló. Me acordé de la carta de Marcela, de que se había marchado y la eché de menos con la mayor amargura de mi vida.

Sudaba y tenía sed. Hubiera dado el resto de mi vida —tan mezquina, tan vil me parecía— por un vaso de agua. Pero no me atrevía a moverme ni casi a respirar. Estaba todavía con un brazo fuera de las sábanas y el otro y la pierna de esa parte alargados hacia la izquierda, en la postura de buscar a Marcela y de no haberla encontrado. Solamente los ojos me atrevía a volverlos al más pequeño rumor, fijándolos en la luna del armario, donde se reflejaba neblinosamente la pared del otro lado con el rectángulo de la puerta, y así esperaba, con la cabeza tensa y el corazón parado, la más impresionante aparición.

La puerta ni siquiera estaba cerrada con picaporte; tenía abierta una ranura y a veces me parecía que se movía un poco, como si alguien estuviese del otro lado. Por lo menos para cerrar la puerta con llave debía tener el coraje de levantarme, pero, ¿quién era capaz de llegar hasta allí? Hasta los pensamientos me circulaban con una lentitud desesperante, como si se me apelotonasen en grumos de sangre cuajada. «Hago lo que haría si estuviese dormido —me repetía una y otra vez—. Si estuviera dormido, no podría hacer otra cosa. No me muevo porque estoy dormido, porque no me entero de nada de lo que pasa alrededor. No tengo miedo porque estoy dormido.» Pero cada vez estaba más despierto, más atento a las sombras y a los ruidos. Debía faltar mucho para que subiese el sol. La luz se iba espesando imperceptiblemente, aunque sin dar vigor ni amparo todavía. Era una luz lechosa y raquítica, que iba enfriando los rincones y los objetos, fingiendo sombras jorobadas por la pared.

Reflejada en la luna del armario, gris, acuosa, soñolienta, fui reconociendo la habitación; el contorno de una silla, los objetos de encima del tocador, el cuadro de Jesucristo orando en el Huerto de los Olivos. Imaginaba las manos de Marcela frescas sobre mi frente. Mi cabeza era ahora como un saco vacío; ¿habría rodado por el suelo? Sentía el ahogo de no tener cabeza y de estar empapado, en cambio, de aquel asco de mi lengua gorda y estropajosa. Notaba un sudor frío y copioso en el sitio donde debía estar la frente, y sudaba también por todo el cuerpo, dentro de las ropas arrugadas. Marcela me habría desnudado, habría ido a buscar una aspirina y un vaso de agua. Ella podría salir libremente al vestíbulo y volver tranquila y sonriente sin haber visto nada. Porque sus ojos son puros y transparentes, van disipando monstruos y horrores igual que hace el sol, limpiando los lugares donde se posan. Marcela habría vuelto con el vaso de agua, y me habría rodeado el cuello con su brazo para sujetarme por detrás, mientras bebía.

¡Dios, que no le haya pasado nada! Cómo me habré quedado tan tranquilo todo el día de ayer, cómo habré dicho que puedo estar sin ella. La tengo que encontrar. Lo más seguro es que se haya ido al pueblo de su madrina. No me acuerdo del nombre del pueblo; me duele tanto la cabeza... Fuentealgo, o Piedraalgo, a lo mejor lo tiene ella escrito por ahí en algún sobre. La última vez que estuvo aquí la madrina, ¡cuánto se reía Marcela! Se reía de puro gozo, y luego me miraba tímidamente, deseando enredarme en su misma risa. Las pocas veces que, de tarde en tarde, se ha reído así era como si ya no se fuera a apagar nunca la esperanza. Pero últimamente no se reía y me hablaba mal. A mí me irritaba aquella amargura suya, aquellas quejas veladas contra mi desocupación, contra los amigos, aquel perenne gesto contraído. No lo podía soportar, me iba para no verlo. Le decía a todas horas que estaba harto

de verla llorar, harto de ella. Casi siempre se iba a las
habitaciones cerradas cuando tenía ganas de llorar, y
yo le decía: «Pero haces ruido para que te oiga.» Otras
veces, en cambio, lloraba sin ningún ruido; inclinaba un
poquito la cabeza como si estuviera recogiendo las lágrimas en el cuenco de sus manos.

Voy a ir a buscarla. La voy a salir a buscar dentro
de un rato. No la he sabido ayudar; la he dejado arrin-
conada a sus fuerzas. ¿Cómo me puedo quejar de que
se haya encerrado en cuatro ideas muertas, cada día más
mezquinas; de que se refugie en los seriales de la radio,
de que sus ojos se hayan vuelto tercos y rencorosos, sin
brillo? He hecho lo más cómodo, escaparme yo y dejarla, no pensar en ella. Ahora es más difícil que al
principio borrar su recelo, pero lo haré. ¿Cómo habré
consentido en apartarla de lo que para mí es una com-
pensación de vivir, de lo que me aclara las dificultades
y las miserias? Si ella conociera a Ambrosio, a Dámaso,
a tipos así, no podría sentir recelo contra ellos, serían su
compañía también, se abriría al mundo, se volvería ge-
nerosa. Pero no digo ahora conocerlos, englobándolos
en la hostil denominación de «tus amigos», que yo mismo he fomentado, no digo presentárselos casualmente,
como otras veces, sino asomarla a la entereza y huma-
nidad que tienen, uno por uno, a sus opiniones y a sus
fallos. Será difícil, sin duda, pero, ¿lo he intentado siquiera? Y además, ¿era tan difícil al principio de
casarnos, cuando los ojos de ella no tenían sombra y
se confiaban a los míos enteramente, cuando me de-
mostró que era capaz de levantarme en cualquier ad-
versidad, cuando no me pedía nada y esperaba siempre?

Deben ser las siete o por ahí. Dentro de poco abri-
rán los portales. Ya se ve un poco más. Si me pudiera
quedar un ratito dormido para despejar completamente
el cansancio y la borrachera, para dejar madurar bien
la luz del día, cuando me despertase estaría alto el sol
y ya tendría nuevas fuerzas; podría lanzarme a buscar a
Marcela con toda mi energía. Sólo con acordarme de

ella, de la dulzura que hay todavía tantas veces en sus ojos, he conseguido sosegarme y casi he olvidado a la mujer de cera. Hasta me he atrevido a dar una vuelta en la cama y ponerme en postura más cómoda, y no me ha dado miedo que chirriasen los muelles.

Pero ahora, de pronto..., sí; parece que cruje el suelo de madera del pasillo. Incorporo un poco la cabeza y me quedo en tensión, escuchando. Sí, sí, efectivamente..., alguien anda ahí fuera. Antes también se oían ruidos, pero eran confusos y yo sabía que los agrandaba mi imaginación; ruidos de la calle, de las viviendas de encima o de al lado. Pero ahora es aquí en la casa, no cabe duda. Alguien se mueve en el vestíbulo sigilosamente. Ahora se oye tropezar contra un mueble y una cosa que se cae al suelo... Y ahora... ¡pasos!, unos pasos de puntillas que vienen hacia acá. Se me representa la mujer de cera, la del Metro, la de la terrible risa cuando me abrazó debajo de la lluvia. La cabeza me galopa de espanto; casi no puedo respirar. No estoy soñando: los pasos no son mentira, se acercan a esta habitación. Ya están aquí... se han detenido en la puerta. Alguien quiere entrar. Ahora la empujan y la puerta chilla; despacito; ¡alguien está entrando!...

Atacado de un terror indescriptible, di un grito, cerré los ojos y me tapé la cabeza con las sábanas, sujetando el borde con todas las fuerzas de mis puños cerrados. En seguida sentí que alguien se acercaba y se agarraba al bulto rígido de mi cuerpo, apoyando contra él la cabeza, y reconocí, por fin, la voz de Marcela que decía, llorando:

—Perdóname, ya he vuelto, ya he vuelto...; no podía estar sin ti. Yo no puedo sin ti, seas como seas. Ya he vuelto. Perdóname.

Saqué la cabeza de las sábanas y me agarré al cuello de mi mujer histéricamente, hasta cortarle el respiro. Hundía la cara en su pelo y en sus mejillas, apretaba sus brazos y su espalda como presa de un ataque. Y ella me besaba y repetía:

—Ya he vuelto. Estaba esperando que abrieran los portales. Ya he vuelto, ya he vuelto. Ya no me vuelvo a ir.

Mezclaba su llanto con el mío. Cuando pude hablar, la separé ligeramente de mí, y, buscando su mirada, le pregunté, con angustia:

—Marcela, por favor, escucha atentamente, ¿no había nadie fuera?

Ella tenía unos ojos fijos y sorprendidos.

—Fuera, ¿dónde?

—Ahí, en el banco del vestíbulo. Acuérdate de si te has fijado bien, por Dios, por lo que más quieras.

—Claro que me he fijado. Nadie, ¿quién iba a haber? Pero... ¿por qué estás llorando? ¿Tiemblas...? ¿por qué me besas así? Y antes, cuando entré, gritabas...

Apoyé la frente en el pecho de mi mujer y empecé a soltar palabras entrecortadas que se sosegaban en el ritmo de su respiración:

—Marcela, qué miedo. Ha sido algo espantoso... Otra vez me vienen las pesadillas, como el año pasado. Anoche en ese banco de fuera había una mujer horrible; no te lo puedo explicar. Estaba muy borracho. No me quiero acordar, Marcela. Perdóname aunque sólo sea por el miedo que he pasado. Me hubiera muerto si no vienes tú. Parece que hace años de tu marcha. Ya no te vuelvas a ir. Perdóname, Marcela, he pensado muchas cosas. Qué fuerte eres, qué fuerte puedes ser. languidezcas, sólo tú me puedes levantar. Eres igual de fuerte que al principio. Contigo, contigo. Ya no te dejo sola. No te vuelvas a ir.

Madrid, octubre 1954.

1

Hemos llegado esta tarde, después de varias horas de autobús. Nos ha avisado el cobrador. Nos ha dicho en voz alta y, desde luego, bien inteligible: «Cuando lleguemos al puente pararemos para que puedan bajar ustedes». Yo incliné la cabeza, fingiendo dormir. Carlos respondería lo que fuese oportuno; él se levantaría primero y bajaría las maletas, se iría preparando camino de la puerta, me abriría paso cuidadosamente a lo largo del pasillo, pendiente de sujetar el equipaje y de no molestar a los viajeros, se volvería a mirarme: «Cuidado, no tropieces. Me permite..., me permite...». Y yo sólo tendría que seguirle, como en un trineo.

Pasó un rato. Carlos, probablemente, estaba bostezando o tenía vuelta la cabeza a otro lado con indiferencia. En el temor que tenía de mirarle conocía que era así. Mejor no mirarle. Me esforcé para mantenerme en la misma postura, con la espalda bien pegada al asiento de cuero y la cabeza inclinada, enfocándome las yemas de los

dedos, que sobaban, sobre mi regazo, una llavecita de
maletín. Me esforcé por no ponerme nerviosa, por no
gritar que nos íbamos a pasar de aquel puente, por no ti-
rarle a Carlos de la manga tres o cuatro veces, aceleradamente, para que se fuera preparando. Resistía por
testarudez; él tenía el deber de levantarse primero. Des-
licé uno de mis pulgares hasta encontrarme el pulso en
la muñeca opuesta. Batía —pumba, pumba— igual que
un pez oprimido; y yo sabía que sólo con gritar, con
ponerme en pie bruscamente, los latidos se hubieran
desbandado, apaciguándose luego en ondas concéntricas.
Era un enorme esfuerzo el que tenía que hacer, casi
físico, como para empujar una puerta y resistir la fuerza
que hacen del otro lado. Para alentarme a seguir en la
misma postura, me decía: «Ya pasará algo, ya me sacarán
de aquí. Me da igual cualquier cosa. Estoy sorda, empa-
redada entre cuatro muros de cemento».

El cobrador se paró delante de nosotros. Vi su sombra
cegándome los reflejos, que se deslizaban como gotas
de mis pestañas inclinadas a la llave del maletín; vi muy
cerca sus grandes zapatos de lona azul y el pantalón de
dril rayado, que le hacía bolsas en las rodillas, y me
sentí sobrecogida, como cuando hay que comparecer delante de un tribunal.

—Pero, ¿no son ustedes dos los que iban al balneario? —dijo, recalcando mucho las palabras.

Y me pareció que hablaba demasiado alto. Le habrían
oído los de los asientos de atrás; estarían adelantando
la cabeza, intrigados para vernos la cara a nosotros y
enterarse de lo que íbamos a contestar. No se podía esperar más tiempo. Levanté la cabeza y me parecía que
salía a la superficie después de contener la respiración
mucho rato debajo del agua. Se me había dormido una
pierna y me dolían los codos. Antes de nada miré a
Carlos, para orientarme, como cuando se despierta uno
y mira el reloj.

Yacía en el asiento de al lado, en una postura tan in-
verosímil que no se sabía dónde tenía las manos y dónde
los pies. Apoyaba un poquito la frente en la ventanilla

y miraba fijamente a través del cristal con una insultante tranquilidad, como si no hubiera oído jamás nada a su alrededor. Me sentí muy indignada contra él y también contra mí misma, llena de rabia por haber resistido tan poco tiempo, y que ese poco me hubiera parecido una eternidad.

«Tengo que hablar con Carlos hoy mismo, luego —me dije, en medio de mi malestar—. Esto no puede seguir así. De hoy no pasa. Quiero poder hacer y decidir lo que me dé la gana sin tener que mirarle a la cara, sin esta dependencia y este miedo. Disponer de una cierta libertad.» Y sentía gran prisa y angustia por hablarle, aunque ya sabía que no iba a poder. Imaginaba una y otra vez largos discursos, y se me embarullaban al acordarme de que él me estaría mirando cuando los hilvanase, de que pronunciaría: «Dime», y se quedaría esperando mis palabras con desconcertante indiferencia, como si supiera de antemano que nada de lo que fuera a oír podía inmutarle ni sorprenderle. De todas maneras, en cuanto bajásemos del autobús le hablaría. O tal vez sería mejor esperar a llegar al hotel. Yo estaría apoyada contra el respaldo de una butaca: «Verás, Carlos, yo no aguanto más. Llevamos demasiado tiempo así...» Pero así..., ¿cómo? ¿Qué quiere decir así? Y luego, ¿es tanto tiempo realmente? A este hombre absorbente que me condiciona, que limita y atrofia mis palabras, que va a mi lado en el autobús, ¿hace tanto tiempo que lo conozco, que me lo encuentro al lado al volver la cabeza? Lo primero que no sé es el tiempo que va durando este viaje.

Pasábamos por una pradera con árboles regularmente colocados, que dejaban su sombra redonda clavada en el suelo, como un pozo. Le daba el sol; había un hombre tendido, comiendo una manzana; había dos niños parados, cogidos de la mano; había un espantapájaros con la chaqueta llena de remiendos. La hierba se ondulaba y crecía, como una marea, persiguiendo el autobús. Detrás de él, detrás de él, detrás de él...

—Pero, vamos a ver, ¿van ustedes al balneario sí o no? —interpeló el cobrador, fuera de sí.

Dios mío, sí, el balneario... Yo ya había vuelto a cerrar los ojos. No podía ser. Había que bajarse. Nos estaban mirando todos los viajeros. Tal vez habíamos pasado ya el puente..., aquel puente. Sacudir a Carlos, las maletas... Pero antes de cualquier otra cosa, era necesario dar una explicación al hombre de las rodillas abolladas, que no se movía de allí. De su cartera de cuero sobada y entreabierta subí los ojos a su rostro por primera vez.

Tenía un gesto de pasmo en el rostro blando y lleno de repliegues, por el que le corrían gotas de sudor. Me acordé de que tendría mujer, y seguramente hijos, y pensé en ellos como si los conociera. Le llamarían de tú, le acariciarían las orejas, le esperarían para cenar. Tenían este padre grandote y fatigado, digno de todo amor, al que nosotros estábamos impacientando, despreciando con nuestro silencio. Me puse en pie. Decidí hablar y me parecía que me subía a una tribuna para que todos los viajeros pudieran oírme. Descubrí algunos gestos de profunda censura, otros ojos abiertos bobamente hacia mí, igual que ventanas vacías. Sentía como si un reflector muy potente iluminara mi rostro, quedándose en penumbra los demás.

«Dentro de diez minutos —pensaba— se borrará esta escena. Dentro de un puñado de años nos habremos muerto todos los que vamos en este autobús.» Y me consolaba aceleradamente con esta idea.

—Perdone usted, cobrador —pronuncié alto, claro y despacio, con cierto énfasis—. Acepte mis sinceras excusas. Mi marido, ¿sabe usted?, viene algo enfermo.

Me costaba trabajo mantener tiesas las palabras; hablaba como nadando por un agua estancada. Pero, al fin, quedaba clara una cosa: Carlos era mi marido; una cosa, por lo menos, quedaba clara. Mi marido. Lo habían oído todos, yo la primera.

—¿Quién está enfermo? ¿Qué dices, mujer, por Dios? No empieces con historias —se enfadó Carlos, levantándose, por fin, y empujándome con rapidez hacia afuera del pasillo.

Luego se dirigió al cobrador, que no se había movido y nos seguía contemplando extrañadísimo, con su rostro llorón, de almeja cruda, fijo en los nuestros:

—Y usted, ¿se puede saber lo que hace ahí parado como una estatua? ¿Y qué clase de modales son los suyos? Porque yo, francamente, no puedo entenderlo. Sé muy bien que hay que llegar a un puente, que cuando se pare el autobús nos tendremos que bajar. Lo sé muy bien, voy pendiente, no es una cosa tan complicada. Me he levantado, como usted ve, sólo en el momento oportuno. No me explico su insistencia ni por qué nos mira así.

Mientras hablaba, cada vez más excitado, había salido bruscamente al pasillo y sacaba los bultos de la red.

—Vamos, sal —me decía, tirando de mí hacia afuera, sin darme tiempo a recoger los paquetes.

Pero yo no me quería marchar todavía, aunque el autobús iba ya muy despacio y estaba a punto de pararse. Me quería quedar atrás, a escondidillas, y hablar con el cobrador, antes de perderle de vista para siempre. En sus labios se había marcado un gesto de rencor y amargura, y quizás estaba murmurando alguna cosa entre dientes. No se le podía dejar ir así; le habíamos echado de nosotros como quien aparta un trasto y su tristeza era justa. Tenía que pedirle perdón por el comportamiento de Carlos; hacerle ver que sólo se trataba de una irritación pasajera; darle la mano como a un amigo al que nunca se va a volver a ver; manifestarle nuestra gratitud. Pero no sabía por dónde empezar. No me iba a dar tiempo. Carlos ya estaba saliendo. Me había dicho: «Hala, hala», y de un momento a otro volvería la cabeza para llamarme. Vi con desesperación que el hombre daba la vuelta y echaba a caminar de espaldas, con paso lento y pesado, hacia la cabina del conductor. Entonces le llamé atropelladamente, en voz baja, para que Carlos no lo oyese:

—Chisst, chisst. Cobrador, señor cobrador...

Pero no pude ver si volvía la cara, porque se me interpuso una señora menudita, de pelo blanco y pendientes de perlas, que salía de su asiento en aquel instante. Traté de correrme un poco a la izquierda para verlo y ser vista todavía.

—¿Baja usted o se queda, por favor? —me preguntó la señora, a quien yo cerraba el paso.

—Sí, ahora bajo; espere —contesté con azaro, apartando el maletín—. Pase usted, si quiere...

La señora, sin dejar de mirarme, se dispuso a pasar, y en el momento de tener su cuerpo casi abrazado contra el mío, porque el pasillo era muy estrecho, me dirigió una sonrisa. Olía muy bien, a colonia fina.

—Gracias. Según parece, también ustedes van al balneario. ¿Quiere que la ayude?

—No, no; muchas gracias. Puedo bien sola.

—Yo no llevo equipaje. Me lo han traído mis sobrinos en el tren. A ellos nunca les pesa nada. Ya se sabe, la gente joven... ¿Es el primer año que vienen ustedes?

—Creo que sí, señora.

El coche se había parado. Carlos se volvió desde la puerta y me gritó de mal humor:

—Pero venga. ¿Qué haces ahí todavía? ¿Por qué dejas pasar a la gente delante de ti?

Por fin pude mirar al cobrador, y vi que había llegado a la cabina del chófer. Se había sentado junto a él y le contaba algo con excitación. Allí no me daba tiempo a ir. El coche estaría parado muy pocos minutos, los imprescindibles para que nosotros bajáramos. Dentro de la cabina, el rostro del cobrador se había vuelto rojo y se plagaba de muecas cambiantes. Seguramente hablaba de nosotros, porque volvió la cabeza una vez y me miró. En ese momento quise decirle algo todavía, cualquier cosa que pudiera entenderse por medio de una seña, y levanté la mano atolondradamente, con la esperanza de que aún me comprendiese. La mano se me quedó en el aire en un garabato inútil y torpe, y los ojos del cobrador resbalaron apenas por ella, distantes y enconados, y se volvieron bruscamente a otra parte. Sin duda había interpretado mi gesto como una amenaza, como algo hostil o despectivo. Sentí un gran desaliento.

Desde fuera estaban dando golpes en la ventanilla. Volví la cabeza y vi a Carlos en pie, junto al autobús, agitando los brazos y diciendo palabras que no se oían. También los viajeros me miraban y protestaban secretamente entre sí.

Me di prisa a bajar, toda cohibida, atenta a sujetar bien los bultos y a hacer el menor ruido posible, como quien se repliega sigilosamente en retirada, y, apenas salté a la carretera, el autobús reemprendió su marcha y se perdió.

Estábamos en un paisaje completamente aparte. El aire era muy transparente y todo estaba en silencio. Durante unos instantes permanecí quieta, absolutamente desligada de todo, como si acabase de nacer. Sentí el ruido del autobús, que se alejaba, y respiré una nube de polvo y gasolina. Todo se me había olvidado de golpe, y sólo me quedaban el malestar y el aturdimiento. De un modo vago sentía tener pendiente algún asunto, pero no podía localizar cuál era, ni siquiera decir si era solamente uno o eran varios. Me parecía tener corrida una gruesa cortina por detrás de los ojos, y me extrañaba que, a pesar de todo, siguieran entrándome imágenes nuevas aceleradamente. Trataba de oponerles una cierta resistencia por la preocupación que tenía de que no iba a poderles dar albergue, y, sin embargo, mientras pensaba confusamente en todas estas cosas, no dejaba de mirar alrededor.

Estábamos en el puente. Aquél era el puente. Vi que Carlos se acercaba a una de las barandillas y, después de un momento, le seguí. Las barandillas eran de piedra y daban sobre un río sucio y hundido, opaco, sin reflejos, con un agua lisa y quieta de aceituna, prisionera entre altas márgenes de piedra musgosa. Carlos había dejado la maleta en el suelo y se apoyaba contra el puente. Yo me apoyé también. Estuvimos un rato mirando todo aquello sin decir nada. Luego me acordé, de pronto, de la señora del pelo blanco y vi que no estaba con nosotros ni se la veía por todo el puente.

—Carlos, ¿y la señora?

—¿Qué señora?

—La que bajó con nosotros.

—¡A mí qué me importa!

—Pero, hombre, ¿cómo te la has dejado ir así? Estaba hablando conmigo y preguntándome algunas cosas. Tenía ganas, me parece, de conocernos.

—Alguna oficiosa sería.

—Por Dios, yo la quería ver. ¿Cómo has dejado que se fuera? Teníamos que haber sido amables con esa señora.

Y la buscaba con la vista por todas partes empeñadamente.

Carlos, como si no me oyera, siguió mirando al río. No muy lejos del puente había una presa y, junto a ella, tres paredes de un viejo molino derruido, con sus ventanas desgarradas, sin mirar, como las cuencas de una calavera. Tres paredes de cantos mal pegados, sin techo, muertas de pie encima del agua, tapizadas de hierbas y flores que se mecían levemente en las junturas. Carlos apoyaba los codos en la barandilla del puente y la barbilla en las palmas de las manos. Estaba embebido mirando el molino. Dijo:

—Ese molino está incendiado en una guerra. Es muy viejo, sin duda. En una antigua guerra.

Me aburría de mirarlo y corrí la vista por las dos márgenes del río. En la de la izquierda se escalonaban unos montes verdes y tupidos que cerraban el cielo hasta muy arriba. En seguida se sentían deseos de subir hasta la raya curvada que formaba el último, porque nacía como un afán, una esperanza por ver si se descubría horizonte del otro lado. Eran de un verde intenso, monótono, adormecedor.

En la margen derecha se levantaban unos edificios blancos, apoyándose de espaldas contra otra ristra de montañas iguales a las de la orilla de enfrente. No se veían bien los edificios porque los tapaban unos árboles que había delante. Aquello debía ser el balneario. Bien ahogado entre montes; no había salida.

«Si nos pasara algo aquí, tan lejos...», se me ocurrió pensar. Y aquel silencio me sobrecogía, me invadía una especie de desconcierto y recelo. Los edificios estaban absolutamente solos entre las dos paredes de montaña; no había vestigios de pueblo por allí. Solamente descubrí, a nuestras espaldas, en la continuación de la carretera, una iglesia de piedra rodeada de un pequeño corral. No se oía un grito ni se veía a una persona. ¡Qué extraño me parecía todo el paisaje, como visto a través de humo! Tenía muchas ganas de llegar al hotel, de que ya se hubiera pasado un día, para convencerme de que era verdad que íbamos a vivir en este sitio. No sabía por qué habíamos venido y sentía curiosidad y desconfianza. De pronto tuve miedo de que Carlos se esfumase, como la señora del autobús, y me dejara sola. Me arrimé a él y le cogí del brazo. Sería terrible quedarse sola en este puente y que llegara la noche.

Carlos no se movió ni volvió la cabeza. Permanecía con los ojos fijos en el río, frente a este melancólico paisaje, y parecía tener la seguridad de quien ha llegado a donde se propuso.

—En una antigua guerra —repitió—. Éste es el molino, el viejo molino.

No apartaba los ojos, como hechizado, de aquellas tres paredes derruidas. En el silencio se oía el ruido que hacía el agua al salir a través de la puerta abovedada, amortiguado en leves espumas que manchaban apenas la verde superficie.

Me explicó que el molino se había incendiado muchos años atrás, de noche, en una noche lúgubre de muchas matanzas, y que las llamas eran las más altas que nunca se vieron. Que, desde entonces, muchas personas se embrujaban y venían a morir a este lugar. Me contaba estas cosas con vehemencia, con una inexplicable delectación. Abría mucho los dedos de las manos y los movía delante de mis ojos para hacerme comprender cómo se extendían en la noche las llamas rojas y fantasmales que devoraron el molino.

Cuando le pareció que ya me había dado cuenta, dijo:

—Vámonos; hay que llegar pronto.

Y se inclinó a tomar la maleta que había dejado en el suelo. Echamos a andar y yo estaba cada vez más intranquila.

Al balneario se entraba por un paseo de castaños de indias, bordeado de hortensias y boj, paralelo al río, que quedaba a la izquierda.

A la derecha empezaban las edificaciones que yo había entrevisto desde el puente. Eran altas y planas, pintadas de un blanco rabioso, y todas las ventanas estaban equidistantes, entreabiertas en la misma medida, con una cortinilla de lienzo en el interior a medio correr. Estas cortinillas no se movían un ápice, ni las contraventanas. Parecían ventanas pintadas o que no hubiera aire. Eran los edificios varios hoteles, cada uno con su título en el tejado.

A lo largo de la pared de los hoteles, y también a los lados del paseo por donde íbamos andando, había distribuidos muchos sillones de mimbre con gente sentada. Los rostros de estas personas me parecían vistos mil veces y, sin embargo, uno por uno no los reconocía. Me parecían sacados de una fotografía familiar rígida y amarillenta, de esas de grupo, donde aparece una tía abuela con amigas suyas, y, un poco retirado en la esquina, un señor de bastón y sombrero que nadie llega a saber quién es, porque se han muerto las personas que podrían decirlo. Así, aquellos rostros, individualmente desconocidos, me entraban en conjunto, y los sentía en algún modo afines, formando parte de algo mío que quedaba atrás, de escenas que tenían que ver conmigo, íntimamente unido a una vida que ya no recordaba. Quizás alguien de mi familia había vivido en este sitio. Tal vez yo misma, en la infancia.

Carlos y yo íbamos cogidos de la mano no sé desde cuándo. Todos los ojos se levantaban para mirarnos pasar. Ojos juntos, escrutadores, inexorables, que se pegaban a nuestras ropas, que se lanzaban entre sí contraseñas de reproche y protesta, que nos seguían a la espalda, paseo adelante, en desazonadora procesión. Los sillones de mimbre en que se sentaban aquellas personas estaban igualmente repartidos —unos buscaban el sol, otros la sombra—, pero por algunas zonas se acercaban y formaban un grupo espeso en tira, en semicírculo o en corro alrededor de un velador. Sobre estos veladores había alguna tacita de café, y un señor o una señora revolvían lentísimamente el azúcar con una cucharilla, como si les diera una horrible pereza acabar aquella tarea y tener que pensar en otra hasta la hora de dormir.

Cuando nosotros pasamos, las cucharillas que revolvían azúcar se paralizaron completamente, y las manos se quedaban suspensas en el aire tocando apenas el mango con dos dedos, como manos de cera. Abundaban las señoras, todas muy gordas a primera vista, aunque luego, fijándose bien, no lo eran tanto. Iban vestidas de seda, de morado o de gris, y llevaban pulseras con muchos colgantes. Hacían labor de punto, y estos colgantes de oro tintineaban y se les enredaban en la lana. Los maridos estaban algo apartados, bostezaban casi todos o estaban dormidos encima del periódico. Había más señoras que maridos. El sol se filtraba a rayas y se posaba plácidamente sobre los macizos de hortensias, sobre las cabezas y las manos.

Yo le iba dando patadas a una piedrecita que traía desde el puente enredada en los pies. Me gustaba ir andando por aquella avenida, y, aunque caminaba emocionada y como en guardia, el calor de la mano de Carlos contribuía a que se diluyesen mis vagas preocupaciones. Mi mano es pequeña y muy plegable; se escondía debajo de la suya como dentro de un envoltorio. Carlos es guapo y atractivo, mucho más alto que yo; también mucho más guapo. Era un placer muy grande caminar a su lado por aquella avenida, desafiando a todos. Nadie iba a preguntarnos por qué veníamos cogidos de la mano. Nadie iba a pedirnos explicaciones. Seguramente Carlos podría detenerse y besarme en mitad de la avenida, con un beso terriblemente largo, y ninguno se mezclaría.

«Será que le pertenece —pensarían—, será que tiene derechos sobre ella.» Y se quedarían inmóviles, como cuando sale una escena de amor en el cine, que no quiere uno casi ni respirar. Y mucho menos aquellas personas podrían suponer, a pesar de sus ojos tan abiertos, que yo fuera caminando turbada e insegura, con el miedo de que advirtiesen ellos en nosotros algo anormal.

Así llegamos al final de aquella fila de hoteles. El último de ellos hacía esquina en ángulo recto con otra fachada más baja que cerraba el paso de la avenida. Sobre esta fachada se veía un letrero donde decía: «Entrada al manantial», y a mí me atrajo mucho aquel letrero escrito en letras negras y muy gordas. Estaba colocado encima de un pequeño porche cubierto, al fondo del cual se vislumbraba la puerta que debía conducir al manantial. Estaba abierta, y a través de ella me pareció ver una blanca galería. A los lados de esta puerta había dos tiendecitas, y en sus escaparates se amontonaban cosas confusas que brillaban apagadamente. Todo esto, como estaba en el fondo del porche, no se veía muy bien y parecía un decorado. Yo me quise acercar para distinguirlo mejor, pero Carlos me retuvo y se paró:

—¿Dónde vas? ¿No ves que los hoteles terminan aquí?

—Pero yo quiero ver lo que venden en aquellas tiendas.

—Ya lo verás. Ahora tenemos que buscar albergue. Espérame aquí con el equipaje. Voy a mirar en este hotel.

Me colgó en el hombro varios estuches, como de máquinas fotográficas, y una o dos gabardinas.

—Carlos... —le dije.

—¿Qué?

—Pregunta precios..., no podemos gastar mucho.

En el mismo momento de hacer esta adverencia me estaba arrepintiendo.

—Yo sé lo que podemos gastar. Yo sé lo que me hago.

Se metió en el hotel. Me quedé sola, de pie. Hacía una tarde rara, de nubes que se corren y se descorren,

jugando. El sol me daba en los ojos y los cerré. También
me bajaba por el cuello. Estuve un rato con los ojos cerrados, oyendo confusos zumbidos. Luego se nubló el sol
y me entró por todo el cuerpo frío y desasosiego.

Simultáneamente, oí decir a mis espaldas:

—Deben ser extranjeros. Traerán costumbres nuevas.
No sé por qué los tienen que admitir. Aquí siempre ha
venido gente conocida.

¿Hablarían de nosotros? Volví la cabeza y vi detrás
de mí a dos personas que me estaban mirando de un
modo terriblemente fijo. Una de ellas era la señora del
pelo blanco que me había hablado en el autobús. La reconocí con alegría y la fui a saludar; me parecía una gran
suerte que Carlos no entorpeciese este encuentro con su
presencia. Sin embargo, sólo durante una fracción de segundo coincidieron nuestros ojos, porque inmediatamente
ella desvió los suyos a otra parte, como si no me conociera. Luego se acercó mucho a su compañera —iba con
otra señora muy parecida a ella— y le dijo al oído algunas palabras. Mientras le hablaba, la otra me miraba
con descaro y hacía gestos con la cabeza para arriba y
para abajo, como condoliéndose de alguna cosa terrible.

Salió un hombre y me dijo:

—Señora, su marido la espera en el ascensor.

—¿A mí? ¿En el ascensor? Y con las maletas, ¿qué
hago?

—Déjelas a mi cuidado. Yo se las subiré.

—¿Está usted seguro de que se trata de mi marido?

Me gustaba mucho decir en voz alta «mi marido», y
oír que los demás me lo decían. Tenía miedo de que no
resonaran bastante las palabras y que no se oyesen alrededor, miedo de estarlas inventando yo misma.

—Sí, señora. Son ustedes los nuevos.

Los nuevos. Le seguí. Lo decía con sorna. Y también,
cuando entré en el vestíbulo, me pareció que había sorna en los ojos del conserje, que estaba a la izquierda,
detrás de un mostrador. Solamente me fijé en los ojos de
aquel conserje y en el suelo del vestíbulo, que era de már-

mol blanco. La distancia hasta el ascensor se me hizo desmesuradamente larga. Estaba muy turbada.

El ascensor tardó mucho en subir. Ibamos Carlos y yo con un botones que se apoyaba contra las puertas, sin moverse absolutamente nada. Delante de aquel chico no me atrevía a hablar, pero tenía que contarle a Carlos lo de las señoras. Quería llegar pronto. Estaba muy nerviosa. Carlos jugueteaba con una llave grande que tenía enganchada por la cabeza una chapa redonda y dorada donde se leía: «92». Primero cogía la chapa entre los dedos y balanceaba la llave para adelante y para atrás; luego cogía la llave por los pies, balanceaba la chapa y el 92 se agrandaba. Era un 92 alarmante, desmesurado.

Por fin el ascensor se paró y el botones corrió las puertas y salió antes que nosotros, medio patinando sobre un suelo de madera muy encerado. Hacía, mientras nos sujetaba las puertas, una especie de reverencia burlesca.

—Sigan todo recto, tuerzan a la izquierda, tercera habitación —dijo con un tonillo pedante, de cicerone.

Apenas llegamos a la habitación 92, cogí la llave y cerré la puerta por dentro. Me apoyé allí mismo, sin avanzar.

Carlos, que había entrado antes que yo y estaba inspeccionando el cuarto, se volvió y me miró con sorpresa. Tenía que contárselo todo de un tirón para que no me siguiera mirando. Noté que iba a salirme la voz entrecortada:

—Carlos, aquí nos conocen. Te lo aseguro. Sospechan de nosotros.

—¿Que sospechan? ¿Qué dices? Explícate.

—Nos mira toda la gente. La señora del autobús ha fingido no reconocerme y no me ha querido saludar. Dicen que somos extranjeros —expliqué todo seguido.

Y luego me paré porque no me acordaba de más cosas.

Carlos no respondió al principio. Estaba liando un pitillo. Luego levantó los ojos y me miró, como esperando a que siguiera.

—Bueno, ¿y qué?

—Nosotros no somos extranjeros, ¿verdad?, ¿verdad que no? La señora ha dicho que sí. Por favor, déjame ver los pasaportes.

Teníamos que tener pasaportes, esos cuadernitos verdes, pequeños y alargados que todo el mundo tiene. En ellos se han superpuesto muchas firmas y advertencias importantes, que nos marcan y acompañan siempre, como las notas del colegio, cuando niños. Aquellos papeles eran nuestra salvaguardia, seguramente allí se aclaraban muchas cosas; tendría que poner nuestro nombre y apellidos, diría si yo estaba casada o no con Carlos, y a lo mejor hablaba de nuestra conducta. Me pareció una maravillosa seguridad tener en la mano los dos cuadernitos verdes, tenerlos guardados, poder sacarlos de cuando en cuando y repasarlos, como un tesoro.

—¿Los pasaportes? Los he dejado en la conserjería.

—Dios mío. ¡Cómo has hecho eso! Debe poner algo malo de nosotros. Nunca los debíamos soltar.

Carlos se sonreía levemente, echando perezosas bocanadas de humo.

—Carlos, por favor, habrá que recuperar esos papeles, tenerlos nosotros.

Me angustiaba pensar que no entendía, o que a mí no me sonaba claramente la voz.

—Carlos —repetí—. Te digo que aquí hemos caído mal, que nos va a costar trabajo tener amigos. ¿Te das cuenta de lo que te estoy diciendo?

—¿Amigos? ¿Quién pretende tenerlos? —se extrañó.

Ahora llamaban a la puerta. Me acerqué, e iba a abrir despacito, para que no se dieran cuenta desde fuera de que teníamos echado el cerrojo, pero Carlos se me adelantó y lo descorrió con mucho ruido.

—¿Se puede? El equipaje.

—Adelante, pasen ustedes.

Entraron el maletero y el botones, y dispusieron las cosas por la habitación, haciéndonos muchas consultas. Carlos se volvió de espaldas y se puso a mirar por la ventana.

Los hombres trabajaban con enorme parsimonia. Me pareció que el equipaje era mucho más grande que el que nosotros traíamos en el autobús; había una infinidad de paquetes de todas las formas y tamaños. A lo mejor se habían confundido con otro equipaje, pero yo no dije nada, porque no estaba segura y, además, sólo quería que terminaran de una vez. Todo me lo preguntaban a mí: «Señora, que dónde ponemos esto... y esto... y esto...».

En realidad era indiferente que dejaran aquellas cosas en un sitio o en otro, pero, desde el momento en que me lo consultaban, yo me sentía obligada a escoger para cada una de ellas un lugar determinado, descartando todos los otros, que tal vez valdrían igual. Al mismo tiempo, trataba de que esta selección fuera definitiva, es decir, que las cosas quedaran colocadas en los sitios que les iban a corresponder. Para esto tenía que acertar lo que venía en los paquetes, porque no lo sabía, y, aunque algunos bastaba con palparlos por fuera, otros tenía que abrirlos.

Al final me hartaba todo aquello y cada vez tenía mayor prisa por acabar. Lo que me irritaba más era la meticulosidad y consideración con que aquellos dos hombres obedecían mis órdenes, casi todas dadas al azar, y la reverencia con que esperaban a que las pronunciase, torciendo un poquito la cabeza a la izquierda y mirándome sin pestañear, mientras mantenían el objeto en la mano. Aquella actitud suya me obligaba a enredarme más y más en mis decisiones, y cada vez tardaba más tiempo en pronunciarlas, entorpecida por un fuerte sentimiento de responsabilidad.

—¿Este maletín?
—Encima de otra silla, ¿no les parece?
Ellos se miraban impersonales.
—Como la señora diga.
—Pues sí, en una silla.
—No hay más sillas, señora.
—Pues que la traigan de otra habitación.
Carlos se volvió y nos miró con asombro.

—Pero, ¿todavía no han terminado ustedes? Vamos, vamos, dejen todo ahí, encima de la cama. Así. ¿Hay más cosas?

—No, señor.

—Y este maletín también, encima de la cama.

—Ha dicho la señora que lo pongamos en una silla.

—Pero, ¡qué más dará! ¡Qué ganas de complicar la vida!

Antes de que se fueran les preguntó Carlos:

—¿Por dónde se puede ir al molino viejo?

—¿A qué molino?

—Al que se ve desde el puente, con el techo derrumbado.

—Nadie va nunca, señor. Por las tardes, cuando viene el agua menguada y se seca la presa, se puede pasar hasta allí desde el jardín de atrás, por el fondo. Pero nadie va nunca.

—¿Hay un jardín?

—Sí, señor. En la parte de atrás del balneario. Un parque con una terraza que da sobre el río. Es muy hermoso aquello. ¿Quiere que le digamos por dónde se va?

—No, gracias; ya acertaré yo solo.

Les dio una propina y se marcharon.

Carlos entró en el cuarto de baño, que estaba al lado de la habitación, y dejó la puerta abierta. Abrió los grifos. Dijo:

—Dame el jabón y un peine, por favor.

Abrí el maletín y busqué las cosas que me pedía. Se las di. Luego me quedé de pie en el quicio de la puerta. Vi que se lavaba las manos despacio, haciendo mucha espuma, y que después se peinaba escrupulosamente. En todo lo que hacía no había nada de anormal, nada que pudiera darme motivo de enfado. Aun en contra de mi voluntad, tenía que esperar a que él rompiera por algún lado, a que me diera pie para seguir hablando, para reanudar la excitación interrumpida. Terminó de peinarse y salió otra vez a la habitación.

—Hasta luego —dijo, mientras se dirigía a la salida.

Le seguí excitadísima, sin comprender.

—Pero, Carlos, ¿adónde vas?

—A dar una vuelta. ¿Por qué me miras así? —repuso tranquilamente.

Yo estaba realmente acongojada, y lo malo era que no sabía cómo justificarlo. Se me ocurrió decir:

—Por favor, no te vayas ahora. No me dejes sola con todo este equipaje revuelto. Ayúdame.

—¡Qué enorme equipaje! —dijo, fijándose—. Para hacerlo, para deshacerlo, para traerlo a cuestas... ¿Por qué no tendrá uno un traje solamente y no lo llevará puesto hasta que se le rompa? Colgar, descolgar, planchar..., ¡qué serie de tareas tan complicada!

Se había detenido cerca de la puerta y miraba los bultos con fastidio. A mí todo aquello se me salía del tema y no sabía por dónde replicar. Hice un esfuerzo por acordarme de lo que le estaba diciendo antes de que vinieran los dos hombres, y, por fin, lo encontré: «Que no podremos tener amigos, que han dicho que somos extranjeros»; y me quedé colgada de estas dos ideas, aunque no sabía cómo relacionarlas con lo anterior. Colgada, balanceándome, como una araña de su tenue hilo. Le tendería este hilo a Carlos, a ver si él me ayudaba a tejerlo; pero si me lo rompía, yo ya no sabía por dónde seguir.

—Aquí no podremos tener amigos. Han dicho que somos extranjeros —repetí, con tesón, con esperanza—. ¿Entiendes?

—Bueno, ¿y qué? ¿Qué más da? ¿Qué diferencia hay entre ser de un sitio y ser de otro? Te ruego que me expliques la diferencia que hay.

Se había cruzado de brazos, esperando mi respuesta.

—No sé, no te lo puedo decir —dije apagadamente, como trastornada—. Lo mismo da. Vete si quieres a dar tu paseo.

Carlos se dirigió a la puerta y la abrió. Dijo:

—Hasta luego, entonces.

Después cerró la puerta detrás de él.

Me quedé sola en mitad del cuarto y lo miré con dete-
nimiento por primera vez. Tenía, a la derecha de la ventana, una cama, y a la izquierda, un armario de luna.
También había un perchero, una mesita y dos sillas. El
cuarto era bastante amplio, estaba todo muy limpio y olía
ligeramente a desinfectante.

Me hubiera gustado que se oyesen ruidos en las habitaciones contiguas, pero no se oía nada absolutamente,
todavía menos de lo que se oye en un silencio normal.
Me parecía que alguien me estaba espiando. Me paseé en
todas direcciones y me sosegaba, oyendo crujir, debajo
de mis pies, el piso de madera. Luego me senté y me
di cuenta de lo extraña que me sentía en aquella habitación.

Tal vez sacando algunas cosas de la maleta y deshaciendo los paquetes, viéndome rodeada de objetos y prendas
usuales, me sentiría ligada a un mundo más familiar y
la habitación misma se teñiría de sentido para mí. Por
ejemplo, eché de menos, encima de la mesilla, un reloj
despertador, y también algún portarretratos, o una de
esas bandejitas que sirven para dejar los pendientes, los
automáticos desprendidos y alguna aspirina. Estas cosas
tenían que venir en un equipaje tan complicado. Abrí
la maleta y me puse a buscarlas con ahínco. Tenía mucha
prisa por verlas colocadas.

En aquella maleta todo eran ropas y ropas. Unas ropas
antiguas y oscuras, como levitas o uniformes. Había entre medias algún traje de mujer con la falda tiesa y abundante, y también muchos lazos, sombreros y pecheras,
mezclados unos con otros, arrugados y de tonos indeci-
sos. Estas ropas me dejaban en los dedos un tacto áspero
y polvoriento y nunca terminaban de salir, como si la
maleta no tuviera fondo. Las iba dejando en el suelo, a
mi espalda, tiradas de cualquier manera, con la urgente
curiosidad de ver si encontraba otra cosa; pero sólo salían ropas y más ropas, y el cuarto estaba más revuelto
cada vez. Las ropas se amontonaban detrás de mí como
una muralla, y empezaron a llenar la habitación.

Hubo un momento en que se hizo necesario seleccionar aquello de alguna manera, separándolo en montones diferentes, para que no ocupara tanto sitio. Me quedé un rato de rodillas delante de la maleta abierta, contemplando perpleja aquella masa heterogénea de prendas. El polvillo que desprendían se había posado en el suelo y lo ensuciaba; también se esparcía por el aire y se respiraba un olor acre y desagradable, de desván. Me puse a pensar con mucho desaliento por dónde empezaría. Quizá lo mejor fuera seleccionar por colores, lo azul con lo azul, lo verde con lo verde. Pero en el armario no iba a caber todo.

Me levanté y me acerqué al armario para ver cómo era de grande. La mitad tenía con perchas y la otra mitad de estantes, forrados de periódico viejo y amarillento. Había en la parte de abajo un cajón que también estaba forrado de periódico y sobre él aparecía un gran imperdible solitario y oxidado, con la barriga abierta. Me dio mucha grima; parecía un bicho sucio, un insecto. Lo saqué, agarrándolo con los dedos, y lo tiré al suelo. También arranqué los periódicos. Lo forraría todo de nuevo, los estantes y el cajón; recortaría unos papeles blancos, limpísimos, nuevos. Esta labor me atraía y no se me hacía ingrata; era como una alegre evasión de lo demás.

Me arrodillé otra vez para buscar unas tijeras. La maleta seguía completamente llena, a pesar de todo lo que había sacado. Rebusqué un poco por la izquierda, debajo de las primeras capas de ropa, pero me seguía topando únicamente con cosas blandas. Al principio buscaba con cierto cuidado y delicadeza, como quien pretende sorprender la madriguera de un animal escondido; pero luego a barullo, sin miramiento alguno, revolviéndolo y arrugándolo todo, y mezclaba bufandas, cuellos, tiras, faldones, y lo de abajo se venía arriba. Me olvidé de lo que buscaba y de todo proyecto de orden, porque aquello me producía un inmenso placer. Empecé a sacar ropas vertiginosamente, y las echaba sin mirar por el aire, detrás de mi cabeza y caían en una lluvia copiosa a formar par-

te del montón extendido que se había ido dibujando a
los pies de la cama.

Luego me levanté a mirarlo. Me senté en él, y hundí
allí las manos con deleite, amasándolo como una espuma. Pasó bastante rato y me sosegué.

Sentada encima de la ropa con los brazos cruzados detrás de la nuca y la cabeza apoyada en la pared, había
encontrado una postura cómoda. Casi me daba sueño.
Carlos, ¿dónde habría ido? Seguramente a buscar el jardín para ver el molino de cerca, tal vez para explorarlo.
Hacia el molino, el paisaje se oscurecía como si fuera de
noche por allí. El molino se me volvía grande y misterioso, poblado por arañas, salamandras y espíritus. Me
daba escalofrío pensar en aquella confusa historia de las
matanzas. Tal vez Carlos corría peligro; no debía haberle
dejado ir solo. Si yo no estaba con él para guardarle las
espaldas, para impedir que le pasara algo, ¿cómo se jus-
tificaba que viajase a su lado, que me angustiase por su
culpa?

Me puse de pie y me asomé a la ventana. Se veía el paseo por donde habíamos venido, con los árboles grandes
que me tapaban el río y, del otro lado, los montes altos,
verdes y cejijuntos. Desde la ventana, parecía que estaban en la orilla de acá, que se me venían encima y los
iba a tocar con la mano, de tan estrecho como era el
río. Sentía ganas de ver el mar o una llanura grande.

Miré para abajo. El paseo se había quedado desierto
de sillones de mimbre y sólo algún señor se paseaba despacio, arrastrando rítmicamente los pies. Llegaba hasta
el final de la avenida y daba otra vez la vuelta. A ratos
se paraba solemnemente en un punto cualquiera y se
quedaba inmóvil, igual que si estuviera rezando responsos. Luego arrancaba de nuevo y se notaba el esfuerzo,
cada vez mayor, que le costaba despegar. Sonaban sus
zapatos acompasadamente, con un leve chirrido.

Pegado a la fachada del hotel, debajo de mi ventana,
debía haber algún grupo de personas, porque se oía su-

bir un secreto bisbiseo. Saqué el busto fuera del alféizar
y miré. Me quedé muy asombrada de ver la gran cantidad
de señoras que se apretaban contra la pared, distribui-
das en pequeños grupos; era como una fila de hormigas.
Manoteaban mucho y hablaban unas con otras, cuchicheando bajísimo, como si conspiraran. A veces salía
una señora nueva de debajo del porche que conducía al
manantial y era llamada con una seña. Acudía presurosa
a reunirse con las demás, y de esta manera se iba engro-
sando la concentración. Sin duda estas señoras eran las
mismas que estaban sentadas tranquilamente haciendo
sus labores cuando nosotros llegamos. Solamente un
acontecimiento recién ocurrido podía reunirlas así a de-
liberar. Instantáneamente, sin que pudiera saber por qué
me invadía esta plena certidumbre, identifiqué tal acontecimiento con el de nuestra llegada.

En el mismo momento de comprenderlo me retiré instintivamente hacia atrás, presa de viva agitación. Ahora,
a hurtadillas, al filo de la ventana, contemplaba aquella
masa con el corazón turbado y el rostro medio oculto
detrás de la cortina, como quien acecha los manejos de
un enemigo poderoso y calcula mentalmente los medios
de que se vale para combatirlo. Comprendí que era necesario tener mucha serenidad. Mi ventana estaba muy
alta y ellas no podían verme, pero, de todas maneras,
me pareció lo más oportuno meterme para adentro y re-
flexionar a solas acerca de mi situación.

Cerré la ventana y dejó de oírse el más leve rumor.
Otra vez aquel silencio de muerte. Carlos había huido
dejándome sola. Tal vez ya no pensaba volver nunca.
El seguramente sabía por qué nuestra llegada al balneario había despertado tanta excitación, creándonos un ambiente enemigo; él —ahora me parecía comprenderlo con
claridad— sabía muchas cosas que no quería explicarme.
Sin duda le perseguían por haber cometido algún delito
que yo ignoraba, y su rostro sería conocido por todo el
mundo. Robo..., crimen, tal vez. Seguramente venía a
este apartado lugar para morir en él.

Pero yo no le dejaría solo. Pasara lo que pasara, estaríamos los dos juntos. Huiríamos de lo que fuera; siempre se puede huir. Me temblaban las manos al acordarme otra vez del molino. Era un disparate que se hubiese ido de la habitación, que no se hubiese confiado a mí. Tenía que encontrarle, teníamos que irnos de este hotel. Pero, sobre todo, encontrarle, lo primero. Poderle decir todavía: «Estoy contigo. He adivinado lo que te pasa y, contra todos, te ayudaré. Vamos a pasar todos los peligros los dos juntos.» Llegar a tiempo a decirle esto sería una dulzura tan grande, que después ya podría ocurrir cualquier otra cosa. Podríamos morir.

No podía esperar a que volviese. Tenía que salir a buscarle ahora. Era preciso abandonar la habitación —que representaba, por otra parte, el único lugar seguro de que disponía, la única fortaleza donde atrincherarme, donde pisaba un terreno del que era dueña en cierto modo—, y aventurarme a ciegas a través de escaleras y corredores largos, desconocidos, llenos de recovecos, expuesta, como estaba, a encontrarme con personas que me mirarían con manifiesta hostilidad. Tenía que armarme de valor y cautela. Procuraría llevar los ojos bien abiertos.

Me dirigí a la puerta decididamente. Antes de abrirla me volví y eché una última mirada sobre los equipajes a medio deshacer, sobre la cama hundida por el peso de tantos paquetes, sobre el suelo y las sillas agobiados por aquel confuso revoltijo de las ropas, y el armario, con las dos hojas abiertas. Aquel desorden del cuarto contribuía a mantener mi tensión y mi inquietud, el terrible agobio de mi conciencia. El orden pendiente me incitaba a actuar, a tratar de poner remedio a todas las otras cosas que también estaban pendientes, que me remordían como si tuviera en ellas una gran parte de culpa.

Luego salí y cerré la puerta con llave.

Apenas puse el pie en el pasillo, tuve la impresión de que alguien me miraba desde alguna parte. Me volví, al

azar, vivamente, y vi que una persona se metía, a toda
prisa, en la habitación de al lado de la nuestra. Sólo
pude distinguir un gran bulto de color malva. No llegó
a cerrar la puerta del todo, sino que dejó una rendija, y
me figuré que por allí pensaría acechar mi paso. Tal
vez había estado mirando por el ojo de la cerradura lo
que yo había hecho en la habitación, y ahora se pondría
a espiarme, siguiéndome a cierta distancia. Por la espalda me había parecido una señora corpulenta, vestida con
un salto de cama; pero no lo podía asegurar.

Vacilé un momento, y después eché a andar en la dirección opuesta, velozmente, casi de puntillas. El camino
que abandonaba era el que, en un principio, había escogido, porque me parecía recordar que por allí se salía
a la escalera; pero, después de todo, no estaba muy segura, y, además, tanto por un lado como por otro a
alguna parte llegaría. Lo importante era ir sorteando obs-
táculos.

No tenía una idea clara acerca de mi itinerario. Vagamente había intuido que tendría que ir a dar a la galería
del manantial, y que ésta, por el fondo, tendría una salida al parque del cual habían hablado, donde estaba segura de encontrar ahora a Carlos. Pensaba que a la galería del manantial se podría salir desde el interior del
hotel por alguno de estos pasillos. Eran pasillos largos
que nunca se cerraban, doblados a izquierda y derecha,
en pedazos superpuestos, que parecían el mismo. Iba andando por ellos de un modo maquinal. Tenían por el medio una alfombra antigua y aplastada de tonos desvaídos,
con un dibujo mareante de espirales. Yo iba repitiendo
para mí: «Galería del manantial. Manantial», como cuando a uno le han dado un recado y tiene miedo de olvi-
darlo; y me parecía la única orientación segura.

Tal vez llevaba yo mucho tiempo andando, cuando oí
cerca el ruido del ascensor. Se ensanchaba el pasillo, haciéndose más luminoso, y a la izquierda estaba, por fin,
la escalera. Lugar conocido: me renació una cierta esperanza. Vi que por el hueco se deslizaban temblando dos
cuerdas del ascensor que acababa de desaparecer camino

arriba. Me agarré al pasamanos y bajé de prisa, furtivamente, mirando por el hueco con precaución.

En el trecho que unía el segundo piso con el primero
aminoré la marcha. Me asomé un poco más y lograba distinguir los pies de unas personas que estaban abajo en
el vestíbulo esperando el ascensor. Venía un murmullo
de conversaciones. Allí no me atreví a bajar. Afuera, a
los lados de la puerta, seguirían congregadas las señoras.
No tenía el coraje suficiente para llegar a abrirme paso
entre ellas, con todo aplomo, y torcer a la derecha hacia
el porche cubierto donde ponía: «Entrada al manantial».
Esto se me antojaba una proeza. La entrada al manantial tenía que buscarla por otro lado.

Había llegado al primer piso. Sólo me faltaba un peldaño y me detuve allí. Contra una de las primeras puertas del pasillo, a pocos pasos de mí, estaba apoyada una
mujer de buen tamaño, vestida de azul y tocada con una
cofia muy tiesa. Tenía cogida con la mano izquierda una
gran escoba y se miraba las uñas de la otra mano con actitud meditativa. A ella me dirigiría.

—Por favor, me hace el favor —la llamé sin acercarme, sin bajar todavía el último escalón.

La camarera levantó los ojos y se me quedó mirando
en la misma postura que estaba; entornaba un poco los
ojos, como si hiciera un gran esfuerzo por reconocerme.
Yo estaba a contraluz. Vi que no se movía y le hice un
gesto con la mano. Temía que no me hubiese entendido.

—¿Quiere venir un momento, por favor? —repetí.

La mujer se desprendió de la pared, con lo cual ya parecía que se había acercado un poco, y dijo con voz perezosa:

—Usted, ¿de qué piso es?

Me turbé. Tenía miedo a los interrogatorios.

—¿Yo? Pues no sé decirle, de uno de los de arriba.

La mujer me miró absolutamente perpleja, y salvó en
pocos pasos la distancia que nos separaba.

—Pero, diga, ¿no vive en este hotel?

—Sí, aquí vivo.

—Está bien, ¿y en qué piso?

Debía haberme fijado más en todas las cosas antes de salir del cuarto y debía haber contado con que todo sería riguroso.

—Ya he dicho que no sé, que no recuerdo.

—Pero, bueno, usted sabrá el número del cuarto que ocupa. Tendrá una llave. Nunca he visto a nadie que no tenga su llave...

¡Ah, sí, la llave! La busqué en el bolso y salió enganchada con otras cosas, una caja de cerillas, una pulsera rota, una cuerda de envolver. La desenganché a pequeños tironcitos.

—Sí, sí, aquí está, tengo la llave —dije, alargándosela.

La mujer la miró, sin cogerla. A continuación me miró a mí.

—El noventa y dos. Pues su camarera es Juani, la del tercero.

Hizo una pausa, y yo esperé sin decir nada, porque me parecía que era ella quien tenía que seguir hablando. Nos mirábamos fijamente.

—Su camarera es Juani —volvió a decir—. ¿Es que no estaba en el piso cuando usted ha bajado?

—No sé, no la conozco, no he visto a nadie.

—¿La ha llamado usted al timbre?

—No, no se me ha ocurrido.

Cada vez me resultaba más inútil y embarazosa aquella situación. En aquel momento se detenía el ascensor a nuestro lado. Me entró una horrible prisa por marcharme. Bajé el peldaño que me quedaba y me puse de espaldas al hueco de la escalera. Rápidamente, resumí:

—Yo sólo quería preguntar si se puede ir al parque por algún pasadizo interior, sin tener que bajar al vestíbulo y salir afuera.

Del ascensor no había salido nadie más que el botones. Noté que la mujer le estaba mirando; se había parado a mis espaldas, como si esperara. Me volví. Parecía que quería darme un recado.

—¿Me buscabas a mí? —pregunté intranquila.

—Sí, señora. He estado arriba, en el cuarto, llamando. Ahora la he conocido al bajar y me he parado por eso.

Hablaba señalando al ascensor, cuyas puertas había dejado abiertas, como para hacer ver que tenía prisa.

—Si usted me permite, yo me tengo que ir —dijo, a su vez, la camarera—. Le voy a decir por dónde puede salir al parque.

Se colocó mirando hacia la derecha ceremoniosamente, como un guardia de tráfico, y, mientras con una mano se doblaba en ángulo el pico del delantal y sujetaba la escoba, extendía la otra señalando el camino:

—Tira usted por este pasillo todo seguido; luego tuerce a la derecha, hay tres escalones, luego a la izquierda, y luego a la derecha otra vez. ¿Sabe usted el comedor?...

¿Qué me querría el botones? No podía retener nada del complicado itinerario que me estaba proponiendo aquella mujer; sólo deseaba que acabase de una vez. La veía hacer gestos con la mano, como si marcara líneas en un papel blanco; veía sus ojos redondos que se quedaban a ratos mirando el techo, como buscando allí la palabra adecuada; oía el fatigoso mosconeo de su explicación.

—... o mejor, verá usted, mejor ir por la izquierda: se sale más derecho. Llega usted a un sitio donde están las cocinas. ¿Entiende usted?

—Sí, sí...

Imaginaba con gran desaliento que una serie de dificultades me esperaba si quería llevar a cabo tan prolija expedición. Apenas la había comenzado y ya me daban tentaciones de abandonarla, de volverme al cuarto a dormir.

Por fin, la camarera terminó su monserga y se despidió. Yo, a pesar de no haberme enterado de casi nada, la había seguido insistentemente con los ojos durante todo el tiempo; había movido de vez en cuando la cabeza con signos afirmativos, y había mirado atentamente hacia los lugares hipotéticos que sus dedos me señalaban para animarla a ser breve. Le di las gracias y la vi alejarse con enorme alivio. Me volví al botones, impaciente:

—Dime, ¿qué querías?

El muchacho cogió carrerilla y dijo todo seguido, como si estuviera cantando una canción:

—Que de parte de su marido que a lo mejor tarda bastante, pero que usted no se preocupe. No he traído el recado en seguida porque me llamaron del sexto —hizo una pausa, como recordando—: Sí..., que usted no se preocupe aunque pase lo peor. Me parece que no se me ha olvidado nada. Me voy para abajo, si usted no manda otra cosa.

—Espera. ¿Cuándo te dijo eso mi marido?

—Antes, ya hace buen rato. Iba a escribir una cosa para usted en un papel, pero luego dijo que mejor no.

—¿Adónde iba él?

—No sé decirle. Me lo encontré fuera, en el vestíbulo. El salía y yo entraba. No vi por qué lado se fue.

Yo estaba anonadada. Aquel mensaje terminaba de dar razón a mis confusos presentimientos.

—Está bien; muchas gracias.

—¿Me puedo ir?

—Sí, sí.

Oí el ruido del ascensor que se cerraba y que empezaba a deslizarse hacia abajo. Luego, casi en seguida, el golpe seco al llegar al vestíbulo.

Había vuelto a quedarme sola. Pero, ¿quién pensaba ya en irse a dormir? Tenía que ponerme rápidamente en camino, sin volverme a detener más que cuando fuera indispensable. Una vacilación, una insignificante pérdida de tiempo podría ser fatal. Me dejaría andar pasillo tras pasillo, hasta acertar con el parque. Acertaría. No tenía más remedio que encontrar a Carlos. Ya no me acordaba de otra cosa más que de que tenía que llegar al parque, ir allí lo más pronto posible. Todas las preocupaciones se me habían concentrado en ésa, y ninguna duda me dispensaba la atención. Por lo menos, ahora sabía que al parque podía salir por aquí, precisamente siguiendo este pasillo. Este enlazaría con otros. Este pasillo me llevaría.

Me puse, pues, en camino.

Lo que más desazonaba de aquellos pasillos era la calma que reinaba allí. A derecha e izquierda todas las puertas estaban cerradas, con su número encima. Ni siquiera me resonaban los pasos, porque siempre pisaba por encima de alfombra. Dejando atrás el encuentro con la camarera y el botones, me hundía, corredores adelante, en un desamparo absoluto. Hacía un esfuerzo por detallar, por diferenciar los lugares que iba atravesando, y tan sólo lograba tragármelos amontonados, iguales, como a través de una bocaza sin iluminar. Dejé de hacer aquel esfuerzo. Sabía que iba andando, sombra adentro, por largos y silenciosos corredores, que mis pasos se perdían sobre una raya de alfombra. Tenía la conciencia de que alguien, en cualquier momento, me iba a pedir cuentas de lo recorrido, o que yo misma necesitaría retroceder o rectificar mi ruta, y que me iba a encontrar con la memoria vacía, sin poder responder de nada de lo andado. Quería fijarme en aquellos pasillos y no podía; estaban completamente vacíos de aliciente para excitar la atención de mis ojos.

Seguía andando; había seguido andando en lugar de irme a dormir. Pero estaba incapacitada para escoger el camino que me habría de llevar hasta el final. Yo no guiaba mis pasos, yo no me hubiera sentido culpable si se descaminaban. A pesar de lo importante que se había vuelto mi andanza; a pesar de no tener ninguna información precisa, estaba persuadida de que mis pasos los determinaba una voluntad superior; de que yo no andaba, sino que alguien andaba por mí, de que todo estaba marcado ya fatalmente, tal como se había de desarrollar. Por eso no me sentía responsable de los errores que pudiera ir cometiendo.

Me resbalaban los pasillos como sonido de salmodia, como una oscura monserga. Tal vez cada uno de ellos lo recorrería dos o quince veces. ¡Quién lo puede decir! Más que atravesar espacio, atravesaba silencio y sonidos. Y la sombra, la indeterminación, se identificaban con las zonas de silencio.

Sé que, de cuando en cuando, por detrás de las puertas
cerradas que yo suponía sin verlas, a ambos lados de mis
sienes, sonaba algún confuso rumor, como de alguien que,
allí cerca, se deslizase o se revolviese, como de pequeños
ronquidos o carraspeos, como de un envoltorio que se
cae, o el chasquido de una madera dilatada por el calor.
En estos momentos me parecía que alguna persona me
miraba o me seguía a hurtadillas, o que me iba a cortar
el paso; y se me encendía la tiniebla en un susto, el corazón se echaba violentamente a latir.

Coincidiendo con estos sobresaltos, me parecía que
irrumpían en mi viaje pequeños redondeles iluminados,
como hitos para marcar el tiempo, para hacerme patente
que seguía andando en realidad, que no habíamos llegado todavía.

Eran, pues, éstas las únicas incidencias que jalonaban
mi monótono caminar; las únicas que le hacían dar testimonio de sí mismo. Andaba como a tientas, como sin
vida, agachada debajo de negros pasadizos; desde el último rumor hasta el siguiente, en que el redondel de luz
se encendía y me volvía a latir el corazón. Tan bruscamente me latía cuando era grande el sobresalto, que perdía turno y se quedaba atrás como enganchado, como si
hubiera dado un tropezón. Y me parecía que, durante
un trecho, seguía andando yo sola sin el corazón, y que
él, por sí mismo, tenía que correr a alcanzar de nuevo su
puesto, como si tomara el tren en marcha.

Era como viajar por el vientre de una ballena. Algunas veces, de mucho más lejos, como de por fuera de las
paredes que me rodeaban, llegaba el sonido de una voz
que tal vez llamaba a alguien, o el pitido de un tren o
la bocina de una camioneta. Desconcertaban estos ruidos:
se escapaban, quebrándose; se me clavaba el doloroso
deseo de escucharlos al aire abierto, en toda su lentitud.
Entonces me acordaba de que andaba perdida en el interior de aquellos edificios blancos que había visto al llegar;
de que por fuera de este pasillo estaba la gente parada a
la puerta, y el puente sobre el río, y las montañas, y tal
vez todavía un poco de sol. Me estaba haciendo la ilu-

sión de ir a alguna parte, de moverme, y tan sólo estaba comprendida en la órbita del gran edificio, tragada, buceando dentro de él, sin que mis pasos tuvieran mayor importancia de la que puede tener la trayectoria de un grano de maíz en el estómago de una gallina. Reconstruía la imagen del paisaje que había visto por fuera, y lo identificaba como la envoltura de estas paredes que me aprisionaban. Y, a su vez, todo el edificio también estaba ahogado y prisionero, medio emparedado entre dos altas murallas de montaña, espesas, dominadoras como un entrecejo, que apenas le dejaban entre medias la rayita del río para respirar. Era muy poco sitio, estaban demasiado cerca aquellas montañas, demasiado encima, allí afuera, sobre mi propia cabeza. Se iban a venir abajo; iban a derrumbarse sobre los tejados, a cegar las ventanas, a aplastarlo todo. Tal vez ahora mismo, mientras yo lo pensaba, mientras me movía vagamente por aquellos pasillos, por aquellos oscuros intestinos, haciendo mueca de ir a alguna parte; ahora mismo se podían desplomar. Estaba totalmente indefensa. En pocos segundos se consumaría el cataclismo y yo quedaría irremisiblemente sepultada en lo más hondo, sin apercibirme, sin poderme siquiera debatir. Antes de haber llegado a encontrar a Carlos; antes de haber salido, por lo menos, nuevamente a la luz.

Sudaba imaginando estas cosas y sentía deseos de gritar, de volver la cabeza a alguna parte, pero no lo podía hacer. Seguía andando en línea recta con los hombros rígidos, y siempre tenía abierto pasillo y más pasillo por delante.

Oí cerca unos ruidos, como arrastrar de ruedas diminutas, y unas voces que hablaban en secreto:

—Aquí, en este recodo, era donde yo te decía. Mira qué bien, qué hueco en la pared para los tarros. En seguida hacemos el experimento. No pasa nadie, nadie nos puede ver. Estos eran los estantes del laboratorio. Todo está perfecto.

—... ponlo todo aquí. Tú vete por las ramitas y las cerillas. ¡Qué sitio tan estupendo! Nos podemos venir todas las tardes y no lo decimos...

Eran voces de niños. Me detuve; hice un esfuerzo por localizarlos.

—Alguien viene —dijeron con susto.

Y se callaron un momento. Me imaginé que contenían la respiración, que levantaban las narices y que toda la sangre se les subía a latir en la cabeza.

—Alguien viene —volvieron a decir, más de prisa, con mayor alarma y seguridad.

Sonó un cacharrito que se caía al suelo.

—Esta es tonta. Vámonos en seguida. No recojáis nada. Luego volveremos a venir.

Delante de mí había una puerta de muelles de dos hojas. La empujé, y del primer tramo de pasillo que apareció al otro lado, levantaron corriendo cuatro niños. Salieron de la izquierda, de una especie de entrante redondeado que hacía allí el corredor, debajo de una pequeña ventana aislada. En este entrante, como en una habitación, habían dejado un carrito y montones de minúsculos utensilios.

Lo abandonaron todo y corrieron hacia el fondo del pasillo. Corrían en la punta de los pies, como liebres, empujándose, tratando de taparse unos a otros con sus cuerpos, y el que quedaba el último se entrelazaba con los bultos de los demás o se cogía a sus ropas por el temor de quedar al descubierto.

El pasillo era ancho y se iba torciendo un poco hacia la derecha, como la curva de un río. Al final lo cerraba una pared con su ventana de visillos, y antes de llegar allí, también en la derecha, había un arco que daba a una escalera. Los niños habían seguido una trayectoria que se dirigía a aquel punto, y, una vez alcanzado, se precipitaron por el hueco abajo. Se mezclaban sus risas, desatadas al llegar a lo seguro, con el tropel de zapatos que frotaban los escalones.

Cuando desaparecieron, me di cuenta de que ellos, al recorrerlo, me habían iluminado aquel pedazo de camino

que tenía delante de los ojos; de que, al fin, era como
si alguien me hubiera roturado el camino. Abarcaba ahora perfectamente la perspectiva de este trozo de pasillo
que me habían abierto los niños al huir; veía lo que estaba en primer término y lo que más allá; calculaba los
pasos que me separaban de la escalera. La llamaba así,
familiarmente, «la escalera»; la aceptaba, me la apropia-
ba de un solo golpe de vista. Era terreno que no necesitaba detallar minuciosamente para hacerlo mío, para estar segura de que podría reconocerlo en cualquier otra
ocasión, aun sin tener pecularidades muy marcadas. Y el
pensar en atravesarlo no me parecía una tarea agobiante.

Ya había salido del túnel; podía respirar.

Aquella escalera bajaba a la galería del manantial. De
sobra lo sabía yo. Ahora, desde que se habían disipado
la confusión y la niebla, mi intuición empezaba a contar. Me parecía lógico que, al llegar a la galería del manantial, yo recobrase mi clarividencia y mi autonomía,
que solamente entonces las recobrase; y se me justifica-
ban la ceguera y el ahogo recién padecidos; se me hacían
necesarios, porque sólo ellos, con su desaparición, habían
podido darme la señal de que estaba llegando a lugares
intuidos, con los que había contado desde el principio y
donde yo sola, sin la ayuda de nadie, me podría orientar
y desenvolver.

Bajé la escalera y, al final de ella, me apoyé un instante en la bola que cerraba el pasamanos.

Por la galería del manantial circulaban gentes apresuradas. Se cruzaban entre sí, con breves saludos, como si
se movieran por las calles de una gran ciudad, y parecían
acudir a resolver importantes asuntos. Demostraban cierta indiferencia unos por otros, como si se conocieran demasiado o tuvieran ocupada la atención en otras cosas.
Apoyada en la bola del pasamanos los contemplaba ir y
venir, a una cierta distancia todavía, y pensé, admirada:
«¡Qué bien lo hacen!», como si los viese representar
para mí una función de teatro. El aplomo y la seguridad

de aquellas gentes despertaba mi envidia. Incluso los que
iban más despacio estaban como absortos en algún negocio de peso y se paraban, conscientes y silenciosos, con
la mirada en punto muerto, entre las filas de blancas es-
cupideras. Todo era allí muy blanco y muy solemne.
Poco a poco me fui acercando más.

Al manantial se entraba por la derecha, bajando otros
peldaños de mármol. Aquella escalera estaba alumbrada
con luz eléctrica y subía un olor de aguas sulfurosas, y
también un vaho caliente y húmedo que enrarecía el aire
de la galería, haciéndolo pesado como el de un invernadero. Este vaho se extendía igual que niebla y desdibu-
jaba las figuras, volviéndolas misteriosas y distantes. La
escalera era muy ancha y tenía dos figuras grandes de
bronce representando mujeres desnudas que sostenían
candelabros. Muchas personas subían y bajaban por allí
y, al hacerlo, se acentuaba su aire grave e importante.
Algunos llevaba batines de toalla; a franjas moradas y
grisáceas, y en la cabeza un extraño turbante.

Pronto comprendí que aquellas personas no repararían
en mí ni me molestarían y me mezclé con ellas, tratando
de llegar al fondo, por donde supuse que se saldría al
parque, y donde, efectivamente, vislumbré una puerte-
cita.

Sin embargo, la tarea de abrirse camino entre tantas
personas que hormigueaban en direcciones opuestas y con
grados de prisa diferentes no era del todo fácil, y a mí
no me importaba tardar un poco en marcharme de allí.
Cuanto más cerca estaba de aquellas personas, más deseos sentía de quedarme con ellas para siempre. Yo misma alargaba la ruta y la complicaba a propósito, dando
pequeños rodeos y haciendo eses por entre los grupos
estacionados y los que estaban en movimiento. Una vez
me di cuenta de que había dado la vuelta y andaba en
dirección opuesta a la que debía llevar. Me gustaba mucho estar entre aquellas personas y me hacía la ilusión
de pertenecer al mundo que componían y participar de
sus preocupaciones. Algunos me rozaban al pasar; me
decían incluso: «Usted perdone.» Era muy grande la ten-

tación de quedarme con ellos, y parecía todo tan senci-
llo... Quizá tan sólo consistía en girar y girar, en dejarse
ir sobre las baldosas y por las escaleras alumbradas, abajo y arriba, hacia la derecha y la izquierda, y por las
baldosas otra vez, con los mismos pasos que ellos daban,
sin perder el compás, el ritmo de todos. Tal vez, cuando
se acabasen las vueltas, habría pasado mucho tiempo y
ya todos me conocerían. Me habría librado de mi condición y de mi angustia.

Paseaba y paseaba de un lado para otro, componiendo
un continente mesurado. Era fácil de aprender aquella
función. Todo giraba, se engranaba de por sí. Sería maravilloso tener un papel de verdad en aquella rueda, no
estar solamente imitando a los demás.

Ellos formaban un mundo, se relacionaban grandemen-
te entre sí. Sus asuntos, aunque fueran particulares, no
eran de índole distinta. Estando en el mismo plano de
aquellas personas y tan cerca de ellas, me daba cuenta de
cuánto tenían que ver unas con otras, del acuerdo que
reinaba entre todas. Se hablaban en voz baja al pasar y
algunos se detenían a darse golpecitos en la espalda y
esbozaban sonrisas pálidas, como de consuelo. Pero todo
lo hacían bisbeando, con mucho respeto, en tono menor,
sin bullicio ni descompostura, como si hubiera un enfermo que dormía allí junto y todos preguntasen por él y
se compadecieran. Acaso todos ellos estaban enfermos
y lo sabían, y por eso se guardaban tanta consideración
entre sí, unidos en su misma enfermedad, en la idéntica
esperanza de curarse.

Yo también podría haber fingido un desmayo, un vó-
mito, cualquier cosa y ya sería uno de ellos, y en seguida
me rodearían y me llevarían en volandas a la habitación.
Pero la habitación se me representaba como una escom-
brera, como un cubil salvaje y maloliente. No podría
ofrecerles ni una taza de té; no habría sitio donde poner
la bandeja, bailaría sin asentar sobre los bultos desiguales. Ni siquiera una silla podría ofrecerles. Me acordaba
de las ropas, de la maleta abierta, de los paquetes amontonados. Había algunos grandes encima de otros de me-

nos base y era fácil que los de arriba se hubiesen caído, con lo cual estarían los papeles rotos y todo desparramado por el suelo.

La imagen de este desorden me volvió a traer a la mente el recuerdo de Carlos, y la urgencia que había de encontrarlo. Di la vuelta y eché a andar hacia la puertecilla del fondo lo más de prisa que podía, como si nadase contra la corriente.

Cuando salí al parque era de noche, una noche sin luna. Me apoyé en la puerta, desconcertada, y esperé a que mis ojos se fueran haciendo a lo oscuro para poder avanzar.

No se oía ningún ruido en torno. Venía un aire limpio y suave, y, a rachas, un perfume pequeño a canela, a pan con azúcar; debía haber una mata de heliotropo allí cerca. Agucé el oído y me mantuve unos instantes en tensión; luego empecé a andar con cuidado, llevando las manos extendidas delante para no tropezar. Noté que a cada paso que daba tardaba más tiempo en llegar con los pies al suelo, como si fuera andando cuesta abajo o la tierra se hundiese. Esto me producía mucha angustia, me daba una enorme sensación de inseguridad.

Poco a poco me fui acostumbrando a la tiniebla y empecé a distinguir sombras y contornos. El parque era estrecho y alargado, limitado en cada extremo por una fila de árboles fantasmales tupidos y uniformes, como guardianes. Por el medio había macizos de flores gigantescas. A veces, el camino se interrumpía y tenía que avanzar por entre estos macizos, rozando los gruesos tallos, y me parecía sentir la respiración de una persona o de un animal escondido allí junto. Las flores eran gordas y carnosas como cabezas y despedían un olor sofocante. Pasaba sin atreverme a respirar.

Por la izquierda oí sonar el río. De detrás de los troncos de los árboles subía el murmullo apagado y hondo, como la voz lamentosa de un prisionero. El molino debía estar ya cerca. Me dio miedo asomarme y casi no quería

mirar para allí. ¡Qué terrible el molino en la noche! Tal
vez en torno a sus paredes, donde las aguas se agitaban,
aflorasen ahora, entre turbias espumas, las risas sin dientes de los ahogados; y estarían en corro las pálidas cabezas, levantados sus ojos huecos hacia los ojos huecos de
las ventanas. Y llamarían con ello a todo el que pasase
por allí.

Seguí andando de prisa. Tal vez Carlos no había muerto todavía. De estar vivo, andaría por allí, muy cerca. Tal
vez lo tenía a mis espaldas, entre los matorrales; tal vez
era la suya aquella respiración que me parecía sentir algunas veces. También tenía miedo de que estuviese vivo.
Quise llamarle y no me salía la voz.

Seguí andando hacia el fondo del parque y me hundía
gradualmente. El suelo estaba liso, sin desnivel alguno,
y yo veía el bulto de mis pies posándose por lo llano;
pero, a pesar de todo, me hundía sin remedio. Seguramente me hundía hacia el molino. Me poseía un poder
misterioso que era capaz de arrastrarme hacia allí poco
a poco por un desconocido tobogán. Carlos se estaría
ahogando y me llamaba.

Llena de espanto, hice un esfuerzo por detenerme y resistir. Cada vez iba caminando más de prisa, siempre
de frente. Me salió al paso un árbol corpulento y me
abracé a su tronco con toda la potencia de mis brazos,
como cuando uno no quiere que lo lleve el viento, y clavaba las uñas en su corteza.

De pronto tuve una extraña clarividencia. Por primera
vez desde que habíamos llegado al balneario se me cruzó
la idea de si estaría soñando. Se me abrió esta duda como
una brecha en los muros de tiniebla que me cercaban,
como la única salida posible, la única luz. Pero se me
alejaba, desenfocada, bailando con guiños de burla, como
la luz de un faro; perdía consistencia y desaparecía, sofocada por las imágenes y las sensaciones del sueño mismo. De nuevo intenté gritar, esta vez con mucho mayor
empeño y esperanza, con todas mis fuerzas, y de nuevo
fue en vano. La voz no me salía, se me estrangulaba sin

alcanzar a repartir sonido, igual que si tropezara con una barrera de piedra.

Empezaron a oírse ruidos lejanos que se acercaban más; algo así como golpes acompasados contra un tambor y pasos de muchas personas arrastrando los pies procesionalmente. Apreté la cara contra el tronco del árbol y cerré los ojos. Venían los ahogados —no había duda—, traían el cadáver de Carlos para depositarlo a mis pies. Ya iban a llegar pronto. Sería terrible cuando llegasen a mi espalda y me tocasen con un dedo por detrás.

Si estaba soñando, tenía que despertar en seguida; antes de que ellos llegasen, antes de ver a Carlos muerto y que fuese verdad. Había que darse prisa. Ahora mismo: gritar y despertar. Pero cada vez que lo intentaba no conseguía más que avivar mis terribles sufrimientos. Me debatía entre la luz y la sombra, entre la vida y la muerte, desesparada ante la impotencia de vencer y salir a lo claro, de aniquilar este mundo de amenazas, terror y misterio, que me envolvía y acorralaba, que avanzaba, agigantándose, cada vez más desorganizado y caótico, sin ningún asidero para mí.

Ahora, en las pausas de los tambores, se oían otros golpes más tenues, pero más cercanos, como de alguien que me viniese a salvar, que me llamase desde otra orilla, a través de un delgado tabique. Alguien me estaba buscando con una luz muy fuerte para sacarme de allí, pero iban a pasar por mi lado sin verme, sin oírme. Sabía que todo consistiría en lograr dar un grito poderoso. Lo intentaba de nuevo, sin conseguir soltar el chorro de la voz. Lo ensayaba, a empujones cortos y continuados, sin tregua. Tenía una piedra enorme cegándome la voz, como la entrada de una cueva.

Los pasos de los ahogados, trayéndome el cuerpo inerte de Carlos, haciendo retumbar sus tambores de muerte, sonaban ya cerca, a mis espaldas. Los otros golpes, los de verdad, los que solamente estaban separados de mí por un telón, por una débil muralla, se oían más apagados y más lejos. Un grito, un grito que me los acercara, que me los iluminara. Si me oían gritar todavía podían llegar a tiempo los que me buscaban, para sofocar los otros ruidos y destruirlos, para sacarme de allí. Me estaban buscando con potentes linternas.

Ya llega Carlos, muerto, rodeado de cuerpos de fantasmas; ya vienen los tambores. Un esfuerzo. Estoy dormida, soñando. Un esfuerzo.

Ahora conseguía emitir unos gritos raquíticos como mugidos, como burbujas. Más fuerte. Más. Más fuerte. Gritar, gritar, gritar...

2

—¡Señorita Matilde!... ¡Señorita Matilde!... ¿Me oye?

El botones deja un momento de golpear con los nudillos y pega el oído a la puerta, sin atreverse a entrar ni a marcharse. Luego llama otra vez, más vivo, sin respeto, realmente alarmado.

La señorita Matilde hace crujir los muelles de su lecho y se debate, emitiendo gritos ahogados y angustiosísimos, como si la estrangularan. El botones, por el invierno, ha ido al cine varias veces y sabe que pueden ocurrir cosas así. Conoce algunas historias de malhechores que se deslizan furtivamente en los dormitorios de las mujeres solas para robarlas o violarlas, y que, después de saciado su deseo y su codicia, escapan sin dejar huellas de su paso, hurtándose sigilosos a todas las miradas.

El botones está muy excitado y se siente héroe de verdad por primera vez en su vida. Tiene catorce años y en este balneario se aburre de muerte. Vaya una ocasión. No es que vaya a decir que no le da un poco de miedo, pero no se piensa ir ni pedir ayuda a nadie. Va a entrar él solo, solito, a sorprender el atropello del desalmado. Como no conteste ahora, vaya si entra.

—Señorita Matilde..., señorita...

Nada, que no contesta. Que sigue con los gemidos. Las piernas le tiemblan un poco. Pone la mano en el picaporte, pero no se atreve a empujar.

A lo mejor era más seguro bajar a avisar al conserje. Sí, claro que sería más seguro. El conserje es un hombretón como un castillo, menudo tío; con ése ni lo contaba el tipo de ahí dentro. Pero, ¿y si se va mientras él baja y vuelve a subir? Además, viniendo el conserje, él seguiría teniendo bastante mérito; siempre dirían: «Ese chico fue el que avisó»; pero ni comparar con lo que será si entra solo y se lía a puñetazos. A lo mejor lo traen en los periódicos, y hasta con retratos. Se imagina la cara que pondrá Demetrio, el de «La Perla», que siempre los anda llamando cobardes a todos, porque una vez de poco mata a uno peleándose, y llegó a estar en la cárcel un mes.

Ánimo. Un poco de ánimo. Ahora se oyen palabras entrecortadas y un grito algo más claro y más alto; y otra vez nada. Sólo el cuerpo que se revuelve encima de la cama, como si rechazase a otro cuerpo en la lucha.

Todavía vacila. Mejor le gustaría que fuese la señorita Clara, la del veintiséis, que duerme sola en la habitación al lado de su padre, ese señor que es juez. Con ésa sí que no lo dudaba; aunque sólo fuese por verla echada en la cama. Vaya una maravilla. Es la única chica joven que viene al balneario; le suele sonreír —más maja y simpática—, y hasta el año pasado una tarde que llovía jugó con él al ajedrez. Siempre anda por el paseo, con un libro cerrado y las manos colgando, sin saber lo que hacer. Bien que se aburre la pobre. Por las mañanas, todavía; alguna vez se va en el tren a la playa. Pero por las tardes todo se le vuelve dar vueltas como un oso enjaulado y entrar por una puerta y salir por otra, y echarles a todos los que ve esos ojos tan mustios y tan preciosos, y aguantar las bromas de los mayores, como si se quisiese escapar y pidiese, mudamente, auxilio. Por defender a ésa no se andaba parando a pensar si iban a sacarle o no en los periódicos. Entraba, aunque supiera seguro que lo iban a matar.

De todas las demás señoras y señoritas le da lo mismo. Si no fuera porque vienen las mismas todos los años, hasta las confundiría. Todas iguales, con la nariz y los

ojos absurdamente repartidos, que parece que siempre
les sobra sitio en la cara; con la boca muy delgada pintada de carmín, rematada por dos altivos surcos paralelos; con esos trajes llenos de frunces y perifollos que
tardan lo menos tres horas en arreglarse. Y luego las
risas tan bobas cuando están todas en rueda, tomando el
chocolate.

Esta no es de las peores. Es bastante cariñosa y le ha
dado propina varias veces. Además no puede uno elegir
las ocasiones. Seguro que una como ésta no se le vuelve
a presentar en la vida.

Nada, hay que decidirse. Otra vez se acuerda de Demetrio y aprieta el puño sobre el picaporte. A la una, a las
dos y a las... ¡tres!

Ha entrado de un golpe, como si derribara la puerta,
exagerando la violencia de su actitud para hacerse fuerte,
y ha avanzado en línea recta, con los puños cerrados,
hasta el centro de la habitación. Allí se ha detenido y
se le comba el pecho fieramente, mientras las piernas le
tiemblan y casi se niegan a sujetarle. Piensa que su aparición inesperada y sus pasos decididos serán más que
suficientes para asustar al ladrón y ponerlo en fuga. Dice,
sin mirar a ninguna parte, con una voz que quiere ser
terrible:

—¿Quién anda ahí?

Y se queda bastante satisfecho de sí mismo, porque la
voz le ha respondido, aunque un poco más débil de lo
que hubiera hecho falta, sin gallos ni temblores.

Ahora, en vista de que no se oye nada, se atreve a mirar en torno. La habitación está en penumbra y huele a
sudor y a cerrado. Al principio no está seguro del todo,
pero le parece que no hay ningún extraño. Aquel bulto...; no, nada, es un traje oscuro sobre el respaldo de
una silla. Siente a la vez alivio y decepción. Como no se
haya escondido... Ahora ya mira libremente en todas direcciones, abarca el cuarto, rincón por rincón, y ve bien
claro que el ladrón no está.

Avanza decidido hacia la cama. De esconderse, habrá
sido debajo de la cama; pero no le ha dado tiempo. Ade-

más, ésos son recursos de los cuentos de niños. Los ladrones y asesinos del cine aprietan resortes ocultos en la paredes o se descuelgan por las ventanas con saltos fabulosos, sin hacer ruido, casi volando.

Todavía un pequeño sobresalto al tropezar con algo blando que está en el suelo, encima de la alfombra. Es el corsé de la señorita Matilde, con las medias prendidas, colgando despatarradas como piernas de goma que se hubiesen desinflado. Le da un poco de asco, lo aparta con el pie. Ya está a la cabecera de la cama.

La señorita sigue emitiendo sonidos inarticulados que se le abortan sin salir del todo, angustiosos, tercos, confusos, como los de un mudo que quisiese hacerse entender. Su cuerpo sudoroso se agita dolorosamente, presa de un misterioso maleficio, y se marcan sus contornos, abundantes y desceñidos, por debajo de la colcha ligera. La señorita está en combinación y duerme con los brazos destapados; se le ve, también, todo el escote opulento. Menudo, cómo debe sudar. El botones la contempla totalmente desencantado; sin querer vuelve a acordarse de la señorita Clara, la del veintiséis, y piensa lo que hubiera sido verla a ella en la siesta. Se siente muy ridículo. ¡Qué rabia le da haberse asustado tanto! Si lo llega a saber Demetrio... Ganas le dan de volver la espalda y marcharse al pasillo por donde ha venido, sin echarle una mano a esta infame gorda. Pero le da un poco de pena. ¿Quién tiene el corazón de irse, dejándola a la pobre en garras de esa terrible pesadilla?

La coge por un antebrazo y la sacude suavemente. Mejor sería por los hombros, pero los tiene tan desnudos. Le da como reparo.

—Señorita, despierte; señorita Matilde;

Es poco, demasiado flojo. ¿Qué demonios estará soñando? Ahora menea la cabeza para los lados y hacia atrás, como si quisiera sacudir un moscardón imaginario, y abre mucho la boca; se le ve la lengua inerte y babosa, sacudida por los inútiles pujos de voz aprisionada, de la voz que se debate por alcanzar a ser algo más que esos sordos gemidos. Pone un gesto de patética estupidez. Se parece al Chele cuando anda borracho perdido y no lo pueden levantar del suelo entre dos hombres. Se parece, también, a don Antonio, el encargado de antes, cuando estaba muriéndose. Dios mío... ¿Se irá a morir? Aquí sola con él, en este cuarto... A lo mejor le ha dado un ataque o algo...

El botones no deja de mirarla. Ahora está asustandísimo. La sacude, esta vez por los hombros, bien fuerte, sin remilgos. Las manos se le hunden en la carne blanda y blancuzca, en la carne abundante, limpísima e intacta, lavada dos, tres, cuatro veces al día con un rico jabón que viene envuelto en papel amarillo, que lo mandan en cajas de cuarenta pastillas y casi no lo venden ya en ningún comercio; un antiguo, satinado jabón, anunciado en las páginas de la *Ilustración Española y Americana* junto al dibujo de una señora de boca pequeña, la larga cabellera rubia flotando al viento. Los hombros de la señorita Matilde constituyen su mayor orgullo. Le gusta mirárselos desnudos en el espejo, a través de las blancas burbujas de jabón, secárselas con mimo, como en una caricia; recorrerlos con el pulgar, mientras los otros dedos se esconden en el nido amoroso del sobaco. Se los mira una y otra vez con el pretexto de lavárselos, de explorar un granito, de reformarse una combinación. Los echa para atrás, los tornea en el aire, les busca el perfil. No puede resistir la tentación de hacerlo. Muchas veces, en la confesión, ha tenido que acusarse, muy avergonzada, de estas pecaminosas complacencias.

Al botones, por su parte, los hombros de la señorita Matilde le dan bastante grima; jamás se le hubiera pasado por la cabeza la idea de tocarlos, de no haberse visto obligado a ello por circunstancias tan perentorias. Gracias a lo asustado que está ha logrado superar esa repugnancia. Ahora se trata de algo más serio; hasta palmadas se atreve a darle en la cara, que la tiene como untada de crema; hasta a hablarla muy cerca del oído, rozando los rizos aplastados.

—Señorita, despierte; señorita..., por Dios.

Por fin, la señorita, bruscamente, se incorpora en la cama de un salto inesperado y lanza un grito desgarrador y victorioso. Un grito largo, largo... Es como respirar, como abrir las compuertas, como si entrase torrencialmente el aire a llenar hasta lo hondo un aljibe vacío.

Abre los ojos extraviados de terror, y se abraza al cuello del botones, sin que él tenga tiempo de evitarlo. Le ha saltado de repente como una pantera y se acurruca contra él, y el aliento entrecortado y ardoroso de sus palabras le hace cosquillas en el lóbulo de la oreja. Todavía no sabe lo que dice.

—Carlos, Carlos..., te quiero; qué miedo, te mataban...

Y a todos éstas, clavándole las uñas en el cogote y sudándole encima aquella mole desgobernada, fofa y pertinaz. Se desprende como puede, todo sofocado, y se cantea tímidamente hacia la rayita de luz que entra por la ventana, para que ella le mire y le pueda reconocer. Articula, turbado:

—Soy Santi, señorita Matilde. Santi..., ¿no me conoce? He entrado porque la oí quejarse y creí que le pasaba algo. Perdone que haya entrado, pero estuve llamando mucho rato y no me contestaba. Ha debido tener una pesadilla...

Ahora baja los ojos como disculpándose de no ser esa persona a quien ella llama, de resultar extraño en esta habitación, de haberle usurpado el lugar a alguien.

—Soy Santi, Santi, el botones —repite.

Igual que si dijera: «Solo Santi. Yo no tengo la culpa.»

La señorita Matilde está sentada ahora con el cuerpo rígido y le mira con ojos inexpresivos, fijos y distantes. Poco a poco va sintiendo el sudor de sus piernas, el peso de su cabeza, va haciéndose a la penumbra de la habitación cerrada. Pesadilla..., era una pesadilla. La mala digestión, el bacalao al pil-pil. Tiene la lengua seca, como untada de ceniza. Ha sido el bacalao, siempre le pasa igual cuando lo ponen. Ni régimen ni nada; no se da harta.

¡Puf, qué manera de sudar! Tiene un pie destapado, colgando. Hasta la colcha pesa. Vaya trazas de cama. Este chico la ha visto medio desnuda. Ahí está, todavía, de pie. Santi, claro. Santi, el botones. Carlos sueño, Carlos no hay. No hay congojas, no hay vereda terrible que arrastra al molino, ni fantasmas de ahogados, ni hostilidad por parte de nadie. Pero Carlos, tampoco. No ha podido llegar a decirle aquello tan urgente que le iba a decir. Flota, se esfuma lejísimos el mensaje. No le ha dado tiempo. Ya nunca le dará tiempo. Ha quedado pendiente, roto sobre los abismos. Ahora no tiene nada que decirle a nadie. Se sube un poco la colcha. Se tapa.

—Sí, Santi, Dios te lo pague, hijo. Tenía una pesadilla muy mala. Gracias a que has venido tú —se estira, se pasa la mano por la frente—. ¡Qué calor! ¿Qué hora es?

—Serán las cinco y cuarto. Yo subía a avisarla, de parte de las señoras, porque dicen que la necesitan para el julepe. Ya están todas abajo.

—Ah, sí, para el julepe... Pues diles que ahora voy.

Las últimas palabras, sobre todo el «voy», se oscurecen tragadas por un poderoso bostezo. Santi se pone a hacer el cálculo mental de los bostezos que irán transcurridos en el balneario desde que se levantó él por la mañana temprano, de los que se estarán produciendo ahora mismo, de los que faltarán todavía hasta la noche.

—Pues me voy, señorita, si no me necesita para otra cosa.

La señorita Matilde se queda inmóvil, recordando. Eso mismo le dijo el botones del sueño, cuando le dio el recado en el pasillo. De pronto mira a éste fijamente. Aquél..., éste..., ¡pero si son el mismo! Tiene ganas de retenerle, de preguntarle, por si acaso supiera alguna cosa más acerca de Carlos, o tuviera que darle recado nuevo. Está segura de que es el mismo. Le parece que ahora se está burlando de ella, tan seriecito en su papel de Santi, escondiendo la risa que le da fingirse otro distinto del de hace un rato; le parece que disimula para engañarla y embarullarla en este juego desconcertante. El otro no sabía su nombre y éste la llama señorita Matil-

de; pero es igual. O los dos son verdad, o los dos son
mentira. Llamarse señorita Matilde no demuestra nada.

—Digo que si no manda otra cosa, que me voy —repite el chico desconcertado.

—¡Qué bien lo hace! Le da vergüenza descubrirle, decirle que le ha reconocido. A lo mejor también él, pobre-
cillo, es víctima de este juego, y son otros los que le
ponen y le quitan los papeles, los que lo manejan.

—No, muchas gracias. Te puedes ir. Ciérrame bien la
puerta.

La señorita Matilde, Matilde Gil de Olarreta, se ha
quedado sola en la habitación. La habitación está limpia
y recogida. Gil de Olarreta, Bermúdez, Acuña, Céspedes,
Casamar... Los apellidos se levantan en una racha de
aire manso, danzan como vilanos por la habitación cerrada. Sabe hasta dieciséis. Le gusta recordarlos. Se van
sucediendo enhebrados, como música; los va viendo co-
locaditos en estantes, igual que camisas planchadas. Es-
tella, Del Río, Aguilar, Orfila... Sus apellidos escritos
en lápidas de cementerio, en reseñas de la buena sociedad, en dedicatorias de fotografías, en escrituras de com-
praventa, en viejos fajos de cartas archivadas; sus apellidos vestidos de uniforme. Le guardan las espaldas, le
evocan cosas de fundamento. Han subido las navieras
Aznar; ayer, carta de la prima Luisa, diciéndole que vaya
con ella a Mataró; todo está recogido; mañana es Santiago Apóstol, dirá el sermón don Manuel, como todos
los años; viene, el pobre, por las dos piedras que tiene
en el riñón; ese día siempre cuenta lo mismo, lo de los
moros; que, por lo visto, hizo el Apóstol una atroz ma-
tanza montado en su caballo. Se bajaría a ratos del caballo, cuando nadie lo viera. O no, cualquiera sabe; son
cosas de hace tanto tiempo.

Esta tarde hace bochorno. De abajo, del paseo, suben
palabras y risas. Las del julepe. De un momento a otro
le van a dar una voz para que baje. Esa que se ríe ahora
es Amelia, la de Valencia. Se la oye una vez y ya se la

conoce siempre; parece una codorniz. Bueno, hay que
levantarse. Nunca le ha dado tanta pereza.

La señorita Matilde pone los pies desnudos encima de
la alfombra y contempla perpleja la habitación. Otra vez
tiene la sensación extraña de que alguien la está enga-
ñando. Desconfía, se siente insegura.

La habitación es la misma del sueño. La puerta que da
al baño todavía está abierta. El era brusco e incomprensible, turbador; seguramente ocultaba un pasado azaro-
so. La hablaba con dominio y con cierta indiferencia,
como si fueran viejos amantes. La señorita Matilde pasa
sobre la palabra amantes con un dulce sobresalto. Luego
se la repite y, al hacerlo, le late fuertemente el corazón. Viejos amantes. En esta misma habitación..., hace
un momento.

Ahora mira el espejo, que está enfrente. Allí dentro le
parece que va a ver continuar el sueño interrumpido,
como en la pantalla de un cine. Ese cuarto de dentro
lo ve a través de una neblina, como si estuviera inmerso,
todavía, en la luz indecisa y abisal que ella acaba de
sacudir de sus ojos. Ahí está sentada la mujer del sueño,
con los pies y los brazos desnudos, atenta a los rumores
apagados que suben del paseo, sin atreverse a salir por
los desconocidos pasillos, temerosa de alguna embosca-
da. A lo mejor ahora se va a abrir la puerta y va a volver
él. Va a acercarse de puntillas y a abrazarla por la espalda,
y ella llorará con la cabeza escondida en su pecho y le
pedirá que se vayan de aquí; le contará el miedo que ha
pasado en este cuarto, tanto rato sola, pensando que él
se iba a suicidar. Y él le acariciará los hombros y los
cabellos, le besará los ojos como a una niña asustada.

La señorita Matilde se levanta y se va al espejo, atraída
por una fuerza misteriosa e irresistible. La mujer de dentro de la luna se levanta también y avanza hacia ella,
lenta, solemne y fantasmal. Se quedan paradas una frente a otra y se miran absortas, como haciendo memoria,
como si no pudieran conocerse. Fijándose bien, la señorita Matilde advierte, de pronto, que la de dentro tiene
en los ojos un poco de burla, como si hubiera adivinado

todas las fantasías que ella está urdiendo con tanta seriedad y le siguiera la corriente por obligación. La mujer del espejo se pasa horas y horas agazapada en lo oscuro y, cuando se asoma, viene pensando en viajes que ha hecho desde su rincón. A la señorita Matilde le da envidia, porque le parece que sabe más cosas que ella; pero luego reflexiona y se siente orgullosa de envidiarla, porque, al fin y al cabo, es como estarse envidiando a sí misma. Y entonces se ríe, complacida, y señala a la imagen con el dedo y dice: «Yo soy ésa, yo soy ésa. Yo soy tú.» Y le gusta ver que la de dentro se ríe y hace los mismos gestos, como una esclava.

De abajo viene una voz impaciente:

—¡Matilde!... Pero, ¿bajas de una vez?

Ella ha abierto la ventana y saca un poquito la cabeza por detrás de la cortinilla blanca de lienzo. Debajo de los árboles del paseo han puesto dos veladores y, sentadas alrededor, cuatro señoras han armado el julepe. Desde arriba sólo se ve bien a la que está de espaldas, con un traje estampado de ramajes grises. A las otras las tapan las copas de los árboles. Se ven algunas manos posadas sobre el mármol, agarrando las cartas, y se reconocen palabras sueltas del juego. Detrás de ellas está el río, aunque tampoco se ve. Y en la orilla de allá las montañas verdes y lisas, con montoncitos de hierba segada y árboles frutales. Hay dos niños arriba del todo. La señorita Matilde se acuerda de que el año pasado subieron ellas allí de merienda, una tarde que se ahogaba uno en el valle, y, después de las fatigas de la escalada, sólo se veían otros montes muy cerca de aquél, tan cerca que daban ganas de subírselos también, porque entraba como una comezón de llegar a lo llano. Se cansó mucho ella aquel día y luego le sentó mal la tortilla de patatas.

En el centro de uno de los veladores han puesto un cenicero grande y se oye el sonido metálico de las perras cayendo allí.

—... y ¿quién te manda a ti meterte con la sota y una brisca?

—Julepe a las tres.

—Ay, hija, como empecéis como ayer...

Como ayer. Y como anteayer. Y como mañana. La sota adolescente y descarada como una modistilla en carnaval. El caballero afeminado. El rey barbudo. Las briscas, los triunfos pequeños. El as de oros, radiante como un cáliz. Que pinten oros; si pintaran oros...

Las cinco y cuarto todavía. Bajará. ¡Qué va a hacer! Hasta las nueve que se cena... ¡Cuánta tarde queda por matar todavía! Matar la tarde. Irla matando célula por célula, minuto por minuto, y verla cómo va perdiendo sangre, sin ningún entusiasmo tampoco por su muerte, porque es como un trabajo rutinario, de oficina, el de matar todavía! Matar la tarde. Irla matando célula por nes diferentes. Irse llenando los dedos de la sangre de la tarde, una sangre ceniciente y templada que se escurre como arena, que ni siquiera deja mancha.

La señorita Matilde se sienta en el alféizar de la ventana, presa de un lánguido sopor, y por detrás de sus ojos, que se posan inertes y sonámbulos en las altas montañas de la orilla de enfrente, van desfilando, mezcladas e incompletas, imágenes vividas en este balneario, recuerdos, impresiones. Le parece que está pasando entre los dedos las cuentas de un rosario cuando pasa revista a estas imágenes, sabidas, incoloras, silenciosas, que se le superponen desde siempre como un grueso hojaldre de paredes blancas.

El balneario no es que sea muy grande, pero tiene, eso sí, muchas puertas. Este es el Gran Hotel, y comunica con el manantial y los baños. Hay muchos pasillos interiores que parecen inútiles y enorme cantidad de recodos y escalones. Pero, sobre todo, las puertas. Generalmente son de esas de dos hojas, que basta con empujarlas y se abren y se cierran sin ruido. Si no hubiera tantas puertas, aunque casi todas vengan a llevar al mismo sitio, este lugar no tendría movimiento ni emoción ninguna. Nadie se perdería y estarían todos sentados en círculo, mirándose a los ojos, pensando secretamente en escapar.

Las puertas llevan al manantial, al salón, con su piano, al escritorio, al parque de atrás; pero lo importante no es a dónde lleven, sino que las haya en tanta profusión. Desde por la mañana, todos los agüistas desahogan sus nervios buscándose unos a otros en repetidos paseos circulares, a través de los limitados recintos recorridos tantas veces. Entran y salen enardecidos por la pesquisa; creen encontrar el rastro a cada instante y no les importa que se les vaya un poco, porque es igual que el juego del escondite, donde la gracia misma reside en la dificultad de la búsqueda y en que dure más tiempo.

—¿Ha visto usted a don Pedro?

Y uno siempre lo acaba de ver. Don Pedro ha salido de aquí precisamente ahora; acaba de marcharse por aquella puerta. Caliente, caliente. Si se da usted prisa todavía lo alcanza. Y el buscador le sigue. Y don Pedro lo sabe: que lo están buscando, que alguien lo está buscando, que lo van a alcanzar; y por eso le encuentra gracia a dar un paseo, a entrar y salir por estas puertas con el pretexto de pasear su vaso de agua; de buscar, a su vez, a otra persona, en lugar de sentarse tranquilamente a leer el periódico. Y cuando el buscador alcanza a don Pedro, habla con él dos palabras o se da una vueltecita en su compañía y en seguida se despide, pretextando un pequeño quehacer, pero lo cierto es que se va a buscar a otro agüista para cambiar un poco, porque don Pedro, en realidad, tiene poca conversación y no sabe uno qué decirle.

Aquí todos se conocen de unas temporadas a otras. Constituyen una gran familia y se subdividen, agrupándose por regiones. Gallegos, catalanes, madrileños... Conocen los unos las historias de los otros, y sus dolencias, y sus parentescos. Y algún día descubren con gozosa sorpresa antiguas amistades y las desentierran como un tesoro.

—¡Pero, hombre, si no conozco otra cosa! Toda la vida vivieron al lado de casa de mis abuelos, en Bilbao.

Famoso aquel Cesítar. Si usted lo hubiera conocido de niño..., sabía más que Lepe.

Cuando llegan los agüistas nuevos, la primera orientación que se necesita es la de conocer la región a que pertenecen. Con eso se les coloca en el casillero oportuno, y de ahí se pueden ir sacando informaciones ulteriores hasta localizar el apellido, y procurar sacarle, paladeándolo despacio, ramas afines con algún otro oído anteriormente, tal vez en este mismo balneario.

—Usted no tendrá que ver, por casualidad, con Pepe Villanueva, el de Cáceres.

—Sí, señora, es primo segundo de mi madre.

—Vaya, ¡qué casualidad! Pues no lo querrá usted creer, pero la he sacado por el parecido. No diré que sea una gran cosa, pero se dan ustedes un aire de familia.

Sí. Todos se conocen; todos se localizan por los nombres, por las familias, en esta gran familia del balneario.

La señorita Matilde, con un pequeño sobresalto, vuelve otra vez la vista a sus apellidos, como si temiese verse despojada de ellos, y al repasarlos nuevamente se siente muy ufana del rico y abundante cortejo. Ella tiene la suerte de haber nacido en Valladolid, de padre santanderino y madre aragonesa, y haber vivido casi siempre entre Madrid y Barcelona, con lo cual conoce gente de estas cinco provincias. Esto le concede un notable privilegio sobre la mayoría de los veraneantes, que se rindieron a la evidencia de esta superioridad desde el primer día. Ahora se da cuenta de que, hace un rato, cuando entró por esa avenida de la mano de Carlos, una de las cosas que debieron hacerla sufrir más fue encontrarse, como se encontraba, con una memoria vacía, sin poder echar mano de sus dieciséis apellidos para recitárselos a todas las señoras que alzaban los ojos, intrigadas, al verlos llegar.

Aparte de la exhibición de los propios parentescos y de la investigación de los ajenos, ¿de qué otras cosas se habla en este balneario? Lo de los parentescos es, desde luego, lo más importante; pero hay que tener en cuenta que se habla mucho, porque el día es largo, que se habla sin parar de muchas cosas. Hay veces que ni siquiera da

tiempo a escuchar lo que dicen los demás, porque está
uno ocupado, recordando un sucedido que tiene que ver
con lo que cuentan alrededor, y lo está preparando para
soltarlo cuando haya una pausa. Y otras veces hablan
todos al tiempo, y la conversación resulta algo confusa.

Sucedidos, sí. Principalmente se cuentan sucedidos. Sucedidos en rueda, entrelazados. De una niña, por ejemplo,
que se tragó una perra; de que eso es peligroso.

—Ah, pues verá usted lo que le pasó a mi sobrinito...

—... sí, sí, muy peligroso...

—... y la perra era más gorda que una almendra.

—El pequeñito de mi hermana Angeles, la que vino a
verme el otro día con su marido...

—¿Y dice usted que se ponía morada cuando la tragó?

—... pues nada, que el angelito, en un descuido de su
madre, agarró el pizarrín...

La niña, el sobrinito, la perra, el pizarrín..., sucedidos
salteados, desvaídos, larguísimos de contar, desmesura-
dos artificialmente para alcanzar a atraer la atención de
todos los contertulios; para lograr, si es posible, que
también levanten la cabeza de las mesas inmediatas, que
se vengan al corro arrastrando sus sillas. Sucedidos recientes o de antaño, del tiempo que uno quiera, hasta
puede que inventados; sucedidos no sucedidos jamás. De
descarrilamientos, de muertes repentinas, escuchados plácidamente entre sorbo y sorbo de chocolate.

Que si las manzanas estaban malas, que si no estaban
maduras, que si tenían gusano... «¡Ay, Señor, que me
pongo mala! ¡Ay, Dios mío, que qué malita me pongo!»
Esto a las siete. A las nueve, ¡muerta!

También se cuentan chistes, es verdad. Muchos chistes
se cuentan. Los hay de hombres y para señoras, como
las tandas de ejercicios espirituales. Y también los de
hombres se les cuentan a algunas señoras, aunque haya
otras que se escandalicen y digan que no han entendido
nada. Hay personas especializadas en contar chistes, como
hay otras especializadas en reírlos, con una risa ruidosa
que se queda abajo, chocando entre las paredes del estómago, sin subir a alegrar los ojos. Los chistes se olvidan

y, cuando se repiten, no se los reconoce. Se quedan en el fondo de la memoria como un barrillo impreciso, y no circulan, no se incorporan a la masa torrencial de todo lo visto y lo oído: son igual que muertos en su nicho.

Sillas... ¿Cuántas habrá en el balneario? Entre bancos, y sillas, y sillones; entre los de mimbre, los tapizados, los de madera, los de lona... Una vez que vino un prestidigitador por la noche sacaron al paseo asiento para todos y formaban los asientos filas y filas. Pero todavía estaban dentro del salón, en el vestíbulo y en las habitaciones todas las sillas de siempre, como si no hubieran quitado ninguna. Debe haber más de cinco —¡ya lo creo!— y más de seis para cada persona, contando a todos los empleados y a los de la cocina.

Sería muy bonito sacar un día todas las sillas y los sillones, absolutamente todos, y ponerlos en hilera, agarraditos de las manos, desde la puerta del Gran Hotel para allá. Una fiesta de sillas, de sillas solas, vacías, sin servir al cansancio de nadie; de sillas libres. Una fiesta de sillas que celebrasen su día de vacación, su domingo. ¿Hasta dónde llegaría la fila? Desde luego, más allá de la iglesia. A lo mejor hasta el paso a nivel. O más allá. Seguramente más allá. Lo menos hasta la segunda curva de la carretera, donde está ese letrero torcido, en medio de un maizal, que ningún año se ha caído del todo ni se ha torcido más; ese letrero donde pone: «Para calidad, Domecq», y que es el límite de los paseos que se dan por la tarde, antes de que toquen para el rosario, las señoras de cierta edad, de sesenta para adelante. Dicen: «Vamos hasta el letrero. ¿Viene usted, Beatriz?», y se llevan el velo dobladito para entrar en la iglesia, a la vuelta. La señorita Matilde, en sus paseos, ha llegado siempre más allá del letrero. Bien es verdad que es joven todavía. Nadie le calcula más de treinta y cinco, y hasta veintiocho le han llegado a calcular.

Hay sillas que nunca cambian de sitio, apenas unos milímetros en las limpiezas de por la mañana, para dejarse quitar un poco el polvo. Son, sobre todo, las de los pasillos. En todos los pasillos, aproximadamente por la mitad, hay una mesita arrimada a la pared, con un florero encima y dos sillas a los lados. Nunca se ha visto a nadie sentado en estas sillas; sería absurdo, violento, desairado. El sentado parecería un mosquetero, una figura de museo de cera. Es poco probable suponer que se haya dado jamás este hecho desde que el hotel existe.

Los sillones de mimbre son los que tienen más trajín por lo ligeros y manejables. Siempre andan en brazos de los botones, de la sombra al sol, del sol a la sombra; son requeridos en todas las tertulias; arrastrados por su mismo ocupante en cuclillas. Y cuando alguien se levanta por poquito rato, deja encima del asiento el periódico o un ovillo de lana para marcar el sitio y que no se lo quiten. Cuando llueve, alguna tarde de esas que ha habido lluvia violenta, los meten en volandas, como a delicadísimos enfermos, y allí se quedan los sillones de paja, alineados a la puerta del vestíbulo, llenos de escalofrío, salpicados de gotas redonditas, mirando al cielo encapotado desde dentro.

En tales tardes de lluvia es cuando más se juega, y salen a relucir los echarpes de lana morada de las señoras. Todos irrumpen bulliciosamente en el salón para coger buena mesa, y las moscas se meten también a lo calentito y se posan reiteradamente en las barajas. El salón cobra una animación inusitada en estos días de lluvia.

Porque el salón está casi siempre vacío. Nadie se detiene allí. Alguna vez lo atraviesan los agüistas cuando están buscándose unos a otros; y pasan despacio, mirando a todos lados, como si tuvieran miedo de manchar o romper alguna cosa. Entran por una puerta y salen por la otra y, después que han salido, las dos puertas quedan meciéndose, y se oyen alejarse los pasos más firmes y apresurados, más desdolidos, afuera, por la luz. Porque el salón está casi siempre en penumbra y da mucho respeto. Huele a antiguo y a humedad. Si uno entra solo a media siesta en el salón cerrado tiene la impresión de que ha entrado a interrumpir una fiesta lenta, lejana e invisible. Se nota uno desplazado y extraño, encogido allí dentro de los espejos de las paredes, con un fondo de sillas modositas, tan pegadas unas a otras debajo de su funda azul como muchachas tímidas y emocionadas que mirasen al suelo, escuchando la música del piano y pensando que algún joven va a venir a sacarlas a bailar. Y la habitación crece y se le hace a uno enorme, y por todo el parquet encerado giran, en remolino, las parejas de antaño bailando el vals.

Los días de lluvia, en cambio, las sillas son despegadas sin miramientos de la pared y arrimadas a las mesas de juego. Se abren bien las contraventanas y se encienden todas las luces. Al salón lo sacuden de su siesta y se puebla de humo de tabaco y de voces presentes, se ventila de recuerdos.

En estas tardes de lluvia, más de una señora se termina su labor de ganchillo. Desde que se levanta, mira por la ventana y le ve la cara al día, se hace a sí misma la solemne promesa: «Hoy voy a aprovechar para darle un empujón al ganchillo.» A lo mejor, la noche anterior se quedó en la vuelta diecisiete, y cuando acaba la tarde del día lluvioso le faltan sólo ocho para el remate. Se lo comunica a todas las demás señoras y las otras se acercan y soban la labor casi acabada, la estiran como chicle entre sus dedos pulcros y expertos para admirar el dibujo finísimo de estrellitas o de espirales.

También es muy frecuente en estos días de lluvia que, de pronto, se pare un automóvil a la puerta del hotel. El chófer abre las portezuelas, mientras cientos de ojos curiosos acechan desde todas las ventanas. Del automóvil se baja alguien, una familia desconocida. Hay una pausa en las lecturas, en los juegos, en las labores. ¿Quiénes podrán ser? Pero, de pronto, una señora de las que estaban a nuestro lado en la mesa se levanta excitadísima, abandona las cartas de cualquier manera y sale tropezando con la silla. Se abalanza sobre los viajeros como si tuviera miedo de que se fueran a marchar al no encontrarla en seguida, y los abraza con exageradas muestras de afecto. Los ojos se han quedado clavados en la escena. La señora se siente heroína. Habla y se ríe muy fuerte y sabe la expectación que ha despertado a sus espaldas.

Habla de tú con los que han llegado, un tú insolente y agresivo, como si quisiera reconcentrar en él la esencia de la familiaridad, la mayor prueba de confianza que nadie pudiera tener con nadie.

—¡Qué alegría, qué sorpresa! Comeréis aquí conmigo, por supuesto. Pero venid a mi habitación; os querréis lavar, descansar un poco.

Tira de ellos, los va llevando por sus dominios como una reina. Los visitantes pasan, arrastrados hacia el ascensor, del brazo de la afortunada. No mira a nadie, no saluda a nadie. Habla en voz alta para que la oigan bien todos; está actuando para sus compañeros del balneario, y el saber que ellos están ahí detrás, y que han hecho un silencio, y que la van siguiendo con los ojos, es lo que le da precisamente esta satisfacción y esta euforia. Pero no mira a nadie, no vuelve a hablar con nadie hasta la noche, cuando sus amigos se han marchado. Se escurre furtivamente a la cocina y manda adornar la mesa del comedor con caminos de flores y poner entremeses o algún plato especial. Y después de comer les enseña el parque de atrás, solitario y llovido, y el manantial de las aguas medicinales, con la Virgen de Lourdes encima, saliendo de una gruta feísima. Y después de comer forman entre ellos solos una partida de pinacle. Pero no los presenta a nadie; ella sola los disfruta celosamente, y a aquella mesa nadie se acerca; apenas se atreven a echar miradas de reojo. Solamente cuando se han ido vuelve al corro de las señoras y les explica que eran como hermanos, que para ella son como hermanos.

Estos visitantes suelen estar tomando las aguas en otro balneario cercano y aprovechan estos días lluviosos para cumplir la promesa hecha a su paisana de que la iban a visitar.

Cuando deja de llover antes de la noche, las tardes, recién puesto el sol, se quedan melancólicas y despejadas, y es mayor el silencio de los montes. Se oyen las voces de alguno que trepa, allí lejos, a buscar manzanas, y se tiende sobre la tertulia de sillones de mimbre, vueltos a sacar al paseo, un cielo como de perla, como de agua, con algún pájaro perdido muy alto, un pájaro olvidadizo y solo que parece el primero del mundo.

Las mañanas de calor es bueno irlas a pasar a la sombra en el parque de atrás, cerca de la cascada. El parque tiene al fondo una baranda de piedra que lo remata, como un mirador sobre el río ensanchado. Desde allí se ve un paisaje verde y tranquilo, y es dulce escuchar el sonido del agua, que se vuelve muy blanca al caer por el pequeño desnivel. Al pie de la cascada hay un molino viejo derruido. El médico del año pasado, que era muy bromista, contaba cosas de ese molino, leyendas de aparecidos y fantasmas para asustar a las señoras. Pero ya se sabe que esas cosas son mentira; ellas le llamaban mal cristiano, por creer en agüeros y supersticiones.

El parque tiene bancos de piedra y está repleto de flores opulentas y pomposas, de flores sin perfume que parecen cogollos de berza y que, al ser arrancadas, rezuman de sus tallos un zumillo lechoso que se pega a los dedos. En las vísperas de las fiestas solemnes se recogen en gran profusión para adornar los floreros del altar de la iglesia.

En este parque de atrás hay mucha mezcla; se topa uno con los agüistas modestos, que viven en los hoteles y pensiones de la otra orilla del río, y que vienen por la mañana a tomar sus vasos de agua al manantial. Son comerciantes pobres de provincias, gentes delgadas vestidas de luto. Pasean, toman el sol y forman sus pequeñas tertulias en voz baja. Muchas veces se les ve leyéndose unos a otros las cartas de los hijos, que han quedado al frente del pequeño negocio, y les escriben que todo marcha perfectamente, que gocen sin preocupaciones del veraneo.

Desde ese parque, y también desde el paseo de delante, se ve, a un nivel más alto, en la orilla de enfrente, la cinta blanca de la carretera, que separa la montaña del río. La señorita Matilde la está viendo ahora desde su ventana. Por esta carretera pasan los días de fiesta rojos autobuses repletos de excursionistas bullangueros que se amontonan encima del techo y asoman las cabezas por las ventanillas. Cabezas despeinadas de muchachas con

las mejillas rojas de alegría. Cabezas que se apoyan en
el brazo arremangado de un compañero. Desde la carretera miran las fachadas blancas y lisas del balneario y
divisan, junto a la puerta, a unas personas sentadas silenciosamente, tomando el sol, leyendo; y la sangre les
hierve y no pueden soportar esa quietud. Les compade-
cen y les gritan adiós con toda la fuerza de sus pulmo-
nes, agitando desesperadamente brazos y pañuelos, igual
que si quisieran ver agitarse y conmoverse a esas gentes,
alcanzadas por la ola de su alegría, arrastradas por ella,
o ver desmoronarse los blancos, aplastados edificios. Pero
nadie contesta nunca a estos saludos. Sólo algunos señores alzan con estupor la cabeza y miran alejarse el autobús envuelto en polvo, en gritos, en canciones; y antes
de que desaparezca en la primera curva lo ven inclinarse
peligrosamente hacia el lado de acá, amenazando volcar
toda su carga en el río, sin que cesen por eso las risas
ni la música del acordeón. Y se estremecen ante tanta
sinrazón e insensatez. Luego vuelven a su lectura, y el
silencio en torno se les hace aún más grato.

No. Ningún autobús rojo de excursionistas; ningún
acontecimiento del mundo exterior, por triste, por alegre
que sea, puede turbar la paz de este balneario, su orden,
su distribución, su modorra. Aquí se sabe de antemano lo
que va a ocurrir cada día, y todos los días ocurre lo
mismo; aquí todos descansan confiados en esa certidumbre y se olvidan las emociones y las congojas si es que
se sufrió alguna alguna vez.

Y, sin embargo —¡qué cosas pasan en el mundo!—, a
pesar de lo defendido que está uno en este lugar; a pesar de lo estable y lo normal que parece todo, también
en alguna ocasión, que ni siquiera es importante, incom-
prensiblemente, sin que se haya podido prever, se efec-
túan, de pronto, extraordinarias e importantísimas transformaciones en lo más hondo de una persona. Puede volverse todo del revés sin que sepa uno qué mano lo ha
tocado; puede cambiar de lado la visión de las cosas co-
tidianas, aunque esta alteración no dure más que unos
instantes; quedar el mundo de antes desenfocado, perdi-

do, y dejarse entrever otro nuevo de intensos y angustiosos acontecimientos. Enturbiarse y conmoverse en sus cimientos todas las garantías de seguridad; perder su vigor las costumbres metódicas y conocidas, volverse totalmente ineficaces.

La señorita Matilde se estremece en su ventana. También a este balneario pueden llegar un día unos dedos desconocidos e invisibles que lo transformen, que lo vacíen de su contenido habitual. Son como ráfagas que pasan una vez, como mensajes indescifrables, como oscuras y fugaces amenazas —o promesas tal vez—. Aunque se disipen igual que las nubes de tormenta, sin llegar a ser lluvia. Aunque no duren más que el tiempo de una siesta.

Esta noche se acostará y se quedará un rato con los ojos abiertos a lo oscuro y tendrá miedo a dormirse, pero se hundirá en el sueño con deleite y ansia, como si bajara, afrontando mil peligros, a las profundidades del mar. Pero —ella bien lo sabe y se lo dice con una incomprensible nostalgia— ya no encontrará nada, no podrá reanudar los sueños de esta tarde. Se ha roto el eslabón.

Y de pronto, Dios mío, ¿por qué siente su vida tan mezquina y vacía, por qué se ve tan sola, tan espantosamente sola?

—Matilde, hija, ¿pero bajas o no?

La cabeza que está encaramada al final del traje gris estampado se agacha, esquivando una rama baja de castaño, y se vuelve hacia la ventana de su amiga.

—Anda, ¡pero si está ahí asomada! ¡Y sin arreglar todavía! Pero, mujer, ¿qué haces? ¿No has oído que te llamamos?

—Ya voy, bajo en seguida. En seguida.

La señorita Matilde se separa de la ventana y entra en el cuarto de baño. Toma una ducha fría, se peina, se pinta los labios, se pone el traje azul marino de seda natural. La señorita Matilde, así, bien arreglada, resulta guapetona. Antes de bajar a reunirse con sus compañeras de julepe se mira por última vez al espejo. La habitación dentro de la luna ha recobrado su aspecto de todos los días. Y ella también. Este vestido no se lo había puesto todavía en esta temporada, y le hace buen tipo. A las de abajo les va a gustar.

Cuelga la bata en el perchero que hay a los pies de la cama. Luego sale del cuarto y cierra la puerta con llave.

Madrid, mayo de 1954.

La cuestión era lograr poner los ojos a salvo, encontrarles un agarradero. Francisco, por fin, lo sabía. El, que era un hombre de pocos recursos, confuso, inseguro, se enorgullecía de haber alcanzado esta certeza por sí mismo, esta pequeña solución para innumerables situaciones. Por los ojos le asaltaban a uno y se le colaban casa adentro. No podía sufrir él estos saqueos súbitos y desconsiderados de los demás, este obligarle a uno a salirse afuera, a desplegar, como colgaduras, quieras que no, palabras y risas.

—¡Qué divertida era aquella señora de Palencia! ¿Te acuerdas, Francisco?

—Francisco, cuéntales a éstos lo del perrito.

—¿Verdad que cuando vino no estábamos? Que lo diga Francisco, ¿a que no estábamos?

—¿Margarita? Ah, eso, Francisco sabrá; es cosa de él. Vamos, no te hagas ahora el inocente; miras como si no supieras ni quién es Margarita. Se pone colorado y todo.

¿Colorado? ¿De verdad se estaría poniendo colorado?
Pero no, es que lo interpretaban todo a su manera, que
creaban historias enredadas, que lo confundían todo. Tal
vez los estuviera mirando mitad con asombro, porque no
se acordaba de Margarita, mitad con el malestar que
no acordarse le producía y con la prisa de enjaretar cualquier contestación para que le dejaran volverse en paz a
lo suyo. Aunque, en realidad, si alguien le hubiese preguntado qué era lo suyo o por qué le absorbía tanto
tiempo, no lo hubiera podido explicar. Pero vagamente
sentía que volver a ello era lo mismo que soltarse de
unas manos empeñadas y sucesivas que le arrastraban a
dar vueltas debajo de una luz fastidiosa, quebrada, inter-
mitente, ante una batería de candilejas que amenazase a
cada instante con enfocar sus ojos de nuevo. Era soltarse
de aquellas manos y llegar otra vez a la puerta de la
casa de uno, y empujarla, y ponerse a recoger sosegada-
mente lo que había quedado por el medio, y no oír ningún ruido.

Algunas personas hacían narraciones farragosas y apre-
tadas sobre un tema apenas perceptible, minúsculo, que
se llegaba a desvaír y escapar de las palabras, y era tra-
bajosísimo seguirlo, no perderlo, desbrozarlo entre tanta
niebla. A otros les daba por contar sucedidos graciosos
que era casi indispensable celebrar; a otros por indignarse mucho —el motivo podía ser cualquiera—, y éstos
eran muy reiterativos y hablaban entrecortadamente con
interjecciones y altibajos, pinchazos para achuchar a la
gente, para meterla en aquella misma indignación que a
ellos los atosigaba, y hasta que no lo lograban y luego
pasaba un rato de propina, volviendo a hacer todos juntos los mismos cargos dos o tres veces más, no se podían aquietar. Pero los más temibles, aquellos de los que
resultaba inútil intentar zafarse, eran los que esgrimían
una implacable interpelación seguida de silencio: «¿Y a
eso, qué me dices?» «¿Qué te parece de eso a ti?» Y se
quedaban en acecho, con la barbilla ligeramente levantada.

Francisco andaba inquieto, como náufrago, entre las conversaciones de los demás, alcanzado por todas, sin poder aislarse de ellas, pendiente de cuándo le tocaría meter baza. Y, aunque no le tocara, se sabía presente, cogido. Y le parecía que era sufrir la mayor coacción darse por alistado y obligado a resistir en medio de conversaciones que ni le consolaban ni le concernían, no ser capaz de desentenderse de aquellas palabras de su entorno.

Hasta que un día descubrió que todo el misterio estaba en los ojos. Se escuchaba por los ojos; solamente los ojos le comprometían a uno a seguir escuchando. Sorprenderle sin que le hubiera dado tiempo a ponerlos a buen recaudo era para aquella gente igual que pillar un taxi libre y no soltarlo ya; estaba uno indefenso. Eran los ojos lo que había que aislar; a ellos se dirigían. Francisco aprendió a posarlos tenazmente en las lámparas, en los veladores, en los tejados, en grupos de gente que miraba a otro lado, en los gatos, en las alfombras. Se le pegaban a los objetos y a los paisajes empeñadamente, sorbiéndoles con el color y el dibujo, el tiempo y la pausa que albergaban. Y oía las conversaciones, desligado de ellas, desde otra altura, sin importarle el final ni el designio que tuvieran, distraído, arrullado por sus fragmentos. Sonreía un poco de cuando en cuando para fingir que estaba en la trama. Era una sonrisa pálida y errabunda que siempre recogía alguno; y desde ella se podían soltar incluso tres o cuatro breves frases que a nada comprometiesen. «Está triste», empezaron a dictaminar acerca de él; pero no le preguntaban nada porque no conseguían pillarle de plano los ojos.

Hablaban bien de él en todas partes.

—Su hijo, señora —le decían a su madre—, tiene mucha vida interior.

—Es que, ¿sabe usted?, como anda preparando las oposiciones... Yo lo que creo es que estudia más de la cuenta.

Francisco no estudiaba más de la cuenta ni tenía mucha vida interior. Se metía en su cuarto, estudiaba la ración precisa y luego hacía pajaritas de papel y dibujos

muy despacio. Iba al café, al casino, de paseo por el
barrio de la Catedral. A su hermana le decían las amigas:

—Es estupendo. Escucha con tanto interés todas las
cosas que se le cuentan. A mí no me importa que no
sepa bailar.

La casa de los padres de Francisco estaba en la plaza
Mayor de la ciudad, y era un primer piso. En verano,
después que anochecía, dejaban abiertos los balcones, y
desde la calle se veían las borlas rojas de una cortina y
unos muebles oscuros, retratos, un quinqué encendido.
Al fondo había un espejo grande que reflejaba luces del
exterior.

—¡Qué bonita debe ser esa casa! —decían los chava-
lines de la calle.

Y algunas veces Francisco los miraba desde el balcón
de su cuarto. Los veía allí parados, despeinados, en la
pausa de sus trajines y sus juegos, hasta que, de tanto
mirarlos, ellos le miraban también, y empezaban a darse
con el codo y a reírse. Francisco, entonces, se metía.

Un día su madre le llamó al inmediato saloncito.

—Mira, Francisco; mientras vivamos tu padre y yo, no
tienes que preocuparte por ninguna cosa. Anoche precisamente lo estuvimos hablando.

Hubo una pequeña pausa, como las que se hacen en las
conversaciones del teatro. Francisco se removía en su
almohadón; los preámbulos le desconcertaban sobrema-
nera y cada vez estaba menos preparado a escuchar cosas
que le afectasen directamente. Se puso a mirar la luna,
que estaba allí enfrente encima de un tejado, y era tan
blanca y tan silenciosa y estaba tan lejos, que le daba
un gran consuelo. Abría bien los dos ojos y se recogía,
imaginando las dos lunas pequeñitas que se le estarían
formando en el fondo de ellos. Su madre volvió a hablar, y ya no era tan penoso oírla. Hablaba ahora de
un complicado negocio que, al parecer, había salido algo
mal, y en el que Francisco debía tener parte. Esto se
conocía en la precisión con que aludía a nombres, fechas
y detalles de los que él, sin duda, tendría que haber estado al tanto. Se acordaba ahora de que ya otros días,

durante las comidas, habían hablado de este mismo
asunto.

—Tú, de todas maneras, no te preocupes. Ni por lo de
la oposición tampoco. Se acabó. No quiero volver a verte triste. Con las oposiciones y sin ellas, te puedes casar
cuando te dé la gana.

¡Ah, conque era eso! Francisco apretó los ojos a la
luna. Seguramente su madre creía que estaba enamorado. ¿Lo estaría, a lo mejor? Alguna de las muchachas
con las que había hablado en los últimos tiempos, ¿habría dejado una imagen más indeleble que las otras en
aquel almacén del fondo de sus ojos? ¿Habría alguna
de ellas a la que pudiese coger de la mano y pedirle:
«Vámonos, vámonos»? Le empezó a entrar mucha inquietud. Allí, detrás de sus ojos, en la trastienda de ellos,
en el viejo almacén, a donde iba a parar todo lo recogido
durante días y tardes, se habían guardado también rostros de varias muchachas. Había una que, a veces, aparecía en sus sueños y le miraba sin hablar una palabra,
igual que ahora le estaba mirando la luna. Era siempre
la misma: tenía el pelo largo, oscuro, sujeto por detrás
con una cinta. El le pedía ansiosamente: «Por favor,
cuéntame alguna cosa»; y solamente a esta persona en el
mundo hubiera querido escuchar.

La madre de Francisco esperó, como si sostuviera una
importante lucha interior. El ya se había olvidado de que
tenía que responder algo a lo de antes. Despegó los ojos
de la luna cuando le oyó decir a su madre:

—Ea, no quiero que te vuelvas a poner triste. Cuando
te dé la gana te puedes casar. Y con quien te dé la gana.
Ya está dicho. Aunque sea con Margarita.

Francisco notó que su madre se quedaba espiándole
furtivamente y sintió una fuerte emoción. En el mismo
instante tomó su partido. No le importaba no saber exactamente quién era Margarita, no acordarse ahora del sitio
en que la había visto por primera vez. Ya eran muchas
las veces que unos y otros le nombraban a esta Margarita (y él, tan torpe, no había reparado), a esta muchacha humilde de sus sueños que seguramente le quería.

Sería insignificante, alguna amiga de sus hermanas, amiga ocasional, inferior para ellas, que todo lo medían por las buenas familias. Habría venido a casa algún día. Alguna empleada, a lo mejor. Su madre le había dicho: «Aunque sea con Margarita.»

Pues con ella; con otra ya no podía ser. Tenía prisa por mirarla y por dejarse mirar, por entregarle sus ojos, con toda aquella cosecha de silencios, de sillas, de luces, de floreros y tejados, mezclados, revueltos, llenos de nostalgias. Sus ojos, que era todo lo que tenía, que valían por todo lo que podía haber pensado y echado de menos, se los daría a Margarita. Quería irse con ella a una ciudad desconocida. Depositar en la mirada de Margarita la suya inestable y desarraigada. Solamente los ojos le abren a uno la puerta, le ventilan y le transforman la casa. Se puso de pie.

—Sí, madre, me casaré con Margarita. Me casaría con ella aunque te pareciera mal. Ahora mismo la voy a buscar. Tengo que verla.

Se lo dijo resueltamente, mirándola a la cara con la voz rebelde y firme que nunca había tenido, sacudiéndose de no sé qué ligaduras. Luego, a grandes pasos, salió de la habitación.

Madrid, enero de 1954.

—Anda, Cristina; si no cenas, se va la tata; se va a su pueblo.

—Yo ya acabé, tata. Cojo un plátano, ¿ves? Yo lo pelo. Yo solo.

—¿Ves, guapita? ¿Ves tu hermano? Pues tú igual... ¡Am! Así, ¡qué rico! Pero no lo escupas, no se escupe, cochina. Mira, mira lo que hace Luis Alberto. ¡Huy, pela un plátano! Dale un cachito, tonto, dale a la nena. No quiere, ¿le pegamos?... Pero ¿qué haces tú, hombre? No hagas esas porquerías con la cáscara. Venga. Cristina, bonita, otra cucharada, ésta... Que si no llora la tata... Llora, pobre tata, ayyy, ayyy, ayyy, mira cómo llora.

Con una mano tenía cogida la cuchara y con la otra se tapó los ojos. Se la veía mirar por entre los dedos delgados, casi infantiles. La niña, que hacía fuerza para escurrirse de sus rodillas, se quedó unos segundos estupefacta, vuelta hacia ella y se puso a lloriquear también.

—No comé Titina, no comé. Pupa boca —dijo con voz de mimo.

—Un poquito. Esto sólo. Esto y ya.

—Tata —intervino el hermano—, le duelen las muelas. No quiere. Es pequeña, ¿verdad? Yo ya como solo porque soy mayor. ¿Verdad que soy mayor?

—Sí, hijo, muy mayor. Ay, pero Cristina, no escupas así, te estoy diciendo. Vamos con la niña, cómo lo pone todo. ¡Sucia!, la leche no se escupe. Mira que ponéis unos artes de mesa... No sé a qué hora vamos a acabar hoy.

Afianzó de nuevo a la niña y corrió el codo, que se le estaba pringando en un poquito de sopa vertida. La siguiente cucharada fue rechazada en el aire de un manotazo, y cayó a regar una fila de cerillas que estaban como soldaditos muertos sobre el hule de cuadros, su caja al lado rota y magullada.

—Qué artes de mesa —volvió a suspirar la tata.

Y al decirlo ella y pasar los ojos por encima del hule mal colocado, todo lo que había encima, la caja, las cerillas, regueros de leche y de azúcar, cucharitas manchadas, un frasco de jarabe y su tapón, el osito patas arriba con un ojo fuera, una horquilla caída del pelo de la tata, parecían despojos de batalla.

Luis Alberto se echó a reír, sentado en el suelo de la cocina.

—Huy lo que hace, qué cochina. Espurrea la leche. Tata, yo quiero ver esa caja que tenías ayer. Me dijiste que si cenaba bien me la enseñabas. Esa tan bonita, de la tapa de caracoles.

—No, no; mañana. Ahora a la cama. Ya debías de estar tú en la cama. Y ésta igual. Son mucho más de las nueve. ¿Adónde vas? ¡Luis Alberto! Venga, se acabaron las contemplaciones. Los dos a la cama.

—Voy a buscar la caja. Yo sé dónde la tienes.

—Nada de caja. Venga, venga. A lavar la cara y a dormir.

—Titina no omir —protestó la niña—. Titina pusa.

La tata se levantó con ella en brazos, cogió una bayeta húmeda y la pasó por el hule.

—No has comido nada. Eres mala; viene el hombre del saco y te lleva.

La niña tiraba de ella hacia la ventana.

—No saco. No omir. Pusa petana.

—¿Qué dices, hija, qué quieres? No te entiendo.

Luis Alberto había arrimado una banqueta a la ventana abierta y se había subido.

—Quiere oír la música de la casa de abajo —aclaró—. Asomarse a la ventana, ¿ves?, como yo. Porque ve que yo lo hago.

—Niño, que no te vayas a caer.

—Anda, y más me aúpo. Hola, Paquito. Tata, mira Paquito.

—Que te bajes.

—¡Paquito!

En la ventana de enfrente, un piso más abajo, un niño retiró el visillo de lunares y pegó las narices al cristal; empezó a chuparlo y a ponerse bizco. Una mano lo agarró violentamente.

—Esa es su tata —dijo Luis Alberto—. ¿No la conoces tú?

—No.

—Claro, porque eres nueva. Se llama Leo; ya se han ido. Leo tiene mal genio, a Paquito le pega, ¿sabes?

Cristina se reía muy contenta. Llevantó los brazos y se puso a agitarlos en el aire como si bailara.

—No omir —dijo—. A la calle.

Luego se metió un puño en un ojo y se puso a llorar abrazada contra el hombro de la tata. De todo el patio subía mezclado y espeso un ruido de tenedores batiendo, de llantos de niños y de música de radios, atravesado, de vez en cuando, por el traqueteo del ascensor, que reptaba pegado a la pared, como un encapuchado, y hacía un poco de impresión cuando iba llegando cerca, como ahora, que, sacando la mano, casi se le podía tocar.

—Viene a este piso —dijo Luis Alberto—. ¿Ves? Se para. Yo me bajo y voy a abrir.

—Pero quieto, niño; si no han llamado.

A la tata le sobrecogía ver llegar el ascensor a aquel piso cuando estaban solos, y siempre rezaba un avemaría para que no llamaran allí. Se puso a rezarla mirando para arriba, a un cuadrito de cielo con algunas estrellas, como un techo sobre las otras luces bruscas de las ventanas, y llegaba por lo de «entre todas las mujeres» cuando sonó el timbrazo. El niño había salido corriendo por el pasillo, y ella le fue detrás, sin soltar a la niña, que ya tenía la cabeza pesada de sueño. La iba besando contra su pecho y la apretaba fuerte, con el deseo de ser su madre. «Nadie me iba a hacer daño —pensó por el pasillo— llevando a la niña así. Ningún hombre, por mala entraña que tuviera.» Luis Alberto se empinó para llegar al cerrojo.

—Pero abre, tata —dijo saltando.

—¿Quién es?

Era la portera, que venía con su niña de primera comunión para que la viera la señorita.

—No está la señorita. Cenan fuera, ya no vienen. Qué guapa estás. ¿Es la mayorcita de usted?

—La segunda. Primero es el chico. Ese ya la ha tomado, la comunión, pero a las niñas parece que hace más ilusión vestirlas de blanco.

—Ya lo creo. Y tan guapa como está. Pero pasen, aunque no esté la señorita, y se sienten un poco. Quieto, niño, no la toques el traje. Pase.

La portera dio unos pasos con la niña.

—No, si nos vamos. Oye, ¿tenéis cerrado con cerrojo?

—Es que a la tata le da miedo —dijo Luis Alberto. Ella desvió los ojos hacia la niña, medio adormilada en sus brazos.

—Como a estas horas ya no suele venir nadie —se disculpó—. Pero siéntese un rato, que le saque unas pastas a la niña. Esta se me duerme. Mira, mira esa nena, qué guapa. Dile «nena, qué guapa estás», anda, díselo tú. Ya está cansada, llevan una tarde. El día que no está su mamá...

—¿Han salido hace mucho?

—Hará como una hora, cuando vino el señorito de la oficina. Ella ya estaba arreglada y se fueron.

—Claro —dijo la portera—, yo no estaba abajo, por eso no los he visto salir. He ido con ésta a casa de unos tíos, a Cuatro Caminos, y antes a hacerla las fotos. No sé qué tal quedará, es tonta, se ha reído.

La niña de la portera miraba a las paredes con un gesto de cansancio. Se apoyó en el perchero.

—Loli, no te arrimes ahí. Ya está más sobada. No se puede ir con ellos a ninguna parte. Ponte bien.

—Loli, pareces una mosquita en leche —dijo Luis Alberto.

La niña se puso a darle vueltas al rosario, sin soltar el libro de misa nacarado. Cuando la tata se metió y trajo un plato con pastas, las miró con ojos inertes.

—Coge ésa, Loli —le dijo el niño—. Esa de la guinda. Son las más buenas.

—Mamá, ¿me quito los guantes?

—Sí, ven, yo te los quito. Pero no comas más que una. ¿Cómo se dice?

—Muchas gracias —musitó Loli.

—Qué mona —se entusiasmó la tata—. Está monísima. A mí me encantan las niñas de primera comunión. La señorita lo va a sentir no verla.

—Sí, mujer, se lo dices que he venido.

—Claro que se lo diré.

—Cuando la comunión del otro mayor me dio cincuenta pesetas. No es que lo haga por eso, pero por lo menos si entre lo de unos y otros saco para el traje.

—Claro, mujer; ya ve, cincuenta pesetas.

Cristina se había despabilado y se quiso bajar de los brazos. Se fue, frotándose los ojos, adonde estaban los otros niños.

—Sí, son muy buenos estos señores —siguió la portera—. A ti, ¿qué tal te va?

—Bien. Esta mañana me ha reñido ella. Saca mucho genio algunas veces, sobre todo hoy se ha puesto como loca.

—Eso decía Antonia, la que se fue. Se fue por contestarla. A esta señorita lo que no se la puede es contestar.

—No, yo no la he contestado, desde luego, pero me he dado un sofocón a llorar. Ya ve, porque tardé en ve-

nir de la compra. Cómo no iba a tardar si fui yo la primera que vi a ese hombrito que se ha muerto ahí, sentado en un banco del paseo... Esta mañana... ¿No lo sabe?
—¿Uno del asilo? Lo he oído decir en el bar. ¿Y dónde estaba? ¿Lo viste tú?
—Claro, ¿no se lo estoy diciendo?, al salir de la carnicería. Iba yo con el niño, que eso es lo que le ha molestado más a ella, que me acercara yendo con el niño; dice que un niño de esta edad no tiene que ver un muerto, ni siquiera saber nada de eso, que pierden la inocencia; pero yo, ¿qué iba a hacer?, si fue el mismo niño el que me llamó la atención. Se pone, «tata, mira ese hombre, se le cae el cigarro, ¿se lo cojo?» Miro, y en ese momento estaba el hombrito sentado en un banco de esos de piedra del paseo, de gris él, con gorra, y veo que se le cae la cabeza y había soltado el cigarro de los dedos. Se quedó con la barbilla hincada en el pecho, sin vérsele la cara, y, claro, yo me acerqué y le dije que qué le pasaba, a lo primero pensando que se mareaba o algo... Mire usted, la carne se me pone de gallina cuando lo vuelvo a contar.
La tata se levantó un poco la manga de la rebeca y mostró a la portera el vello erizado, sobre los puntitos abultados de la piel.
—¿Y estaba muerto?
—Claro, pero hasta que me di cuenta, fíjese; llamándolo, tocándolo, yo sola allí con él. Se acababa de morir en aquel mismo momento que le digo, cuando lo vio el niño. Luego ya vino otro señor, y más gente que paseaba, y menos mal, pero yo me quedé hasta que vinieron los del Juzgado a tomar declaración, porque era la primera que lo había visto. Dice la señorita que por qué no la llamé por teléfono. Ya ve usted, no me acordaba de la señorita ni de nada, con la impresión. El pobre. Luego, cuando le levantaron la cabeza, me daba pena verlo, más bueno parecía. Todo amoratadito.
La niña de la portera se había sentado en una silla. Durante la narración, Luis Alberto había traído del comedor una caja de bombones, eximiéndose de la obliga-

ción de pedir permiso, en vista de lo abismadas en el
relato que estaban las dos mujeres. La niña de la portera
cogió uno gordo, que era de licor, y se le cayó un reguero por toda la pechera del vestido.

—Mamá —llamó con voz de angustia, levantándose.

—¿Qué pasa hija?, ya nos vamos. Pues, mujer, no sabía yo eso, vaya un susto que te habrás llevado.

—Fíjese, y luego la riña...

—Mamá...

—Hay que tener mucha paciencia, desde luego... ¿Qué
quieres, hija?, no seas pelma.

—Mamá, mira, es que me he manchado el vestido un
poquito.

Y Loli se lo miraba, sin atreverse a sacudírselo, con
las manos pringadas de bombón. Quiso secárselas en los
tirabuzones.

—Pero, ¿qué haces? ¿Con qué te has manchado? ¡Ay,
Dios mío, dice que un poquito, te voy a dar así, idiota!

Loli se echó a llorar.

—Mujer, no la pegue usted.

—No la voy a pegar, no la voy a pegar. Dice que un
poquito. ¿Tú has visto cómo se ha puesto? Estropeado
el traje, para tirarlo. Si no mirara el día que es, la hinchaba la cara. Venga, para casa.

—Yo no sabía que era de jarabe.

—No sabías, y lo dice tan fresca. Vamos, es que no
te quiero ni mirar; te mataba. ¡Qué asco de críos, chica!
Yo no sé cómo tenéis humor de meteros a servir, también vosotras.

—Pobrecita, no la haga llorar más, que ha sido sin
querer.

—Es una mema, es lo que es. Una bocazas. Venga, no
llores más ahora, que te doy. Hala. Bueno, chica, nos
bajamos.

—Adiós, y no se ponga así, señora Dolores, que eso
se quita. Adiós, guapita, dame un beso tú. Que ahora ya
tienes que ser muy buena. Pobrecita, cómo llora. ¿Verdad que vas a ser muy buena?

—Sí, buena —gruñó la portera—, ni con cloroformo.

—Que sí, mujer. Ahora ya lo que hace falta es que la vea usted bien casada.

—Eso es lo que hace falta. Bueno, adiós, hija.

Luis Alberto y Cristina se querían bajar por la escalera.

—Yo no quiero que se vaya la Loli —dijo el niño—. Yo me bajo con ella.

—Anda, anda, ven acá. Tú te estás aquí. Venir acá los dos. Adiós, señora Dolores.

—Yo me bajo con la Loli.

Ya con la puerta cerrada, armaron una perra terrible, y Luis Alberto se puso a pegarle a la tata patadas y mordiscos y a llamarla asquerosa. Eran más de las diez cuando los pudo meter en la cama. Cristina ya se había dormido, y el niño seguía queriendo que se quedara la tata allí con él porque se empezó a acordar del hombre de por la mañana y le daba miedo. A la tata también le daba un poco.

—¿Por qué dice mamá que no lo tenía que haber visto yo? ¿Porque estaba muerto?

—Venga; no hables de ese hombre. Si no estaba muerto.

—Huy que no... ¿Y por qué tenía la cara como si fuera de goma?

—Anda, duérmete.

—Pues cuéntame un cuento.

—Si yo no sé cuentos.

—Sí sabes, como aquél de ayer, de ese chico Roque.

—Eso no son cuentos, son cosas de mi pueblo.

—Pues eso, cosas de tu pueblo. Lo de los lobos que decías ayer.

—Nada, que en invierno bajan lobos.

—¿De dónde bajan?

—No hables tan alto. Tu hermana ya se ha dormido.

—Bueno, di, ¿de dónde bajan?

—No sé, de la montaña. Un día que nevó vi yo uno de lejos, viniendo con mi hermano, y él se echó a llorar, ¡cuánto corrimos!

—¿Es muy mayor tu hermano?

—No, es más pequeño que yo.

—Pero, ¿cómo de pequeño?

—Ahora tiene catorce años.

—Anda, cuánto, es mucho. ¿Y por qué lloraba si es mayor?

—Pues no sé, entonces era chico. Que te duermas.

—Anda, di lo del lobo. ¿Y cómo era el lobo?

Llamaron al teléfono.

—Espera, calla, ahora vengo —saltó la tata sobrecogida.

—No, no te vayas, que luego no vuelves.

—Sí vuelvo, guapo, de verdad. Dejo la puerta abierta y doy la luz del pasillo.

El teléfono estaba en el cuarto del fondo. Todavía no sabía muy bien las luces, y, cuando iba apurada, como ahora, se tropezaba con las esquinas de los muebles. Descolgó a oscuras el auricular, porque lo que la ponía más nerviosa es que siguiera sonando. El corazón le pegaba golpes.

—¿Quién es?

—Soy yo, la señorita. ¿Es Ascensión?

—Asunción.

—Es verdad, Asunción, siempre me confundo. ¿Cómo tardaba tanto en ponerse?

—Estaba con el niño, contándole cuentos.

—¿No se han dormido todavía? Pero ¿cómo les acuesta tan tarde, mujer, por Dios?

—Es que no se quieren ir a la cama, y yo no sé qué hacer con ellos cuando se ponen así, señorita. No les voy a pegar. La niña casi no ha querido cenar nada.

—¿Ha llamado alguien?

—No, nadie, usted ahora, y antes una equivocación.

—¿Qué dices, Pablo? No te entiendo. Espere.

Venía por el teléfono un rumor de risas y de música.

—No, nada, que preguntaba el señorito que si había llamado su hermano, pero ya dice usted que no.

—No sé, un rato he estado con la puerta de la cocina cerrada, para que no se saliera el olor del aceite, pero creo que lo habría oído, siempre estoy escuchando...

—Bueno, pues nada más. No se olvide de recoger los toldos de la terraza, que está la noche como de tormenta.

—No, no; ahora los recojo.

—Y al niño, déjelo, que ya se dormirá solo.

—¿Y si llora?

—Pues nada, que llore. Lo deja usted. Bueno, hasta mañana. Que cierre bien el gas.

—Descuide, señorita. Adiós. ¡Ah!, antes ha venido la portera con la niña de primera comunión, dijo... señorita...

Nada, ya había colgado. Yéndose la voz tan bruscamente del otro lado del hilo y con la habitación a oscuras, volvía a tener miedo. Se levantó a buscar el interruptor y le dio la vuelta. Estaban los libros colocados en sus estantes, los pañitos estirados y aquel cuadro de ángeles delgaduchos. Todo en orden. Olía raro. Todavía daba más miedo con la luz.

Salió a la terraza y se estuvo un rato allí mirando a la calle. Hacía un aire muy bueno. No pasaba casi gente porque era la hora de cenar, pero consolaba mucho mirar las otras terrazas de las casas, y bajo los anuncios verdes y rojos de una plaza cercana, los autobuses que pasaban encendidos, las puertas de los cafés. En un balcón, al otro lado de la calle, había un chico fumando, y detrás, dentro de la habitación, tenían una lámpara colorada. La tata apoyó la cara en las manos y le daba gusto y sueño mirar a aquel chico. Hasta que su brazo se le durmió y notó que tenía frío. Recogió los toldos, que descubrieron arriba algunas estrellas tapadas a rachas por nubes oscuras y ligeras, y el chirrido de las argollas, resbalando al tirar ella de la cuerda, era un ruido agradable, de faena marinera.

Se metió con ganas de cantar a la casa, silenciosa y ahogada, y pasó de puntillas por delante del cuarto de los niños. Ya no se les oía. Tuvo un bostezo largo y se paró para gozarlo bien.

El sueño le venía cayendo vertical y fulminante a la tata, como un alud, y ya desde ese momento sólo pensó en la cama; los pies y la espalda se la pedían. Era una llamada urgente. Cenó de prisa, recogió los últimos cacharros y sacó el cubo de la basura. Luego el gas, las luces, las puertas.

Cuando se metió en su cuarto y se empezó a desnudar, habían remitido los ruidos del patio y muchas ventanas ya no tenían luz. Unas sábanas tendidas de parte a parte se movían un poco en lo oscuro, como fantasmas.

Madrid, octubre 1958.

—Lucía, ¿ha merendado el señorito Tiqui?

(Su verdadero nombre era Juan, pero todos le llamaban Tiqui. Era un nombre que para los padres tenía algún significado lejano y sentimental. Mamá, algunas veces, al pronunciarlo, ponía un mohín de novia y se quedaba mirando al padre a través de la mesa, y se sonreían. Y él se sentía a disgusto dentro de aquel nombre mimoso y reducido. A Lucía le había pedido: «Tú, llámame Juan, ¿quieres?; me llamas Juan.» Se lo había dicho con voz de secreto, después de muchos días de no atreverse; y ella le había contestado: «Sí, señorito Juan, como quiera; a mí me da lo mismo.» Y se había ido a la cocina, y él había llorado de rabia.)

—No, señora; no ha merendado. Le he entrado la bandeja con el té y ha dicho que no tenía ganas. Se lo he dejado allí.

—¿Qué está haciendo?

—Nada; me ha pedido que le arrime la cama al balcón, y está así, quieto, mirando la calle.

La madre suspira, tal vez un poco demasiado fuerte.

—Tráiganos las tostadas a nosotras.

Luego, cuando la doncella se ha ido, se vuelve hacia su amiga y mueve la cabeza, como si continuara el suspiro. Es una amiga antigua, la amiga de los años del colegio, acostumbrada, casi profesionalmente, a tomar tazas de té con otras mujeres, junto a la lámpara de luz íntima y verde; a escuchar confidencias entre sorbo y sorbo. Es joven todavía, rubia, espiritual; lleva un lindo sombrero.

—Pobre Clara —le dice—; quisiera poder ayudarte.

Juan, desde el cuarto contiguo, oye el ruido de la cucharilla, el apagado cuchicheo de las voces. Debe ser esa amiga de mamá con los labios pintados de escarlata, que a veces le ha besado en el aire, cerca de la oreja, y le ha dicho «tesoro»; y a él le ha parecido una palabra cara, fría, lujosa; el nombre de un perfume. Mira a la calle, se le llenan los ojos de las luces de afuera. Sabe muy bien que están hablando de él, pero le da lo mismo. Con tal de que no entren, con tal de que le dejen pasar su tarde en paz. Se sabe de memoria lo que hablan, y a veces no lo entiende.

«Ha tenido de todo —suele decir la madre—. Se lo hemos dado todo.»

El caballo tripudo, el uniforme de marino, las pistolas, los soldados, el balancín; casi intactos arriba, en el desván. Los niños del doctor Costas ponían un gesto de desprecio y decían que sus juguetes eran mejores. Los niños del doctor Costas traían siempre las rodillas muy limpias y le besaban la mano a mamá; hablaban de campeonatos de esquí y de carreras de caballos. Y él se callaba. Porque él, cuando fuese mayor, quería ser tranviario. Se habían reído hasta las lágrimas el día que lo dijo; por eso no volvió a decir más y se afianzó a solas en su decisión.

La única vez que Juan ha montado en tranvía fue con Paula, la cocinera, para llevar un recado al ebanista, cerca de la Plaza de Toros. Era invierno, ya casi por la noche. Subían y bajaban muchas gentes enrojecidas de frío, se soplaban los dedos, se tropezaban, se decían bromas en voz muy alta. Las calles se apretaban como una envoltura contra el tranvía amarillo y, cerrando los ojos, eran rojas también; luego, al volver a abrirlos, se movían lentamente, allí afuera, igual que en una película muda, a través de los cristales empañados. Dos hombres reñían por algo de camiones, y uno de ellos, mientras hablaba, comía castañas y tiraba las cáscaras al suelo; una mujer sentada daba de mamar a su niño; en la plataforma había novios que estaban con las caras muy cerca y se abrazaban fuerte en las paredes. Todos iban juntos, revueltos —y también Paula y él a aquel recado— perdidos a la deriva por los largos pasillos de la ciudad. Los llevaba el hombre que estaba de pie junto a la manivela; los iba llevando en zigzag calles abajo, sorteando las altas fachadas como hacia una desembocadura.

Juan se olvidó absolutamente de su casa, y le parecía que ya nunca tendría que volver. Después, aquella noche se la pasó con los ojos abiertos, oyendo desde la cama el rechinar de los tranvías, imaginando su incierto avanzar. Los tranviarios no tienen casa; no tienen que volver a casa. Se pasan la noche libres y enhiestos navegando la ciudad, arrastrando su coche a lo mejor vacío. Desde aquel día, los miraba como a hermanos mayores. Aquellos hombres, serios y alertas, del uniforme oscuro, que oteaban la calle a través del cristal con su colilla pegada a los labios y la manivela firme entre los dedos, de pie en la misma proa del tranvía, le parecían los caudillos de todo un pueblo heterogéneo y fugaz.

Juan mira los tranvías esta tarde. El 49 tiene la parada ahí mismo, enfrente de su balcón. Lo están esperando un manojo de niños con carteras; se ríen, han sacado las meriendas, llevan los abrigos desabrochados. Uno tiene una naranja y se pone a pelarla despacio, complaciéndose; Juan imagina el zumillo amargo de la cáscara pringando los dedos sucios de tinta. Es noviembre; los niños que van al colegio compran tinteros y naranjas, estrenan zapatos para la lluvia. Ahora, cuando llegue el tranvía, se subirán todos en racimo, empujándose, y se irán calle abajo, y se quedarán en distintas esquinas. Se dirán adiós. Será una despedida atropellada y gozosa la de estos niños de las carteras, cada cual por su bocacalle —hale, hale— debajo de las faroles, arrimado a la pared.

* * *

—Tal vez ha sido un error que no lo hayáis mandado nunca al colegio —dice la amiga rubia.

Y adelanta el cuerpo hacia la mesita para coger un pedazo de pastel de manzana.

—Pero, Rosina, si esta criatura, tú no sabes, es un problema...; espera, yo te lo partiré...; un completo problema. Tendría roces con todos en un colegio; le entraría un amor horrible por el niño más desobediente y más salvaje, por el que nadie quisiese mirar a la cara. Tenerlo aislado es la mejor manera posible; ya ves tú si Alfredo y yo lo habremos hablado veces...

—Ya basta, gracias, no me partas más... Claro, desde luego eso nadie mejor que vosotros; pero yo creo, fíjate, que en un colegio bueno, tantos como hay, eso sería cuestión de enterarse; por ejemplo, donde van los niños de Aurelia; yo se lo puedo preguntar a ella, si quieres...

—¡Qué sé yo! Porque es que tampoco es inteligente. El profesor particular se ve negro para interesarle por las cosas. Y el caso es que se pasa las horas muertas él solo en su cuarto y nunca se aburre; pero de todo le da igual, no tiene apego ni afición a nada.

Clara habla con voz desencantada, la cabeza inclinada hacia la taza de té. Rosina mira a los cristales, donde han empezado a rebotar unas gotas pequeñas.

Llueve menudo. Debe de hacer frío. La gente se cruza a buen paso, con las manos en los bolsillos. En la acera de enfrente refulge el escaparate de la mantequería con sus confusos y atrayentes brillos de frutas en almíbar, de botellas y latas de conserva. La mantequería da una luz azul como de luna, y en torno, la calle se vuelve más negra. Por lo negro, saliendo de la luz, le parece a Juan que andan sueltos unos rostros pequeños de diablo, que guiñan los ojos, se amontonan y se escapan haciendo piruetas. No se sabe si son rostros, o tachuelas luminosas, o burbujas; se aprietan contra las siluetas de los transeúntes y las vuelven borrosas y fantásticas. Juan se coge el pulso, lo mismo que apretando un animal pequeño. «Ya me está subiendo.» Y lo piensa lleno de excitación, como si estuviera a las puertas de un campeonato. Le gustaría que la fiebre tuviera un acelerador y poderlo pisar más y más, hasta lo hondo, hasta que el caballo blanco se estrellara con él encima; la fiebre es un caballo blanco.

De pronto el pulso corre más de prisa. Enfrente, al otro lado de la calle, un hombre se ha parado delante del escaparate de la mantequería. Un hombre pequeñito, sin abrigo. Juan se incorpora en la cama y contiene el aliento. Las burbujas brillantes con risa de diablo le resbalan al hombre por la espalda; tiene los hombros estrechos, la cabeza pequeña y aquel mismo gesto desamparado. Juan clava sus ojos húmedos y ansiosos en esta figura, acechando su más leve movimiento. ¿Será él...? No se vuelve... Se parece; si le pudiera ver la cara. A lo mejor se va; a lo mejor no lo va a distinguir bien desde aquí arriba... El hombre ha hecho un movimiento como para separarse del escaparate y echar a andar... Súbitamente salta de la cama, abre los cristales y se asoma al balcón, inclinando medio cuerpo sobre los barrotes.

—¡Andrés! —llama con todas sus fuerzas—. ¡Andrés!

La voz se empaña contra el frío de la noche que viene, se enreda con los hilos de la luz, con el chirrido de las ruedas, choca contra la gente, se fragmenta en añicos. El hombre del escaparate se vuelve para cruzar la calle y Juan ve su rostro desconocido y ajeno. No, no era. Tampoco vendrá hoy. Se deja escurrir hasta quedar sentado en el balcón, con las manos cogidas a los hierros; mira las luces movedizas del bulevar como desde una jaula alta. Luego retrocede hasta apoyarse en el muro de la fachada, se abraza las rodillas y esconde la cara en los brazos. La lluvia le entra por la nunca, espalda abajo y le consuela.

* * *

—Y además la salud... que, ¿quién lo manda fuera en días de lluvia y de frío? Está pachucho desde la recaída del invierno.

—Mujer, también fue lástima, con lo bien que quedó cuando la meningitis.

La madre ha levantado los ojos de su taza. Tiemblan un poco las hojas del balcón.

—Pues ya ves, por su culpa; desde aquella tarde, ya te conté, cuando desapareció de casa en busca del amigo dichoso, y a la noche se lo encontró el chófer en un café de Alberto Aguilera, desde entonces le han vuelto las fiebres.

Rosina se sonríe; se acomoda mejor en el sofá.

—Mira que fue famoso aquello del amigo. Oye, y por fin ¿qué?, ¿habéis llegado a verlo?

—Bueno, mujer; échale un galgo. En volver va a estar pensando el tipo, figúrate qué lote, unos zapatos nuevos de Alfredo, dos camisas y el abrigo forrado de gamuza, cuando se viera en la escalera le parecería mentira... Ah, y la colección de sellos, que eso lo hemos sabido luego. Vamos, que este niño está mal de la cabeza, cada vez que lo pienso... ¿Y la perra que ha cogido con que tiene que volver porque se lo prometió?; tú no sabes, le espera siempre, dice que si no vuelve es porque le ha pasado algo... ya ves tú lo que le va a pasar.

Rosina ha encendido un pitillo. Se ríe con la cabeza en el respaldo.

—En medio de todo, a mí me hace una gracia enorme tu chico. Ese mismo episodio del hombre, no me digas que no es genial. ¿Con quién lo comentaba yo el otro día, que se morían de risa...? No me acuerdo, mujer, con quién era...; es divertidísimo, desde luego. Pero lo que yo digo, el hombre ¿porque vendría aquí precisamente?

—Ah, eso nada, como a otro sitio cualquiera. ¿No ves que será uno de tantos frescos que se dedican a eso? Además, que cuando Tiqui lo vio por la mirilla, igual no pensaba llamar en este piso; se le ocurriría entonces el golpe, al verle a él tan propio.

—Pero y los porteros, ¿cómo no lo verían subir?

—Eso dicen, hija; nadie lo vio. La única, Lucía, que cuando fue a llevarle la merienda al niño notó que tenía la llave echada, pero cómo se iba a figurar ella que no estaba solo, como se encierra tantas veces a pintar y a hacer inventos raros; pues nada, ni le chocó.

—Y Tiqui, ¿qué haría por el pasillo, para abrirle a él?

—Yo qué sé, juegos suyos, manías; desde muy pequeño le daba por andar en el vestíbulo y asomarse en cuanto oía ruido en la escalera, siempre estaba empinado a la mirilla, le encanta. Con eso se divierte y se pone a imaginar historias y fantasías. Así que al toparse con el hombre éste parado en el rellano, y preguntarle que qué hacía, y el otro echarse a llorar y demás, pues no te digo, lo propio; lo metió en su cuarto toda la tarde, y la luna que le hubiera pedido. Y como nosotros no estábamos.

—Pero ya ves, es noble, te lo contó todo en seguida. Otro se hubiera callado hasta que descubrieran que faltaba la ropa.

—Ah, no, en cuanto vine a casa; si él estaba orgullosísimo, entusiasmado con el hallazgo del amigo; lo que menos pensaba es que le iba yo a reñir; uf, menudo entusiasmo: que nunca había visto a nadie tan bueno, que qué ojos tenía, que era un santo. Y no te puedes figurar lo que lloró cuando yo le dije que se despidiera de volver a verle porque era un estafador vulgar y corriente. ¡Huy, Dios mío! Nunca se lo hubiera dicho... No, espera, ya no hay; que nos traigan más té. Llama a ese timbre tú que estás más cerca, si haces el favor.

Rosina alarga hacia la pared una mano blanca rematada por uñas primorosas.

Dice:

—De todas maneras, chica, es que hay que andar con cien ojos, ¿eh? Ya no puede estar uno seguro ni en su propia casa. Porque es que a cualquier niño de buenos sentimientos que le pesque uno así y le meta esa historia de que le ha salido un trabajo y que no tiene ropa para presentarse decente..., vamos, que te digo yo que cualquiera haría lo mismo.

—No, si estamos de acuerdo. Si el que le abriera la puerta y le diera la ropa de su padre y se creyera todos los camelos que el otro le quisiera contar, hasta ahí, vaya, mala suerte. Si lo que yo encuentro anormal es esa terquedad suya de esperarle un día y otro, y de ponerse triste, y salir a buscarle, como esa vez que te digo. ¿Y tú sabes el rencor que me guarda a mí porque le dije que era un estafador?

Ha arreciado la lluvia. Ahora las gotas del cristal se alcanzan unas a otras y forman canalillos que se entrecruzan. Rosina las mira bajar, con ojos perezosos, a través del humo de su pitillo.

—De todas formas, Clara, a mí me parece que exageras un poco con el chico. Todos los niños hacen travesuras; tampoco te gustaría tener en casa al perfecto Jaimito.

—Esto no son travesuras, mujer; qué más quisiera yo. Las travesuras son una cosa alegre... Pero ¿qué hace esta chica que no viene? A ver si echa las persianas y la cortina, ¿te has dado cuenta qué chaparrón?

Suenan furiosamente las gotas en la calle. Rosina se pone de pie y se acerca al balcón. La mujer de los periódicos ha sacado un hule negro y está tapando todo el manojo. Pasan unas muchachas corriendo; alcanzan un portal y se sacuden el pelo.

—Ya no me puedo ir hasta que escampe. Debe de hacer un frío...

Se retira de los cristales y se arrima al radiador.

—Naturalmente, qué disparate. Te esperas a que venga Alfredo y él te acompañará en el coche.

—Bueno, estupendo; si no le importa. ¡Qué bien se os pone la calefacción, oye!; la de casa...

—Señora, por favor, señora...

Ahora las dos se vuelven a la puerta. Lucía la ha abierto de repente, y está quieta, sin avanzar, con la mano en el picaporte. Trae una cara apurada.

—¿Qué le pasa? ¿Por qué no venía usted? ¿No oía que llamábamos?

Lucía rompe a hablar entrecortadamente, moviendo mucho las manos:

—Verá, señora... es que me da por asomarme primero a la habitación del señorito, por si acaso era él, como no había querido la merienda... cuando abro la puerta y a lo primero no le veía, ¡ay qué susto, señora!... La cama vacía... el balcón...

Clara se pone de pie y se precipita hacia la puerta.

—¿Qué pasa? ¿Dónde está? ¿Qué le ha pasado?

—Venga, por favor... Mejor que venga usted...

* * *

Ahora llueve más fuerte. Son globitos que estallan contra el suelo. Globos rojos, amarillos, de celofán. El pelo le chorrea. Ya no tiene calor; está frío como un pescado. Ha asomado Lucía; ha asomado mamá, con su amiga detrás. Lo cogen en los brazos, lo levantan; lo ponen arriba y abajo, le dan vueltas, lo montan en un tobogán. Se va a caer, lo sueltan; no puede agarrarse a ninguna parte. Han cerrado el balcón. La sábana está fría, es una piel muerta; da repeluco. Todo baila y tirita.

Ahora, Andrés; viene Andrés. Ahora los tranviarios, los que venden tabaco. El café de Alberto Aguilera, enorme, lleno de hombres y de humo. Andrés está llorando.

«No llore, por favor; dígame qué le pasa.»

«De tú, chico, de tú.»

De pie, sobre la alfombra, en el empapelado de la pared, junto al sofá amarillo, debajo del retrato del abuelo, gira, lo llena todo con sus ojos hundidos. Ahora lo están tapando con mantas hasta arriba. Pero Andrés que no llore. Huele a plátano la amiga de mamá.

«Dame un abrazo, Juan. De hombre a hombre, porque tú eres un hombre.»

Ahora hay un sol muy raro que zumba; ahora es la rueda de un tiovivo; se agranda; serpentinas. Ahora le salen patas de cangrejo, primero como granitos que duelen a lo largo de los costados, luego duras y enormes y las puede mover un poco, aunque le pesan.

«Andrés, no llores tú.»

«Castroviejo, otro médico, asustada, teléfono, Alfredo, asustada, Rosina, bolsa de agua caliente, asustada, no te vayas ahora.»

Mamá le mima mucho, y le besa. No se atreve a decirle que Andrés tampoco ha venido hoy; tiene manchas y luces por la cara.

Le zumban los oídos. Ya se escucha el galope de la fiebre; ¡qué calor otra vez! Vuelve el caballo blanco, desmelenado, vertiginosamente; se acerca, ya está aquí. ¡Hip! Se ha montado de un salto a la carrera, desde muy arriba, cuando pasaba justo por debajo. ¡Qué gusto! Ya lo tiene entre las piernas. Lo arrea con un látigo; hoy se van a estrellar. Aprisa. Adiós, adiós. Ahora ya no se ve nada, sólo rombos, fragmentos en lo rojo.

«Adiós, Andrés, adiós. No vengas, que no estoy; me marcho de viaje. Ya vendrás cuando puedas; otro día.»

El aire le tapona los oídos. Hoy se van a estrellar.

Madrid, diciembre 1958.

La chica de abajo

¿Habría pasado tal vez una hora desde que llegó el camión de la mudanza? Había venido muy temprano, cuando por toda la placita soñolienta y aterida apenas circulaba de nuevo, como un jugo, la tibia y vacilante claridad de otro día; cuando sólo sonaba el chorro de la fuente y las primeras campanas llamando a misa; cuando aún no habían salido los barrenderos a arañar la mañana con sus lentas, enormes escobas, que arrastraban colillas, púas de peine, herraduras, hojas secas, palitos, pedacitos de carta menudísimos, rasgados con ira, botones arrancados, cacas de perro, papeles de caramelo con una grosella pintada, remolinos de blancos, leves vilanos que volaban al ser removidos y escapaban a guarecerse en los aleros, en los huecos de los canalones. Miles y miles de pequeñas cosas que se mezclaban para morir juntas, que se vertían en los carros como en un muladar.

Los entumecidos, legañosos barrenderos, cuyas voces sonaban como dentro de una cueva, eran los encargados de abrir la mañana y darle circulación, de echar el primer bocado a la tierna, intacta mañana; después escapaban aprisa, ocultando sus rostros, que casi nadie llegaba a ver. «Ya ha amanecido», se decían desde la cama los enfermos, los insomnes, los desazonados por una preocupación, los que temían que la muerte pudiese sorprenderles en lo oscuro, al escuchar las escobas de los barrenderos rayando el asfalto. «Ya hay gente por la calle. Ya, si diera un grito, me oirían a través de la ventana abierta. Ya va subiendo el sol. Ya no estoy solo.» Y se dormían al fin, como amparados, sintiendo el naciente día contra sus espaldas.

El gran camión se había arrimado a la acera reculando, frenando despacito, y un hombre pequeño, vestido de mono azul, saltó afuera y le hacía gestos con la mano al que llevaba el volante:

—¡Tira!... Un poco más atrás, un poquito más. ¡Ahora! ¡¡Bueno!!

Luego el camión se quedó parado debajo de los balcones y los otros hombres se bajaron también, abrieron las puertas traseras, sacaron las cuerdas y los cestos, los palos para la grúa. Entonces parecía todavía que no iba a pasar nada importante. Los hombres se estiraban, hablaban algunas palabras entre sí, terminaban con calma de chupar sus cigarros antes de ponerse a la faena. Pero luego todo había sido tan rápido... Quizá ni siquiera había pasado hora y media. Cuando llegaron tocaban a misa en la iglesia de enfrente, una muy grande y muy fría, donde le encoge a uno entrar, que tiene los santos subidos como en pedestales de guirlache. Sería una de las primeras misas, a lo mejor la de siete y media. Luego habían tocado otra vez para la siguiente. Y otra vez. Poco más de una hora. Lo que pasa es que trabajaban tan de prisa los hombres aquellos.

«Si me llego a dormir —pensaba Paca—. Una hora en el sueño ni se siente. Si me llego a dormir. Se lo habrían llevado todo sin que lo viera por última vez.» Claro que cómo se iba a haber dormido si ella siempre se despertaba temprano y, si no, la despertaban. Pero se había pasado toda la noche alerta con ese cuidado, tirando de los ojos para arriba, rezando padrenuestros, lo mismo que

cuando se murió Eusebio, el hermanillo, y estuvieron ve-
lándolo. Por tres veces se levantó de puntillas para que
su madre no la sintiera, salió descalza al patio y miró al
cielo. Pero las estrellas nunca se habían retirado, bullían
todavía, perennemente en su fiesta lejana, inalcanzable,
se hacían guiños y muecas y señales, se lanzaban unas
a otras pequeños y movedizos chorros de luz, alfilerazos
de luz reflejados en minúsculos espejos.

Cecilia decía que en las estrellas viven las hadas, que
nunca envejecen. Que las estrellas son mundos pequeños
del tamaño del cuarto de armarios, poco más o menos, y
que tienen la forma de una carroza. Cada hada guía su
estrella cogiéndola por las riendas y la hace galopar y
galopar por el cielo, que es una inmensa pradera azul.
Las hadas viven recostadas en su carroza entre flores de
brillo de plata, entre flecos y serpentinas de plata, y ninguna tiene envidia de las demás. Se hablan unas a otras,
y cuando hablan o cantan sus canciones les sale de la
boca un vaho de luz de plata que se enreda y difunde
por todas las estrellas como una lluvia de azúcar migadi-
to, y se ve desde la tierra en las noches muy claras. Algunas veces, si se mira a una estrella fijamente, pidién-
dole una cosa, la estrella se cae, y es que el hada ha
bajado a la tierra a ayudarnos. Cuando las hadas bajan
a la tierra se disfrazan de viejecitas, porque si no la gente
las miraría mucho y creería que eran del circo.

Cecilia contaba unas cosas muy bonitas. Unas las soñaba, otras las inventaba, otras las leía en los libros. Paca
pensaba que las hadas debían tener unas manos iguales
a las de Cecilia, con la piel tan blanca y rosada, con las
uñas combadas como husos y los dedos tan finos, tan
graciosos, que a veces se quedaban en el aire como dan-
zando. Paca, que se había acostumbrado a pensar cosas
maravillosas, creía que a Cecilia le salían pájaros de las
manos mientras hablaba, unos pájaros extraños y largos
que llenaban el aire. Un día se lo dijo y ella preguntó:

—¿Sí? ¿De verdad? —y se rió con aquella risa suya.
condescendiente y envanecida.

Paca y Cecilia eran amigas, se contaban sus cuentos y sus sueños, sus visiones de cada cosa. Lo que les parecía más importante lo apuntaba Cecilia en un cuaderno gordo de tapas de hule, que estaba guardado muy secreto en una caja con chinitos pintados. Paca solía soñar con círculos grises, con ovejitas muertas, con imponentes barrancos, con casas cerradas a cal y canto, con trenes que pasaban sin llevarla. Se esforzaba por inventar un argumento que terminase bien, y sus relatos eran monótonos y desmañados, se le embotaban las palabras como dentro de un túnel oscuro.

—Pero, bueno, y luego, ¿qué pasó? —le cortaba Cecilia, persiguiéndola con su mirada alta, azul, impaciente.

—Nada. No pasaba nada. Cuenta tú lo tuyo. Lo tuyo es mucho más bonito.

A ella no le importaba darse por vencida, dejar todo lo suyo tirado, confundido, colgando de cualquier manera. A ella lo que le gustaba, sobre todas las cosas, era oír a su amiga. También cuando se callaba; hasta entonces le parecía que la estaba escuchando, porque siempre esperaba que volviera a decir otra cosa. La escuchaba con los ojos muy abiertos. Durante horas enteras. Durante años y siglos. No se sabía. El tiempo era distinto, corría de otra manera cuando estaban las dos juntas. Ya podían pasarse casi toda la tarde calladas, Cecilia dibujando o haciendo sus deberes, que ella nunca se aburría.

—Mamá, si no sube Paca, no puedo estudiar.

—No digas bobadas. Te va a distraer.

—No, no; lo hago todo mejor cuando está ella conmigo. No me molesta nunca. Deja que suba, mamá.

La llamaban por la ventana del patio:

—¡Paca! ¡Paca!... Señora Engracia, que si puede subir Paca un ratito.

Ella en seguida quería tirar lo que estuviera haciendo y escapar escaleras arriba.

—Aguarda un poco, hija. Termina de fregar. Que esperen. No somos criadas suyas —decía la madre.

La madre se quejaba muchas veces. No quería que Paca subiera tanto a la casa.

—No vayas más que cuando te llamen, ¿has oído? No vengan luego con que si te metes, con que si no te metes. Me los conozco yo de memoria a estos señoritos. Nada más que cuando te llamen, ¿entiendes?

—Sí, madre, sí.

La señora Engracia era delgada y tenía la cara muy pálida, como de leche cuajada, con una verruga en la nariz que parecía una pompa de jabón a punto de estallar. Cosía para afuera en los ratos libres; hacía vainicas, hacía calzoncillos y camisones. Paca había heredado sus grandes manos hábiles para cualquier trabajo, el gesto resignado y silencioso.

Mientras Cecilia dibujaba o hacía los deberes de gramática y de francés, ella le cosía trajecitos para las muñecas, le recortaba mariquitas de papel, lavaba cacharritos, ponía en orden los estantes y los libros. Todo sin hacer ruido, como si no estuviera allí. Medía las semanas por el tiempo que había pasado con Cecilia, y así le parecía que habían sido más largas o más cortas. El otro tiempo, el del trabajo con su madre, el de atender a la portería cuando ella no estaba, el de lavar y limpiar y comer, el de ir a los recados, se lo metía entre pecho y espalda de cualquier manera, sin masticarlo. Ni siquiera lo sufría, porque no le parecía tiempo suyo. Llevaba dos vidas diferentes: una, la de todos los días, siempre igual, que la veían todos, la que hubiera podido detallar sin equivocarse en casi nada cualquier vecino, cualquier conocido de los de la plazuela. Y otra, la suya sola, la de verdad, la única que contaba. Y así cuando su madre la reñía o se le hacía pesada una tarea, se consolaba pensando que en realidad no era ella la que sufría aquellas cosas, sino la otra Paca, la de mentira, la que llevaba puesta por fuera como una máscara.

Un día la mamá de Cecilia le dijo, por la noche, a su marido:

—La niña me preocupa, Eduardo. Ya va a hacer once años y está en estado salvaje. Dentro de muy poco será una señorita, una mujer. Y ya ves, no le divierte otra cosa que estar todo el día ahí metida con la chica de la portera. Es algo atroz. Bien está que suba alguna vez, pero fíjate qué amistad para Cecilia, las cosas que aprenderá.

El padre de Cecilia tenía sueño y se volvió del otro lado en la cama.

—Mujer, a mí me parece una chica muy buena —dijo con los ojos cerrados—. Ya ves cómo la cuidó cuando tuvo el tifus.

La madre de Cecilia se incorporó:

—Pero, Eduardo; parece mentira que seas tan inconsciente. ¡Qué tiene que ver una cosa con otra! Las cosas con medida. Hasta ahora me ha venido dando igual también a mí. Pero Cecilia tiene once años, date cuenta. No pretenderás que cuando se ponga de largo vaya a los bailes con Paca la de abajo.

—Sí, sí, claro. Pues nada, como tú quieras. Que vengan otras niñas a jugar con ella. Las de tu prima, las del médico que vive en el segundo...

—Yo a esos señores no los conozco.

—Yo conozco al padre. Yo se lo diré.

A lo primero Cecilia no quería. Sus primas eran tontas y con las niñas del médico no tenía confianza. Ni unas ni otras entendían de nada. No sabía jugar con ellas. Se lo dijo a su madre llorando.

—Bueno, hija, bueno. Subirá Paca también. No te apures.

Las nuevas amiguitas de Cecilia venían muchas tardes a merendar y ella iba otras veces a su casa. Siempre estaban proponiendo juegos, pero no inventaban ninguno. A las cuatro esquinas, a las casas, al escondite, al parchís. Los jugaban por turno, luego se aburrían y preguntaban: «Ahora, ¿qué hacemos?». Otras veces hablaban de los niños que le gustaban a cada una, y que, en general, los habían conocido en los veraneos. Un juego hacían que era escribir varios oficios y profesiones de hombre en una tira larga de papel y enrollarla a ver lo que sacaba cada niña tirando un poquito de la punta. A unas les salía marino; a otras, ingeniero, y con el que les salía,

con aquél se iban a casar. Paca, cuando estaba, nunca
quería jugar a este juego.

Un día le dijo a Cecilia una de sus primas:

—No sé cómo eres tan amiga de esa chica de abajo,
con lo sosa que es. Cuando viene, parece que siempre
está enfadada.

—No está enfadada —dijo Cecilia—. Y no es sosa, es
bien buena.

—¡Ay, hija!, será buena, pero es más antipática...

Otro día, don Elías, el profesor, le puso un ejercicio
de redacción que era escribir una carta a una amiga desde
una playa contándole lo que hacía, preguntándole lo que
hacía ella y dándole recuerdos para sus padres. Cecilia no
vaciló. Puso: «Señorita Francisca Fernández», y empezó
una carta como para Paca; pero, a medida que escribía,
se sentía a disgusto sin saber por qué, y después de contarle que el mar era muy grande y muy bonito y que
hacía excursiones en balandro, al llegar a aquello de «y
tú, ¿qué tal lo pasas por ahí?», cuando ya se tenía que
despedir y decir lo de los recuerdos, se acordó de la
señora Engracia y sintió mucha vergüenza, le pareció que
se estaba burlando. Arrancó la hoja del cuaderno y copió
la carta igual, pero dirigida a Manolita, la del segundo.

Desde que venían las otras niñas, Paca subía más tarde, y eso cuando subía, porque algunas veces no se acor-
daban de llamarla. Jugaban en el cuarto de atrás, que
tenía un sofá verde, un encerado, dos armarios de libros
y muchas repisas con muñecos y chucherías. También salían por los pasillos. La casa tenía tres pasillos, dos paralelos y uno más corto que los unía, formando los tres
como una *hache*. Al de delante iban sólo alguna vez a
esconderse detrás del arca, pisando callandito; pero casi
nunca valía, porque por allí estaban las habitaciones de
los mayores y no se podía hacer ruido. Aquel pasillo estaba separado de los otros dos por una cortina de terciopelo con borlas. Alrededor de las nueve venían a buscar
a las primas y a las niñas del segundo. La criada les ponía los abrigos y les atusaba el pelo. Cecilia salía con
ellas y entraban en el saloncito a despedirse de los papás.

Paca se quedaba sola detrás de la cortina, mirando el resplandor rojizo que salía por la puerta entornada. Estarían allí los señores leyendo, fumando, hablando de viajes. Se oían las risas de las niñas, los besos que les daban. Muchas veces, antes de que volvieran a salir, ella se escurría a la portería, como una sombra, sin decir adiós a nadie.

Empezó a desear que llegase el buen tiempo para salir a jugar a la calle. En la plazuela tenía más ocasiones de estar con Cecilia, sin tener que subir a su casa, y los juegos de la calle eran más libres, más alegres, al marro, el diábolo, la comba, el mismo escondite, juegos de cantar, de correr, de dar saltos, sin tener miedo de romper nada. Se podían escapar de las otras niñas. Se cogían de la mano y se iban a esconder juntas. Paca sabía un sitio muy bueno, que nunca se lo acertaban: era en el portalillo del zapatero. Se escondían detrás de la silla de Adolfo, el aprendiz, que era conocido de Paca, y él mismo las tapaba y miraba por la puerta y les iba diciendo cuándo podían salir sin que las vieran y cuándo ya habían cogido a alguna niña. Así no las encontraban nunca y les daba mucho tiempo para hablar.

Aquella noche, mirando las estrellas, donde viven las hadas que nunca envejecen, Paca se acordaba de Cecilia y lloraba. Se había ido a otra casa, a otra ciudad. Así pasan las cosas de este mundo. Y ella, ¿qué iba a hacer ahora? Ni siquiera se había podido despedir en el último momento. Cecilia se había ido de improviso dos días antes, aprovechando el coche de su tío, por la mañana, mientras ella estaba haciendo un recado. Se entretuvo bastante, pero bien podía Cecilia haber esperado para decirla adiós. O a lo mejor no pudo, a lo mejor su tío tenía prisa, quién sabe.

—Despídame de Paca, que ya le escribiré —le había dicho a la señora Engracia al marcharse.

Cuando volvió, Paca le insistía a su madre, le suplicaba con los ojos serios:

—Por favor, acuérdate de lo que te dijo para mí. Dímelo exactamente.

—Que ya te escribiría, si no dijo más.

La señora se quedó todo el día siguiente recogiendo las cosas en el piso. Luego también se había ido. Ella no se había atrevido a subir.

Mirando las estrellas, Paca sentía una enorme desazón. ¿Qué podía pedirle a las hadas? A lo mejor, habiéndose marchado Cecilia, ya ni siquiera había hadas. O, aunque las hubiera, tal vez no entendían bien lo que quería pedirles, sin explicarlo Cecilia primero. Eran cosas tan confusas las que deseaba. Se acordaba de una viñeta que había visto en un cuento, de una niña que lloraba porque había perdido sus zapatitos rojos. Y ella, ¿qué había perdido? ¿Cómo lo iba a poder explicar? Sentía frío en los pies. Cerró los ojos y le dolían por dentro las estrellas. De tanto y tanto mirarlas se le habían metido todas allí; le escocían como puñados de arena.

Al volver a la cama, después de la tercera vez, se quedó un poco dormida con la cabeza metida dentro de las sábanas. Soñó que Cecilia y ella vivían en medio del bosque en una casa de cristal alargada como un invernadero; iban vestidas de gasa azul y podían hacer milagros. Pero luego ella perdía su varita y se iba quedando seca, seca, como de barro. Y era una figurita de barro. Cecilia le decía: «Ya no sirves», y la tiraba al río. Y ella iba flotando boca arriba sobre la corriente del río, con las piernas abiertas y curvadas, porque era el rey Gaspar, el del Nacimiento.

Se levantó su madre para ir al arrabal como todos los martes y le dijo:

—Paca, me voy, ¿has oído? Levántate para cuando vengan los de la mudanza. Les das la llave, ¿eh? La dejo en el clavo de siempre.

Paca se había levantado llena de frío, con un dolor muy fuerte en el pescuezo de la mala postura y un nudo correoso en la garganta. Era el nudo de una áspera, tensa maroma que recorría el interior de todas sus articulaciones, dejándolas horriblemente tirantes. Sentía en su cuerpo una rigidez de tela almidonada, de suela o estropajo. «A lo mejor —pensó— me estoy convirtiendo de verdad en una figurita de barro de las del Nacimiento, y voy echando alambre en vez de huesos, y dentro de un poco ya no me dolerá la carne, aunque me peguen o me pellizquen. Ojalá fuera verdad, ojalá fuera verdad. El rey Gaspar, la tía Gila hilando su copo, el mesonero que sólo tiene medio cuerpo porque está asomado a la ventana, cualquiera, hasta uno de los pastores bobos que se ríen comiendo sopas, debajo del angelito colgado del árbol, el de la pierna rota, aunque fuera. Qué le importaba a ella. Todavía tenía tiempo de meterse en el equipaje, en la caja de cartón azul con flores, y por la Navidad volverían a sacarla en la casa nueva, en la nueva ciudad, y ella se reiría y agitaría las manos para que la conociera Cecilia. Aquella noche tendría el don de hablar porque ha nacido el niño Jesús, y las dos se la pasarían entera hablando en secreto cuando todos se hubieran acostado. Cecilia pondría sus codos sobre las praderas de musgo, sobre los ríos de papel de plata y acercaría su oído a los pequeños labios de su amiga de barro. ¿Qué cosas tan maravillosas no podría contarle Paca en aquella noche, desde el minúsculo paisaje nevado de harina, cruzado de caminillos de arena, por donde todos los vecinos de las casitas de cartón circulaban en fiesta con cestas y corderos hacia la luz roja del portal? No le importaría a ella tener que estar todo el año metida en la caja azul esperando la Nochebuena.»

Estas cosas estaba pensando cuando oyó la bocina del camión que venía.

Los hombres eran cinco. Habían puesto una grúa en el balcón, donde estaba el saloncito de recibir, y por allí bajaban las cosas de más peso. Otras, más menudas o más frágiles, las bajaban a mano. Uno de los hombres, el más gordo, el que traía el volante, estaba abajo para recibir los muebles y aposentarlos en el interior del capitoné, que esperaba con las fauces abiertas como una inmensa, hambrienta ballena. Mientras uno hacía una cosa, el otro hacía otra. Casi no daba tiempo a verlo todo. Paca no se atrevía ni a moverse. Al principio subió por dos veces al piso y había preguntado que si necesitaban algo; la primera ni siquiera le hicieron caso, la otra vez le dijeron que no. Prefirió no volver a subir, le resultaba insufrible ver la crueldad y la indiferencia con que arrancaban los muebles de su sitio y los obligaban a bajar por la ventana o por la escalera. Algunos dejaban su marca en la pared al despegarse, una sombra pálida, húmeda, como un ojera, como una laguna caliente.

Era increíble, portentoso, lo de prisa que trabajaban aquellos cinco hombres. Parecía cosa de magia que pudieran desmontar con tanta seguridad, en etapas medidas y certeras, una casa como aquélla, que era todo un país lleno de historia, lleno de vericuetos y tesoros, que pudieran destruirlo, conquistarlo con tanta celeridad, sin dolor ni desequilibrio, sin apenas esfuerzo, sin detenerse a mirar la belleza de las cosas que se estaban llevando, sin que ninguna se les cayese al suelo. ¿Y el osito de felpa? ¿En qué bulto de aquéllos iría metido el osito de felpa? ¿Y aquella caja donde guardaba la abuela de Cecilia los retratos antiguos y las cintas de seda? Y tantísimos cuadros. Y los libros de cuentos... ¿Sería posible que hubiesen metido todos los libros de cuentos? *Peter Pan y Wendy, Alicia en el país de las maravillas,* cuentos de Andersen, de Grimm, de los caballeros de la Tabla Redonda, cuentos de Pinocho... Siempre había alguno tirado por el suelo, en los recodos más inesperados se escondían. Algo se tenían que dejar olvidado, era imposible que se acordaran de meterlo todo, todo, todo. En hora y pico, Dios mío, como quien no hace nada, con tanta crueldad.

Ya debía faltar poco. El hombre gordo encendió un cigarro, se puso en jarras y se quedó mirando a la chica aquella del traje de percal que parecía un pájaro mojado, que estaba allí desde el principio peladica de frío y miraba todo lo que iban sacando con los ojos pasmados y tristes como en sueños. Luego echó una ojeada a la plaza con cara distraída. Era una pequeña plaza provinciana con sus bocacalles en las esquinas y sus fuentes en el medio como miles de pequeñas plazas que el hombre gordo había visto. No se fijó en que tenía algunas cosas distintas; por ejemplo, un desnivel grande que hacía el asfalto contra los jardincillos del centro. Allí, los días de lluvia, se formaba un pequeño estanque donde venían los niños, a la salida del colegio, y se demoraban metiendo sus botas en el agua y esperando a ver a cuál de ellos le calaba la suela primero. Tampoco se fijó en la descarnadura de la fachada del rincón que tenía exactamente la forma de una cabeza de gato, ni en las bolas doradas que remataban las altas verjas de casa de don Adrián, uno que se aislaba de todos de tan rico como era, y en su jardín particular entraban las gigantillas a bailar para él solo cuando las fiestas de septiembre. Ni en el quiosco naranja, cerrado todavía a aquellas horas, con un cartel encima que ponía «La Fama», donde vendían pelotitas de goma, cariocas y tebeos, ni en el poste de la dirección prohibida, torcido y apedreado por los chiquillos. Se iba levantando, tenue, opaca y temblona, la blanca mañana de invierno. Al hombre se le empezaban a quedar frías las manos. Se las sopló y le salía un aliento vivificador de tabaco y aguardiente; se las frotó una con otra para calentarse.

«Hoy no va a levantar la niebla en todo el día —pensó—. A ver si acaban pronto éstos. Desayunaremos por el camino.»

Y sentía una picante impaciencia, acordándose del bocadillo de torreznos y los tragos de vino de la bota.

En este momento salían del portal dos de los hombres con unos líos y unos cestos; se tropezaron con la chica del traje de percal.

—Pero, ¿te quieres quitar de en medio de una vez?

Y ella les miró torvamente, casi con odio, y retrocedió sin decir una palabra.

—¿Falta mucho? —preguntó el hombre gordo.

—Queda sólo un sofá. Ahora lo manda Felipe y ya cerramos.

Bajaba por la grúa el sofá verde, el del cuarto de jugar, que tenía algunos muelles salidos. Bajaba más despacio que los otros muebles, a trancas, a duras penas, tieso y

solemne como si cerrara la marcha de una procesión.
Cuando llegó a la acera, Paca se acercó con disimulo y le
acarició el brazo derecho, el que estaba más cerca de la
casa de muñecas, en la parte de acá, según se entraba,
despeluchado y viejo a la luz del día, que había sido su
almohada muchas veces. Y retiró la mano con vergüenza,
como cuando vamos a saludar a un amigo en la calle y
nos damos cuenta de que lo hemos confundido con otro
señor.

«Parecía que estaba muerto, Dios mío, parecía una
persona muerta», fue lo último que pensó Paca. Y se
quedó dándole vueltas, terca, estúpidamente, a esta sola
idea, repitiéndola una y otra vez como un sonsonete, clavada en el asfalto durante un largo rato todavía, sin
apartar los ojos de aquella mancha negra de lubrificante
que había dejado el camión al arrancar.

No vino la carta de Cecilia, pero llegó, por lo menos,
la primavera.

Aquel año Paca había creído que el invierno no se iba
a terminar nunca, ya contaba con vivir siempre encogida
dentro de él como en el fondo de un estrecho fardo, y
se alzaba de hombros con indiferencia. Todos los periódicos traían grandes titulares, hablando de ventiscas y
temporales de nieve, de ríos helados, de personas muertas de frío. La madre, algunas noches, leía aquellas noticias al calor del raquítico brasero, suspiraba y decía:
«Vaya todo por Dios.» Leía premiosamente, cambiando
de sitio los acentos y las comas, con un tonillo agudo
de colegio. A Paca le dolía la cabeza, tenía un peso terrible encima de los ojos, casi no los podía levantar.

—Madre, este brasero tiene tufo.

—Qué va a tener, si está consumido. ¿También hoy
te duele la cabeza? Tú andas mala.

Se le pusieron unas fiebrecillas incoloras y tercas que
la iban consumiendo, pero no la impedían trabajar. Cosa
de nada, fiebre escuálida, terrosa, subterránea, fiebrecilla
de pobres.

Un día fue con su madre al médico del Seguro.

—Mire usted, que esta chica no tiene gana de comer, que le duele la cabeza todos los días, que está como triste...

—¿Cuántos años tiene?

—Va para catorce.

—Vamos, que se desnude.

Paca se desnudó mirando para otro lado; le temblaban las aletas de la nariz. El médico la auscultó, le miró lo colorado de los ojos, le golpeó las rodillas, le palpó el vientre. Luego preguntó dos o tres cosas. Nada, unas inyecciones de Recal, no tenía nada. Era el crecimiento, el desarrollo tardío. Estaba en una edad muy mala. Si tenía algo de fiebre podía acostarse temprano por las tardes. En cuanto viniera el buen tiempo se pondría mejor. Que pasara el siguiente.

Todas las mañanas, cuando salía a barrer el portal, Paca miraba con ojos aletargados el anguloso, mondo, desolado esqueleto de los árboles de la plazuela, que entre sus cuernos negros y yertos enganchaban la niebla en delgados rasgones, retorciéndola, desmenuzándola, dejándola ondear, como a una bufanda rota. Y sentía el corazón acongojado. Parecían los árboles palos de telégrafo, espantapájaros. Palos muertos, sin un brote, que se caerían al suelo.

«Si viniera la primavera me pondría buena —pensaba—. Pero qué va a venir. Sería un milagro.»

Nunca había habido un invierno como aquél; parecía el primero de la tierra que iba a durar siempre, como por castigo. No vendría la primavera como otras veces; aquel año sí que era imposible. Tendría que ser un milagro.

«Si los árboles resucitaran —se decía Paca, como empeñándose en una importante promesa—, yo también resucitaría.»

Y un día vio que, durante la noche, se habían llenado las ramas de granitos verdes, y otra mañana oyó, desde las sábanas, pasar en tropel dislocado y madrugador a los vencejos, rozando el tejadillo del patio, y otro día no sintió cansancio ni escalofríos al levantarse, y otro tuvo mucha hambre. Salió ensordecida y atónita a una convalecencia perezosa, donde todos los ruidos se le quedaban sonando como dentro de una campana de corcho. Había crecido lo menos cuatro dedos. Se le quedó corto el traje y tuvo que sacarle el jaretón. Mientras lo descosía se acordaba de Cecilia. Si ella estuviera se habrían medido a ver cuál de las dos estaba más alta. Casi todos los años se medían por aquellas fechas. Cecilia se enfadaba porque quería haber crecido más, y le agarraba a Paca los pies descalzos, se los arrimaba a la pared: «No vale hacer trampas, te estás empinando». Apuntaban las medidas en el pasillo de atrás, en un saliente de la pared, al lado del armario empotrado. Escribían las iniciales y la fecha y algunas veces el lápiz rechinaba y se desconchaba un poquito la cal. Ahora habían tirado aquella pared, lo andaban cambiando todo. Estaba el piso lleno de albañiles y pintores, porque en junio venían los inquilinos nuevos.

La primavera se presentó magnífica. Por el patio del fondo se colaba en la portería desde muy temprano un paralelogramo de luz apretado, denso, maduro. A Paca le gustaba meterse en él y quedarse allí dentro quietecita, con los ojos cerrados, como debajo de una ducha caliente. En aquella zona bullían y se cruzaban los átomos de polvo, acudían a bandadas desde la sombra, coleaban, nadaban, caían silenciosamente sobre los hombros de Paca, sobre su cabeza, se posaban en una caspa finita. Algunas veces, los días que ella tardaba un poco más en despertarse, el rayo de sol la venía a buscar hasta el fondo de la alcoba y ponía en sus párpados cerrados dos monedas de oro que se le vertían en el sueño. Paca se levantaba con los ojos alegres. Todo el día, mientras trabajaba en la sombra, le estaban bailando delante, en una lluvia oblicua de agujas de fuego, los pececillos irisados que vivían en el rayo de sol.

La portería era una habitación alargada que tenía el fogón en una esquina y dos alcobas pequeñas mal tapadas con cortinillas de cretona. A la entrada se estrechaba en un pasillo oscuro y al fondo tenía la puerta del patio por donde entraba la luz. El suelo era de baldosines colorados y casi todos estaban rotos o se movían. Había en la habitación un armario, con la foto de un militar metida en un ángulo entre el espejo y la madera, cuatro sillas, la camilla, los vasares de encima del fogón y la máquina de coser, que estaba al lado de la puerta del patio y era donde daba el sol lo primero, después de bajar del calendario plateado, que tenía pintada una rubia comiendo cerezas.

Cuando Paca era muy pequeña y todavía no sabía coser a la máquina, miraba con envidia la destreza con que su madre montaba los pies sobre aquella especie de parrilla de hierro y los columpiaba para arriba y para abajo muy de prisa, como galopando. Aquel trasto que sonaba como un tren y que parecía un caballejo gacho y descarnado, fue durante algún tiempo para ella el único juguete de la portería. Ahora volvía a mirar todas estas pobres y vulgares cosas a la luz de aquella rebanada de sol que las visitaba cotidianamente para calentarlas.

Por las tardes, la señora Engracia sacaba una silla a la puerta de la casa y se sentaba allí a coser con otras mujeres. Paca también solía ponerse con ellas. Las oía hablar sin pensar en nada, sin enterarse de lo que estaban diciendo. Se estaba a gusto allí en la rinconada, oyendo los gritos de los niños que jugaban en medio de la calle, en los jardines del centro. Saltaban en las puntas de los pies, se perseguían, agitando sus cariocas de papel de colores, que se lanzaban al aire y se enganchaban en los árboles, en los hierros de los balcones; hormigueaban afanosos para acá y para allá, no les daba abasto la tarde. Levantaban su tiempo como una antorcha y nunca lo tenían lleno. Cuando el cielo palidecía, los mayores les llamaban por sus nombres para traerlos a casa, para encerrarlos en casa, les pedían por Dios que no gritaran más, que no saltaran más, que se durmieran. Pero siempre era temprano todavía y la plaza empezaba a hacerse grande y maravillosa precisamente entonces, cuando iba a oscurecer y el cielo se llenaba de lunares, cuando se veían puntas rojas de cigarro y uno corría el riesgo de perderse, de que viniera el hombre negro con el saco a cuestas. A aquellas horas de antes de la cena, algunas niñas pobres del barrio —la Aurora, la Chati, la Encarna— salían a saltar a los dubles con una soga desollada. Le decían a Paca: «¿Quieres jugar?», pero ella casi nunca quería, decía que estaba cansada.

—Ya estoy yo grandullona para andar saltando a los dubles —le explicaba luego a su madre.

Una mañana vino el cartero a mediodía y trajo una tarjeta de brillo con la fotografía de una reina de piedra que iba en su carro tirado por dos leones. Paca, que cogió el correo como todos los días, le dio la vuelta y vio que era de Cecilia para las niñas del segundo. Se sentó en el primer peldaño de la escalera y leyó lo que decía su amiga. Ahora iba a un colegio precioso, se había cortado las trenzas, estaba aprendiendo a patinar y a montar a caballo; tenía que contarles muchas cosas y esperaba verlas en el verano. Luego, en letra muy menudita, cruzadas en un ángulo, porque ya no había sitio, venían estas palabras: «Recuerdos a Paca la de abajo».

Paca sintió todo su cuerpo sacudido por un violento trallazo. A la puerta de los ojos se le subieron bruscamente unas lágrimas espesas y ardientes, que parecían de lava o plomo derretido, y las lloró de un tirón, como si vomitara. Luego se secó a manotazos y levantó una mirada brava, limpia y rebelde. Todo había pasado en menos de dos minutos. Entró en la portería, abrió el armario, buscó una caja de lata que había sido de dulce de membrillo, la abrió y sacó del fondo, de debajo de unos carretes de hilo de zurcir, un retrato de Cecilia disfrazada de charra y unas hojas escritas por ella, arrancadas de aquel cuaderno gordo con tapas de hule. Lo rompió todo junto en pedazos pequeños, luego en otros pequeñísimos y cada uno de aquéllos en otros más pequeños todavía. No se cansaba de rasgar y rasgar, se gozaba en hacerlo, temblaba de saña y de ira. Se metió los papeles en el hueco de la mano y apretaba el puño contra ellos hasta hacerse daño. Luego los tiró a un

barreño que estaba lleno de mondas de patata. Se sintió
firme y despierta, como si pisara terreno suyo por primera vez, como si hubiera mudado de piel, y le brillaban
los ojos con desafío. Paca la de abajo, sí, señor; Paca la
de abajo, la hija de la portera. ¿Y qué? ¿Pasaba algo con
eso? Vivía abajo, pero no estaba debajo de nadie. Tenía
sus apellidos, se llamaba Francisca Fernández Barbero,
tenía su madre y su casa, con un rayo de sol por las
mañanas; tenía su oficio y su vida; suyos, no prestados,
no regalados por otro. No necesitaba de nadie; si subía
a las casas de los otros era porque tenía esa obligación.
Como ahora, a llevar el correo del mediodía.

Salió al portal con la tarjeta y echó por la escalera
arriba. En el primer rellano se encontró con Adolfo, el
chico del zapatero, que bajaba con unas botas en la
mano.

—Adiós, Paca. Dichosos los ojos. ¿Dónde te metes
ahora?

Ella se quedó muy confusa, no entendía.

—¿Por qué dices «ahora»?

—Porque nunca te veo. Antes venías muchas veces
a esconderte al taller con las otras chicas cuando juga-
bais al escondite...

Paca le miró con los ojos húmedos, brillantes, y parecía que los traía de otra parte, como fruta recién cogida.

—¡Ah, bueno! Dices antes, cuando yo era pequeña.

—Es verdad —dijo Adolfo, y la miraba—. Te has
hecho una mujer. ¡Qué guapa estás!

La miraba y se sonreía. Tenía los dientes muy blancos
y una pelusilla negra en el labio de arriba. Paca se azaró.

—Bueno, me subo a llevar este correo.

El chico la cogió por una muñeca.

—No te vayas, espera todavía. Que nos veamos, ¿quieres? Que te vea alguna vez. Me acuerdo mucho de ti
cuando oigo a las chicas jugar en la plaza y creo que vas
a venir a esconderte detrás de mi silla. Dime cuándo te
voy a ver.

A Paca le quemaban las mejillas.

—No sé, ya me verás. Suelta, que tengo prisa. Ya me
verás. Adiós.

Y se escapó escaleras arriba. Llegó al segundo, echó
la tarjeta de Cecilia por debajo de la puerta (ni siquiera
se acordaba ya de la tarjeta), siguió subiendo. Quería
llegar arriba, a la azotea, donde estaban los lavaderos, y
asomarse a mirar los tejados llenos de sol, los árboles
verdes, las gentes pequeñitas que andaban —«tiqui, tiqui»— meneando los brazos, con su sombra colgada por
detrás. Se abrió paso entre las hileras de sábanas tendidas. Vio a Adolfo que salía del portal y cruzaba la plaza
con la cabeza un poco agachada y las botas en la mano.
Tan majo, tan simpático. A lo mejor se iba triste. Le
fue a llamar para decirle adiós. Bien fuerte. Una…, dos…
y tres: «¡¡Adolfoooo!!», pero en este momento empezaban a tocar las campanas de la iglesia de enfrente y la
voz se le fue desleída con ellas. El chico se metió en su
portalillo, como en una topera. A lo mejor iba pensando en ella. A lo mejor le reñían porque había tardado.

Sonaban y sonaban las campanas, levantando un alegre
vendaval. A las de la torre de enfrente respondían ahora
las de otras torres. Las campanadas se desgajaban, se estrellaban violentamente. Paca las sentía azotando su cuerpo, soltándose gozosas por toda la ciudad, rebotando des-
piadadamente contra las esquinas: «Tin-tan, tin-tan…».

Le había dicho que era guapa, que la quería ver. Había dicho: «Cuando venías a esconderte con las otras
chicas», ni siquiera se había dado cuenta de que iba siempre con la misma, con la niña más guapa de todas. Él
sólo la había visto a ella, a Paca la de abajo, era a ella
a quien echaba de menos, metidito en su topera. «Que
te vea alguna vez —tin-tan, tin-tan—, que te vea alguna
vez.»

Arreciaba un glorioso y encarnizado campaneo, inun-
dando la calle, los tejados, metiéndose por todas las ventanas. Más, más. Se iba a llenar todo, se iba a colmar la
plaza. Más, más —tin-tan, tin-tan—, que sonaran todas
las campanas, que no se callaran nunca, que se destruye-
ran los muros, que se vinieran abajo los tabiques y los

techos y la gente tuviera que escapar montada en bar-
quitos de papel, que sólo se salvaran los que pueden meter sus riquezas en un saquito pequeño, que no quedara
en pie cosa con cosa.

Sonaban las campanas, sonaban hasta enloquecer: «Tin-
tan, tin-tan, tin-tan...».

Balneario de Alzola, agosto de 1953.

—Dice la señorita que espere usted, que ahora está ocupada.

La doncella es alta, bien plantada y mira de frente al hablar. Va muy limpia y le brilla el pelo. «Debe ser de mi edad» —piensa Concha—. Luego baja los ojos un poco avergonzada y se queda apoyada contra la puerta. Hace fuerza como para sentirse más segura. Nota que se le clava en la espalda, a través del abriguillo raído, algo así como un hierro en espiral, de esos que sirven de adorno. Se está haciendo daño, pero le gusta sentir este dolor, lo necesita. Si no, se caería al suelo de cansancio.

Hace cuatro noches que no pega ojo. La última, la del tren. Todavía tiene metido en los sesos el exacto, invariable, agobiante «chaca, chaca» de las ruedas del tren, marcando el tiempo en lo oscuro. Le parece que este resoplar trabajoso de los hierros le ha formado por dentro de la cabeza dos paredes altísimas, entre las cuales se encajona y se estrecha todo lo que desea, lo que sufre y recuerda. Y que por eso lo siente avanzar a duras pe-

nas, tarado, encarcelado, vacío de esperanza. Sólo el ruido
del tren en la noche. Era como contarse los latidos del
corazón. Y, ¿quién habría podido dormir con la incerti-
dumbre y con aquella pena? Horas y horas mirando por
la ventanilla, limpiando de cuando en cuando el cristal
empañado, acechando ansiosamente algún bulto de árbol
o de casa sobre las tierras frías. Y alguna vez se veía
un pueblo lejos, con las luces encendidas; diez o doce
luces temblonas, escasísimas, aplastadas de bruces en lo
negro. Y otras veces el tren pitaba largo, largo, como
llorando, como si se fuera a morir, y echaba a andar más
flojo, y llegaban a una estación. A lo mejor montaba alguien y se le veía pasar por el pasillo; se oían sonar sus
pies y los ruidos que hacía hasta acomodarse. Era el tren
correo, y en las estaciones se eternizaba. Casi se deseaba
volver a oír el ruido de las ruedas; tenía una miedo de
quedarse para siempre en aquel pueblo tan solo, tan desconocido, como visto a través de niebla y legañas, en
aquel andén que levantaba su escuálida bombilla encima
de unos letreros, de unos cajones, de un hombre borroso
con bandera en la mano. Quería una volver a correr, a
tragarse la noche, porque de una manera o de otra era
como caminar hacia el día.

—Pero pase usted, no se quede ahí. Siéntese un poco,
si quiere.

Concha da las gracias y se separa de la puerta. El hierro se le ha debido quedar señalado transversalmente
en la carne, debajo de las paletillas. Siente ganas de
rascarse, pero no lo hace por timidez. La chica le ha
dicho que se puede sentar, y ella está muy cansada. Mira
las sillas que tiene cerca; todas le parecen demasiado
buenas. También hay, unos pasos más allá, un banco de
madera, pero tiene almohadones. A pesar de todo es, sin
duda, lo más a propósito. Se acerca a él. Todavía levanta los ojos, indecisa.

—¿Aquí?...

—Sí, sí, donde usted quiera.

Vaya con el desparpajo y el mando que tiene aquí
esta chica. Seguramente estará hace mucho tiempo. La

casa parece bonita y es de baldosa. Se ve bien por los
lados, aunque hay una alfombra ancha. A lo mejor en
alguna habitación tienen piso de madera, pero no es lo
mismo; lo peor es cuando hay que sacarle cera a todo
el pasillo. Claro es que a ella es muy posible que la
quieran para la cocina, porque la doncella parece esta
otra chica. En la frutería no se lo han sabido especificar,
y ella tampoco se anduvo preocupando mucho, porque
no está la cosa para remilgos. Entró a comprar una naranja y preguntó si sabían de alguna casa. Le dijeron
que en el treinta y dos de la misma calle, que eran sólo
cuatro de familia y que daban buenos sueldos. A la
misma frutera le dejó la maleta y se vino para acá corriendo. Vaya una suerte que sería colocarse pronto, no
tener que ir a quedarse ni siquiera una noche en casa
de la tía Angeles. A lo mejor esta misma noche ya puede
dormir aquí. Dormir. Dormir. El ruido del tren se habrá
ido alejando y sólo quedará como un tamborileo calle
abajo. Dormir. Estar colocada. A lo mejor esta misma
noche.

Concha se mira insistentemente las puntas de los zapatos. ¿Se habrá ido la otra chica? Encima de esta alfombra tan gorda no se deben sentir las pisadas, seguramente se ha ido. Pero alza los ojos y la ve un poco más
allá, colgando un abrigo en el perchero. En este momento se ha vuelto y mira a Concha. Se acerca.

—¿Cómo se llama usted?

—Concha. Concha Muñoz.

—Yo me llamo Pascuala, pero me dicen Pascua, porque es más corto y más bonito. ¿Ha servido más veces?

—Sí, hace tres años. Luego me tuve que volver al
pueblo porque mi madre se puso mala.

—¿De qué pueblo es usted?

—De Babilafuente.

Pascuala se da cuenta de que le tendría que preguntar
qué tal está ahora su madre, pero no se atreve a hacerlo. La chica viene completamente vestida de negro y se
le marcan mucho las ojeras tibias, recién surcadas, en
vivo todavía.

—Babilafuente, Babilafuente..., eso cae por Salamanca, ¿no?

Concha suspira.

—Sí, por allí cae.

Vuelve a bajar los ojos. Al decir que su pueblo cae le ha parecido verlo rodar por los espacios como a una estrella desprendida, lo ha vuelto a sentir dolorosamente perdido, hecho migas, estrellado contra el suelo. La estación, la fuente, la era, las casas gachas y amarillas de adobe, el ladrar de los perros por la noche, los domingos, las bodas, el verano, la trilla. Todo borrado, desaparecido para siempre.

—¿Tiene usted familia aquí?

—Sí, pero como si nada. Una tía segunda. Todas las veces que he venido me coge a desgana y como de limosna. Muy apurada tengo que verme para volver allí. Cuando lo de mi madre se ha portado tan mal.

Pascuala comprende que no tiene más remedio que hacer la pregunta:

—Su madre, ¿ha muerto?

—Sí, hace tres semanas.

—La acompaño en el sentimiento.

Concha siente que se le inflan los ojos de lágrimas. Levanta la cabeza y mira a la otra. Por primera vez habla violentamente, a la desesperada, como si diera patadas y mordiscos, como si embistiera. Busca el rostro de Pascuala, sus ojos, y quisiera verlos bañados por su mismo llanto.

—Me he quedado sola en el mundo, sola, sola. Ya ve usted. Dígame lo que hace una mujer sola, sin el calor de nadie. Aunque la madre esté enferma, aunque no dé más que cuidados. Pero una vuelve a su casa y sabe que tiene su sitio allí esperando. Y cierra una las puertas y las ventanas y se está con su madre. Y si se comen unas patatas, se comen, y si no, no se comen. Pero está una en su casa, con los cuatro trastos que se han tenido siempre. Antes, cuando vine a servir la primera vez, me gustaba venir a la capital, pero es porque sabía que siempre tenía el pueblo detrás de las espaldas y que, al primer apuro, me podía volver con mi madre, y que iría por las fiestas y tendría a quien escribir. Así es muy fácil hacerse la valiente y hasta decir que está una harta de pueblo y que no quiere volver nunca. Ahora he tenido que vender el cacho de casa y, con las cuatro perras que he sacado, por ahí sí he tenido para pagar las deudas y venirme. No tengo a nadie, nadie me ha ayudado; seguramente valía más la casa, pero a una mujer sola siempre la engañan. Tan sola qué voy a hacer, fíjese, tan sola como estoy.

Le tiemblan las palabras, se le atropellan, y le corren lágrimas en reguero por las mejillas enrojecidas. Pascuala se acerca y se sienta en el banco a su lado. Le alarga un pañuelo que saca de la manga.

—Vamos, no llore más. Ojalá se pueda quedar aquí. Ande, séquese los ojos. No tenga esa cara para cuando la vea la señorita. Qué le vamos a hacer, mujer. Lo que Dios mande.

Han llamado a la puerta. Pascuala se levanta y va a abrir. Es un hombre con una cesta llena de comestibles. La descarga en el suelo.

—Vaya, ya era hora de que vinieras. No, no. No la dejes. Éntramela a la cocina, que pesa mucho. Y cierra, hijo. Vaya un frío.

El hombre vuelve a coger la cesta y sigue a Pascuala por el pasillo. Pasan por delante de Concha. Pascuala dice:

—¿Quiere venir a esperar a la cocina, que estará más caliente?

—No, no, gracias. Estoy bien aquí.

Ellos se meten por unas cortinas que deben dar a otro pasillo. Le parece a Concha que quedándose aquí, al lado de la puerta, la verán todos al entrar y al salir, y es más difícil que se olviden de ella. Ahora que está sola, se seca bien los ojos a restregones y se promete a sí misma no volver a llorar delante de extraños. Esta chica la ha oído con simpatía y compasión, pero, después de todo, a nadie le importa de las cosas de uno. Llorar es perder el tiempo. Nada más que perder el tiempo.

Casi se hace daño de pasarse tan fuerte el pañuelo por los ojos. Luego se suena, y lo guarda hecho un gurruño húmedo en el hueco de la mano. Dentro de una habitación un reloj da doce campanadas. Que no tarden, por Dios, que no se olviden de ella. También la señorita ya podía acabar con lo que estuviera haciendo. Piensa si su maleta estará bien segura en la frutería. La mujer no puso muy buena cara, parece que no tenía ganas de guardársela. Como si la maleta le fuera a estorbar allí para algo. Le dijo: «Bueno, pero si no vuelves pronto, no respondo». ¿Se la robará alguien? La dejó bien escondida, detrás de un cesto de limones, pero había tanto barullo en la tienda. Por los retratos lo sentiría, casi sólo por los retratos. Más de lo que ha perdido ya no lo puede perder.

Enfrente, detrás del perchero, hay un tapiz grande en colores verdes y marrones representando una escena de caza. Aparecen allí unos señores vestidos muy raro, como antiguos, y uno de ellos tiene cogido un ciervo por los cuernos y se ríe. Esta casa tiene que ser muy rica. Todas las sillas están tapizadas de terciopelo. Concha mira también los cuadros y la lámpara de cristalitos colgando. Se pregunta si todo esto le llegará a ser familiar, si ya mañana mismo y todos los días que sigan pasará delante de ello sin mirarlo más que para quitarle el polvo, sin que le extrañe su presencia. Ella se piensa portar muy bien. A lo mejor se hace vieja en esta casa, pisando por encima de esta alfombra, abriendo y cerrando estas puertas que ahora no sabe siquiera a qué habitaciones corresponden.

Las puertas son de cristal esmerilado. Detrás de la primera, según se entra de la calle, ve ahora Concha la silueta de un niño que se empina para alcanzar el picaporte. Se ve que le cuesta mucho trabajo llegar, pero por fin logra abrir y sale. Es un niño como de cinco años. En la mano izquierda lleva unos cuadernos y unas cajas de cartón. Los sujeta contra la barbilla y saca la lengua muy apurado, mientras trata de volver a cerrar la puerta con

la mano libre. Ve a Concha y se sonríe, como tratando
de disimular su torpeza.

—Es que no llego. Ven.

La caja de más arriba se le está escurriendo. Concha
se levanta y le coge todas las cosas. Luego cierra la puerta. El niño la mira, contento.

—Ya. No se ha caído nada. Tenlo un poco todavía,
que voy a abrir allí. Ven.

Ha echado a andar por el pasillo y ella le sigue. Se
para delante de la puerta siguiente. Otra vez se empina.

—Aquí. Ahora aquí.

Concha adelanta el brazo y baja el picaporte. Luego
le da al niño los cuadernos y las cajas.

—Toma, guapo. Entra, que ya cierro yo.

El niño va a entrar, pero se vuelve. Alza la boca, como
para dar un beso. Concha se agacha un poco y pone la
mejilla. Luego cierra la puerta y se vuelve al banco de
madera. La habitación parecía un cuarto de estar, pero
no se ha fijado en lo de la baldosa. No ha visto a nadie
dentro. El niño, qué rico es. A Concha le gustan los
niños. Si se quedara en la casa seguramente llegaría a
quererle mucho. Le gustaría quedarse en la casa.

Se oyen pasos y risas por el otro pasillo. Sale Pascuala seguida por el hombre de los ultramarinos, que ya
trae la cesta vacía.

—Sí, claro, qué listo. Y un jamón.

—Nada de listo. Ya verás cómo hablo yo con tu novio.

—Lo menos.

—¿Qué te apuestas?

—Vamos, quita.

Han llegado a la puerta.

—Adiós, y que te alivies.

—Adiós, preciosidad.

—Entonces, ¿no sales el domingo?

—Sí, pero no contigo. Qué más quisieras.

—Mala persona, orgullosa.

—Anda, anda, adiós. Vete de una vez.

Concha está muy triste y se vuelve a poner nerviosa
acordándose de la maleta. ¿Serán ya las doce y cuarto?

Cuando Pascuala cierra la puerta de la calle, alza los ojos y le pregunta:

—Por favor, ¿cree usted que tardará mucho la señorita?

—Ay, hija, según se dé... Calle, parece que ahora suena el timbre de casa. Debe de ser ella. Espere.

Pascuala llama con los nudillos a la misma puerta por donde el niño acaba de entrar. Luego la abre y se queda en el umbral, recibiendo una orden que desde fuera no se entiende. Vuelve la cara y le hace una seña a Concha para que se acerque. Concha se levanta y va. El corazón le late fuertemente. Pascuala se retira para dejarle paso.

—Aquí está la chica, señorita. Ande, entre usted, mujer.

Concha avanza unos pasos.

—¿Da usted su permiso?

Pascuala ha cerrado la puerta y se ha ido. Concha, de pronto, se siente desamparada y tiene mucho miedo. De no saber qué decir, de echarse a llorar como antes. La señorita está sentada a la camilla, delante de un balcón que hay al fondo. Tiene unos ojos claros, bonitísimos, los más bonitos que ha visto Concha, y el pelo muy rubio. A ella le desconcierta que sea tan guapa. Menos mal que está el niño también, sentado enfrente, al otro lado de la camilla, delante de sus cajitas y sus cuadernos. Los dos han levantado la cabeza y la miran fijamente. La mirada de la señorita le produce a Concha mucho malestar.

De un solo recorrido los ojos azules han formado su juicio. «Vaya, de las que no han perdido el pelo de la dehesa. Qué facha, Dios mío. Qué pies, qué permanente. Atroz, impresentable. De quedarse tiene que ser para la cocina.»

—Pase, pase usted. No se quede ahí, a la puerta.

«Tal vez limándola, arreglándola un poco»... La chica se acerca. Los ojos azules van de un desaliento a otro. Ahora se detienen en el abrigo parduzco, recosido, dado la vuelta, apurado por los codos, teñido varias veces, heredado de alguien que ya lo desechó cuando era muy viejo. Todavía conserva de su antiguo esplendor algunos cortes y adornos sin sentido. Esta chica va a ser de las que hay que vestir de arriba abajo. Aunque quizá convenga más si, en cambio, es desdolida para el trabajo. Seguramente tendrá pocas pretensiones y no le importará ir cargada a la calle con cualquier clase de paquetes. Cargada con lo que sea, sin cansarse, sin protestar, como tiene que ser una criada. Estas cerriles tienen casi siempre esa ventaja.

—¿Usted entiende de cocina?

Concha siente un alivio enorme al oír hablar a la señorita. Si se queda callada un rato más no lo hubiera podido soportar. Traga saliva y contesta atropelladamente:

—De cocina no mucho, señorita. Bueno, lo corriente, lo que se sabe en los pueblos. Pero yo puedo aprender a lo que sea. Antes he estado siempre de doncella.

—¿Dónde ha servido usted?

—Primero allí, en el pueblo, con unos señores. Luego vine a Madrid y estuve en una casa.

—¿Cuánto tiempo?

—Seis meses.

—Y ¿por qué se salió?

—Porque mi madre se puso mala y me tuve que ir a cuidarla. No me tenía más que a mí.

—¿Cuánto tiempo hace de eso?

—Tres años.

—¿Tres años ha estado mala su madre? Qué raro.

Concha siente otra vez mucho desasosiego. No sabe cómo dar pruebas de lo que dice. Contesta mirando de frente, con amargura:

—Era cáncer. Usted habrá oído hablar. Una enfermedad muy larga.

Hay una leve pausa.

—Entonces, ¿a usted no la importaría quedarse para la cocina?

—Yo, como usted diga.

—Bien, y de sueldo, ¿qué?

—En la otra casa ganaba veintiún duros.

—¿Se conforma con eso?

—Sí, señorita.

En los ojos azules hay un imperceptible parpadeo. Después de todo, puede tener ventajas esta chica. Todas las que han venido a pretender pedían doscientas pesetas.

—Bueno, pues vuelva usted. Pediré los informes.

—¿Volver? Ay, señorita, si pudiera pedir los informes ahora. En la casa donde estuve tenían teléfono. Se llaman Ortiz, en la calle de Cervantes. Podía usted llamar.

La señorita la mira. Cada vez que la mira, a Concha le dan ganas de desaparecer, de marcharse a la tierra con su madre.

—¿Tanta prisa tiene?

Concha siente deseos de contarle lo de su tía, lo de su madre, lo de su pueblo, todo lo que le aprieta el corazón, lo que está taponándole el aire que respira. Pero se contiene a tiempo y se limita a responder:

—Lo digo por no trotar más casas y porque tengo abajo la maleta. Como parece que nos hemos entendido, si le gustan los informes me puedo quedar ya.

La señorita se ha levantado y está a su lado ahora. Qué bien huele a colonia.

—Bueno, vamos allá. Espere aquí un momento. Dice usted que Ortiz.

—Sí, Ortiz. En la calle de Cervantes.

La señorita se dirige a una puerta lateral que comunica con otra habitación. Con la mano en el pestillo, se vuelve.

—Ah, se me olvidaba. ¿Cómo se llama usted?

—Concha Muñoz, para servirle.

—Está bien; ahora vuelvo. Fernandito, tú no te muevas de ahí.

Deja la puerta entreabierta y desaparece. El niño la mira irse con ojos asombrados. Él, ¿por qué va a moverse de aquí, si está tan a gusto al brasero pintando de colores sus mapas? A mamá casi nunca se la entiende. Se alegra de haberse quedado solo con la chica nueva, que todavía no ha visto sus cuadernos. Le hace una seña para que se acerque.

En la habitación contigua, a través de la rayita de la puerta, le parece a Concha haber oído el ruido de un teléfono al descolgarse, y esos golpes que se dan luego a la rueda, metiendo un dedo por los agujeritos de los números. Todo su cuerpo está en tensión, esperando. Se acerca a la camilla y mira los cuadernos del niño con ojos distraídos. Tiene abiertos tres o cuatro, y alrededor hay diseminados muchos lapiceros.

—¡Huy, qué bonito!

—Es el mapa de España. Mira, este cachito que estoy pintando de verde es Barcelona, y ahí nací yo. Tú, ¿de dónde eres?

—Yo, de la provincia de Salamanca.

—¿Dónde está?

Concha señala al azar por un sitio cualquiera. Mueve el dedo sobre el mapa, abarcando un pedazo muy grande.

—No sé. Por ahí...

En la habitación de al lado ya ha empezado la conversación telefónica. Se oye muy mal, sólo pedazos sueltos. A Concha le parece oír su nombre. El niño no deja de hablar.

—¿De qué color quieres que lo pintemos?

—De amarillo.

—¿Con éste, o con este más oscuro?

—Con el que tú quieras.

El niño coge un lápiz y lo chupa. Se pone a pintar de amarillo un pedazo de mapa, apretando mucho. Ahora no se oye nada. Deben estar hablando del otro lado del teléfono, o habrán ido a buscar a la señora. Ahora hablan, pero ¡qué bajo! «Muy amable..., molestia..., sí..., sí.» Ahora no se oye nada otra vez. El niño levanta la cabeza y la vuelve a la chica, que está detrás de él.

—¿Por qué no te sientas aquí conmigo?

—No, guapo, voy a esperar a que vuelva tu mamá en seguida.

—¿Te vas a quedar a vivir aquí?

—No sé. A lo mejor.

—Yo quiero que te quedes. ¿Por qué no te vas a quedar?

Concha abre mucho los ojos. En este momento ha oído clarísimamente cómo la señorita decía: «¡Qué barbaridad, por Dios!», con un tono más alto y voz indignada. ¿Por qué puede haber dicho una cosa semejante? No puedo soportarlo. Se acerca a la puerta y la cierra. Que sea lo que quiera; por lo menos este rato, mientras está esperando, quiere vivir tranquila. Se acabó.

Le tiemblan un poco las manos y las pone sobre la camilla. El niño mira la sortija gorda de hueso con un retrato desdibujado y amarillento, como los que están en los cementerios. Le pasa un dedo por encima.

—¡Qué bonita es! Yo tengo una sortija guardada. Me la tiene guardada mi mamá, pero es más fea. Yo la quería con retrato metido por dentro.

Concha está muy nerviosa. Le gustaría coger la cabeza de este niño y apretarla fuertemente contra su regazo para no sentirse tan sola, tan amenazada. Querría darle muchos besos, tenerle contra ella sin que hablase. ¿Por qué habrá dicho eso la señorita? ¿Tardará mucho en salir? Un reloj da la media. Las doce y media. En la pausa que sigue, el niño vuelve a pintar de amarillo aquel trozo de mapa por donde debe estar su pueblo; amarillo el suelo y el cielo, amarilla la casa vendida. El niño calca muy fuerte. Va a romper el papel.

—Oye, yo tengo muchos soldaditos, ¿los quieres ver?

—Sí, luego los veremos.

—Si te quedas aquí, jugarás conmigo, ¿verdad?

—Sí, guapo, claro que sí.

—¿Sabes pintar?

En ese momento se abre violentamente la puerta y sale la señorita. Pasa por delante de Concha, sin mirarla, y aprieta un timbre que hay en la pared. Luego se queda de pie, paseando. No habla. Concha siente que tiene la lengua pegada al paladar. Hace un gran esfuerzo para ser capaz de decir alguna cosa. Pone todo su empeño en ello, lo tiene que lograr. Después de todo es justo que le expliquen lo que pasa.

—Señorita...

No contesta; está vuelta de espaldas, mirando a través del balcón. Qué malestar..., pero ahora que ha empezado sí que tiene que seguir, sea como sea.

—Por favor, señorita, ¿es que le han dado malos informes?

Los ojos azules se vuelven y la enfocan de plano.

—Ah, ¡tiene usted la desfachatez de preguntármelo!...

Ahora se abre la puerta y aparece Pascuala.

—¿Llamaba usted?

—Sí, haga el favor de acompañar a esta chica a la puerta de la calle.

—¿No se queda?

—¡Qué se va a quedar! Estaríamos buenos.

Concha no entiende nada, pero a su flaqueza de hace unos instantes ha sucedido una energía desesperada y rabiosa. No se puede ir sin que le expliquen lo que sea. Este no es el trato que hay derecho a darle a una persona. Se queda de pie, sin moverse, en el centro de la habitación. Dice con voz firme y fría, sin suplicar ni temblar:

—Perdone, pero debe haber un error. Yo, en casa de esos señores, me porté siempre muy bien, como se portan las personas decentes. Quiero saber lo que han dicho de mí.

—Ah, con que quiere usted que se lo diga. Yo creí que, al oírlo, se le iba a caer la cara de vergüenza.

La señorita está muy excitada. Hace una breve pausa y, después, casi chillando:

—Quiere usted que le recuerde que la echaron de allí por ladrona, ¡¡¡por ladrona!!! Quiere que se lo recuerde porque lo ha olvidado, porque usted no sabe nada, porque usted se fue a cuidar a su madre que estaba enferma. Cinismo como el suyo no lo he visto. ¡No lo he visto en mi vida!

La señorita se ha callado y respira agitadamente. Concha se queda mirando al vacío con unos ojos abiertos, sin parpadeo, como los de un animal disecado. Va a hablar, pero no sabe decir ninguna cosa. Es tan tremendo lo que le han dicho, que le pesa como una losa de mármol, y no se lo puede sacudir de encima. Le parece que ya tendrá que andar siempre debajo de este peso que le han añadido a su saco de penas y de años. Ni siquiera se puede mover ni llorar. Se pregunta lo que habrá podido pasar, se lo pregunta como buceando en un sueño. A lo mejor un cruce del teléfono, o que ha llamado a otro número equivocado. O que había otros Ortiz en la misma calle. O quizá en la misma casa donde ella estuvo la han confundido con otra Concha que entró después. Concha es un nombre muy vulgar. Piensa todas estas cosas vagamente, como si le quedaran terriblemente lejos, como si se le fueran de las manos y no las pudiera distinguir. Se da cuenta de la inutilidad de sus conjeturas, de que a esta señora no va a poder convencerla de nada, y además le será imposible llegar a reunir las fuerzas que se necesitarían para intentarlo. No merece la pena. Quiere irse de aquí.

—Ea, Pascuala. Ya pueden irse.

Sí, irse cuanto antes. Comprende que con su actitud, en lugar de justificarse, ha aceptado la culpa y se ha cubierto totalmente de ella, hasta la cabeza, sin remedio. Pero le da lo mismo. Sólo siente deseos de marcharse de aquí.

Da media vuelta y sigue a Pascuala fuera de la habitación, al pasillo. Pasan por delante del perchero y del tapiz con la escena de caza. Se acuerda de todas estas cosas, las reconoce. Ya han llegado a la puerta, se han parado. Concha levanta los ojos hacia la otra. Debía bastar con esto, así, sin hablar nada; pero se da cuenta de que tiene que decir alguna cosa ahora, lo que sea, de cualquier manera, porque si no, no se podría ir.

—Se ha debido equivocar con otra casa. Todo lo que ha dicho es mentira —afirma débilmente, como para oírlo ella misma.

Luego, sin esperar respuesta, sin pararse a recoger la respuesta en los ojos incrédulos de la otra, abre la puerta y va a salir. Oye que Pascuala le dice:

—Oiga, mi pañuelo; se lleva usted mi pañuelo.

Concha lo encuentra sudoroso, arrugado y pequeñísimo en el hueco de su mano. Lo saca de allí y se lo da a Pascuala, sin añadir una palabra más. Después, secamente, la puerta se ha cerrado a sus espaldas.

En el cuarto de estar, Fernandito le pregunta a su madre:

—Mamá, ¿va a volver Concha?

La madre está leyendo un periódico. No contesta nada.

—Mamá, que si va a volver Concha, que si va a volver, que yo quiero que vuelva...

Los ojos azules se levantan distraídos, clarísimos.

—¡Ay, qué dices, hijo! Me duele la cabeza.

—Que si va a volver Concha.

—¿Qué Concha?

El niño lloriquea.

—Concha, Concha. La chica que se ha ido.

—¡Qué niño tan estúpido! ¿Para qué la quieres tú? No va a volver, no. Déjame en paz.

El niño se escurre de la silla y se arrima al balcón. Pega las narices al cristal, que está muy frío, y se queda allí, esperando. Ve a Concha que sale del portal y que cruza a buen paso a la otra acera. Allí se ha parado un momento y mira a los lados para orientarse. Está pensando que son las doce y media, que tiene que ir a la frutería a recoger su maleta, que hasta la noche hay todavía tiempo de buscar. Que tiene que olvidarse de lo que le ha ocurrido en esta casa, olvidarse de todo. Se sube el cuello de su abriguillo teñido y toma por la izquierda, calle abajo. El niño la va siguiendo empeñadamente con los ojos, a través del vaho que se le forma en los cristales al respirar tan cerca. Ya casi no la ve, es sólo un punto negro entre la gente. Ha empezado a nevar.

Madrid, marzo de 1954.

—Te lo estoy diciendo todo el día que no te lo tomes así. Se lo estoy diciendo todo el día, Luisa. Hace más de lo que puede. Que está cansado; si no me extraña. Muerto es lo que estará. Anda, tómate una taza de té por lo menos.

Las últimas palabras sonaron con el timbre del teléfono. Mariano fue hacia él. No se había quitado la gabardina.

—Es una profesión muy esclava —asintió la tía Luisa.

—Diga...

—...y luego como él tiene ese corazón.

—¿Cómo...?, no entiendo. Callar un momento, mamá. ¿Quién es?

Venía la voz del otro lado débil, sofocada por un rumor confuso, como si quisiera abrirse camino a través de muchas barreras.

—¿Está el doctor Valle?

—Valle, sí, aquí es. Hable más alto porque se entiende muy mal. ¿De parte de quién?

Mila se puso de espaldas a los hombres, casi pegada al rincón, debajo de las botellas de cazalla. Acercó mucho los labios al auricular.

—Diga, ¿es usted mismo?

—Sí, yo mismo. Pero, ¿quién es ahí?

Tardó unos instantes en contestar; hablaba mejor con los ojos cerrados. Las manos le sudaban contra el mango negro.

—Verá, me llamo Milagros Quesada, no sé si se acuerda; del Dispensario de San Francisco de Oña —dijo de un tirón.

—Pero ¿cuántas veces con lo mismo? Llamen ustedes al médico del Seguro. ¿Yo qué tengo que ver con el Dispensario a estas horas? ¿No tienen el médico del Seguro?

—Sí, señor.

—¿Entonces...?

—Es que él ha dicho que se muere la niña, que no vuelve a verla porque, para qué.

—¿Y qué quiere que yo haga?

—Es que él no la entiende. Usted la puso buena el año pasado, ¿no se acuerda?, una niña de ocho años, rubita, se tiene que acordar, casi estaba tan mala como ahora, de los oídos... Yo le puedo pagar la visita, lo que usted cobre.

—Pero mi teléfono, ¿quién se lo ha dado? ¿Sor María?

—No, señor; lo tengo yo en una receta suya que guardé de entonces. Y es que el otro médico no sabe lo que tiene; si no viene usted, se muere; si viera lo mala que se ha puesto esta tarde, da miedo verla; se muere, da miedo...

Apoyaba el peso del cuerpo alternativamente sobre una pierna y sobre la otra, a medida que hablaba, de espaldas, metida en el rincón de la pared como contra la rejilla de un confesionario; y un hombre joven de sahariana azul, con pinta de taxista, tenía fija la mirada en el balanceo de sus caderas. Otro dijo: «Callaros, tú, el Príncipe Gitano». Y levantaron el tono de la radio.

Mila se echó a llorar con la frente apoyada en los azulejos. La voz del médico decía ahora:

—Sí, sí, ya lo comprendo; pero que siempre es lo mismo, me llaman a última hora, cuando ya no se puede hacer ·nada. Si el otro doctor ha dicho que no se puede hacer nada, no será porque no la entiende, yo diré lo mismo también. ¿No lo comprende, mujer? ¿No comprende que si todas empezaran como usted tendría que quedarme a vivir en el Puente de Vallecas? Yo tengo mis enfermos particulares, no puedo atender a todo.

«...rosita de oro encendida,
rosita fina de Jericó», chillaba la canción de aquel tipo allí mismo, encima. Mila se tapó el oído libre.

—Yo le pago, yo le pago —suplicó entrecortadamente. Y una lágrima se coló por las rayitas del auricular, a lo mejor hasta la cara del médico, porque tenía él un tono rutinario, aburrido de pronto, al decir: «No llore, veremos si mañana puedo a primera hora...» —y algo más que tal vez siguió. Pero ella sintió como si se pegara de bruces contra aquellas palabras desconectadas de lo suyo, y el coraje no le dejó seguir escuchando.

—¿Qué dice de mañana? —interrumpió casi gritando—. ¿Pero no le estoy contando que se muere? ¿No me entiende? Le he dicho que le voy a pagar, que me cobra usted como a un cliente de los suyos. Tiene que ser ahora, verla ahora. Usted a un cliente de pago que le llamara ahora mismo no le pediría explicaciones, ¿no?...

Mariano tuvo una media sonrisa; miró el reloj de pulsera.

—...pues yo igual, me busco las perras y listo, usted no se preocupe.

—Si no es eso, mujer, qué disparates dice.

—¿Disparates, por qué? —se revolvió todavía la chica. Pero sin transición la voz se le abatió apresuradamente.

—Perdone, usted perdone, no sé ni lo que digo. Y por favor, no deje de venir.

—Bueno, a ver, ¿dónde es?

Eran las ocho menos diez. Le daba tiempo de avisar a Isabel; a lo mejor se enfadaba un poco, pero éste seguramente era un caso rápido que se liquidaba pronto; le diría: «Voy para allá, cariño. Ponte guapa. Es un retraso de nada.»

—Chabolas de la Paloma, número cinco.

—¿Cómo dice? ¿Antes de llegar a la gasolinera?

—No, verá, hay que pasar el cruce y torcer más arriba, a la izquierda... y si no, es mejor una cosa. ¿Va a venir pronto?

—Unos veinte minutos, lo que tarde en el coche.

—Pues yo le estoy llamando desde el bar que hay en la otra esquina de la gasolinera, así que le espero allí para acompañarle, porque si no se acuerda de dónde es la casa, no va a acertar.

—Bueno, de acuerdo.

—En el bar de la gasolinera, ¿eh?, ya sabe.

«Es algo de dinero, seguro» —pensó el hombre de la sahariana azul, que, con la música de la radio sólo pudo cazar alguna palabra del final, de cuando la chica había hablado más alto; y la miró ahora quedarse suspensa con el teléfono en la mano, igual que si agarrara la manga vacía de una chaqueta, dejarlo enganchado sin prisas por la argolla y volver finalmente un rostro sofocado, con huellas de lágrimas, qué cosa más bonita, madre mía. «Riña de novios, seguro; el otro la ha colgado. ¡Y qué cuerpo también!» Ahora se estaba saliendo fuera del mostrador. «Gracias, señor Julián», dijo hacia el tabernero que ni siquiera la oyó, y se quedó un rato vacilante en mitad del local, mirando para la calle a través del rectángulo de la puerta. La calle tenía una luz distinta: era como salir de lo oscuro a la luz; había empezado a llover un poco, debía haber por alguna parte arco iris, y de pronto la gente revoloteaba en torno al puesto de tabaco, muchachas con rebecas coloradas. Al lado de la primera ventana había una mesa y el chico la estaba limpiando con un paño mojado.

—¿Va a tomar algo?

Se sentó. Tenía las piernas flojas y por dentro de la cabeza aquel ruido de túnel del teléfono.

—Bueno, un vaso de tinto.

Enfrente estaba la gasolinera. Desde allí se esperaba bien.

—Oye, niña: ¿me dejas que te haga compañía?

Levantó los ojos al hombre que apoyaba las manos en el mármol de su mesa. No le conocía. Se encogió de hombros, luego volvió a mirar afuera. El hombre de la sahariana azul se sentó.

—Chico, tráete mi botella del mostrador y dos vasos. Me dejas que te invite, ¿no, preciosa?

Ella bajó los ojos a la mesa. Tenía algunas canas. Dijo:

—Da lo mismo.

Veinte minutos, lo que tardara en el coche. Mejor en compañía que sola. Mejor que sola cualquier cosa. Necesitaba beber un poco, después de lo descarada que había estado con el médico. El primer vaso se lo vació de un sorbo. El hombre de enfrente la contemplaba con curiosidad.

—¿Cómo te llamas?

—Mila. Milagros.

—Un nombre bonito. Toma más vino.

Se sentía intimidado sin saber por qué. Le daba rabia, con lo fácil que estaba siendo todo. Ella no dejaba de mirar la lluvia, la gasolinera pintada de azul.

—¿Qué piensas, guapa?

—Nada. Contesta en seguida ¿sí o no?

—Sí. Desde luego, sí. A ti sólo se te puede decir que sí.

Que sí. Lo había dicho por tres veces. Que se iba a morir Andrea. Y sin embargo, no tenía ganas de llorar ni se sentía mal, como si todo aquello lo estuviese sufriendo otra persona. Estaba muy cansada, tres noches sin dormir. El vino daba calor y sueño.

—Cuéntame algo, Milagros. No eres muy simpática.

—Estoy cansada. No tengo ganas de hablar.

—¿Cansada, mujer? De trabajar es de lo único que se cansa uno.

—Pues de eso.

—Anda, que trabajas tú; será porque te da la gana.

—Pues ya ves.

—...con esa cara y ese cuerpo.

—Por eso mismo. No tengo más que dos soluciones en este barrio. O friego suelos o lo otro. Ya sabes.

—¿Y friegas suelos?

—Por ahora sí. Fíjate cómo llueve.

El chaparrón de septiembre había arreciado. Por Atocha venía el agua en forma de violenta cortina, tan oblicua que Mariano tuvo casi que parar el coche. Luego fue reemprendiendo la marcha despacio. Las gotas de lluvia rechazadas a compás por el parabrisas se aglomeraban en el cristal formando arroyos. En la radio estaban tocando un bolero de los del verano. Mariano seguía el ritmo chasqueando la lengua contra los dientes de arriba y moviendo un poquito la cabeza. Pensó en Isabel, en los últimos días de agosto en Fuenterrabía, todo tan dorado y brillante. Isabel en maillot, sobre el balandro; Isabel en traje de noche y con aquel jersey blanco, sin mangas, con aquel sobre todo. Bostezó. Pronto el invierno otra vez. Se abría la avenida del Pacífico desceñida y mezclada de olores diversos, con sus casas de arrabal. La gente caminaba contra la lluvia, cada cual por su camino, separados. Llegó al Puente de Vallecas y siguió hacia arriba en la línea recta. Había amainado la lluvia; se agrupaban personas alrededor de la boca del Metro y a la entrada de un cine con Marilyn Monroe pintada enorme como un mascarón. Estaba llegando a los bordes de la ciudad, por donde se desintegra y se bifurca. Todavía por la cuesta arriba, las casas de aquella calle central tenían una cierta compostura, no delataban nada; pero de todas las bocacalles salían hombres y mujeres y él los conocía, conocía sus covachas y perdederos, sabía que les estaba entrando el agua por los zapatos y que les seguiría entrando en diciembre. Sabía sobre todo que eran muchos, enjambres, que cada día se multiplicaban, emigraban de otros sitios más pobres y propagaban, ocultos detrás de esta última calle, como un contagio, sus viviendas de tierra y adobes. Alguna vez salían. Eran tantos que podían avanzar contra el cogollo de la ciudad, invadirla, contaminarla. Mariano cerró la radio. La gente de las bocacalles le miraba pasar en su coche. Algunos se quedaba quietos, con las manos en los bolsillos. Pensó: Se están preparando. Ahora echarán a andar y me acorralarán. Como en una película del Oeste. Como en «Solo ante el peligro». Luego se sacó un pitillo y lo encendió con la mano izquierda.

—Cuidado que soy imbécil —dijo echando el humo—. Encima de que a la mayoría de ellos los he puesto buenos de algo.

Junto a la gasolinera detuvo el coche. A lo primero no vio a nadie allí. En seguida se abrió la puerta del bar y salió corriendo una chica, cruzándose la rebeca sobre el pecho. Se volvió a medio camino para contestar a algo que le decía un hombre que había salido detrás de ella. El hombre la alcanzó, la quiso coger por un brazo, y ella se separó bruscamente, llegó al lado del coche, Mariano le abrió la puerta de delante.

—Suba.

—¿Aquí con usted?

—Sí, ande, aquí mismo. ¿Es muy lejos?

El hombre los miraba con ojos de pasmo. Se había acercado un poco. Al echar a andar, oyó Mariano que decía:

—Joroba, chica, así ya se puede.

Pero ni él ni la chica le miraron.

—¿Muy lejos? No, señor. Siga hasta la segunda a la izquierda.

—¿Qué tal la enferma?

—No sé. No he vuelto por esperarle. La dejé con una vecina.

—¿No tienen ustedes padres?

—No, señor. La niña no es mi hermana, es hija mía.

—¡Ah! ¿Y el padre?

—No sé nada. En Jaén estará.

Mariano se volvió a mirar a Mila. Estaba inclinada de perfil, mirándose las manos enlazadas sobre su regazo. Llevaba una falda de tela de flores.

—Ya me acuerdo. Usted fue una que también estuvo enferma el año pasado o el anterior. ¿No tuvo una infiltración en el pulmón?

—Sí, señor. Perdone que antes le hablara un poco mal.

No había alzado los ojos. Miraba ahora los botones niquelados, el reloj, el cuentakilómetros.

—Qué tontería, mujer. ¿Tuerzo por aquí?

—Sí. Por aquí.

Pasaron la carbonería, las últimas casas bajitas. Empezó el campo.

—¿Y ya está usted bien?

—Yo creo que sí. Ya casi no me canso.

—Vaya una mañana por el Dispensario, de todos modos, que la vea por rayos X.

—Bueno. Es aquí a la vuelta. Deje el coche. Con el coche no puede ir más allá.

No se veían casas. Dejaron el auto en el camino. Había un perro en un montón de basura. Bajaron por un desnivel de la tierra. Caía la lluvia por unos peldaños excavados del uso y formaba un líquido marrón. Abajo unos niños pequeños recogían el barrillo en latas de conserva vacías. No se apartaron.

—Quita, Rosen —dijo la chica, dándole a uno con el pie.

—Mira, Mila, chocolate express —dijo el niño, enseñándole las manos embadurnadas.

Al final de las escalerillas apareció una hondonada rodeada de puertas excavadas en la tierra, diseminadas desigualmente, repartidas a lo largo de pequeños callejones. Ya estaba bastante oscuro. Blanqueaba lo caleado.

—Tenga cuidado por dónde pisa —advirtió la chica a Mariano—. Se pone esto perdido en cuanto caen cuatro gotas. Luego se adelantó y separó la cortina que estaba tapando una de las puertas. Mariano se tropezó con un puchero de geranios.

—Espere. Pase.

Se vio dentro la sombra de una persona que se levantaba.

—¿Qué tal, Antonia?

—Yo creo que peor. Ha estado delirando. ¿Traes al médico?

—Sí. Enciende el carburo, que vea. Pase. Está aquí.

A la luz del candil de carburo se vio un pequeño fogón, y a la derecha la cama donde estaba acostada la niña. Era rubia, de tez verdosa. Respiraba muy fuerte. Se acercaron.

—A ver. Incorpórela.

—Andrea, mira, ha venido el que te puso buena de. la otra vez.

La niña entreabrió unos ojos muy pálidos. Dijo:

—Más que tú... más que ninguna. Todo de oro.

—Tome otra almohada, si quiere.

—Usted sujétela bien a ella. Así. La espalda.

La niña se debatía. Jadeaba.

—Qué miedo. Tiros... tiros.

—Quietecita. Quietecita.

Vinieron a la puerta más mujeres. Se pusieron a hablar cuchicheando. Salió la vecina que estaba dentro.

—Callaros, este médico se enfada mucho cuando habla la gente. Es muy serio este médico.

—¿Qué dice? Es el que puso bueno a mi marido.

—No sé, no ha dicho nada todavía. Ahora le anda mirando los oídos. Total no sé para qué. Ya está medio muerta.

—Criaturita.

—Mejor que se muera, si va a quedar con falta.

—Sí. Eso sí. Nunca se sabe lo que es lo mejor ni lo peor.

Mila estaba inmóvil, levantando el candil.

Mariano miró un instante su rostro iluminado. Luego se salió a la débil claridad de la puerta y ella le siguió.

—Dice usted que la última inyección de estreptomicina se la han puesto a las cinco.

—Sí, señor.

—¿Quiere lavarse? —preguntó la vecina, que había vuelto a entrar y estaba un poco apartada.

—No. Es lo mismo. No tiene usted padres, dice, ni parientes.

Mila se echó a llorar. Asomaron los rostros de las otras mujeres.

—Una tía en Ventas, pero no nos hablamos. ¿Es que se muere?

—Es un caso gravísimo. Hay que hacer una operación en el cerebro. A vida o muerte. Si se le hace en seguida, hay alguna esperanza de que pueda sobrevivir. Usted verá. Yo puedo acompañarla al Hospital del Niño Jesús en mi coche.

—¿Qué hago? ¿Qué hago? Dígamelo usted, por Dios, lo que hago.

—¿Qué quiere que le diga, hija mía? Ya se lo he dicho. Aquí, desde luego, se muere sin remedio.

—Vamos —dijo Mila.

Mariano miró el reloj.

—Venga. Échele un abrigo o algo. No se ande entreteniendo en vestirla del todo.

A Mila le temblaban las manos. Había destapado el cuerpo flaco de la niña y estaba tratando de meterle unas medias de sport.

—Ese mantón, cualquier cosa.

—Mujer —dijo la vecina, acercándole el mantón—. También si se te muere allí en el hospital.

La niña respiraba con un ronquido seco. La piel le quemaba. Mila levantó un rostro contraído.

—¿Y qué más da en el hospital que aquí? Mejor allí, si vas a mirar. ¿No has oído que aquí se muere de todas formas?

Arrebujó a la niña en una manta y la cogió en brazos.

—Dame, que te ayude.

—No, no. Quita.

—Traer un paraguas, oye, o algo. Corre.

Lo trajo de su casa una mujer. Un paraguas pardo muy grande. Lo abrió detrás de Mila. Salieron. Estaba lloviendo mucho. Las vecinas agrupadas abrieron calle.

Luego echaron a andar detrás. El rostro de Andrea colgaba por encima del hombro de Mila; sólo una manchi-
ta borrosa a la sombra del paraguas.

—Angelito.

—Tiene los ojitos metidos en séptima.

El médico se adelantó a abrir el coche. Subieron los
peldaños. Los niños de antes ya no estaban. Casi no se
distinguían unas de otras las caras de las mujeres que
iban siguiendo el cortejo. Mila había dejado de llorar.
Colocó a la niña echada en el asiento de atrás y ella
se sentó en el borde, sujetándole la cabeza contra su
regazo.

—¿Quieres que vaya contigo? —preguntó Antonia
metiendo la cabeza.

—No, no. Voy yo sola. Gracias. Déjalo.

Cerraron la portezuela. Dentro del auto estaba muy
oscuro.

—Andrea, mira qué bien, bonita, en coche —dijo
inclinándose hacia la niña, que había dejado de agitarse.

Mariano puso el motor en marcha y las mujeres se
quedaron diciendo adiós en lo alto del desmonte. Al
salir a la calle del centro, ya había luces encendidas, y
allá lejos, al terminar la cuesta, se veía el vaho morado
de Madrid, de los anuncios de colores, y perfiles de altos
edificios contra el cielo plomizo. Pasaron otra vez por
el bar de la gasolinera.

—Vaya de prisa —le dijo Mila al médico—. ¿La
podrán operar en seguida?

—Espero que sí. Es usted muy valiente.

La niña estaba tranquila ahora. Mila no se atrevía
a mirarle la cara ni a mover de postura la mano que
había puesto en su mejilla. No quitaba los ojos del cogote del médico.

—No, no soy valiente —dijo con un hilo de voz.

Luego cerró los ojos y se echó un poco hacia atrás.
Estaba mareada del vino de antes; las piernas, de tan
flojas, casi no se las sentía. Así, con la cabeza apoyada
en el respaldo, notando sobre sus rodillas el peso del
cuerpo de Andrea, se sintió tranquila de repente. Si abría

los ojos, veía las luces de la calle y los hombros del
médico. Qué bien se iba. Era casi de noche. Las llevaba
el médico a dar un paseo a las dos. Un paseo muy largo,
hasta muy lejos. A Andrea le gustaban mucho los autos.
El médico guiaba el coche y las llevaba. Ella no tenía
que hacer nada ni pensar nada. Lo malo es cuando hay
que tomar una decisión, cuando le hostigan a uno a resolver solo las cosas. Ahora no. Ahora dejarse llevar
por las calles.

Abrió los ojos bruscamente. Un paso de peatones. Un
frenazo. El auto se había iluminado de luces vivas. Mariano volvió la cabeza.

—¿Qué tal va esa enferma?

Y vio el rostro de Mila que le miraba ávidamente con
ojos de terror. Estaba rígida, con las manos separadas
hacia atrás.

—Mírela usted —dijo con voz ahogada—. Yo no
me atrevo a mirarla. No me atrevo, no me atrevo. Usted
mire y me lo dice. No la quiero ni tocar. No puedo.
¡No puedo...!

Apartó la cabeza hacia la ventanilla, escurriendo el
contacto del otro cuerpo, agitada por un temblor espantoso. Se mordía las uñas de los dos pulgares. Allí al
lado, esperando también la luz verde para pasar, había
otro coche, y dentro un perro de lanas negro la miraba
con el hocico contra su ventanilla.

—Dígamelo en seguida lo que sea —pidió casi gritando.

Mariano, arrodillado en el asiento, vio el rostro sin
vida de la niña, sus ojos inmóviles abiertos al techo del
auto. Alargó un brazo para tocarla. Mila había empezado a llorar convulsivamente y hacía mover con sus rodillas el rostro de la muerta. Mariano le cerró los ojos
y le subió la manta hasta taparle la cara. Bajó el respaldo
de delante.

—Ya no se puede hacer nada. Lo siento. Pase usted
aquí conmigo, ande, yo la acompaño. Ande mujer, por
favor. Aquí no nos podemos parar mucho.

Mila se saltó al asiento de delante. Le había dado una tiritona que le sacudía todo el cuerpo con violencia. Se abrazó a Mariano y se escondió contra su pecho. La sentía frenéticamente pegada a él, impidiéndole cualquier movimiento, sentía la forma de su cuerpo debajo de la blusa ligera. Los coches empezaron a circular. Hizo un movimiento para separarla.

—Vamos, vamos, mujer, no se ponga así.

—La niña. Mírela. No se vaya a caer al suelo.

Hablaba tartamudeando, resistiéndose a sacar la cabeza de su escondite. Los sollozos la estremecían.

—No se preocupe de nada. Yo la acompaño hasta su casa, yo saco la niña y lo hago todo. Pero suélteme. No me deja conducir.

Mila se separó con la cara descompuesta, agarró el brazo que ya guiaba de nuevo.

—¡A casa no, por Dios, a casa no! Ya es de noche. A casa no, qué horror. Lléveme a otro sitio.

—¿Pero adónde, mujer? No diga disparates. Tenemos que llevar a la niña. No me ponga nervioso.

—Por eso. No me quiero quedar sola con ella por la noche. No la quiero ver. No la quiero ver más. ¡Yo a casa no vuelvo! La dejamos en el Depósito o donde sea, y a mí me lleva usted a otro sitio.

Le agarraba la manga derecha, se la besaba, llenándosela de lágrimas y de marcas rojizas de los labios. Daba diente con diente.

Mariano le pasó un momento la mano por los hombros.

—Vamos. Tranquilícese. Allí en el barrio no está usted sola. Están aquellas mujeres que la conocen y la acompañarán. Levante la cabeza, por favor; me va a hacer tener un accidente.

Ya habían dado la vuelta y emprendían otra vez el mismo camino.

—Le digo que no. Al barrio no. No quiero a nadie allí. No tengo a nadie. ¿Cómo voy a volver a esa casa? Lléveme con usted.

—¿Conmigo? ¿Adónde?

—Usted tendrá algún sitio en su casa. Tendrá una casa grande. Aunque no sea más que esta noche. Me pone una silla en cualquier rincón y allí me estoy. Yo se lo explico a su mujer, o a su madre, o a quien sea. Sólo hasta mañana. Y a lo mejor mañana me quieren de criada.

Mariano continuó calle adelante. Aunque llevaba los ojos fijos en la calle, sabía que Mila estaba allí, vuelta de perfil, colgada de lo que él decidiera, y no era capaz de abrir los labios.

—Yo comprendo muy bien lo que usted siente —dijo con pausa—. Pero se tiene que fiar de lo que yo le digo, porque usted no es dueña de sí. Allí en el barrio hay gente que la quiere. Esta tarde lo he visto. Volver allí es lo mejor, créame, lo más razonable.

Mila sacó una voz rebelde, como la de antes por teléfono.

—¡Dice usted que comprende! ¡Qué va usted a comprender! Ni lo huele siquiera lo que me pasa a mí. ¿Cómo quiere que vuelva a ese barrio? ¿A esa casa? ¿A qué? ¿A seguirme descrismando y siendo decente? ¿Y para quién? Si vuelvo es para echarme a la vida. Si vuelvo, se acabó; todo distinto, ya se lo digo desde ahora. Esta misma noche salgo de penas.

—No diga disparates. El miércoles hablo yo con Sor María para que se ocupen un poco de usted, ya que no tiene ningún familiar.

—Gracias —dijo Mila con resentimiento—. Pero no se moleste. No necesito los cuatro trapos de caridad que me vayan a dar. Si vuelvo al barrio, le juro por mi madre que lo que voy a hacer es lo que le he dicho.

Mariano dijo, sin volverse.

—Ya es usted mayor. Usted sabrá. A lo mejor mañana piensa otra cosa. Ahora no sabe ni lo que dice.

Mila se arrebujó en la esquina y no volvió a decir nada. Se tapó los ojos con las manos, luego subió los pies al asiento, enroscada, sintiendo el calor de su propio cuerpo, como un caracol. Una mano y otra. Las rodillas. El vientre. No se le quitaba la tiritona. El médico

siguió dando algunos consuelos y luego dejó de hablar
también. Sabía que él la miraba de vez en cuando. Luego
se pararon y debió de avisar él por algún niño, porque
en seguida vinieron las mujeres, alborotando mucho,
pero ella esperó y no se movió de su postura hasta que
la sacaron a la fuerza de allí. A la niña la debieron sacar
antes, unos ruidos que oyó. No quería mirar a ninguna
parte. Tenía las manos heladas.

Mariano se quedó en lo alto del desnivel, mirando
cómo la arrastraban las otras hacia el hoyo de casitas
caleadas. Esperó que volviera la cara para mirarle, que
le dijera alguna última palabra, pero no lo hizo. Todavía
la podía llamar. Formaba un bulto con las mujeres, una
mancha que se movía peldaños abajo, y se alejaba el
rumor de las palabras que le iban diciendo las otras y de
sus hipos amansados. Ya era noche cerrada. Se habían
roto las nubes y dejaban charcos de estrellas. Mariano
subió al coche. Abrió las ventanillas de par en par. Eran
casi las diez. Isabel se habría enfadado. Por la calle del
centro puso el coche a ochenta, entraba un aire suave
y húmedo. Siempre con los retrasos. «Y seguro que por
un enfermo que no era de pago», le iba a decir Isabel.
Pero no podía pensar en Isabel. Que se enfadara, que
se pusiera como fuese. Esta noche no la llamaba. Se le
cruzaba la carita de Mila abrazada contra su solapa. Lléveme a algún sitio. Lléveme. Lléveme. Todavía podía
volver a buscarla. Puso el coche a cien. Llevarla a algún
sitio aquella misma noche. No hacía falta que fuera a
su casa. Al estudio de Pancho, que estaba en América.
Le gustaría estar allí. Se podía quedar él con ella. «Mamá,
que no voy a cenar». Pero Dios, qué estupideces. Puso
el coche a ciento diez. Pasó la boca del Metro. Ya estaba fuera del barrio. Respiró. Estaba loco. Había hecho
mucho más de lo que tenía que hacer. Mucho más. Sin
obligación ninguna. Otro no se hubiera tomado ni la
mitad de molestias. Estaba loco. Remorderle la conciencia todavía. Si se liaba con uno, él qué tenía que ver.
Como si fuera la primera vez que pasa una cosa semejante. A saber. Igual era una elementa de miedo, igual

estaba harta de correr por ahí. A casa la iba a llevar; menuda locura. Y sobre todo que él no tenía que ver nada. Le hablaría a Sor María el miércoles. Corría el coche por las calles y Mariano se sentía mejor. A Isabel no le diría nada de que la niña se había muerto en el asiento de atrás. Capaz de tener aprensión, con lo supersticiosa que era, y de no querer volver a montar. Una ducha se daba en cuanto llegase. Pero antes llamaba a Isabel. Claro que la llamaba. Aunque riñesen un poco. Qué ganas tenía ya de casarse de una vez.

En Cibeles se detuvo con la riada de los otros coches. Se había quedado una noche muy hermosa.

Madrid, enero 1956.

Indice